OUBLIER PALERME

DU MÊME AUTEUR

ELLE, ADRIENNE
roman, Grasset, 1971

L'IRRÉGULIÈRE
ou mon itinéraire Chanel
Grasset, 1974

STÈLE POUR UN BÂTARD
Grasset, 1980

UNE ENFANCE SICILIENNE
d'après Fulco di Verdura
Grasset, 1981

UN DÉSIR D'ORIENT
La jeunesse d'Isabelle Eberhardt
Grasset, 1988

A paraître :

ISABELLE DU DÉSERT
Les années algériennes d'Isabelle Eberhardt (1899-1904)

EDMONDE CHARLES-ROUX
de l'Académie Goncourt

OUBLIER PALERME

roman

BERNARD GRASSET
PARIS

Il s'agit ici d'une histoire fictive. Aucune personne vivante ou réelle n'y figure et tant les personnages que leurs noms sont tous purement imaginaires. Vouloir les identifier mènerait donc d'une supposition inutile à une autre.

PREMIÈRE PARTIE

CHAPITRE PREMIER

> Ça n'existe pas l'Amérique ! C'est un nom que l'on donne à une idée abstraite.
>
> Henry MILLER.

A New York, cela étonnait un homme en noir assis sur le pas de sa porte. Même dans la ville basse, même au coin de Mulberry Street cela étonnait. Je reverrai toujours Carmine Bonavia tel qu'il m'est apparu ce jour-là, borne sombre contre laquelle j'ai buté.

Je quittais à cinq heures la salle de rédaction laissant Babs à la stratégie compliquée de ses fins de journée. Dans les premières semaines de notre voisinage, j'assistais chaque jour à sa métamorphose, brève cérémonie dont elle avait banni tout mystère. L'affaire était rondement menée. Là, en pleine rédaction, Babs ôtait sa jupe, son chandail et se changeait de la tête aux pieds. D'une valise, rangée sous son bureau, elle tirait un collier, des gants clairs, des bas fins, puis elle glissait ses longues et blondes jambes dans un fourreau noir et c'était fait. Elle n'avait pas de temps à gaspiller là-dessus. L'interroger ? Où allait-elle ? A quoi bon... Elle jugeait important tout ce qu'elle entreprenait. L'éducation américaine, la hantise de l'efficience avaient exercé sur elle leurs ravages. Cet enchevêtrement de rendez-vous, d'obligations, de réceptions, de vernissages ? Sa carrière en dépandait et c'était autant d'occasions de se faire remarquer. « Ma carrière... » Elle n'avait que ce mot à la bouche ! Babs s'y enfermait comme dans une carapace.

Aussi vivait-elle forte de ces convictions que je lui enviais sans réussir à les partager. Je me bornais à l'observer en silence, sachant qu'elle se demandait avec inquiétude à quoi je pouvais bien servir moi qui, mon travail fini, disparaissais on ne savait où. Et, chaque soir, je l'entendais s'étonner sur un ton qu'elle cherchait vainement à rendre léger :

— Alors ? me demandait-elle, que fais-tu ce soir ? Où vas-tu ?

Au début de cette errance, avant ma rencontre avec Carmine Bonavia, je l'ignorais moi-même. Où allais-je ? Nulle part...

— Je sors... Je vais prendre l'air... Laisse la fenêtre ouverte en partant. On suffoque dans ton mausolée.

Le visage de Babs se fermait. Elle s'était forgé de l'existence une image qui excluait les temps morts. Prendre l'air... N'était-ce pas *l'inactivité* dans ce qu'elle a de moins explicable. Pauvre Babs ! La conscience même ! On ne pouvait attacher plus d'importance qu'elle à la dignité de rédactrice, de spécialiste en beauté dans un hebdomadaire à grand tirage. Elle aimait son métier et l'exerçait scrupuleusement. Comment pouvais-je qualifier de mausolée cette ruche sur laquelle elle régnait ? Je lui avais pourtant répété que je n'y mettais aucune ironie.

— Si un cataclysme s'abattait sur New York, on te retrouverait dans dix siècles ensevelie sous ton gratte-ciel. Tu serais là, comme tu l'es aujourd'hui, d'une séduction exemplaire, intacte et comme embaumée parmi tes collections d'échantillons, tes boîtes à fard, tes laques, tes poudres, tes gammes complètes de rouge à lèvres, tes ombres à paupières, tes laits de beauté. Les archéologues se tromperaient, bien sûr, mais avec leur sérieux habituel. Ils annonceraient au monde la découverte d'une sépulture fabuleuse, celle d'une inconnue mince et blonde au cou chargé de perles. Ils prendraient ton bureau pour la Salle du Trône, l'armoire aux accessoires pour un Trésor et tes secrétaires pour une compagnie de prostituées sacrées. Tu vois que je ne cherche pas à te peiner en parlant de mausolée...

Babs souriait. Elle se voulait consentante. Cette bonne volonté qui se manifestait souvent chez elle était un trait profond de sa nature. Peut-être pensait-elle qu'il fallait parfois se laisser déconcerter par des propos inutiles. Telle était Babs, toujours oscillante entre une certaine ingénuité et la plus vive méfiance. Qu'étais-je pour elle ? Un accident ? Le désordre ?... Ou tout simplement la locataire de sa tante Rosie ? Peu importe. J'étais sa malchance. Mais de cela elle ne pouvait se douter.

*
* *

Au terme d'une longue glissade, l'exil voulu, le vide, le temps mort érigé en principe... J'étais à New York pour ne penser à rien, programme complexe et qui exige de la discipline.

La rubrique tourisme : c'était cela mon emploi. Je collaborais à *Fair*, hebdomadaire qu'un vaste public féminin lisait dans l'espoir d'acquérir élégance, chic, savoir-vivre et surtout cette beauté dont Babs donnait les recettes avec une assurance confondante :

« Pour sourire, écrivait-elle, découvrez vos dents, toutes vos dents d'un seul coup... Puis entrouvrez légèrement les mâchoires, posez l'extrémité de la langue sur votre lèvre inférieure... Vous aurez du charme et votre vie en sera changée. »

Babs dirigeait les sourires, gonflait ou dégonflait les cheveux à distance, tandis que je racontais l'Europe, les cathédrales, les places fortes, les fouilles, les villes mortes. Moi aussi je savais éveiller l'insatisfaction de nos lectrices... Je leur vendais des désirs de fuite, des appétits de culture, des assurances-souvenirs, de l'original, du passé garanti authentique. Grottes à sirènes, plages aimées d'Ulysse, balcons à sérénades, cloîtres pour nonnes amoureuses, châteaux à enlèvements, pouvait-on vivre sans vous connaître ?

Je plongeais mes lectrices en plein folklore ; je leur donnais la nostalgie des tarentelles, des processions, des semaines saintes. Ou ne les ai-je emmenées ? Je promettais le génie à qui boirait du marsala aux terrasses de nos cafés. Et l'amour ? Je promettais aussi des rencontres. J'étais l'organisatrice du bonheur à l'étranger. Elles étaient faciles à contenter ces femmes que j'expédiais dans des pays pour elles sans souvenirs, sans risques. Pas de paysages, pas de villes à éviter. Aucune de ces contraintes que je ne connaissais que trop. Grâce à moi, elles pouvaient partir tranquilles. Mes articles étaient plus bourratifs qu'un repas complet. Tout y était indiqué... Les vêtements à emporter, les monuments à photographier, les souvenirs à acquérir, la hauteur des campaniles, la profondeur des grottes. Tout. J'allais jusqu'à conseiller aux sportives, aux nageuses, aux plongeuses une étude attentive des cartes marines. En matière de conclusion, rien ne valait une suggestion culinaire. Parfois je me limitais à indiquer un grand cru. Mais, plus souvent encore, je cherchais à éveiller des complexes insoupçonnés en faisant figurer au menu de mes lectrices des plats si peu connus qu'elles se voyaient forcées de m'avouer leur ignorance. On m'écrivait, on me téléphonait.

— Allô... Est-ce vous qui signez Gianna Meri ?... J'habite le Kentucky... Qu'est-ce au juste que la « *caponata* » ? Après avoir visité Segeste faut-il vraiment faire un détour de quarante kilomètres pour aller jusqu'à ce restaurant dont c'est la spécialité ?

J'insistais. J'encourageais.

— Comment... Comment ? Vous n'avez jamais goûté de ce plat ?... Mais c'est le caviar des Siciliens !

Doucement, fermement, je suscitais l'indispensable complexe. A l'autre bout du fil, la dame du Kentucky se sentait dévastée par un sentiment qu'elle ne parvenait pas à exprimer. Alors je mêlais pour cette inconnue olives et tomates mûres. Nous prenions pied ensemble sur l'île lointaine. Nous coupions les aubergines en fines lamelles. Plus fin... Plus fin... Jamais assez fin. J'ajoutais le basilic... Le quoi ? Le basilic, cueilli bien odorant et encore chaud de soleil. Puis je l'emmenais sur une terrasse, pareille à l'avant-scène d'un théâtre marin. C'est là que je l'asseyais à l'abri d'un toit de paille. L'eau clapotait sous le plancher. La chaleur du rivage se volatilisait. Une merveille, cette terrasse... Légère sur ses pilotis comme une jonque sur l'azur de l'eau. Enfin conquise, la dame du Kentucky adoptait mon itinéraire, si personnel, si original...

— Merci Gianna Meri... Mais oui... Je n'y manquerai pas. J'irai passer mes vacances en Sicile... Merci.

Je devinais à sa voix le regret de n'y être déjà.

Parfois une lectrice m'avouait son désarroi... Un chagrin. Je prenais à ces sortes de confidences un immense plaisir. Ce n'était point par petitesse féminine ni par méchanceté, mais par nécessité. On devient curieux d'autrui lorsqu'une élémentaire hygiène mentale exige de se désintéresser de soi-même.

La fréquence de ces entretiens, l'importance de mon courrier firent de l'étrangère que j'étais un élément indispensable au succès de notre hebdomadaire. L'essentiel était acquis. Ai-je besoin d'ajouter que mes journées étaient bien remplies ? Je m'y engouffrais sachant que, de minute en minute, le temps s'écoulerait sans que jamais l'occasion me soit donnée de sombrer en moi-même. Restaient les soirées, et ces heures difficiles où les pensées à éviter vous assaillent. J'eus recours à toutes sortes de manœuvres. Certaines ne me furent d'aucune utilité. On a beau vouloir couper avec le passé, quelque chose malgré tout demeure, qui s'accroche et dont on a le plus grand mal à se débarrasser. Il faut s'arranger de ce qui remonte dans les souvenirs comme une bulle du fond d'un marais ; il faut prévoir la main qui dans le rêve se pose plus vraie que vraie ; il faut craindre l'inconnu dont le sourire déclenche un serrement de cœur ; il faut lutter contre les bras qui ne vous cherchent plus. Il faut se mentir, être lâche, toujours prévoir le pire et savoir qu'à la moindre défaillance le combat reprendra du début. C'est ce que j'apprenais lentement. Le boxeur qui tourne autour du ring, fouillant du poing les faiblesses de son adversaire, ne met pas à vaincre plus d'obstination que j'en apportais à me fuir, à me tromper. J'étais mon propre adversaire et je tournais autour de moi-même. Une danse que rien ne limitait. Ni cordes. Ni public. Mon silence était comme un cirque trop vaste où je m'épuisais. Alors il me fallait à toutes forces New York et les autres, les autres et New York, Babs, Tante Rosie, un monde inconnu pour faire taire mon cœur. Et je vivais à l'affût des surprises qui sauraient rendre ma mémoire infidèle.

*
* *

— Je quitte mon hôtel.

— Mais que lui reproches-tu, demanda Babs avec un regard indigné.

— Rien... Je ne lui reproche rien. Tranquillise-toi. Si j'avais un reproche à formuler, sans doute ne le quitterais-je pas. Il y aurait au moins cette chose reprochable... C'est prodigieux ce que cela occupe, le reproche.

— La salle de bains... ?

Il s'agissait bien de cela... Babs affectionnait plusieurs thèmes de conversation : le culte de l'hygiène en était un.

— Mais qui te parle de salle de bains, Babs ? L'eau coule bouillante jour et nuit à l'hôtel. Tout est serein et neuf. Les domestiques sont muets ; les fleurs artificielles et même lavables. Les murs ne laissent filtrer aucun son. Tout est double : les rideaux, les vitres, les portes. Par ma fenêtre, je vois circuler de silencieux insectes : les passants. Parfois la sirène des voitures de police, cette plainte atroce, monte jusqu'à ma chambre... Quelquefois aussi celle des ambulances... C'est tout... Et puis l'aube est toujours plus lente à venir. Tu comprends ?

Comprenait-elle ? Je n'ai jamais cherché à le savoir. Elle me jeta le même regard indigné pour me dire :

— En somme, c'est le silence qui t'empêche de dormir.

— Tu y es...

— Que souhaites-tu au juste, Gianna ?

« Non, je ne te répondrai pas que je voudrais le passé et ce coq qui chantait dans un poulailler invisible... Le coq qui saluait le soleil tout entortillé encore dans les brumes de la mer... La main posée sur mon épaule... Les oreillers pêle-mêle, crevassés comme des sommets neigeux un jour d'avalanche... Le paysan qui conduisait son mulet au petit jour sur l'aire de battage... Sa chanson... Je voudrais sa chanson « *E' ditta, é ben ditta, 'n celu si trova scritta* »... Sa chanson, le temps de s'éveiller, le temps de se rendormir...

— C'est entendu, Babs, j'irai habiter chez ta tante...

Elle souriait, tranquillisée. Ma décision, bien claire, prise sans hésitation : « J'irai chez ta tante... » lui suffisait. Elle en oubliait sa question (« Que souhaites-tu au juste ? ») et nous ne trouvions plus rien à nous dire. Car il arrive ainsi, souvent, que la banalité exprimée à haute voix finisse par étouffer la vérité tenue secrète.

J'emménageais le lendemain.

*
**

Le jour de notre première rencontre, Mrs. Mac Mannox était prête à sortir. Cela se voyait à son chapeau, un bouillonné en soie cerise qui paraissait de bonne marque.

Passé la surprise de sa taille — « pas grande la tante de Babs » — et celle de sa minceur — « un fil » — il me restait à observer l'essentiel : cette Américaine de soixante ans qui se donnait des airs de petite fille, se laissait glisser de sa chaise plutôt qu'elle ne se levait, se tenait sur un seul pied comme si elle allait utiliser les carreaux noirs du lino pour jouer à la marelle et me conduisait ainsi, de pièce en pièce, avec la démarche sautillante d'une écolière désœuvrée.

L'agencement de son appartement, qui ne datait pas d'hier, était le fait du défunt Monsieur Mac Mannox. Il avait été spécialiste en « public relations » et dans les milieux d'affaires on évoquait son souvenir en disant : « C'était une figure... » Un gros mangeur au dire de ses amis, et qui s'entendait à parler les langues étrangères.

— On ne lui en imposait pas en matière d'appartement, me dit Tante Rosie.

Evidemment. Si on avait laissé Mrs. Mac Mannox plus libre, sans doute eût-elle souhaité quelque chose de plus féminin, de plus coquet. Je ne sais pas, moi... Des meubles italiens, comme on en voit chez les antiquaires de la 2e Avenue. Tenez : une commode laquée or, décorée de petits gentilshommes qui se font la révérence, des consoles, des lustres en cristal de Murano, bouquets aux fleurs translucides toutes frémissantes de lumière, des miroirs partout, des tapis à grands ramages. Evidemment... Si on avait laissé Tante Rosie plus libre, c'est sans doute cela qu'elle eût choisi. Mais Monsieur Mac Mannox en avait décidé autrement. « L'italien, bien sûr, c'est gai et, crois-moi, je n'ai rien contre ce style. Mais n'oublie pas, petite, qu'il n'y a que les Juifs ici pour apprécier le faux marbre, les glaces à dorure et la passementerie à gros pompons. Qu'y puis-je ? Ma clientèle est de celles qui éprouvent de la méfiance à l'égard du bric-à-brac méditerranéen. Je ne souhaite pas qu'elle trouve de ça chez moi. Elle veut du solide. Il m'en faut donc aussi... Crois-moi, mieux vaut nous meubler en anglais. » Ainsi s'exprimait Monsieur Mac Mannox sur un ton ferme et paternel. Tante Rosie s'était rangée à ses avis.

Tea-room d'Oxford, fumoir d'évêque anglican, comptoir d'assurances maritimes, banque de Londres, chemiserie de luxe, telles étaient les différentes sources d'inspiration auxquelles Monsieur

Mac Mannox s'était abreuvé. Aux murs, une chasse au renard, gravée au début du siècle, et deux vitrines d'argenterie étaient les seules fantaisies admises, tout cela plus ou moins choisi pour entretenir le visiteur dans des pensées réconfortantes. Chaque meuble, chaque pièce semblait chargé de secrètes promesses. Voici le bureau où l'on ne signe que de bons contrats... Le salon qui coupe court aux rêveries... Et puis la bibliothèque qui, elle, donne un passé, de l'équilibre et des enfants qui réussissent. Rien de futile, rien de frivole chez Monsieur Mac Mannox. Toutes les suggestions de son décorateur, toutes sans exception, avaient été jugées inacceptables. Du français pour la chambre à coucher ? Un petit coup de Louis XVI, une note grise et tranquille ? Vous voulez rire... Monsieur Mac Mannox n'était pas de ces gens qui croient que les choses sont meilleures parce qu'elles sont étrangères. Alors un rien de Haute Epoque ? Sottises. Allons, allons, laissez-vous tenter : une touche seulement, à peine un accent, quelque chose comme un coffre posé dans l'antichambre ? Pas question. Cela fait clérical. Un spécialiste en « public relations » ne peut s'approprier un style réservé au cardinal archevêque de New York. Ce serait une erreur, un manque de tact et même un risque inutile. Alors ? Le décorateur disait « Alors ? » avec la résignation d'un homme accoutumé aux mauvaises idées de son client. Eh bien ! de l'acajou. Les décisions de Monsieur Mac Mannox étaient sans appel. Et les meubles ? Tous, sans exception, en acajou et les boiseries aussi. Acajou avec emphase... Acajou verni, plus luisant qu'un miroir. *Forte, fortissimo,* sur l'acajou... Acajou *ostinato...* Acajou *sostenuto.* Un hymne à la réussite chanté en acajou, l'appartement de Tante Rosie n'était pas autre chose. De pièce en pièce il reprenait souffle, brillait, s'enflait, tonnait, ressuscitait le souvenir des succès passés, entraînait le visiteur, l'emmenait on ne savait où, comme font les hymnes.

*
* *

Je devais l'affection de Mrs. Mac Mannox à une couronne, j'en suis certaine, une couronne qu'elle avait aperçue brodée sur mon mouchoir, et à laquelle je n'avais aucun droit.

Après qu'elle eut fait cette découverte, je vis, à la porte d'entrée, ma carte de visite, rehaussée du mot « Comtesse », tracé par Tante Rosie d'une écriture hautaine, large, tenant beaucoup de place, avec un C bossu et deux S échevelés qui s'envolaient avec une assurance exagérée.

Elle avait changé de manière à mon endroit, affectait de parler l'italien, m'accueillait avec un « *Cara Gianna* » qui n'en finissait plus et glissait adroitement des « *chi lo sa* » par-ci, par-là, pour me mettre en confiance... Comment la dissuader ? Comment lui avouer que cette couronne n'était qu'un exercice de style, exécuté en classe de broderie dans le couvent de Palerme où j'avais été élevée. S'expliquer ? Mieux valait se taire. Tante Rosie se faisait de l'Europe une idée si particulière... Je risquais une discussion interminable. « Oui, Madame Mac Mannox, pensionnaire dans un couvent. Pourquoi pensionaire ?... Parce que ma mère étant morte, mon père ne pouvait élever seul ses six enfants... Oui : je vous l'accorde six enfants, c'est beaucoup... Prolifiques les Italiens ? Vous dites prolifiques, comme des lapins... Ce n'est guère aimable, Tante Rosie. La profession de mon père ? Médecin... De maladies vénériennes ?... Mais pourquoi ? On vous a dit que la Sicile en était pourrie... Allons... Ni plus ni moins qu'ailleurs, croyez-moi... De quoi est mort mon père ? Du typhus, prisonnier des Anglais dans un camp de Libye. Non, Madame Mac Mannox, il n'était pas fasciste. Beaucoup d'Italiens sont morts de cette guerre, dans cette guerre, qui n'étaient pas fascistes... » Parler avec Tante Rosie ? C'était faire face à des lieux communs nés on ne savait trop comment, affronter une génération spontanée d'idées exaspérantes, tourbillonnantes, insistantes, comme des moucherons un jour de chaleur. Et il aurait fallu décrire le couvent de mon enfance, la chapelle, le réfectoire, les heures de broderie, de musique, les cours de maintien, les leçons de belles manières. « Oui, je les considère comme d'heureuses années... Mais non, Tante Rosie, ni mortifications ni pénitences exagérées et nous ne vivions pas cloîtrées et nous ne portions pas de bas noirs... Oui, vous avez raison, les bas noirs c'est malsain, mais puisque nous n'en portions pas, pourquoi en parler ?... »

Le catholicisme n'inspirait à Tante Rosie que méfiance.

— Allez situer un catholique, m'avait-elle dit un jour. Comment s'y prendre ? C'est pratiquement impossible. En fait de catholiques, je ne connais ici que des intellectuels ou bien des agents de police. Alors ? Et alors ?

Et comme je ne trouvais rien à lui répondre, elle avait ajouté :

— Je me méfie de ces caractères exotiques.

Cette constatation ajoutée à d'autres telles que « Un Juif reste toujours un Juif » ou bien « Une minorité a forcément quelque chose d'inquiétant » ou bien encore « Un comédien ! Mais qui veut d'un comédien dans une copropriété. On sait bien que ce sont tous des instables... », m'avaient convaincue qu'il fallait abandonner Tante Rosie à ses convictions. Ainsi je la laissais se féliciter de s'être procuré une comtesse italienne pour occuper une chambre de son appartement. Puisque ça l'arrangeait ce personnage de locataire-comtesse, puisqu'elle se l'était fabriqué de toutes pièces, pourquoi l'en priver ? Tout cela peut paraître puéril. C'est que l'on imagine mal l'appétit de respectabilité qui, à New York, la soixantaine passée, s'empare d'une veuve, pourvue d'une nièce à marier ; c'est que l'on ne sait pas jusqu'où peut aller son conformisme...

L'appartement de Mrs. Mac Mannox, devenu trop grand après la mort de son mari et depuis que Babs l'avait quitté pour s'installer dans un studio ouvrant sur le même palier, était situé très haut dans Park Avenue. La vue était belle, le quartier aéré ; on y rencontrait en hiver des gens qui, vêtus de lourdes pelisses, promenaient entre des arbres maigres des chiens bottés. Moi, je suspectais Tante Rosie d'avoir choisi ce logement moins pour son agrément que pour l'excellence de l'adresse.

— Une bonne adresse, disait-elle, tient lieu d'ancêtres et de portraits de famille.

Elle croyait fermement à l'importance de ces sortes de choses.

Et le hall... Une pièce essentielle sur laquelle Tante Rosie avait aussi une opinion :

— Un visiteur vous juge, disait-elle, sur ce qui lui saute aux yeux en premier.

C'était bien raisonné et je comprends qu'elle ait apprécié l'antichambre de son immeuble avec sa boiserie un peu gothique, son feu de braise électrique allumé nuit et jour, un vaste canapé recouvert en vert billard, et debout derrière la porte, préposé à la garde des galoches et des caniches, un portier à casquette galonnée qui avait réussi à se donner cet air solennel qu'ont seuls les serviteurs de vieille souche.

L'adresse, le hall, le portier permettaient sans doute à Tante Rosie de ne point trop tenir compte de la transformation des alentours. A quelques mètres de chez elle : Harlem. Oui, Harlem. Pouvait-on feindre d'ignorer ? Trente ans auparavant, lorsque Tante Rosie s'était installée en cette extrémité de Park Avenue, la question ne se posait pas. Mais maintenant ? Maintenant que le quartier noir se répandait hors de ses limites, maintenant que l'ancien ghetto faisait tache d'huile.

— Je n'ai rien contre ces braves gens, affirmait Tante Rosie, bien qu'ils aient une odeur, croyez-moi. Ils sentent fort... On prétend que les Esquimaux aussi... Mais le froid est une excuse que nos nègres n'ont pas.

Bien sûr, le lecteur se passerait fort bien de ces précisions. Je pourrais taire des détails dont les conséquences sur la suite de mon récit sont négligeables. Je pourrais ne pas mentionner le jour où Tante Rosie reçut la visite de son agent d'assurances. Mais pourquoi n'en pas parler puisque j'ai vu, ce jour-là, le visage de Tante Rosie changer ?

Il s'agissait de son vison, le dernier cadeau de Monsieur Mac Mannox, un vêtement de prix assuré contre le vol depuis bon nombre d'années. L'employé venait l'avertir que l'on ne renouvellerait pas cette assurance.

— C'est indépendant de notre volonté, Mrs. Mac Mannox, mais le coefficient des Noirs est en nette augmentation dans vos parages. Ce sont des choses dont on est forcé de tenir compte. Il faut nous comprendre...

Le lendemain, Tante Rosie faisait poser une vitre à l'épreuve des balles au judas de la porte de service.

— Les choses changent vite de nos jours, me confia-t-elle. Ah, que la vie est sournoise ! Il faudrait que Babs se marie tant que tout cela tient...

Elle eut en disant « tout cela » un geste large qui désignait à la fois la maison, l'antichambre, les arbres maigres, et peut-être les signes extérieurs de respectabilité de son immeuble, le portier galonné pourvu d'un sifflet pendant au bout d'une chaîne. « ... Des choses dont on est forcé de tenir compte », avait dit l'employé. Savait-il tout ? Savait-il l'incident de l'enfant noir qui, par jeu, un soir, sans penser à mal, avait pissé dans la porte tournante ? Le portier était arrivé trop tard.

Oui, les choses changeaient vite dans ce quartier de New York et j'arrivais bien. J'étais un mouchoir brodé, un titre ajouté sur une carte de visite. J'étais un apaisement, un baume posé à l'improviste sur le trouble permanent de Mrs. Mac Mannox.

*
* *

L'oisiveté de Tante Rosie, ses longs loisirs se nourrissaient d'une pensée unique, rendue naturelle à force de conviction : « Faire jeune. » Je n'ai connu aucune femme habitée de façon plus totale par l'horreur du vieillissement. Vraiment, cette idée l'assiégeait. Poussé jusqu'à la manie, son combat échappait à toute explication.

Pendant des semaines, elle disparaissait dans des cliniques qui lui coûtaient fort cher. Mais je ne l'ai jamais entendue se plaindre de ces dépenses-là. Elle en revenait un peu fébrile, fière d'offrir aux regards un front lisse de momie, méconnaissable, figée : une autre femme. Rajeunie ? Certes bien des rides avaient disparu, mais pouvait-elle sourire ? Elle ne pouvait que battre des paupières, liberté dont elle abusait, comme pour compenser l'affligeante immobilité à laquelle elle était condamnée, comme si, par cette muette mimique, par le jeu continuel de membranes arides, il n'était plus permis de douter qu'elle était vivante, bien vivante et surtout rajeunie.

Elle m'en voulait. Il aurait fallu montrer plus d'enthousiasme. Mais l'altération de ses traits m'épouvantait. A mesurer son changement, j'éprouvais comme un vertige, comme une envie irrépressible de lui crier : « Vous ne trompez personne, reprenez donc votre vieille figure ! » Pauvre Tante Rosie, victime de la beauté obligatoire, de la jeunesse forcée, farcie de paraffine, faufilée de nylon...

Je crois ne m'être intéressée à elle que dans l'espoir de trouver un sens à son acharnement. Quand on l'invitait à s'expliquer, elle se lançait, la bouche dure, l'œil autoritaire dans des théories confuses où se trouvaient associées connaissances diététiques et pensées bibliques, une rhétorique délirante que j'écoutais en silence. Elle ne souffrait pas qu'on l'interrompît. Il lui fallait en toute liberté échafauder une série de mensonges ingénieux (elle se couchait chaque mois à date fixe et laissait entendre à mots couverts qu'elle avait ses règles...), il lui fallait parler de ses séjours en clinique comme de retraites utiles, condamner la lâcheté des abdications, faire le récit de ses combats, et, utilisant mon visage comme un objet de démonstration, elle aimait à le menacer d'un doigt réellement terrible. « Là, j'attaque là... Une boutonnière au-dessus de la tempe... Une incision de rien du tout... Là... Non, pas plus bas... Plus bas, ça ne tient pas. » Il fallait qu'elle puisse se fâcher lorsque je la contredisais : « Mais Tante Rosie, je n'ai que... » Je portais mes mains aux tempes. Je sentais le froid du bistouri. L'exaspération lui montait au nez. « Qu'est-ce que votre âge a à faire là-dedans... Il faut commencer jeune. » Alors elle me saisissait par le bras et se dirigeait en sautillant vers sa table à coiffer, sur laquelle un napperon brodé portait cette devise : « La vieillesse est vaincue. » Elle ne se taisait que lorsqu'elle croyait avoir eu raison de mes doutes.

On me dira qu'un tel aveuglement relève de l'anomalie, que cette vieille petite fille ne faisait illusion qu'à elle-même. Cela est vrai. Car, à parler franc, Tante Rosie était pire que vieille. L'aveu de son âge se situait du côté de sa bouche. Un nid à rides, sa bouche, le Waterloo des plus célèbres esthéticiens, une feuille en papier de soie prête à craquer, un désastre. Les frisons qui voletaient autour de son front lisse, sa frange, ses joues sans âge, sa démarche sautillante ne faisaient qu'accuser la ruine d'un bas de visage dolent, affaissé. Tante Rosie en était consciente. Cela se lisait au fond de son regard comme une question sans cesse posée.

— Que feriez-vous à ma place ? me demanda-t-elle un jour.

Selon une logique bien américaine, elle restait convaincue qu'en toutes circonstances et en tous domaines il-y-a-toujours-quelque-chose-à-faire.

— Moi ? lui répondis-je. Vraiment rien...

Je crois l'avoir choquée ce jour-là de façon irrémédiable. Elle se leva.

— Le grand âge, ici, n'est d'aucun prestige, me lança-t-elle d'une voix agressive que je ne lui connaissais pas. Elle ajouta :

— Dites-le-vous bien...

Sur quoi elle passa dans la chambre voisine où je l'entendis qui tirait rageusement de leurs emballages des flacons et des pots.

Elle allait se mettre au travail, grave entreprise ayant pour cadre la chambre lambrissée d'acajou. Elle allait éteindre deux lampes modern style, aux abat-jour en soie rose, souvenir d'une soirée parisienne de Monsieur Mac Mannox. A l'issue d'un dîner d'affaires, le maître d'hôtel, une sorte de dandy dont le savoir autant que les lampes avaient ébloui Monsieur Mac Mannox, les lui avait offertes. Champagne... Orchestre... Voix de l'employé chuchotant à l'oreille de son client chaque fois qu'il lui servait à boire : « Elles plaisaient à Edouard VII. » On avait enveloppé les objets qu'il avait rapportés à New York.

Ces lampes, posées sur la coiffeuse de sa femme, avaient été jugées d'un effet si heureux que Monsieur Mac Mannox s'était empressé d'en faire fabriquer une douzaine qu'il avait réparties ensuite dans les différentes pièces de sa maison.

— Rose et tamisée, c'est la lumière qui convient en affaires comme en amour.

C'est ainsi que Monsieur Mac Mannox parlait de ses lampes, mais Tante Rosie allait les éteindre. Ce qu'il lui fallait ? Une lumière brutale, un réflecteur en plein visage. Assise devant son miroir elle allait s'emparer d'un pot, au hasard. N'importe lequel. Il y en avait toujours une douzaine entamés sur sa coiffeuse. Les hydratants, les astringents, les décapants, les supernaturels, les suractivés, les vitaminés, un, deux, trois, douze pots alignés comme les objets d'un culte, sans parler des reliquats qui rancissaient délicatement sur les étagères depuis qu'elle les avait jugés inopérants. Pendant une heure, le temps que durerait sa lutte, elle allait croire au miracle. Et j'allais la regarder se débattre comme une mouche prise au miel de ses espérances, l'encourager, moi qui étais toujours prête à choyer sa manie afin de pouvoir ensuite l'observer, en fidèle abonnée d'un spectacle quotidiennement répété. J'allais suivre le mouvement circulaire de sa main étendant autour de sa bouche une auréole grasse, un peu répugnante ; j'allais voir le rouge de ses lèvres se répandre en traînées gluantes, faire des rigoles, des guillemets, des parenthèses, naviguer dans le sillon des rides, envahir l'une, puis l'autre, les teinter de rose vif. J'allais attendre le moment où Tante Rosie ressemblerait à ces enfants que l'on s'obstine à gaver : même bouche hostile, même menton poisseux. Elle réussissait un barbouillage si pitoyable que j'en avais le cœur serré. Le théâtre de Tante Rosie, son sens du drame me fascinaient. Est-ce étonnant ? Et n'étais-je pas à New York pour ne penser à rien ? J'ai beau me répéter que je n'ai ni aimé ni admiré Tante Rosie, j'ai beau être pleinement consciente de ses ridicules, par contre je reconnais n'avoir jamais pu l'oublier, telle qu'elle m'apparaissait à cet instant précis, inondée de lumière et si visiblement vaincue par ses chimères.

Du reste, lorsque Tante Rosie atteignait ces sommets de l'Art, le spectacle touchait à sa fin. Elle consultait sa glace une dernière fois, toussait, s'éclaircissait la voix et me criait :

— Savez-vous que l'envie d'essayer l'un de ces produits est aussi stupide que d'aller tenter ses chances dans une loterie ? Ma parole, ai-je vraiment cru qu'il y avait quelque chose à faire... La tête que j'ai ! Faites-nous porter à boire, Gianna, voulez-vous ? Un *scotch and soda.* Cela me changera les idées.

Un nuage de poudre et les lampes roses se rallumaient. Tante Rosie abandonnait la lutte avec la moue désabusée et la respiration un peu haletante d'un pêcheur qui revient les mains vides d'une plongée profonde. Que lui dire ? Comment la réconforter ? Les idées *made in U.S.A.* sont si tenaces... Lui opposer une de ces statues de sagesse, la silhouette d'une des vieilles personnes qui avaient dominé mon enfance ?... Les tirer hors du tunnel de l'oubli, les faire avancer à grands pas allègres sur la route claire des mots ? L'envie m'en est souvent venue. Souvent j'ai songé à raconter à Tante Rosie les dimanches de Palerme, ceux de ma petite enfance, les dimanches de ma grand-mère, lorsqu'elle nous conduisait à la plage et surveillait nos bains. Ma grand-mère toujours en deuil, cheveux blancs, forte poitrine, robe de crêpe (du violet, du gris ou du noir), bas épais, souliers à bride, jambe enflée. Mon Dieu le succès qu'elle avait... Du plus loin qu'ils l'apercevaient avançant lentement dans le sable où elle s'enfonçait, poitrinant comme une diva prête à lancer son contre-ut et de la hardiesse plein le regard, vingt jeunes gens se précipitaient à sa rencontre, torse avantageux, slip de moins que rien, peau bronzée et des boucles plaquées dans la nuque : « Madame Meri, on va vous le chercher ce *gelato ?...* » « Madame Meri, on vous le plante le parasol ? » Ils tournoyaient autour d'elle, guettant l'occasion de se rendre utiles. Si l'un de nous en se baignant s'écartait trop du rivage, elle n'avait jamais à crier longtemps. Jamais... Un de ces charmeurs charmés, un volontaire, se signait hâtivement puis se jetait à l'eau tête première, battait vigoureusement des jambes, soufflait de l'eau par les narines, crachait en faisant grand bruit afin qu'elle n'ignorât rien de l'immensité de son effort, s'emparait de l'imprudent qu'il ramenait, de gré ou de force, puis le déposait tout gigotant dans le sable, tout trempé, tout penaud, à ses pieds comme une proie vivante, aux pieds de ma grand-mère, le désobéissant, l'imprudent, au piquet, privé de bain. M'aurait-elle comprise Tante Rosie, m'aurait-elle seulement crue si je lui avais affirmé que l'étoile de la féminité resplendissait au front de cette femme et qu'elle avait soixante-quinze ans lorsqu'elle se tenait assise ainsi au bord de l'eau, sans appui, sur un tabouret de cuisine, plus droite qu'un I ou qu'une reine, le nez pointé vers l'horizon, surveillant une nichée de braillards, ses petits-enfants, âgés de deux à huit ans — « eh oui, Madame, un par an » — formant avec les jeunes corps qui se doraient à ses pieds, heureux adolescents attachés à ses propos, à ses conseils, un tableau d'une beauté inoubliable ? Pauvre Tante Roie, lui aurait-on raconté cette histoire qu'elle n'y aurait rien compris... Dire à ceux dont l'angoisse est fondamentale, à ceux qui considèrent toutes leurs aspirations comme bien fondées, même lorsqu'elles prennent une forme monstrueuse, leur dire qu'ils se trompent, qu'ailleurs les choses se passent autrement, ne sert de rien. Alors je me taisais et le silence tombait entre nous, si lourd, si opaque qu'il nous cachait l'une à l'autre. Peu de choses sont plus tristes que ces silences-là. J'aurais aimé offrir à Tante Rosie les images apaisantes d'un pays où les femmes vieillissent noblement et réussissent jusqu'à leur dernier jour à sauvegarder leur féminin pouvoir. Mais je n'ai jamais su. Mes phrases s'arrêtaient court. J'emportais de mes tête-à-tête avec Mrs. Mac Mannox un malaise que je connaissais bien : la tristesse qui naît des pensées incommunicables.

A cette époque, à quelques semaines du jour où j'aperçus Carmine Bonavia posté, vêtu de noir, dans Mulberry Street, je n'avais trouvé pour échapper à Tante Rosie — et tant d'honnête monstruosité réunie en une seule personne rendait l'évasion nécessaire, croyez-moi — d'autre issue que la recherche désordonnée de mon passé.

J'allais donc seule à la rencontre de ma mémoire.

*
* *

Faut-il qu'il ait existé entre mon enfance et moi-même des complicités profondes et inconscientes, pour que l'évoquer me soit devenu, soudain, indispensable. Ah ! le plaisir de ces évasions-là... S'allonger sur un lit dans une chambre silencieuse, considérer le présent le temps de s'en dépouiller, éviter le passé proche, contourner hier, l'oublier, se dérober aux sollicitations du chagrin, s'enfoncer toujours plus loin dans le passé, rencontrer le vide, le trou béant, l'oubli, se croire perdue et retrouver, comme une demeure secrète, le paysage de l'enfance, c'était cela ma méthode de fuite. J'ai goûté à New York, pour la première fois, cette jouissance où chaque visage, chaque personnage retrouvé devient une nourriture nécessaire, un goutte à goutte vital.

Voilà les *anciennes*... Pourquoi me reviennent-elles en mémoire, ces femmes qui n'étaient pas mes amies ? Qu'importe. J'ai plaisir à les retrouver sous leurs mantilles flottantes. Et qui d'autre qu'elles oserait se décolleter à ce point et porter du taffetas noir à dix heures du matin ? J'entends la porte qui s'ouvre, grince, noblement délabrée comme tout dans notre chapelle. Une odeur ? Laquelle ? C'est l'air de Palerme envahissant notre monde clos qui, lui, sent le cierge chaud et le confessionnal. Elles apparaissent par petits groupes et vont, à pas pressés, faire une halte au bénitier. En les comparant à des chèvres massées autour d'une fontaine, le temps d'une lampée, je leur fais injure, aux *anciennes,* mais il y a de cela dans leur démarche. Elles cueillent du bout des doigts ce qu'il leur faut d'eau sainte, avec des gestes précautionneux, puis elles avancent dans l'allée centrale sur la pointe des pieds, tenant d'une main la mantille sur le décolleté trop profond et de l'autre serrant la jupe de taffetas contre leurs cuisses en prévision de quelque malheur hypothétique : coup de vent malencontreux, regard indiscret, faux pas où s'anéantirait leur dignité de femme entrant à l'église.

Elles échangent avec les sœurs cloîtrées des signes d'intelligence, des clins d'œil muets, des petits « bonjour, bonjour », des airs de dire « vous êtes donc là ? »... Comme si elles pouvaient être ailleurs les pauvrettes ! Mais ce sont façons de couvent, plus immuables qu'un protocole. Alors les voiles s'inclinent discrètement, ils palpitent comme un noir feuillage derrière les grilles dorées de la clôture : frémissement que l'on perçoit à peine tant la grille est épaisse et les interstices étroits, tandis que les *anciennes* avancent toujours, traversent la chapelle et que nous, les petites, accrochées à nos prie-Dieu, nous nous dévissons le cou pour ne rien perdre du spectacle qu'elles nous offrent. Elles nous intimident un peu. L'âge n'est-ce pas... trente, quarante, cinquante ans, soixante et même plus. Elles chuchotent, elles cherchent leurs places. En jargon de pensionnat, n'ont droit au titre d'*anciennes* que les Palermitaines élevées, comme nous, chez les Sœurs de la Visitation. Elles reviennent chaque dimanche à seule fin de nous éblouir, nous les petites, et de nous intriguer. Parce que la vie éblouit celles qui n'en connaissent rien, parce que l'inaccessible intrigue et que nous suivons, les yeux levés, ces vraies femmes porteuses d'un passé auquel nous associons, évidemment, l'idée d'amour et de péché. Nos adolescences confinées trouvent facilement des sujets à rêver. Et puis je les décris mal. Il manque le naturel de nos visiteuses, leur façon si particulière d'apprécier pleinement l'instant, d'exprimer leur gratitude par une félicité dans le geste, une chaleur dans le regard, toutes choses que l'on pourrait aisément qualifier de tendresse, de chaleur humaine, mais dont la source véritable est une sensualité si mal contenue qu'elle s'échappe d'elles et les enveloppe comme un nuage. Il manque aussi ces jeunes mâles qui les accompagnent partout, car j'oublie de mentionner qu'elles ne nous apparaissent qu'entourées d'une parenté nombreuse. A quatorze, à quinze ans, fils, petits-fils ou neveux parlent déjà le secret langage de la séduction et tout, chez eux, révèle l'impatience de plaire. Ils inventent des gestes d'amant, s'affairent, poussent les chaises, retiennent les mantilles qui glissent, les monnaies qui s'échappent, rangent sous leur prie-Dieu le gâteau du déjeuner qu'ils surveillent dans son carton, l'œil sévère, comme si la précieuse pâtisserie menaçait de s'échapper, mouchent leurs jeunes frères et suivent la messe avec tous les gestes qui conviennent, larges signes de croix, sourds battements de coulpe, génuflexions profondes, sans pour cela cesser un seul instant de nous tenir, nous, les petites, sous le feu de leurs regards, d'allonger les lèvres en forme de baisers et de nous adresser des soupirs à fendre le cœur. Bref, des séducteurs.

Immobile, les yeux baissés, les mains jointes, à quoi pense Gianna Meri, douze ans ? Que la messe finie, avec une solennité que justifie le droit des *anciennes* à être servies, il faudra porter leurs missels à la sacristie et les ranger, sans se tromper, dans le grand bahut en noyer, ébréché de partout : à droite les missels à armoiries, à gauche les simples initiales, et sous clef les missels autour desquels sont enroulés des rosaires chargés de médailles. Et puis courir... Car on ne nous laisse guère le temps de leur parler aux *anciennes,* encore que presque toujours je réussisse à honorer d'une révérence spéciale celles que je préfère afin d'attraper au vol quelques compliments : « C'est la petite Gianna... Ce que son père est remarquable !... Un docteur comme Meri, il n'en existe pas de semblable, même à Rome. » Il les soigne toutes, il les connaît toutes, mon père... Courir, courir au réfectoire pour y chercher les rafraîchissements — sirop d'orgeat en été, marsala en hiver — et des biscuits à l'amande amère que nous leur offrons au jardin. C'est l'heure d'une courte réunion d'où les mâles sont exclus. Je les vois l'un après l'autre quitter la chapelle et j'entends : « Louez le Seigneur qui régit toutes choses » éclater aux grandes orgues, très fort, trop fort, afin de barrer l'accès de notre chapelle, le temps que s'ouvre et se referme la lourde porte, aux sons enjôleurs de « Brillantina-polka », l'air à succès qu'un orchestre du dimanche joue, juste en face, à la terrasse de ce café où nos séducteurs vont se gorger de sorbets en attendant leurs mères.

« Courir... Ne pas faire attendre... Les *anciennes* sont au jardin »... ces phrases, répétées chaque dimanche, combien de fois les ai-je entendues ? Alors je revois notre jardin clos, planté jusqu'à ras bord de magnolias et de glycines. Il contenait en parfums et en liberté les rares plaisirs dont nous pouvions profiter sans contrainte. Au centre d'un massif assez chichement garni de zinnias et de fuchsias clairsemés, était dressée la statue de notre fondatrice, Marie-Adélaïde, aussi troublante dans sa ferveur qu'une Léda dans le désordre d'une longue attente. La tête renversée en arrière, les yeux au ciel, lèvres entrouvertes, se pressant les seins à deux mains, elle nous subjuguait. On voudrait s'arrêter un instant et se demander dans quel étrange attendrissement se trouvait le sculpteur le jour où il exécuta la statue de cette personne réputée si chaste. Elle inspirait à notre professeur d'histoire des envolées exquises. « Lumineux exemple des vertus féminines... » On comptait sur cette brave princesse de Savoie pour nous donner le goût des valeurs morales. « Malgré les splendeurs du trône, elle sut conserver intactes les plus humbles vertus chrétiennes... Les plus humbles... Répétez... » Et nous répétions, en français parce que la Madame chargée de ce cours était née à Paris, d'une famille ruinée « par la Révolution », disait-elle, sans préciser davantage.

Notre maîtresse d'histoire mourut de la poitrine à Palerme un an après y être arrivée et juste à temps, semble-t-il, car on commençait à la juger de culture un peu insuffisante. Elle nous laissait pour tout souvenir une médaille en or de l'Exposition universelle gagnée par sa mère lors d'un concours de broderie, et le manuscrit d'un drame lyrique en vers et en trois actes dont la lecture, que l'on fit en sa mémoire, nous causa une vive impression. C'était un épisode de la jeunesse de Louis XIV. Aux côtés du Roi, le principal rôle féminin était celui d'une « douce mam'zelle », son institutrice, qu'il aimait d'amour.

Et Gianna Meri offrant du marsala éventé, de l'orgeat tiède et des biscuits à goût de potion, je la revois aussi, consciencieuse enfant dans sa jupe de serge, tout affairée, toute convulsée à l'idée de renverser ceci ou cela. Et puis quoi ? Nos pieuses maîtresses pouvaient-elles deviner qu'un cyclone allait balayer ce *style de vie* auquel elles croyaient si fort ? On ne leur demandait pas d'avoir l'imagination des lendemains. Comment l'auraient-elles eue ? Ce n'est pas à l'abri d'une grille de clôture que l'on se prépare aux réalités déchirantes d'une guerre. Convenons que ce système d'éducation, s'il ne tenait guère compte de l'évolution du monde, offrait au moins l'avantage d'être exempt de tyrannie. On ne nous imposait rien, sinon d'admettre la participation de Dieu à nos actes et de nous arranger de cette coexistence du mieux que nous pouvions. De peur de déformer cette réalité indiscutable, on ne nous l'expliquait pas. Dieu donc existait... Cela posé nous étions libres. Libres de choisir dans un paradis surpeuplé l'interlocuteur de notre choix, libres de n'en choisir aucun et de voir le paradis partout, libres de vivre sans arrière-pensée notre âge d'or.

Pour le reste, on nous munissait de quelques arts d'agrément sans but précis, comme d'un cadeau à ne pas mépriser, comme de ces provisions glissées dans les bagages d'un voyageur dont la route va être longue. Il y avait vingt-deux pianos à l'Institut Marie-Adélaïde, et sept harpes, qui ne cessaient d'être utilisés que la nuit. Mais nous étions libres, oui, je le maintiens, mille fois plus libres entre nos murs croulants, sous notre édredon d'interdits, que toutes les Babs d'Amérique obsédées de réussite, accablées d'enseignements non acquis comme un enrichissement, mais comme un moyen de décrocher le gros lot, l'homme.

Voilà. J'ai été cette enfant qui chaque mercredi suivait une classe de menuet avec, en guise d'accompagnement, une sourde bataille menée au piano entre la Madame et Jean-Baptiste Lulli. Rien à faire pour s'y soustraire... « Pourquoi le menuet ? Ça ne se danse plus... » Ces questions ne se posaient pas. « On fait ce que les grandes personnes ordonnent... Un point. C'est tout... »

J'ai été ce cicerone de douze ans qui, aux heures fraîches du jour, fait admirer le pavement d'une église aux étrangers de passage et ne s'étonne pas de ce que le boniment varie selon que la visite est surveillée de loin par la Mère Supérieure, cachée derrière sa grille, ou conduite par la Sœur Rita qui, elle, a le droit de marcher à grands pas à travers l'église, ou bien encore par le Père Saverio, notre confesseur, un Piémontais que nous n'aimons pas. Savoir à douze ans que la vérité n'est point une, qu'elle change selon la bouche qui l'exprime, qu'elle est vouée au hasard du langage, d'un ton, d'un mouvement, d'une invention passagère, n'est-ce pas un début de sagesse ?

Dans l'allée centrale, certaines dalles du pavement en majolique se descellent. Je puis encore dire lesquelles, sans me tromper. C'est à la hauteur de la tête du Bambino que cela grince si l'on y appuie le talon. Un pavement vieux de deux siècles a le droit de grincer par endroits, non ? C'est le cas du nôtre ; une merveille fabriquée à Vietri, un gigantesque tableau. Une madone l'occupe tout entier. Non qu'elle soit imposante. Au contraire, très menue la madone : une fillette au front têtu. Mais il y a son trône, une cathèdre si haute qu'elle atteint les marches de l'autel, et puis il y a aussi sa cape, couleur d'océan, déployée, tendue en travers de l'église comme une voile et sous laquelle se tiennent agenouillés, bien au chaud, une demi-douzaine de gentilshommes vêtus de pourpoints et bottés. De rudes silhouettes. « Les donateurs du pavement... » : c'est la théorie de la Mère Supérieure qui, voix lointaine, ajoute toujours : « De nobles Palermitains plus généreux alors qu'ils ne le sont aujourd'hui », attendant de moi, qui suis debout dans l'église, lui faisant écho, que je répète cette phrase jusqu'à ce qu'un touriste, sensible à l'allusion, dépose son obole dans le tronc que je lui tends. C'est que nous ne roulons pas sur l'or chez les Sœurs de la Visitation, et l'ordinaire s'en ressent. De la « *caponata* » à tous les repas. Mais ces gentilshommes sont-ils vraiment des donateurs ? Il arrive qu'un touriste s'en étonne. Notre Mère Supérieure, encore qu'invisible, est formelle. « Tous des donateurs... » Ceux qui sont représentés sur le pavement comme ceux qui sont enterrés dans l'église, dont on voit les gisants. Elle les connaît par leurs noms et ces noms sont magnifiques. Elle les égrène à une cadence rapide. On dirait une litanie. Cela va droit à l'âme. Nous avons un Duc de la Verdure et un Duc du Mystère Blanc... Nous avons aussi un Prince de l'Aube Fleurie, un Baron du Rocher aux Palombes et un Marquis, Vincent de la Lune, époux d'Agathe de Sainte Colombe. Nous en avons... Nous en avons... La Mère Supérieure prend une voix spéciale pour chanter leurs noms. J'ai souvent quelque difficulté à saisir le moment de silence, le creux où je puisse placer ma phrase, « Nous ne manquions pas de donateurs dans les temps anciens », qui, dite à l'intention des touristes d'une voix pleine de regrets, produit presque toujours son effet. Alors on entend les pièces tomber dans le tronc que je secoue très haut, très fort afin que derrière sa grille notre Mère sache que tout va pour le mieux. Elle peut alors enchaîner gaiement sur des seigneurs de moindre importance — non pas ce déplorable Antoninus di Casa Pipi qui gît bien en vue, trop en vue, et dont la pierre tombale nous mortifie tous... — mais des cavaliers modestes aux noms décents, tels que Modeste, précisément, Modeste de la Jambe Courte, Vespasien Bouche de Feu, Louis de la Farine et Madrigal, chevalier de Saint-Jacques à l'Epée, un nom qui plaît tant aux touristes qu'ils demandent toujours à le réentendre. Mais sans doute ne suscite-t-il pas l'entière approbation de notre Mère, car elle ne prend pas, pour lui, cette voix d'alléluia qu'elle réserve exclusivement à nos ducs et à nos princes.

Pour la clarté de ce récit, il me faut préciser que notre Mère est de haute naissance et qu'elle va jusqu'à reconnaître, parmi les gentilshommes du pavement, un aïeul en ligne directe, seigneur au visage sévère qui porte un pourpoint violet. Ma tâche consiste à le désigner d'un doigt sûr à l'admiration des visiteurs : « Non, Monsieur, le donateur auquel fait allusion notre Mère n'est pas ce gentilhomme en rose ; il est là — le voyez-vous ? — vêtu de violet. Non, un peu plus bas... Là, vous y êtes, il prend appui sur le gros orteil de la Madone... Mais oui, c'est ce personnage crépu, au teint basané, aux lèvres charnues. »

La Sœur Rita est d'un avis différent. Est-ce parce qu'elle a fait ses études à Rome ? Et l'histoire serait-elle sujette aux mêmes fluctuations que la vérité ? Changerait-elle selon qu'elle est enseignée sous un ciel ou sous un autre... Quoi qu'il en soit la Sœur Rita en est certaine : les seigneurs agenouillés aux pieds de la Madone ne sont pas des donateurs mais des Croisés : « En route pour la Terre Sainte, les Croisés s'arrêtent à Palerme afin d'implorer la protection de la Vierge... » Lorsqu'elle dirige la visite, mon rôle consiste simplement à répéter à l'intention des retardataires : « Les Croisés s'arrêtent à Palerme... les Croisés s'arrêtent à Palerme... » Je n'ai que cela à dire. La Sœur Rita se charge du reste. Un casque posé aux pieds de la Madone, un gantelet de fer abandonné à terre ne peuvent laisser de doutes sur le bien-fondé de sa thèse. — « Les Croisés s'arrêtent à Palerme... » Je l'aide de mon mieux. Elle sait être convaincante et ne manque pas d'imagination. A partir du casque et du gantelet, à grand renfort de charges, de chevaliers ensanglantés, de déserts infranchissables, de murailles et de tours, elle évoque pour les visiteurs ces villes fortifiées, ces citadelles lointaines où nos paladins, après de terrifiants combats, tombent sous les coups des Incroyants.

La voix de Sœur Rita s'élève dans l'église vide. Toute résistance est vaine. « Incroyant » : mot qu'elle jette à la tête des visiteurs. Et c'est le moment pour moi de m'avancer parmi eux, car il arrive souvent qu'un touriste étranger, luthérien ou orthodoxe, se sente visé et cherche à se racheter par quelque don. Sœur Rita, je vous écoute. Vous êtes mes premiers voyages, mon aventure et ma violence. Je crois à vos Croisés... Mais on peut se tromper. S'il y a votre vérité, il y a aussi celle du Père Saverio. « A cause d'un casque et d'un gantelet, prétendre que ces gentilshommes sont des Croisés ?... Et puis quoi encore ?... Pourquoi pas des Saints... Des Croisés, eux ? Et allez donc... Cette blague... Que prouve le costume dans un pays où les statues des Bienheureuses s'offrent à la dévotion des foules, les seins nus ? Et saint Alfio, le brave Gascon, certains peintres populaires ne l'ont-ils pas représenté sous les traits d'une muse, assise sur un nuage et flottant dans le désordre de sa longue chevelure... Hein ? » Le Père Saverio est notre confesseur. Il a ordonné que l'on ôte de l'église tous les tableaux où figurait un saint au sexe indéterminé, survolant le monde vêtu d'une tunique sans manches, l'épaule blanche et ronde, le buste généreux, la hanche large... Une figure énigmatique, hybride et qui ne faisait de mal à personne, ce saint Alfio. Nous l'aimions bien ainsi... Mais le Père Saverio est un Piémontais têtu. Aussi affirme-t-il que les six personnages agenouillés au pied de la Madone ne sont pas des donateurs ni des Croisés, mais des Rois Mages. Qu'en sait-il ? « Un teint de cuivre... Des cheveux crépus... La narine évasée. Pas de doute possible : c'est Balthazar. » Voilà ce que le Père Saverio dit d'un haut personnage en qui la Mère Supérieure reconnaît un de ses aïeux. Il le traite de nègre et plonge le couvent tout entier dans l'angoisse. A l'exception de la Sœur Rita qui, elle, ne se laisse pas démonter : « Jamais on ne représente Balthazar sans son turban. » Ça, elle a raison. Le seigneur en question, bien que foncé de peau, ne porte pas le moindre turban, ce n'est donc point Balthazar. « Il l'a ôté par respect pour la Madone. » Alors la Sœur Rita se fâche. « Parce que vous avez déjà vu dans votre vie six Rois Mages, vous ? Six Rois Mages aux pieds de la Madone ! C'est à mourir de rire, non ? » Le sang lui monte au visage — « Et vous, Sœur Rita, vous connaissez des Rois qui voyagent seuls ? S'il y a six personnages aux pieds de la Madone, c'est qu'il y a trois Rois et leur suite. C'est clair, non ? » Le Père Saverio a réponse à tout mais on ne l'aime guère. Il réussit à vexer tout le monde : la Mère Supérieure, la Sœur Rita, et même nous, les petites. Le Père Saverio prétend que nous sentons l'ail. Dans le couvent où il était précédemment, quelque part à Milan, la cuisine était paraît-il infiniment meilleure. « On ne gavait pas les élèves de *caponata.* » C'est bien possible... Mais à Palerme l'économe et ses tourières achètent ce qu'elles peuvent. Alors nous sentons l'ail. Le Père Saverio dit qu'en confession c'est intolérable, qu'il suffoque, que nous l'empestons. C'est la raison pour laquelle il confesse sans tirer son rideau violet. Alors on entend tout... Les pénitences qu'il administre, les remontrances... Enfin tout. Il a une voix qui porte et une diction très étudiée. Les *anciennes* ne veulent plus du Père Saverio. Elles se confessent ailleurs. On les comprend. Ce sont de vraies femmes, elles, et qui ont plus à raconter que nous : maris, vexations, abandons, peines, enfants... La vie, quoi... Moi je n'ai pas grand-chose à dire à part ces maudites distractions pendant la messe. « Et si tu ne pries pas, que fais-tu ? » Le Père Saverio a une voix perçante. Je lui réponds dents serrées et lèvres mi-closes. « Parle plus fort... » Merci bien... Pour qu'il dise ensuite que je sens l'ail. On a de l'appétit à mon âge. « Enfin si tu ne pries pas pendant la messe, que fais-tu ? Tu dors ? » — « Je regarde le pavement... » Pas de danger qu'on le fasse ôter notre pavement, il est classé, on vient l'admirer de partout. C'est une des merveilles de Palerme. « Je regarde le pavement, ce n'est pas pécher. » Alors le Père Saverio part en guerre contre le style de nos églises. « Des théâtres, dit-il... Impossible de faire prier qui que ce soit dans un décor pareil... Voilà où l'on en arrive avec toutes ces sollicitations offertes aux esprits légers... Voilà où en est la religion en Sicile... Qui oserait prétendre que l'on a besoin de ces marbres, de ces stucs, de ces mosaïques pour trouver Dieu ? » Il prône le pouvoir apaisant des murs sans ornements et des dallages de pierre. Il s'indigne : « Des pratiques sauvages... » Les seins, les nez, les pieds, les yeux, les ventres, et d'autres objets aux formes équivoques, enfin, tous ces ex-voto, toutes ces plaques en argent ou en cire qui pendent comme des grappes autour de nos statues en reconnaissance des miracles et guérisons qu'elles accomplissent, le rendent furieux. « Mais c'est pire que le Mexique ici !... Je suis au service de peuplades primitives... » Lui avouer ? A quoi bon... Les gens du Nord sont si prudes. Et puis cette place me convient, alors pourquoi risquer de la perdre ? Mon banc est posé sur le ventre de l'enfant-roi, de l'enfant nu. Je ne dis rien au Père Saverio. Je ne dis à personne que, les yeux baissés, j'ai vue sur trois plis de chair maintenus par une ceinture étroite, posée en banderole, où sont inscrits ces mots : « Mon nom est Jésus. » Je ne lui dis pas non plus ce que je vois plus bas : cette mystérieuse excroissance d'un rose délicat, ce sexe couleur de crevette ou bien de dragée, que je ne quitte pas des yeux, bien sûr. A l'heure où l'église est vide et les bancs rangés, c'est là que des femmes s'agenouillent, à même le sol, pour dire un chapelet ou demander une grâce. Je les ai vues frotter des images saintes qu'elles rangent ensuite dans leur sac ; je les ai vues porter leur mouchoir de cet endroit à leurs lèvres ; je les ai vues baiser le sol, avec ferveur, là.

Gianna Meri, les yeux baissés, n'a personne à qui avouer que ce culte rendu à la divinité enfantine ne l'effraye pas. Et la clandestinité de ce sentiment, aujourd'hui comme alors, l'isole.

Qui, de Tante Rosie, de Babs ou d'une quelconque grande prêtresse de la beauté choisie parmi toutes celles qui peuplent la salle de rédaction où je passe mes journées, — cette pièce où chaque courrier déverse sur nos tables une moisson de confidences féminines pas très propres, de demi-vérités avalées sans dégoût, de rengaines, pourries à force d'avoir servi, qui de ces puritaines ne crierait au scandale plus haut et plus fort que la plus austère des nonnes ?

Babs surtout. Je crois l'entendre...

CHAPITRE II

> L'instruction l'obligea à suivre des cours où on lui enseigna que le démon n'existait plus et que le surnaturel n'était que du naturel pas expliqué.
>
> Paul MORAND.

Babs, essayons de la décrire. Mais quels mots choisir pour donner du relief à ce qui n'en a pas ? Babs était longue, blonde et abstraite. Je l'observais dans l'attente permanente d'une surprise. Un mirage... Une somnambule. Je cherchais à déceler sur son visage quelque trace de fantaisie, d'humour, ou bien les marques d'une émotion passée, joie ou chagrin, d'une désillusion, d'une bataille perdue ou gagnée, un pli au coin des lèvres, que sais-je, une errance du regard. Mais rien. Ni défaite, ni victoire. A vingt-cinq ans, âge où les traits des femmes constituent déjà comme une géographie de leur passé, Babs portait en évidence et comme à la surface de sa peau les signes extérieurs d'une réussite sans histoire. Ses yeux d'un bleu de porcelaine exprimaient une gentillesse impersonnelle. Parfois — c'était bref et rare, mais on ne pouvait s'y tromper — un doute l'effleurait de ne pas pousser assez loin l'imitation du prix d'excellence en raffinement, de la femme sans défaut, infatigable et indécoiffable, à laquelle elle s'était une fois pour toute identifiée. Crainte vite conjurée... Il lui suffisait de mettre en route toute une parade de gestes élégants. Elle jouait de quelques accessoires convaincants, poudrier, brosse à rimmel, panoplie de la fumeuse pour rire, un attirail précieux, un assortiment qu'elle savait extraire de son sac dans un joyeux tintement de bracelets et de breloques — chaque geste étant chargé d'exprimer la certitude qu'elle n'était pas une imitation camelote de la femme élégante, mais cette femme-là, elle-même — sans oublier le nuage de parfum atomisé à coups brefs, juste sous le lobe de l'oreille. Après quoi, rassurée, Babs se retrouvait en terre connue, bien à sec, sur le rivage de ses convictions.

J'allais parfois la rejoindre à l'heure où elle déjeunait. Cela se passait dans son bureau, où une secrétaire déposait un plateau en carton chargé d'un repas frugal. Des crudités râpées, une tranche de viande froide, un pot de yaourt et une tasse de café noir, le tout vite avalé. Il nous restait du temps pour parler. Mais ce que je pouvais avoir à dire l'intéressait moins que sa demi-heure de détente. Elle commençait par ôter ses chaussures, tendait les jambes, exécutait quelques mouvements d'assouplissement, une savante rotation des orteils et des chevilles, puis restait cinq minutes aux aguets. « Une maille filée ? Un bas tourné ? », sait-on jamais. Ensuite elle allait à grands pas vers la fenêtre afin de baisser les stores et d'organiser ce qu'elle appelait « son éclairage Lautrec ».

Lautrec... ? Une lumière glauque filtrait entre des lamelles verdâtres, glissait sur la moquette, exagérait l'harmonie irrémédiablement végétale des murs. Tout était couleur d'oseille dans le bureau de Babs. Mais Lautrec, me demandais-je, pourquoi Lautrec et que venait-il faire là... ? Babs, en journaliste avertie, utilisait son nom comme une garantie d'originalité et d'invention. C'est une méthode de persuasion à laquelle on s'habitue vite aux Etats-Unis, où les peintres à haute cote endossent toutes sortes de paternités imprévisibles. A mes débuts, croyant bien faire, j'avais à l'occasion essayé de renforcer certaines descriptions par des comparaisons où je glissais les noms de Vinci ou de Michel-Ange, mais cela n'avait servi qu'à agacer la secrétaire de rédaction, Miss Blaisie, trente ans de loyaux services, une excellente personne :

— De grâce Gianna, oubliez la Renaissance, m'avait-elle dit. C'est une mauvaise époque et vous n'empêcherez pas les lectrices d'évoquer des histoires déplaisantes. Poison... Débauches... Papes mariés... Limitez-vous aux Impressionnistes et aux Cubistes. Avec Renoir et Picasso, vous serez toujours approuvée. Méfiez-vous de Modigliani. Maîtresse enceinte... Delirium... Cela commence à se savoir, ici. Et puis, la mort à l'hôpital... Trop de misère, trop de désespoir.

— Et la misère de Lautrec ne vous gêne pas ? Il était infirme...

— Excellent... Ancienne noblesse... Atavisme chargé. Il ne faut pas craindre le pathétique... Les femmes aiment ça. Instinct maternel, vous comprenez ?

D'où le vert Lautrec, bilieux, couleur d'absinthe ou de mauvaise digestion. Va pour Lautrec... Mais le bureau de Babs m'attristait.

— Tu tiens vraiment à ces harmonies d'aquarium ?

— C'est bon pour les nerfs, me répondait-elle. Tu ne sais pas te reposer, Gianna. Fais comme moi.

Elle s'installait sur deux fauteuils mis bout à bout. Puis, avec l'air impénétrable d'un professeur d'éducation physique exécutant un mouvement difficile, elle enfonçait lentement ses deux mains ouvertes au creux de son estomac. Performance infaillible qui, selon une méthode tibétaine ou chinoise, je confonds toujours, l'aidait à éructer sans vergogne l'air superflu qui s'amasse là, on ne sait pourquoi.

— Je te choque, Gianna ?... Vous autres, vous désapprouvez toujours ce qui vous surprend...

Un « vous » terrible, infranchissable. Une muraille de Chine ce « vous »...

— Vous ? qui, vous ?

— Vous les gens d'Europe... Un jour où j'expliquais ma façon de faire à une amie grecque, elle a eu un sursaut d'indignation. Elle nous a abandonnées en plein poker !...

— Et tu ne t'es pas demandé si, de son point de vue à elle, ton mode de relaxation n'avait pas quelque chose de répugnant ?

Babs laissait errer ses grands yeux vides dans la pièce à demi éclairée et abaissait un instant ses paupières pour bien me signifier qu'elle ne m'écoutait plus.

— Quelle poseuse de questions tu fais !

Nous nous taisions.

Ainsi s'écoulaient nos récréations.

La découverte d'une photo de famille modifia sensiblement nos rapports. Un hasard. Il ne s'agissait pas d'un agrandissement retouché, encadré d'argent, un de ces chefs-d'œuvre comme on en voit, posés à l'angle des bureaux. C'était un document jauni, un peu écorné et qui servait de marque dans un dictionnaire de diététique.

— J'hésite, me dit Babs ce jour-là. Que recommander pour le teint ? Je dois commencer par démontrer à nos lectrices qu'elles ont toutes mauvais teint et que leur avenir, leur carrière, leurs amours auront à en souffrir. Cela me fait dix lignes... Histoire de les inquiéter. C'est ma méthode... Mais après ? Il me faut une trouvaille, quelque chose comme un grand espoir.

Je suggérais des carottes...

— Chez nous, on dit que pour avoir un teint de pêche il faut manger des...

— Impossible, coupa-t-elle sur un ton qui excluait toute objection. Dans nos métiers, une vérité trop évidente est suspecte. Tu peux me croire sur parole. Il me faut des mots imprévisibles, mystérieux, savants... Trouve-moi le mot carotène, veux-tu ? *Là.*

D'un doigt impératif, elle me désignait le dictionnaire de diététique sans quitter sa chaise longue ni sa pose alanguie, comme si cette recherche m'était imposée pour me punir de mes lacunes. Il me fallait chercher la définition du mot carotène puisque je tenais pour ridicules ses procédés de relaxation et aussi parce que je posais trop de questions.

— Tu le trouves ?

Comme je tardais, elle se leva.

— Mais lis donc... La page est marquée. C'est là... « Carotène, le pigment auquel la carotte doit sa teinte éclatante et son action désintoxicante... »

Je ne l'écoutais plus. Il y avait la photo. Les parents de Babs, cet homme et cette femme ? Lui, quinquagénaire, ganté de filoselle, plus grand qu'elle qui avait un air timide, une coiffure de garçonnet et les mains carrées. Des rides... Les parents de Babs avaient de bonnes grosses rides paysannes.

— Ce sont tes parents, Babs ?

— Ils étaient missionnaires en Corée. La photo a été prise l'année de leur départ. J'avais douze ans.

— Et tu es restée ici ?

— Tante Rosie a dit à son frère qu'il ne suffisait pas de

croire en Dieu et de vouloir ouvrir aux hommes les portes du Paradis pour réussir l'éducation d'une fille. Alors elle m'a gardée. Ma mère est morte depuis. Mon père revient environ tous les six ans. Mais nous sommes des étrangers l'un à l'autre. Nous n'avons vraiment rien en commun lui et moi. Vraiment rien...

Je ne saurais dire pourquoi la révélation d'un père missionnaire en Corée changea l'ordre de nos relations. Babs qui, jusque-là, n'avait offert que peu de prise à ma curiosité, devenait différente. J'avais besoin de cette photo et de ce couple de missionnaires pour être convaincue de sa réalité.

J'essayais de reconstituer les faits tels qu'ils se seraient succédé sans l'intervention de Tante Rosie. Je voyais Babs élevée par un clergyman attentif, veillant sur la pureté de son âme ; Babs grandissant à la Mission parmi des néophytes baptistes et coréens, occupant ses heures de repos à broder, étendue près d'une fenêtre comme elle s'étendait ici dans son bureau, même pose, même regard aimable. Je l'imaginais aidant sa mère, faisant la classe, s'adressant aux oubliés de Dieu d'une voix haute, impérieuse, — sa voix. Je l'entendais : « ... les impudiques ne franchiront pas les portes du Royaume. » Je l'entendais, là-bas, diffusant la bonne parole et distribuant des bibles avec l'énergie qu'elle mettait ici à prêcher la séduction. Sa vraie nature ? Un sérieux accablant, et la candeur, l'intransigeance des spécialistes en conversions difficiles. Brave petite salutiste ! Si un jour tu cesses de lutter à coups de polissoir contre les doigts carrés et la solide main que t'a légués ta mère... Si tu oublies les leçons de Tante Rosie et son idéal de respectabilité... Si tu renonces à tes sourires étudiés dans la glace et à ta démarche de mannequin... Alors on verra ce qu'il y a de vrai en toi... On remarquera tes joues pleines... Mais oui, pleines... Tu auras cessé de les avaler, de les aspirer, de les effacer par des mimiques savantes. Et ton mollet bien rond, bien sain, de gardeuse d'oies, on le verra aussi. On apprendra qui tu es. Cela arrivera sûrement...

— Mais, Gianna, à quoi penses-tu ?

C'était plus fort qu'elle. Devant quelqu'un qui se taisait, Babs était saisie d'angoisse.

— A quoi penses-tu, Gianna ?... Tu ne vas pas rester l'après-midi entier à me regarder sans dire un mot ?

J'écoutais, rythmant nos silences, le va-et-vient des ascenseurs, leurs portes glissantes qui s'ouvraient et se refermaient sur les employées revenant du « snack », un bruit doux, régulier comme le flux et le reflux de la mer, dix ascenseurs soupirant chacun à son tour, dix voix lointaines, celles des liftiers annonçant l'étage avec une féroce élégance, criant le nom du magazine *Fair* comme on commande « Feu ! » dans les films de guerre, à l'exception du liftier noir qui exécutait son travail sur l'air d'une chanson tendre, un *blues* : *Fair... Fair... Fair,* une comptine dont il s'amusait à bouche fermée tout en montant et en redescendant dans sa cage. J'entendais le personnel déferlant par vagues et le « tac... tac... tac... » des hauts talons sur le linoléum du couloir, hygiénique copie d'un tapis d'Aubusson. Je ne pensais presque plus à rien ou plutôt, oui, je songeais : « Babs existe... Il suffit d'attendre. »

*
* *

Il y eut la mort de Miss Blaisie, la secrétaire de rédaction. Miss Blaisie, trente ans de calibrages exacts et de légendes au carré, morte d'un cancer du sein. Sa disparition me laissait indifférente. Mais pas plus que je n'ai pu taire les difficultés rencontrées par Tante Rosie pour assurer son manteau de fourrure ou cacher au lecteur l'incident de l'enfant noir pissant dans la porte tournante de notre immeuble, je ne puis négliger le récit de l'enterrement de Miss Blaisie.

Le parloir funèbre n'avait qu'un étage, une jolie porte vernissée et une façade rose. Sa toiture en métal dentelé cherchait à évoquer une chapelle gothique. L'intention ne faisait nul doute. Mais plusieurs antennes de télévision, groupées en bouquet, détruisaient l'effet souhaité. Et puis aussi une boursouflure en forme de bulle, un petit dôme, qui, pris entre la façade d'un cinéma et une cafétéria à la vitrine envahie de gigantesques gâteaux noyés sous la crème, de poulets tristes et pâles, avait quelque chose de burlesque, comme si Louis II avait érigé là, sur le trottoir de Madison Avenue, une de ses folies bavaroises.

La brave Blaisie était donc morte et Babs m'avait demandé de l'accompagner.

— Elle faisait partie de l'Assemblée Invisible, une religion bizarre... Quelque chose comme des spiritualistes, me dit Babs. Il n'y aura ni prêche ni service. Il suffira de signer le registre, de la voir et de sortir...

La voir... Voir Blaisie exposée dans un hall tapissé de plastique, sous un édredon en soie crème, c'est à cela que je m'attendais le moins. Elle portait une robe que je ne lui connaissais pas, une toilette très collante et qui laissait une épaule nue. Le fond de teint dont elle était enduite ne réussissait tout de même pas à lui rendre sa fraîcheur primitive. Quelques os dans une membrane desséchée : nous avions cela à regarder. Et une Underwood... On la lui avait posée sur le ventre.

A peine assise à côté de Babs, l'envie me prit de m'en aller. Mais comment ? Les membres de la rédaction affluaient, emplissaient la salle, gagnaient des rangées de chaises vides et s'y installaient en échangeant leurs impressions sur la pauvre Blaisie.

— Elle est chou, non ? murmura ma voisine.

C'était l'infirmière attachée à nos bureaux, spécialiste en migraines et peines de cœur, préposée aux crises de nerfs des *cover-girls,* aux évanouissements en studio, une sorte d'entremetteuse, les poches toujours pleines de cachets, de calmants, et aussi de messages qu'elle se chargeait de transmettre directement à ces dames.

— Nous allons regretter Blaisie, reprit-elle.

Je fis oui de la tête.

— Ce cran lui va bien... Elle n'a jamais été mieux coiffée.

J'aperçus la rédactrice en chef. Elle s'appelait Fleur, Fleur Lee, un joli nom. Un mètre à peine la séparait de la pauvre Blaisie sous son édredon en soie. Fleur était assise au premier rang. Derrière elle, les chaises restaient vides. Comptables, dessinateurs, secrétaires, metteurs en pages, laborantins, le menu peuple des garçons de bureau, des coursiers, des téléphonistes, le cireur de souliers qui arpentait chaque matin nos couloirs sa boîte à la main, et même le liftier noir (Blaisie faisait partie d'une ligue d'émancipation pour les gens de couleur) restaient debout, massés dans le fond du temple, comme si ces chaises vides marquaient l'emplacement d'une frontière infranchissable au-delà de laquelle ils n'osaient pas s'aventurer.

« Avancez, mais avancez donc », semblait leur dire Fleur Lee qui, le buste légèrement rejeté en arrière, tendait vers eux ses mains gantées de blanc. Elle croyait être encourageante, familière, mais son geste, très théâtral, était plutôt celui de la *prima ballerina* au dernier acte de « Roméo et Juliette » lorsque, dressée sur ses pointes et les bras tendus, elle prend les spectateurs à témoin de ses malheurs : « Voyez, mais voyez à quoi j'en suis réduite, séparée de mon Roméo, seule... Si désespérément seule... » Fleur Lee réussissait une mimique au moins aussi pathétique, mais qui demeurait sans effet : le personnel n'avançait pas. Alors elle abandonna le style Juliette-à-quelques-instants-de-sa-fin et reprit sa mine habituelle, femme supérieure et qui entend être obéie. Elle laissa même échapper un hochement de tête agacé.

— La patronne s'énerve, remarqua l'infirmière.

J'acquiesçai vaguement.

— C'est qu'elle n'aime pas qu'on lui résiste... Vous, on dirait que ça ne va pas ?

— Tu as l'air bizarre, chuchota Babs.

— J'ai la tête qui tourne. Tu ne trouves pas ça répugnant de voir notre Blaisie, la digne Blaisie, avec une épaule nue et son Underwood sur le ventre ?

— Pourquoi répugnant ?...

Babs paraissait mortellement offensée.

— Alors tu aurais dû remplir ton sac de rognures de gomme, d'épluchures de crayon, de trombones, d'agrafes, de fonds de corbeille à papiers. Nous les aurions jetés sur la couche funèbre par poignées, comme des confetti... La mascarade aurait été complète. D'ailleurs, je vais m'en aller.

Elle fronça ses sourcils et pinça les lèvres.

— Tu es folle, dit-elle.

Puis, sentant que son indignation manquait peut-être d'agrément ou de désinvolture, elle me gratifia d'un sourire qui découvrait toutes ses dents à la fois ainsi qu'un bout de langue rose posé sur le bord de ses lèvres : un classique de la séduction américaine.

Un grand mouvement eut lieu. On poussa un meuble auquel

personne n'accorda la moindre attention, une sorte de *juke-box* monté sur roulettes.

Babs avait entamé avec l'infirmière une conversation à voix basse où il était question d'un liquide d'invention récente destiné à faciliter les mises en plis.

— On reste une demi-heure de moins sous le séchoir et l'ondulation tient une semaine de plus. Les professionnels qui l'emploieront feront fortune...

Babs l'interrompit. Elle était en verve de trouvailles :

— Je le recommanderai aux accouchées, aux grippées, aux opérées.

L'infirmière eut un geste de menton pour désigner les employés des pompes funèbres qui cherchaient à brancher le *juke-box*. L'un d'eux ôta sa casquette, s'épongea le front.

— Et eux ? Vous croyez que ça ne les intéresse pas ? On ne leur livre pas tous les jours une Blaisie impeccable et bien coiffée. Et ce sont toujours les familles qui vous négligent un malade, celles qui le laissent mourir à l'abandon, ce sont toujours celles-là qui veulent présenter à leurs amis un beau cadavre bien propre... Vous voyez ce que je veux dire ? La putréfaction ça existe... Et la mise en plis d'un mort, c'est plus facile à dire qu'à faire. Alors si on peut simplifier tout ça avec un produit... Vous devriez écrire là-dessus... Cela intéresserait tout le monde...

Babs gardait son grand air et ne répondait plus. C'était sa méthode. Lorsqu'elle avait trouvé un interlocuteur sur lequel expérimenter un sujet d'article, elle le pressait comme un citron, puis feignait de ne plus le connaître. Mais je savais qu'elle n'avait pas perdu un mot de l'infirmière et que le produit en question ferait le sujet de son article la semaine suivante.

M'en aller... Ne plus voir Blaisie. Oublier Blaisie pourrissant sous son édredon. C'est à ce moment-là, je m'en souviens, que l'envie de partir me prit comme une nausée. Je vois encore la grosse main de l'infirmière se poser sur mes genoux d'un geste compatissant...

— Vous... je sais ce qu'il vous faut. Allez, avalez-moi ça. C'est un tranquillisant. Je ne sors jamais sans ma provision. Les Italiennes, ça me connaît, allez... On en a plein la cabine en ce moment. Nous ne photographions que ça : des *cover-girls* italiennes. Rien d'autre. Une crise de la patronne. Tantôt elle ne veut que des Anglaises, tantôt elle ne jure que par les Italiennes. En ce moment, ce sont les peaux mates qui plaisent. Vous me comprenez ? Et elles sont nerveuses, ces Italiennes, mais nerveuses !... Et capricieuses. Elles m'en font voir. Il ne me manquait plus que d'être à côté de vous le jour où l'on vient dire adieu à notre pauvre Blaisie...

Des rampes lumineuses s'allumèrent derrière les vitraux. L'éclairage imitait à la perfection une brusque apparition du soleil. A cet instant, on vit Tante Rosie, un parapluie trempé à la main, bottée de caoutchouc et les cheveux protégés par un triangle en matière plastique, qui descendait l'allée centrale. Toute menue dans sa jupe de patineuse, elle adressa en direction du premier rang quelques sourires charmés et déférents puis, remarquant le personnel toujours massé autour de la porte d'entrée et toujours hésitant, avec de nouveaux sourires, plus enjôleurs que les précédents quoique moins déférents, elle réussit à l'entraîner sur ses pas et, très à son aise, consciente de l'importance de son initiative, vint nous rejoindre. Fleur Lee lui adressa des bravos silencieux expédiés du bout des doigts, que Tante Rosie fit mine d'attraper au vol, toujours gamine, tandis que les membres de la rédaction commençaient à occuper les chaises.

— Ne sommes-nous pas une seule et même famille ? me demanda-t-elle en s'asseyant à côté de moi. Pourquoi restaient-ils debout ces pauvres gens ? C'était choquant, ne trouvez-vous pas ? Enfin... Voilà qui est fait.

Puis elle ajouta d'une voix chuchotée :

— Chaque fois que m'est donnée l'occasion d'aider Babs dans sa carrière, d'une manière ou d'une autre, je la saisis...

L'infirmière la félicita sur sa bonne mine.

— Mrs. Mac Mannox, vous ne prenez pas un jour...

On avait réussi à brancher le *juke-box*, dont le cadran s'était éclairé. De ma place, je pouvais lire le nom des cantiques que nous allions entendre. Mais personne ne songeait à le mettre en marche. Il y eut un moment de flottement, pendant lequel on entendit tomber la pluie. Puis brusquement les rampes lumineuses s'éteignirent. Le *juke-box* aussi.

— Les grandes lumières sont réservées aux cérémonies avec musique, expliqua l'infirmière en me prenant le bras. Je vous dis ça à titre de renseignement. Chez vous, cela se passe sans doute différemment...

Les employés en casquette vinrent retirer le *juke-box*. Ils le poussèrent hors de la pièce avec des hochements de tête excédés, tandis que Tante Rosie se tirait le cou pour mieux admirer, elle aussi, la pauvre Blaisie sous son édredon.

Absurde... Une cérémonie confondante... Un carnaval blasphématoire. Fuir... Mais c'est impossible. Dire à Babs que la tête me tourne. Eprouver une honte terrible et tout confondre, le visage de Blaisie avec celui de Tante Rosie. Mais non le rouge de Blaisie ne coule pas et elle n'a pas cette moue de bébé que l'on gave ; elle sourit d'un sourire subtil, tracé au pinceau, une belle horreur. Et puis cette odeur qui inonde tout, qu'est-ce au juste ? Un parfum ?

— Vous sentez rudement bon, Tante Rosie.

Je lui dis ça gentiment, mais ce n'est pas elle. Elle s'en défend.

— Oh non... Mac Mannox prétendait qu'une femme qui se parfume pour aller au temple compromet la carrière de ses proches... Vous pouvez être sûre que ce n'est pas moi...

Alors c'est le parfum dont on a aspergé Blaisie... Et je ne réussis plus à quitter des yeux la morte qui demeure présente, si charnellement présente, avec sa bouche fardée, son épaule nue et ce parfum exaspérant.

Un homme avança, qui portait une jaquette noire et un pantalon rayé. Il avait de mauvaises dents : il souriait gris.

— Les fidèles réunis ici comptent-ils parmi eux un membre de l'Assemblée Invisible ? demanda-t-il sur un ton las.

La bonne blague... Personne ne bouge. Personne dans l'assistance ne fait partie de cette Eglise absurde. Au premier rang, Fleur Lee hausse discrètement les épaules...

— C'est que ça lui a terriblement nui à cette pauvre Blaisie, me dit Tante Rosie... Une religion impossible...

Alors l'homme en jaquette, qui avait l'air pressé d'en finir, demanda à voix très haute :

— Quelqu'un veut-il prononcer l'éloge de la défunte ?

Fleur Lee sortit de son sac quelques feuillets. Mais elle n'eut pas le temps de se lever. Une grosse fille brune, un mouchoir pressé en tampon sous le nez, s'est dressée.

— C'est la secrétaire de Blaisie..., me dit Babs. Pauvre Inès... Elle a l'air malade de chagrin.

L'homme en jaquette alla à sa rencontre. Inès avait le sang aux joues et ne cessait de tortiller son mouchoir.

— Vous avez préparé quelque chose, mademoiselle ?... Avancez... Mais avancez donc.

Il la précède. Il la soutient.

— Ne pleurez pas ainsi... Faites un effort pour vous contrôler.

— Eh bien ! en voilà un travail, murmura l'infirmière qui paraissait prête à intervenir.

Inès sanglotait. Au premier rang, on est choqué. Un mouvement de désapprobation fait osciller les chevelures gonflées et les étoles en vison. Oui, on est choqué !

— Le chagrin, passe encore... mais l'hystérie. C'est inconcevable.

— On le disait bien qu'elle avait une mère portoricaine, murmura Tante Rosie, comme se parlant à elle-même.

L'homme aux dents grises ne savait plus comment apaiser le chagrin d'Inès. Elle pleurait sur son épaule tout en répétant d'une voix mécanique : « La sténo la plus rapide... Blaisie faisait du 125 à la minute... » Il répondait : « Mais oui, mais oui », en lui épongeant le visage, en la berçant comme une enfant. A les voir tous deux, elle accrochée à lui, disloquée et comme privée de jambes, lui très raide dans sa jaquette et ses pantalons rayés, on se serait cru en présence d'un ventriloque traînant sa partenaire : une poupée de quatre sous, avec des cheveux en étoupe et une tête de carton bouilli.

— Allons... calmez-vous et dites ce que vous avez à dire.

Inès ravala un sanglot, lui passa un bras autour du cou et eut un geste de tête qui pouvait être pris pour un acquiescement. L'homme lui fit exécuter un demi-tour sur elle-même afin de la présenter aux fidèles de face.

— Là... Là... Voilà que l'on redevient une bonne fille bien raisonnable.

Mais Inès eut un tremblement convulsif qui la secoua toute. Elle pâlit, s'accrocha au veston de l'homme, puis à son gilet, lui prit le bras qu'elle tira violemment à elle d'un geste possessif, enfin s'effondra à ses pieds en gémissant : « Oh... embrassez-moi... je l'aimais tant. »

— Surmenage, dit l'infirmière en se levant précipitamment.

Sur le trottoir de Madison Avenue, la façade bleue du cinéma affichait un Kirk Douglas monumental, tout poil et tout muscle, un beau paquet de chair rose. Son image chassa aussitôt de ma mémoire celle de Blaisie sous son édredon. Un peu plus loin, dans la vitrine de la cafétéria, il y avait les poulets froids sous leurs housses en cellophane... Ils étaient tristes mais au moins ils ne souriaient pas. Quelques mètres encore et je ne pensais plus à Blaisie. Décidément son souvenir ne m'était d'aucun poids. Je le perdais au premier tournant. S'agissait-il même d'un souvenir ? Certainement pas. Un souvenir vous colle à la peau, vous appartient comme une enfance. Or rien de ce que j'avais vu ne pouvait m'appartenir, rien ne pouvait demeurer en moi sans provoquer cette envie irrésistible de restituer tout, là, n'importe où, devant un cinéma, sur le seuil d'une cafétéria. Cela peut paraître étrange ce désir de ne rien retenir. C'est à ces signes pourtant que l'on reconnaît l'exil.

*
* *

Plusieurs semaines s'étaient écoulées depuis mon arrivée à New York et je ne réussissais toujours pas à me couper du passé ni à guérir de l'envie de regarder en arrière. Or, il aurait convenu d'être plus prudente, de vivre en état d'alerte, comme un malade auquel le moindre mouvement peut être fatal. Je manquais d'expérience... Ainsi, certains jours, la vue d'un téléphone suffisait pour déclencher des associations d'idées, de sons, d'images, d'une rapidité fulgurante. J'entendais une voix me souffler des propos rassurants. Comme si l'amour pouvait guérir de la mort... Je rêvais.

Babs, pendant ces rechutes, me considérait avec une stupeur d'autant plus excusable qu'elle ignorait les causes de mon mal.

— Mais enfin qu'est-ce qui te prend ? me demandait-elle.

— Rien... Je vais appeler Palerme.

— Alors fais-le et cesse de regarder ta montre à chaque instant.

— Je n'arrive pas à avancer mon article... Une précision touristique qui me manque.

Habituée à mes sautes d'humeur, Babs se remettait à son travail sans me répondre et je quittais la salle de rédaction, disant qu'il me fallait le silence d'un bureau vide pour ne rien perdre de cette communication lointaine. Une fois seule, ma voix intérieure changeait de ton, ou bien peut-être cessais-je tout simplement de la croire. Je me rappelais... Le téléphone me tombait des mains. Alors je sortais, remède souverain. Car New York agissait sur moi comme un incendie où se consume l'étincelle initiale. Je voyais la Sicile partout et ce travail de l'imagination me tenait en équilibre. Que ma promenade durât une heure, une matinée ou un jour entier, je finissais presque toujours par errer, enveloppée dans ma vision comme dans une brume heureuse.

C'est vers cette époque, je crois, que je feignis de ne plus trouver un sujet de chronique si je restais enfermée dans la salle de rédaction. Avertie de mes fréquentes absences, Fleur Lee décréta qu'elle était disposée à les tolérer si ma méthode se révélait efficace. Elle prit sa voix perchée pour parler des chemins secrets qui conduisent au succès. Elle sous-entendait que le magazine trouverait son compte dans cette nouvelle manière de faire. Puis elle fit allusion à ce qu'elle appelait « mon laisser-aller professionnel... », mes « bizarreries » et la folle dépense que je faisais de mon temps. Elle attendait de moi quelque confidence.

— Vous me direz un jour pourquoi vous êtes ainsi...

Je ne lui répondis rien. Fleur Lee n'était pas femme à comprendre que l'on puisse vivre, longtemps, empoisonnée par un reste d'espérance.

*
* *

Errez dans une ville où la rêverie est cohérente, où l'angoisse n'est que hantise de puissance. Suivez la 5e Avenue en spécialiste de l'évasion... La tête inquiète, dites-vous : « Je veux de l'inutile, du majestueux, je veux des bustes en marbre sur des façades lépreuses, je veux des rues où l'on s'égare, un labyrinthe, un dédale, les chansons hurlées de mon quartier et les bars grands ouverts, je veux des dieux à triple visage et des allégories aux carrefours, je veux les ruisselantes fontaines des pays de l'eau rare, je veux de l'inexplicable, de la légende et des dragons, de vastes jardins et des gerbes d'étoiles, je veux Palerme... » Et que voyez-vous ? Un chantier où flotte un nuage de poussière. Un chauffeur s'arrête. Il regarde lui aussi.

— Hier, il y avait là une maison, dit-il la voix joyeuse. Aujourd'hui, rien... Vraiment plus rien. C'est formidable, non ?

Il est cordial. Cette disparition soudaine le distrait. Lui dire : « Chez nous, tout a été aux trois quarts détruit... Alors ce qui reste on le soutient, on l'étaye, on le restaure, et si les moyens font défaut on habite humblement la chose en ruine... » Mais vous ne parviendrez pas à l'intéresser, cet homme. Vous pensez à quel point ça peut lui être égal cette histoire de maisons qui croulent, en Sicile. Alors, il faut chasser de votre esprit une pensée qui ne vous est d'aucune aide. Ce que vous cherchez ? Un sujet d'évasion pour les lecteurs de *Fair*. Rien d'autre ne doit vous absorber. Fleur Lee n'a pas mâché ses mots : « Des inconnus à satisfaire, vous êtes payée pour cela. Dans la rue regardez autour de vous. Pas un passant qui ne pourrait être un de vos lecteurs. » Et elle ajoute : « Pas de poésie surtout... Du direct... Du concret... *Fair* n'est pas un magazine abstrait », phrase qu'elle accompagne d'un coup de poing dans le vide donné avec toute la force de ses beaux doigts fuselés. « *Fair* a besoin de *zzang*, vous comprenez... Du nerf, quoi. » Je comprends... Mais quelle évasion leur offrir à ces architectes de la transparence ? Ils donnent dans le verre comme dans une joie défendue... Ils s'offrent des maisons en cristal fumé, ils exigent de leurs murs qu'ils reflètent les formes changeantes d'une ville sans passé. Comment s'en arracher ? Du fond des jours bleus, du fond de vous-même un souvenir s'évade. Tout à coup, il vous emporte. On dirait une source vive, un torrent trop longtemps contenu derrière la vanne close de votre mémoire. Depuis combien de temps vous guettait-il, ce muret en pierres sèches que vous revoyez si bien, avec ses touffes de jasmin fou et ses coulées de chèvrefeuille. Peuplé d'insectes... Un baiser sur les yeux, puis un autre sur les lèvres, ce premier baiser c'était là, à plat ventre dans l'herbe et là, quelques années plus tard, de la terre plein les mains, des prières plein la bouche, là encore, lorsque paraissaient les avions, que vous perdiez, comme on perd l'innocence, l'enfantine croyance qu'une vie n'a pas de fin. Alliez-vous l'oublier, ce mur ? Se peut-il que des gens ignorent ce qu'on est en droit d'attendre de la pierre ? Trouée, sonnant le vide, elle abrite, elle protège, elle résiste de tout son cœur et reste longtemps une de ces ruines terribles où trouvent refuge le souvenir de nos amours mortes et la lessive des sans-abri. Leur raconter cela aux lecteurs de *Fair ?* Palerme assassinée ? Est-ce assez direct, assez concret ? A trois jours de la Sainte-Rosalie, en pleine nuit, un éclairage de fin du monde, un feu d'artifice à vous arracher du sol, et les bombes marquant à tous les clochers l'heure des écroulements fantastiques, carillonnant le signal des anéantissements, soufflant à travers la ville le parfum des arbres et la neige rose des lauriers. Vous pourriez leur raconter cette nuit-là aux lecteurs de *Fair,* cette nuit où la mort faisait des gammes dans le ciel et retombait avec un bruit de tonnerre, où de sanglantes marionnettes, abandonnées au travers des trottoirs, gémissaient : « *Ambulanza... Ambulanza* », tremblantes voix qui réclamaient le tacot poussif occupé ailleurs, perdu, planqué, que sais-je... Et le piétinement des agents ? Cercle sombre à forte poigne, damnés fascistes avançant au pas de gymnastique, se ruant contre une foule furieuse, excédée, décidée à tuer, à piller, à dévaliser. Et puis le cri des femmes qui s'élevait des ruines où tout s'était éteint. Oh ! ma ville, ma pauvre ville... Avec pour toute réponse, dans le ciel, le vol éperdu des hirondelles.

Mais pas de malheur dans *Fair*. C'est un ordre de Fleur Lee. Nous sommes le magazine des vies heureuses, des belles fortunes et des femmes qui réussissent. Oubliez-vous le message que l'on vous a remis hier ? Un *memo* de la direction. C'est le mot que l'on emploie ici pour désigner ces instructions écrites qui sont toujours de mauvais augure. « Votre rôle n'est pas de confier vos souvenirs aux lecteurs. Vous êtes payée pour les distraire. Donnez-leur de la couleur locale. » Bon.

Que dirait Fleur Lee de Monsieur Giuseppe ? Un sujet, Monsieur Giuseppe ? Un personnage ce démêleur d'affaires ?... Rude métier que le sien, toujours debout dans les mairies à faire la queue pour les riches. Du matin au soir dans les antichambres à répéter : « Oui, Votre Seigneurie... » « ... Mais certainement, Excellence... » Toujours occupé à convaincre les fonctionnaires, avec un peu d'argent glissé en secret : « C'est bien peu de chose, Honorable... », et une manière à lui de se présenter : « Ici, Monsieur Giuseppe, pour vous servir », en s'inclinant. Et toujours correct, toujours bien cravaté, ce champion des livrets de famille obtenus en un temps record, cet éminent spécialiste des actes notariés, des certificats de réforme décrochés à la force du poignet... Pas facile le certificat de réforme. « Votre Excellence peut me croire sur parole lorsque j'affirme que mon client est dominé par un mal terrible, un mal de famille qu'aucun médecin ne peut guérir et que, de plus, il a les pieds plats... » Les pieds plats... Cinquante lires, cent à la rigueur, pour Monsieur Giuseppe s'il réussit à obtenir ce certificat avec le timbre et tout... Un sujet, notre voisin ? Le meilleur affairiste de Palerme, toujours en veston, même par grande chaleur, et que voilà en manches de chemise, courant les ruines, fouillant, hurlant, cherchant sa femme « Agathe, mon Agathe ! » titubant, déchiré de partout avec une seule jambe à son pantalon et au mollet cette varice, gagnée à être resté si longtemps dans les queues, cette vilaine varice qui saignait « Agathe, mon Agathe, ma clochette, mon clocheton, ma palombe, mon sucre... » Il ne retrouvait que sa cafetière, qu'il serrait contre lui, un bien précieux, un trésor, marque « Vésuvienne », pour deux tasses seulement.

Mais pas de Monsieur Giuseppe dans *Fair*. Fleur Lee n'en veut pas. Elle affirme qu'une démocratie bien organisée n'a que faire d'un homme de cette sorte. « On n'a pas de démêleurs d'affaires ici... Tout le monde fait la queue... Alors, je vous en prie, Gianna, laissez votre Monsieur Giuseppe en Sicile et n'en parlons plus. » Il vous faut un autre sujet. Il faut encore marcher. Marcher entre ces colosses habitables, marcher parmi ces tours qui vous accablent, qui prolifèrent avec une rapidité folle, ce troupeau serré, ces masses qui s'enfoncent dans le ciel, le trouent, le violent, que l'on astique, que l'on lave, que des hommes minuscules, arrimés sur une planchette ancrée à hauteur d'avion, nettoient avec de petits gestes de laveur de vaisselle. Pas un banc... Jamais un square. Mais des chantiers à tous les carrefours et qui surgissent presque sous vos pas comme dans les cauchemars. Des messieurs graves surveillent des grues mécaniques. Ils font la somme de leurs allées venues, ils alignent des chiffres. L'un d'eux — personnage que pour la commodité du récit nous appellerons l'Entrepreneur avec un E majuscule — est particulièrement attentif. Cette machine qui tournoie sans relâche a besoin de lui pour ouvrir une mâchoire féroce, happer une dalle translucide et repartir en charriant sa proie. Sans lui, c'est évident, elle demeurerait immobile, paralysée, colossale potence plantée dans le ciel de New York. Mais l'Entrepreneur est là, qui la regarde sous le large bord de son chapeau. A Palerme, lorsque le soir tombe, plus immobiles que des statues, des hommes qui lui ressemblent surveillent un discret va-et-vient. L'analogie des situations est frappante. Il s'agit, ici aussi, d'aligner des chiffres tandis qu'une poupée marcheuse perchée sur de hauts talons racole un client, l'entraîne, cherche à le convaincre — « L'amour, tu sais ce que c'est oui ou merde ?... On n'en a jamais vu des comme ça !... C'est des vrais sauvages ces gens-là... *One dollar. Do you understand ?* » — qu'elle le frotte, qu'elle le pelote, qu'elle le cramponne, qu'elle le pousse dans une baraque quelconque, un rez-de-chaussée abandonné, une cave, un sous-sol, n'importe quoi... Ces cris ! Il fallait les entendre. Plus rien. On leur avait tout pris à nos libérateurs : portefeuilles, papiers, argent, photos-souvenirs, tout. Ils ressortaient comme des furieux. Ils hurlaient leur numéro matricule, leur arme, leur grade comme autant de preuves de leur honorabilité. Ils réclamaient le commandant de la place... On leur répondait : « *Sissignore ! Certo ! Subito Signore.* » Mais personne ne bougeait... On n'avait rien vu... rien entendu. Il fallait voir leurs têtes aux vainqueurs...

L'Entrepreneur, lui, a la mine satisfaite. La plus belle enfant de la Kalsa en grand tralala, se déhanchant à faire douter qu'elle ait une colonne vertébrale, toutes les filles de Catane et de Messine réunies, avec des jupes collées aux fesses, une jolie chaîne au cou et une médaille bringuebalant au creux des seins, un morceau de fille à rendre un homme idiot, à lui couper la parole, le souffle, l'appétit et le reste, même cette fille-là ne réussirait pas à détourner l'Entrepreneur de son travail. Seuls l'intéressent sa machine et le carnet qu'il tient à la main. Il établit une fiche sans quitter des yeux la grue mécanique.

— Sans rivale... Elle est sans rivale.

Il veut m'expliquer ses mérites, ses performances, il y tient. Il parle, il parle, une nécessité contre laquelle il ne peut rien. Il a l'air si sûr de lui, si plein de convictions, et si supérieur, et si condescendant. Qu'il est irritant ! Il insiste :

— Trente étages... Nous en aurons bientôt terminé... C'est qu'elle fait des miracles, dit-il en lançant à sa machine un regard attendri.

— Des miracles ?

Le voilà qui s'inquiète :

— En connaissez-vous de plus fortes ? Vous avez sans doute vu mieux ailleurs ? Et où donc ?

Oui, mieux, mille fois mieux en Sicile, au bout du chemin qui conduit à l'extrême bord de la falaise. C'est là que Polyphème a jeté à la mer d'un seul bras ces blocs sombres percés de grottes où l'on va en barque chercher l'ombre. Oui, d'un seul bras, en les balançant du haut d'un rocher. Une sacrée casse... Votre machine n'en fera jamais autant. Le lui diriez-vous qu'il ne vous croirait pas. Tout interdit à cet homme d'admettre que le tracé d'une côte fut bouleversé par la mauvaise humeur d'un cyclope. Accorder de l'importance à de pareilles balivernes, cela aussi heurterait ses principes. Mais vous avez vos raisons... « Je t'attendrai sous le rocher de Polyphème... » Est-ce un rendez-vous que l'on peut oublier ? On sait bien que ces rendez-vous-là — course en barque, la peur de se perdre, appels — « où es-tu ? » — couverts par le clapotis des vagues, et le rocher de Polyphème, lequel est-ce au juste, il y en a au moins trois... — on sait bien qu'ils ont fait de l'adolescente qui s'y rendait en cachette une grande personne un peu brouillée avec les nouveautés de ce monde.

Convenons-en, voilà des pensées qui ne vous avancent à rien. Une discussion avec cet inconnu ? A quoi bon ? Mais il insiste. Il veut en avoir le cœur net.

— Si vous avez vu mieux, expliquez-vous.

Oui, mieux, beaucoup mieux à Valverde, où le pilier de l'église mère a été peint de main céleste en une seule nuit. De main céleste, vous me suivez ? Un autoportrait de la Madone... cela vous étonne ? Et pourtant... On ne saurait expliquer autrement un tableau apparaissant avec cette soudaineté dans un village perdu de la Vallée du Démon, en compensation du volcan qui menace et de la terre qui tremble. Vous lui raconteriez ça à l'Entrepreneur... Justement, il vous regarde. Il est toujours cordial. Ce qu'il attend de vous ? Mais l'approbation. bien sûr, et le réconfort. Les Américains ne souhaitent rien tant, et leurs immeubles de verre construits au siècle de la menace aérienne tiennent dans le paysage new-yorkais un rôle comparable à ces tranquillisants dont ils font grand usage. Eux aussi favorisent l'optimisme.

— Remarquez que si vous connaissez mieux...

— Une forteresse construite sans l'aide d'aucune machine, en surplomb d'un précipice et à un angle tel que l'on a le vertige rien qu'à la regarder.

— Intéressant... et où donc ?

— En Sicile, sur un rocher inaccessible...

— On ne voit pas l'architecte qui...

— Oh ! vous savez, l'architecte...

— Il y en a un... Il y en a toujours un, avec ou sans machine...

— Dans le pays, on dit que c'est Saturne... Je vous assure que je n'invente rien. *Arx Saturnia*, c'est son nom. Les choses ne s'expliquent pas autrement...

Qu'avez-vous fait ? Tout s'est brusquement gâté entre l'inconnu et vous. On vous avait pourtant avertie... Les instructions de Fleur Lee... Pourquoi les avoir oubliées ?... « Il y a trente ans que nous sommes responsables des destinées de nos publications et nous croyons connaître notre public. Un principe : ne jamais le contredire. Il attend de vous le respect de ses convictions. Alors, limitez-vous au pittoresque, à l'exotique. L'évasion, c'est le rêve... » Qu'avez-vous fait ? Il vous jette dehors.

— Toutes les opinions se valent... Vous me permettrez d'avoir la mienne, n'est-ce pas ?... Et puis, ouste... Hors d'ici... Le chantier est interdit au public... On ne veut pas d'inconnus qui nous tournent autour, nous espionnent, se payent notre tête.

Pour un peu, il s'exprimerait comme le *memo* de la direction : « Vous êtes étrangère, ne l'oubliez pas. »

Vous l'avez mis hors de lui avec vos gaffes et vos remarques. Il a horreur des étrangers. Il hurle :

— Il n'y en a que trop ici. Nous accueillons n'importe qui, n'importe quoi. Tous des dos graisseux, des suants, des mains molles.

Il les déteste tous, d'où qu'ils viennent, d'où qu'ils soient, avec leur passé de caillasse, de ronces et de poussière. Qu'ils y retournent. Tous des profiteurs, tous... Et comme il vous a sous la main, payez pour eux... Il vous déballe au hasard un plein sac de mots qui en argot new-yorkais désignent les Italiens, les Espagnols, les Juifs, ces peaux foncées, ces indésirables, ces illettrés, ces bas morceaux, natifs de terres ingrates, ces parasites, ces morts-la-faim... Qu'en attendre ? Je vous le demande.

— *Wop... Dago... Spike... Kike...* Hors d'ici la frisée. On est trop bon.

Sans doute votre interlocuteur ne peut-il soutenir la vue de la Statue de la Liberté, symbole pour lui d'une patrie tolérante et ouverte, sans sentir monter des larmes. Il l'aime bien. C'est qu'elle a tout pour plaire : des seins de maman, du ventre, de la respectabilité, et un air de fille sage. Elle est tournée vers les terres ingrates qu'elle éclaire de loin. Ce fanal qu'elle brandit ferait une belle matraque... Il va l'admirer le dimanche en famille. Mais aujourd'hui n'est pas jour de fête.. Vous empiétez sur le temps qu'il doit à sa machine. Il en a assez de vous voir là. Alors il crache par terre, il lance une boule de chewing-gum qui vient s'écraser à la pointe de votre chaussure. C'est sa manière de vous affacer, de vous chasser : « Musulman va... », voilà ce qu'il s'entendrait dire à Palerme, mais on ne mettrait aucune hargne dans ce mot. On traiterait cet homme grossier de Musulman, comme ça, par colère et par habitude, parce que voilà cinq siècles que cela se dit. « Ta gueule, eh ! Musulman » est une façon de parler qui vous gagne de vitesse depuis le temps où des embarcations, venues de Barbarie, semaient la terreur sur les côtes de Sicile. Carènes noires et voiles rouges... Les pillards prenaient la ville d'assaut, enlevaient les femmes, et ne laissaient derrière eux que cadavres. Epoque révolue, mais qu'il est bon d'évoquer, afin d'en perpétuer l'épouvante. « Musulman va... » Pas le moindre esprit d'insulte. Juste un juron familier et l'on peut ajouter : « Va te faire moucher par le diable. » Pourquoi se retenir ? La rodomontade ne fait de mal à personne... Chut... Qu'aucune haine réelle ne vienne se mêler à tout cela. Il s'agit d'isoler la pensée de violence initiale, ce démon passager et de choisir la plus sage façon de l'expulser : « Musulman va !... » Criez un peu pour rester jeune, brodez, improvisez, imaginez, laissez vos sens s'exalter : « Tu as une figure à m'ôter le goût de te gifler... » Vous vous sentirez plus fort, plus viril, mais qui parle de se fâcher ? On sait bien que les injures vieillissent avec les hommes qui les ont inventées ; elles prennent des rides, elles se vident de leur substance, s'empoussièrent et se fanent, ce qui ne force nullement à en changer. Allons, laissez-vous aller :

— Musulman va...

L'affaire est réglée.

Ce jour-là, *Fair,* le magazine des grandes réussites, des grandes robes, des grands appartements et des grandes fortunes, vous attend. Vous arrivez avec deux bonnes heures de retard. On vous accueille avec une solennité doucereuse et des sourires hypocrites nés de tous les doutes inexprimés que vous suscitez.

— Alors, comment va ?

Babs a son sourire de catastrophe, une manière de vous regarder qui exprime clairement que vous êtes un désastre ambulant, un mauvais exemple, et que vous finirez par vous faire flanquer à la porte.

— Tu n'es pas en avance et ta chronique non plus...

Les camelots de l'exactitude vous prennent d'assaut et c'est à vous que s'adressent les grognements des secrétaires, les haussements d'épaules des rédactrices et le geste dégoûté de la téléphoniste qui vous tend un paquet de messages. Vous avez dû vous perdre... C'est la seule explication. Pas du tout... Une discussion qui s'est prolongée. Voyez-vous ça... Et avec qui ? Vous devinez bien que l'on étouffe toujours un peu dans une salle de rédaction entre femmes sur leur déclin, jeunes arrivistes prêtes à leur marcher dessus, et le reste... Vous arrivez comme un changement d'air. Alors on cherche, sur un ton faussement curieux ou simplement amusé, à vous entraîner dans un de ces récits salés, poivrés, bien mijotés... européens quoi ! Une rencontre, peut-être ?... Ne pas se laisser faire... Se taire. Cela risquerait de paraître bien singulier cette discussion engagée en pleine rue avec un inconnu et cet échange de gros mots, toute cette xénophobie qui éclate, là, devant vous, une étrangère, en coup de tonnerre. Vous savez d'instinct que votre récit n'aurait aucun succès et qu'il pourrait même être « nuisible au succès d'une carrière », pour parler comme Tante Rosie... Toujours est-il que votre silence n'a guère plus de succès. Tous les yeux de la rédaction sont braqués sur vous. Il y a des yeux derrière les téléphones, derrière les bureaux, derrière les machines à écrire, et puis, il y a soudain ceux de la rédactrice en chef qui fait une entrée assez solennelle :

— Il faut que chacun de nos gestes, chacune de nos pensées puissent être offerts à nos lectrices comme une nourriture. Toutes nos initiatives, nos moindres entreprises doivent renforcer le potentiel de nos articles.

— Je sais... Je sais...

Vous connaissez la rengaine par cœur et la voix perçante de Fleur Lee vous donne la nausée. Bien que ce soit sa voix habituelle, il vous semble qu'elle est encore plus haute, plus stridente que de coutume. Elle a dû boire. Cela lui arrive parfois les jours de coup de feu, lorsque le magazine est en retard ou que son tirage baisse.

— L'ennui avec vous, Gianna, c'est que votre originalité n'est pas toujours comestible. Vous oubliez trop souvent cette faim qu'ont nos lectrices d'émotions honnêtes, avouables, vous comprenez ? Le voyage pour elles, ce n'est pas autre chose : de l'émotion avouable, un sujet de conversation entre amies... Rien de plus. Alors donnez-leur donc ce qu'elles attendent.

Vous êtes à l'extrême limite de la fatigue. La détresse vous guette. C'est sans doute ce qui explique pourquoi tandis que Fleur Lee continue son discours, vous vous sentez submergée par un flot de pensées confuses — l'intuition vague, très vague que la vie et ses hasards vous offriront dans un avenir lointain l'occasion de jeter la confusion dans le cœur sinon de toutes ces femmes, modèles d'énergie et d'efficacité, du moins de l'une d'entre elles (et vous pressentez là inconsciemment ce que sera votre rencontre avec Carmine Bonavia et ses conséquences) ; le sentiment qu'un jour Sólanto se manifestera et qu'un mot prononcé devant vous, un nom, fera revivre à New York le continent perdu, ses vastes espaces, ses parfums, ses rochers, un monde mort, *votre* monde, et puis aussi par une envie d'être ailleurs, une envie de barque, d'avirons glissant sur l'eau, de terre humide à l'heure de l'arrosage, une envie de soleil tombant brusquement derrière des rochers pourpres. Et vous vous surprenez à crier brusquement : « On vous le donne votre papier... Ça vient », sur un ton qui n'est pas le vôtre et que vous reconnaissez à peine.

*
* *

— Tu t'en es bien tirée.

Babs m'approuvait. Je lui avais lu ma chronique. Elle m'avait suivie jusqu'à la villa qui émiettait ses sculptures dans les herbes et elle l'avait aimée. Je lui avais fait valoir la beauté du site. Je lui avais décrit le mur d'enceinte avec sa procession de statues gesticulantes, sans lui faire grâce de rien... Tarasques, stropiats, tout y était passé. Elle avait eu droit à la horde démoniaque des loups-garous et des manticores, au sphinges barbues, aux amphisbènes, aux hippogriffes, aux bouraks enturbannés, aux hommes-chiens jouant d'instruments inconnus, au ballet des mamamouchis obèses, aux marmots accroupis se dénudant les fesses au nez des visiteurs. Je m'étais même rappelé l'étrange silhouette d'un géant, coiffé d'une haute perruque, une sorte d'épouvantail lunaire, un marquis de cauchemar, qui exerçait sa hautaine surveillance sur le jardin à l'abandon.

Elle m'avait écoutée avec un intérêt qui paraissait sincère.

— Ça intéressera, tu sais... Crois-moi, on aura envie de la visiter cette maison.

— Et pourquoi donc ?

— Parce que c'est une maison de conte de fées... Un Disneyland façon XVIIIe siècle... Tes temples, tu comprends... Segeste, Agrigente... D'abord ils se ressemblent tous et puis, à tort ou à raison, on a toujours l'impression d'en avoir déjà vu, au moins un dans sa vie... Les colonnes, les frontons, Washington en est plein... Tandis que tes gnomes...

— Tu crois ?

— J'en suis sûre... A condition toutefois que tu aies donné la signification de cette décoration ou bien, faute d'une explication plausible, que tu l'aies présentée comme une énigme sur laquelle s'acharnent les archéologues les plus réputés... Il n'y a pas de milieu. Les lectrices ont horreur d'être laissées un pied dans le vide et je les comprends... On n'achète pas un journal à cinquante cents pour cela...

— Tu peux être tranquille...

— Alors... que signifient-elles ces statues ?

— Ce sont des ornements de défense...

— De quoi ?

Babs feignait de ne pas comprendre...

— Des ornements de défense contre la *jettatura*..., répétai-je doucement. Des créneaux magiques, si tu préfères.

— Tu ne vas pas me faire croire que tu prends ces bobards au sérieux ?

— Qu'est-ce que tu vois d'absurde là-dedans ? Tu ne crois pas au surnaturel ? Il n'y a pourtant rien de plus sérieux.

Babs ne put qu'agiter ses bracelets en silence. Un vide total... Son expression s'était figée et pendant un instant je la crus sur le point de pleurer. On aurait dit qu'un soutien lui faisait brusquement défaut. Mais lequel ? Tante Rosie peut-être, comme un miroir où elle avait coutume de voir reflétée sa pensée. Confrontée avec une idée qui la déroutait, qu'elle aurait souhaité bannir parmi les produits éventés d'un monde archaïque, Babs se sentait perdue. J'insistais.

— On se fait vite à l'idée que certaines choses échappent au contrôle humain, tu sais...

— Je déteste ce genre de conversations.

— Tu t'y feras...

— L'inexplicable me déprime.

— Ce n'est tout de même pas une raison pour faire une tête pareille...

Babs me regarda avec inquiétude. Elle avait des larmes plein les yeux.

— Mais, Gianna, je ne demande qu'à être convaincue, me dit-elle. Pourquoi en douterais-tu ? Si ces choses-là existent, parlons-en. Alors explique-toi... Parle... A quoi reconnaît-on le mauvais œil ?

— A rien...

— Pourquoi ?

— Plus il est maléfique, moins on s'en doute...

— J'ai horreur des gens qui cachent leur jeu. dit-elle en retrouvant toute son assurance. Ce sont des hypocrites.

— Je ne vois pas ce que l'hypocrisie a à faire là-dedans.

Et à nouveau il y avait dans ma voix un début de colère. Comment Babs aurait-elle pu se douter du genre d'adversaire qu'elle affrontait ? Rien de ce que je disais n'était prémédité. Les mots jaillissaient comme d'une mémoire insoupçonnée et à peine prononcés se convertissaient en un plaisir irrésistible, à la manière de ces chansons qui renaissent à fleur de lèvres, traînant à leur suite toutes sortes de souvenirs, un air oublié que l'on sifflote, puis que l'on fredonne en se demandant comment, mais comment l'ai-je retrouvé ? Ainsi laissais-je revivre les craintes de mon enfance. Est-ce ma faute si elles m'apparaissaient plus troublantes qu'à l'époque où je les découvrais pour la première fois ? Une gouvernante anglaise tout amidonnée de traditions victoriennes : c'est probablement cela qui m'a manqué. Mais un tel produit n'avait pas cours en Sicile où on nous laissait — jusqu'à l'âge du couvent — à la garde d'une nourrice. Est-ce ma faute si, passé le temps du sein, j'ai été gavée jusqu'à mes dix ans de récits où des jeunes gens blêmes, toujours fils uniques, parfois nobles, mouraient du regard lancé par un voisin détesté, où des formules marmonnées entre les dents suffisaient à envoyer une barque par le fond, rendaient un frère amoureux de sa sœur, provoquaient des suicides en série. Et qu'y puis-je si de tels propos conviennent aux gens de mon espèce ? A quel Orient, à quelle Asie, à quelle goutte de sang inconnu dois-je cette aptitude à la superstition ?

Sans doute Babs se demandait-elle selon quelle méthode il fallait me traiter. Elle me lançait des regards alarmés. Pourquoi ne pas lui crier qu'elle m'exaspérait ? Mais je me bornai à répéter d'une voix calme :

— L'hypocrisie n'a rien à faire là-dedans... Le pire *jettatore* de Sicile, un homme dont le pouvoir maléfique se manifestait depuis un demi-siècle de la façon la plus cruelle, ignorait complètement qu'il avait le mauvais œil... Au point qu'il est tombé victime de lui-même en se regardant dans un miroir... Je ne sais plus comment les choses se sont passées... La glace s'est détachée du mur et lui a fracassé le crâne, ou bien elle lui a renvoyé son regard comme un rayon brûlant et il a flambé...

— Ah mon Dieu !

Babs eut un geste instinctif pour se protéger les yeux. Pendant un instant je me trouvai incapable d'en dire davantage... Elle reniait l'idée qu'elle se faisait d'elle-même : plus de forte femme de la presse. Je ne sais si elle se voyait changer, mais moi je la voyais. Voilà qu'elle écoutait une histoire qui ne pouvait lui servir à rien... Nous parlions... Et ce n'était plus pour échanger nos opinions sur le titrage, les « effets-choc », le rendement, la force de persuasion. Elle renonçait à me faire partager ses convoitises de journaliste sans fortune vivant par procuration dans le monde de l'argent. Elle ne me parlait plus de cette maison qu'elle posséderait un jour, semblable aux citadelles du bien-vivre qu'elle avait si souvent visitées, photographiées, décrites, vantées, avec de vrais ancêtres, encadrés en quinconce et des Picasso — « intolérables de beauté » — tous ces Picasso, toutes ces « époques bleues » assorties à la soie des fauteuils, toutes ces manifestations d'esprits inquiets et de misère authentique, — « l'oreille coupée... vous savez ? » — elle les oubliait... Elle se détachait de ces sombres génies toujours prêts à mener des vies impossibles, à se fusiller le foie, à le noyer dans l'absinthe sans se douter que cela ferait monter leur cote à New York... Ces chers maudits dont les toiles font si bel effet au mur d'un salon... Elle s'abandonnait.

Oh ! non, ma conversation ne l'ennuyait pas... Elle connaissait ses défauts, allez... Ce métier qui l'occupait trop... Cela devait être lassant, à la fin, de l'entendre sans cesse répéter les mêmes choses. Mais oui... Mais oui... Elle s'en rendait parfaitement compte et il ne fallait pas lui en vouloir... Il fallait la faire taire ou bien la forcer à m'écouter comme je le faisais en ce moment... Elle en voulait encore de ces histoires à dormir debout...

— Mais, Babs, c'est impossible... Nous parlions d'une méthode de protection, d'une mesure de sécurité très ancienne et tu appelles cela des histoires à dormir debout... Il est évident que nous ne nous comprendrons jamais.

Je m'entends encore lui parler ainsi et j'entends aussi sa réponse :

— Je sais, je sais, Gianna, me dit-elle sur un ton humble, comme si elle cherchait à s'excuser... J'ai besoin que l'on m'explique... Essaye, je t'en prie...

— A quoi bon ? Le mauvais œil ? C'est ce mot qui te fait peur ? Tu butes contre un mot inconnu et au lieu d'essayer de comprendre, tu restes là, dans le noir, les yeux écarquillés, appelant au secours les solides principes de Tante Rosie, et tu appelles en vain... La notion de mauvais œil n'est pas sur ta liste... Alors tu conclus avec un haussement d'épaules que cela n'existe pas et par-dessus le marché tu es choquée, tu fais la grimace... Tu ne vois donc pas qu'il s'agit d'une image, rien de plus... Une image pour désigner la menace qui pèse sur les rares moments où l'homme se dit heureux... Mais sais-tu seulement ce qu'est le bonheur, Babs ? Je ne te parle pas de ces petites pantomimes qui font aller, en écolier appliqué, d'un bain, tiède à point, au lit où l'on assouvit une brève envie d'amour. Non, Babs, le mauvais œil ne daigne pas menacer ces bonheurs-là. Il ne s'attaque qu'à ce qui est ambitieux, immense, irraisonné. C'est au rêveur d'impossible qu'il en veut...

— A quoi cela ressemble-t-il ?

— Au bâtisseur de la villa dont nous parlions à l'instant. Cet homme, vois-tu, devait poursuivre un rêve... Je ne sais pas lequel, mais je sais que c'est cela qui compte, et cela seul. Un rêve auquel il a dû consacrer tous ses loisirs, toute son imagination, toutes ses forces et même plus... Un rêve auquel il avait donné la forme arrondie et close de ce jardin.

— Des jardins en forme de rêve, cela existe donc, Gianna ?

— J'en connais, et des maisons aussi. Elles sont bâties comme des loges ouvertes sur... je ne sais pas, moi... sur tout ce dont est faite une nuit exceptionnelle : l'assaut de ses bruits sans visage, étouffés, à peine perceptibles, brindilles sèches qui craquent, tournoiement inquiet des phalènes autour d'une lumière oubliée, rumeurs, questions confuses qui en d'autres circonstances capteraient l'attention ou provoqueraient l'inquiétude — quel est ce pas ?... une lampe est-elle restée allumée ? — mais dont on ne se soucie guère dans le bonheur. Rien ne pèse, rien ne s'attarde, tout appartient à la nuit... Dans le ciel le semis d'étoiles comme un rébus toujours posé, au loin le chant d'un pêcheur qui, à la lune levée, va jeter ses filets, et sur la mer ce miracle dont on ne parvient pas à détacher les yeux, ce sillon dansant qu'est le reflet d'un fanal dans l'eau... Tu dois bien comprendre, Babs, que le risque est grand de voir tout cela perdre brusquement son éclairage particulier et sombrer dans la banalité, l'ennui, le désamour... Il suffit d'un rien, d'un geste, d'un regard où l'on devine la lassitude. C'est cette chiquenaude imprévisible, cette brusque embardée qui nous fait basculer sans que nous nous en doutions du bonheur dans le malheur, c'est cela que l'on appelle le mauvais œil... Avoue que l'on aurait tort de ne pas se prémunir.

Babs me gratifia d'un sourire en plusieurs temps, très réussi, où ses lèvres, à peine humectées, découvraient lentement ses dents, puis, au terme d'une opération-surprise aussi étudiée que le geste d'une spécialiste en *strip-tease*, faisait apparaître un bout de langue appétissante et fine comme une bouchée de jambon. Bien sûr je commençais à le connaître par cœur le sourire de Babs. De l'avoir vu non seulement sur sa bouche mais aussi sur celle de toutes les stars, photographiées dans *Fair*, j'en éprouvais comme une indigestion. Pas de doute là-dessus. Mais l'expression de son visage était différente. Le regard peut-être, un peu moins chaste que de coutume. Et tout en répétant « se prémunir, oui... Mais dis-moi... Comment ? » elle croisait les bras, passait les mains dans les manches de son kimono et, machinalement, se caressait les épaules.

— Comment, oui, comment ? Comment s'assurer du bonheur et quand on le tient comment l'empêcher de fuir... Comment ?... On fait de son mieux... On reste sur la défensive. Au besoin on fait les cornes... une manière comme une autre de manifester son esprit de conservation.

Je montrais à Babs la façon dont s'exécute ce geste et cela parut l'amuser puisque à deux reprises elle écarta les bras et dressa vers le plafond ses deux mains, l'index et l'auriculaire ingénument levés, avec un grand rire roucoulant, sensuel, et je n'osais pas lui en dire davantage ni l'avertir de la vraie signification « des cornes », de crainte de la choquer. Puis, comme je restais là, à la regarder, étonnée, elle me demanda avec de nouveaux rires et des frémissements joyeux si je ne connaissais pas d'autres signes conjuratoires. « C'est si envoûtant ces vieilles coutumes. »

Elle insistait. « Il doit y en avoir d'autres... » Comment lui répondre ? Je me voyais mal lui décrivant la coutume méditerranéenne qui veut qu'un homme au passage d'un enterrement tâte brusquement le fond de sa poche, ou bien ces mouvements de doigts, exécutés quotidiennement au vu et au su de tous, pouce pointant avec hardiesse dans une main fermée, ces grimaces, ces crachotements d'une obscénité si crue que Babs elle-même, dans sa candeur, n'aurait pas été dupe. Je n'en fis rien et elle continuait de poser sur moi un regard aigu.

— Alors... dis-moi, Gianna, tu ne leur apprends que cela à nos lectrices... Les cornes ? Ce n'est tout de même pas une information suffisante...

Mon Dieu, me disais-je, elle est bien à l'image de son public... Il lui en faut davantage, toujours davantage. Et dans le fond de moi j'entendais la voix perçante de Fleur Lee qui répétait : « Vous oubliez trop souvent cette faim... cette faim. »

— Bien sûr que non, Babs... Je leur en dis, va... Ne t'inquiète pas, elles en auront pour leur argent. Je leur indique les magasins de Palerme où elles peuvent acheter des porte-bonheur de toutes les tailles. Elles trouveront des cornes pour adulte, pour enfant, pour nouveau-né, taille charrette, taille voiture, taille Lambretta, taille berceau, d'autres à pendre à leur collier, à leur bracelet, à leur chaîne de montre, et d'autres encore à coudre dans les chemises. Tu verras, ce sera une folie la corne de Palerme. Elle sera copiée à un dollar d'ici deux mois. Fleur Lee pourra me tresser des couronnes et se féliciter de l'influence de notre publication sur le marché de l'amulette. Elle pourra dire de la Sicile ce qu'elle m'a dit de la Grèce : « C'est nous qui l'avons mise sur la carte. Avant la parution de notre article personne n'en parlait... » Je te garantis qu'elle sera satisfaite... « Il faut que nos lectrices puissent acquérir ou copier ce qu'elles vont admirer à l'étranger, sans quoi elles se sentent frustrées... L'ennui, avec vos temples, c'est qu'on ne peut rien en faire... » Eh bien ! nous voilà leur parlant de cornes... Les cornes s'achètent en corail, en argent et même en bois... Quant aux amateurs de sagesse millénaire, ils ne seront pas volés non plus, crois-moi. Je leur offre cette vieille demeure avec ses idoles à jamais enlacées... Je la leur offre enroulée à double tour dans son mur crénelé, à la fois hideuse et superbe, massive et croulante posée aux abords d'une ville au nom tout en griffes, un nom de carnivore ou de déesse noire : Bagheria. Et puis nos lectrices s'offriront aussi le souvenir d'un prince légendaire, celui qui, pour protéger ses amours, a fait bâtir cette maison... Elles pourront chercher longtemps un semblant de raison à ses égarements architecturaux. De quoi les occuper un après-midi entier... Je les vois d'ici en robes à rayures et souliers plats, reculant, avançant, un guide à la main, le sang aux joues... Le prince de Palagonia lui-même ne se serait pas formalisé de leur étonnement. Cet homme, vois-tu, aimait une jeune et belle femme, lui qui se savait laid. Détail sans importance. L'appréhension claire, avouée de ce qui menace le bonheur suscite la même angoisse que l'on soit beau ou laid. Bref... Il était laid. Un jour, alors qu'il sortait au bras de celle qui occupait sa pensée, il vit, au balcon d'une maison voisine, une silhouette qui se retirait brusquement et une persienne retomber. Son amour lui parut en danger. Il n'en faut pas davantage... Alors, pour chasser sa hantise, il fit appel à des croyances venues je ne sais d'où, peut-être de la vallée du Nil, selon lesquelles on désarme le malheur par les vertus protectrices du rire... Rire, tu comprends ? En certaines circonstances cela peut sauver. C'est de cette arme que le Prince usa d'abord, et le voilà plantant des grotesques, des bossus et des nains en sentinelles sur les murs de son jardin. Mais sans doute cette légèreté de commande ne lui donna-t-elle pas toute satisfaction. Quelque chose en lui devait continuer à frémir et, las de feindre, il mit entre les spectres comiques des cariatides tordues de passion, bataillant à sa place, adressant au ciel de grands gestes d'amour et d'autres prosternées formant un cercle d'espoirs fous... Conviens que ce n'est pas une mince exigence que de vouloir s'aimer toujours.

— S'aimer toujours, répéta Babs, voilà une chose à laquelle je n'avais jamais pensé.

— Et qui y pense ?... On s'aime n'importe où, n'importe comment jusqu'à ce qu'on ne s'aime plus...

— Oh ! moi, c'est bien simple... Je n'ai jamais aimé.

— Allons donc...

Je me mis à rire et Babs aussi.

— Si tu as compris que je n'ai fait aucune tentative amoureuse, détrompe-toi, me dit-elle. Ce n'est pas ce que j'ai voulu dire... Enfin je ne suis pas vierge, si c'est cela qui t'intéresse.

Babs retrouva son sourire, lissa ses cheveux, renoua la ceinture de son kimono et dans chacun de ces gestes elle perdait un peu de sa vérité. Peut-être après tout ne lui servaient-ils qu'à dissimuler sa gêne. Son récit s'annonçait plus difficile qu'elle ne l'avait imaginé...

*
* *

— Nous parlons beaucoup ce matin, dit-elle. Ethel est en retard.

Babs cherchait à gagner du temps et je l'aurais aidée volontiers. Mais comment ? Son dernier aveu interdisait les questions. Et puis ce temps qui lui était nécessaire, pour une fois nous l'avions : c'était dimanche.

Dehors, il y avait du gel dans l'air. Cela se voyait aux airs engourdis des balayeurs venus de Harlem en passe-montagne, à la prudence des policiers qui, leur matraque à la main, sillonnaient le Park d'un pas moins lourd que de coutume.

Nous étions assises côte à côte, dans la salle à manger de Tante Rosie, comme cela nous arrivait les jours de réception, lorsque Babs, à peine éveillée, venait surveiller les préparatifs et donner ses ordres. Pas de grasse matinée ces jours-là... Pas de bain prolongé. Pas de magazine lu au lit avec accompagnement de musique douce. Pas de friction, au vétiver, à l'eau de lys, à la fleur d'algues. Pas de masque. Babs renonçait à ses habitudes dominicales. Tôt levée, elle traversait le palier vêtue d'un long kimono de soie brune, les pieds nus, les cheveux défaits, souriant de son beau sourire, le premier de la journée, comme une répétition générale de tous les sourires dont elle allait par la suite gratifier ses invités.

Tante Rosie, déjà assise à sa coiffeuse, était bien trop occupée pour se mêler à notre conversation. Ces réceptions de Babs, elle y participait activement. Il fallait donc s'y préparer. Penchée sur son miroir, s'adressant à haute voix encouragements et critiques, reniflant, fouillant, cherchant dans le vaste assortiment de produits qui s'accumulaient devant elle celui qu'elle jugerait digne d'être utilisé en une occasion aussi exceptionnelle, Mrs. Mac Mannox se bornait à nous lancer, par la porte entrebâillée, de petites phrases courtes, sans lien apparent, mais toutes inspirées par son désir de nous instruire. Elles nous atteignaient avec la sécheresse d'un tir de mitrailleuse : « Je ne vois vraiment pas ce que l'on peut trouver à se dire à neuf heures du matin... Quelle mauvaise heure pour la conversation !... Si tu tiens à ta ligne, Babs, et tu y tiens, ne touche pas aux tartines de Gianna... Même pas grillées... On n'a pas idée... Vous m'entendez, Gianna ?...

Vous entendez ce que je dis de vous ?... Du pain le matin !... Pourquoi pas des spaghetti pendant que vous y êtes ? Dans un pays sous-développé cela s'explique encore... On se rattrape sur le pain... Mais, ici... Oh ! moi... Moi, c'est bien simple je ne touche à rien... Jamais rien le matin... »

Il y avait dans sa manière de parler un mélange d'assurance et de bêtise — bêtise originale et qui n'appartenait qu'à elle — un tel aplomb dans le parti pris que l'on ne pouvait s'empêcher de s'interroger sur le passé. Par quels degrés en était-elle arrivée là ? Autrefois Tante Rosie disait-elle des choses légères ou futiles ? Riait-elle, du temps de « Mister Mac » ?... (N'usaient de ce diminutif que les gens avertis et qui avaient vécu dans l'intimité de ce grand expert en persuasion. Tante Rosie l'appelait souvent ainsi.) Du temps de « Mister Mac » elle n'avait certainement pas cette mine grave et tendue... Mais il était mort et ses raisons d'être douce ou rieuse avaient disparu avec lui... Babs était désormais l'unique sujet de ses préoccupations et Tante Rosie ne manquait jamais d'affirmer qu'elle avait reporté sur sa nièce toutes ses ambitions. « Quand vous aurez compris que parler fatigue... Et l'abus de café, quelle bêtise... Trois tasses le matin... Continue comme cela, ma chère Babs, et je ne donnerai pas cher de ton teint... Gianna a moins à perdre... Les Latins ont tous le teint jaune, c'est bien connu... »

Soumise, Babs ? Le mot est un peu fort. Disons qu'en présence de sa tante, elle la laissait trancher et décider à sa place. Elle la subissait de bon cœur, s'en arrangeait, l'accueillait comme une saine bourrasque. Les petites phrases sèches crépitaient toujours dans la chambre de Tante Rosie. Babs répondait à peine. Elle faisait le gros dos comme un chat que l'on caresse à rebrousse-poil. Mais s'il n'y avait pas eu cette voix ? Si les lampes roses s'étaient brusquement éteintes ? Elle se serait sentie dépossédée. Tante Rosie était un contre-chant nécessaire.

Entre ces deux voix je n'en écoutais qu'une, celle de Babs qui me traînait à travers son enfance dans l'espoir que nous y trouverions toutes les causes et, certes, elle ne se trompait pas. Je la voyais acceptant l'impérieuse domination de Tante Rosie, à treize ans sous un chapeau cloche posant pour sa photo en girl-scout, à quinze ans, élève d'un cours de danse bien fréquenté ; je la perdais un peu au temps de ses études, car elle n'était pas loquace sur ce qui touchait au collège ; l'époque de ses débuts à New York l'inspirait davantage.

Je la retrouvais donc quelques années plus tard, participant à des fêtes de charité avec des jeunes filles plus riches qu'elle, puis invitée aux mêmes bals, inscrite aux mêmes clubs... « Il faut avoir des amis riches... Pas de meilleur capital... Même charmants, les pauvres risquent de devenir embarrassants... Surtout lorsqu'on réussit mieux qu'eux. » Tante Rosie... Toujours elle, débordante d'expérience... Toujours sa voix écoutée et crainte... J'entendais Babs me raconter comment elle lui avait appris à tâter une invitation, à la regarder en transparence pour juger de la qualité du carton, à la frotter du pouce pour s'assurer du relief de la gravure... Et Tante Rosie opposait un refus impitoyable à ce qui lui paraissait émaner d'une sphère discutable de la société : « Je ne veux pas que tu ailles chez ces gens-là... D'où viennent-ils ? L'adresse est écrite à l'encre verte... Mauvais signe... Et le carton a été gravé en province... Où reçoivent-ils ?... On ne donne pas un bal au Barbizon-Plazza... » Au panier !

— Mais enfin Babs, de qui Tante Rosie tenait-elle ce savoir ?

— De mon oncle. Elle avait hérité de ses secrets tactiques...

Mister Mac... J'aurais dû m'en douter. Au-dessus de nous, son portrait trônait sur fond d'acajou. Il nous regardait, il nous observait tandis que nous parlions et nous pouvions, Babs et moi, considérer les ressources de la silhouette qu'un peintre, vaguement espagnol, débordant du désir de plaire au point d'avoir vite acquis et très vite perdu une certaine célébrité, avait réussi à rendre inoubliable. De quoi rêver... D'abord cette moustache aux pointes tombantes qui faisait de Monsieur Mac Mannox une sorte de Tarass Boulba passé mylord. L'accent britannique étant dû à sa chemise, à son col haut et glacé, à son veston boutonné jusque sous le nœud de cravate et à ses bottines à tige.

— S'habillait-il toujours ainsi ?

Ma question parut étonner Babs.

— Tu ne le savais pas ?

— Non... Je croyais qu'il n'avait adopté ce costume que pour poser devant un peintre. Comme les rois portaient l'armure.

— Mon oncle ne s'habillait jamais autrement... Mais il n'y

mettait pas la moindre frivolité. Il ne cherchait qu'à frapper l'imagination de sa clientèle...

Et, à regarder ce portrait, on comprenait sans mal qu'il fût passé maître dans l'art d'épater son monde. Et astiqué avec ca, et gentil...

— Il plaisait beaucoup.

La voix de Babs se faisait rêveuse :

— S'il avait vécu, serais-je encore ici ?

— Que veux-tu dire ?

— Ma vie aurait tourné différemment...

C'est que Monsieur Mac Mannox avait un passe-temps comme en ont rarement les hommes d'affaires. Imposer à une nation des marques de bas, de cigarettes ou de pilules stimulantes ne lui avait pas suffi : il lançait aussi les jeunes filles. Et ses succès sur le marché de la réussite sociale avaient été si retentisssants qu'une sorte de connivence s'était établie entre Mac Mannox et ses riches clients. Ils lui confiaient leurs filles... Ils ne pouvaient se passer de lui.

— Il pratiquait cela comme un sport... Et bénévolement, bien sûr... C'était sa manière de se détendre, de s'amuser.

Tante Rosie pouvait être fière... Quel homme inimitable. Il avait joué et gagné sur deux tableaux à la fois sans que l'un nuise à l'autre. Avec les produits sérieux, bas, cigarettes, etc., la réussite financière. Avec les jeunes filles, la réussite sociale. Et il savait tirer de ce commerce une puissance accrue. Comparés à lui, ses concurrents faisaient figure de besogneux...

Babs m'expliqua comment il s'y prenait pour faire d'une inconnue la débutante de l'année. Il préparait son affaire comme une campagne militaire. Sa première audace ? L'embellir. Il la conduisait chez un bon coiffeur et parfois lui faisait redresser les dents. Il s'employait ensuite à lui choisir quelques amis intimes, puis à l'inscrire dans un Bottin mondain. Aucune honte pour lui à se préoccuper de pareilles vétilles. Il est vrai que Tante Rosie avait son mot à dire dans tout cela et qu'elle l'aidait de son mieux.

Mais la bataille proprement dite ne commençait qu'au moment où Monsieur Mac Mannox, selon une stratégie qui n'autorisait la jeune fille en question à ne s'aventurer dans les boîtes à la mode ou les restaurants élégants qu'une fois la partie virtuellement gagnée — c'est-à-dire dès que les commères de service pouvaient mettre un nom sur ce jeune visage : « Reconnue à la table de Monsieur X, Mademoiselle Un Tel qui portait avec élégance, etc. » — qu'au moment donc où Monsieur Mac Mannox s'élançait, toujours dans la même limousine de location (chauffeur en casquette et en hiver couverture en drap cocher) à l'assaut des principaux événements de la saison, faisant alterner prudemment spectacles classiques et manifestations d'avant-garde, grands concerts et vernissages abstraits. De pareilles moustaches, cela se voit et se dit... On ne manquait jamais de les signaler. Et la coupe de son veston, et les tiges de ses bottines... Détails dont les quotidiens ne se lassent pas. On entourait Monsieur Mac Mannox, on le pressait de questions : « Dites-nous qui vous accompagne... » Il faisait le mystérieux « Je ne suis pas ici pour exécuter votre besogne... Allons, mon ami, ouvrez les yeux... » Mais il finissait toujours par lâcher le nom. « Vous y êtes ? Non ? Eh bien, c'est la fille d'Un Tel. » Parfois, cela suffisait. Parfois le succès se faisait tirer l'oreille... Un visage qui n'accroche pas. Anodin, ingrat même... Cela peut arriver. Plus l'entreprise s'annonçait difficile, plus il s'en amusait. Il aimait les dangers qui n'en sont pas, mais qui font peur quand même, les petites défaites passagères : un photographe qui passe sans vous reconnaître, les curieux qui ne se retournent pas, les invitations qui tardent... Il lui fallait cela aussi : c'était un raffiné. Alors il ajoutait à la liste des réjouissances habituelles des plaisirs plus subtils, courtes apparitions chez les intellectuels de Greenwich, soirées dansantes dans les salons de la haute finance ; il conduisait la jeune fille d'un match de base-ball à un récital de jazz, et ne la lâchait qu'elle n'ait en main les atouts promis : mariage en vue, photo publiée dans l'édition dominicale du *New York Times* et enfin, lorsque pas une étoile ne manquait au firmament de la réussite, un article dans *Fair*.

Après que le nom de Monsieur Mac Mannox eut paru à son tour en première page de ces mêmes journaux, mais à l'occasion de sa mort — un verre de trop, une sottise, une folle audace mise au service d'une danse nouvelle dont le rythme n'était plus de son âge : on l'avait ramené hoquetant, la bouche tordue... Ce bal s'était chargé de lui comme un obus liquide un combattant — Tante Rosie prit grand soin de sa nièce. C'est ainsi que Babs, ses études terminées, n'eut qu'à se laisser faire. Mrs. Mac

Mannox ne négligea rien. Mais comme les conditions matérielles de sa vie ne lui permettaient pas d'offrir à Babs toute la parade nécessaire, elle exigea de sa nièce d'autant plus d'application qu'il fallait bien compenser par quelque chose un regrettable manque de faste. Pas de chauffeur en casquette pour lui ouvrir la portière... Pas de couverture en drap cocher, signe social dont avait su si bien jouer le pauvre défunt... Souvent pas de limousine... Tante Rosie prêcha la coquetterie, la grâce et un grand élan vers la richesse. Au bout d'un an les choses avaient pris bonne tournure. Babs, selon l'expression de Tante Rosie, était une jeune fille « vraiment populaire ». Elle manquait d'amies intimes, mais on l'invitait beaucoup. Il faut reconnaître qu'elle était le sérieux incarné, et que son admiration pour tout ce qui témoignait d'une situation brillante laissait peu de place au sentiment. Tante Rosie pouvait se déclarer satisfaite.

Pourtant il pesait sur son entreprise comme la menace d'un échec. Tante Rosie passait de longues heures à essayer d'imaginer ce que serait le visage, la voix, le ton, l'emploi de l'inconnu qui viendrait, un jour, bouleversé, inquiet jusqu'à la souffrance, ivre de bonheur, qui sait ? — elle se faisait de l'amour une idée romanesque — quêter son appui et après divers préambules embarrassés finirait par lui demander la main de sa nièce. Mais cet inconnu, elle était forcée de le constater, ne se présentait pas. Peut-être manquait-il à Babs de la désinvolture, de la fantaisie, ou bien quelque chose de plein, de généreux, ce sens de l'intimité qui plaît tant aux hommes... Allez savoir. Aisance ? Non... De cela elle avait. Alors quoi ?... Ah, si Monsieur Mac Mannox avait été encore de ce monde ! Avec son esprit critique il aurait eu vite fait de trouver le défaut, lui qui ne se trompait jamais... Il était léger, spirituel, lui, plein d'enthousiasme. Hélas... Tout contribuait à accroître la perplexité de Tante Rosie et il arrivait même qu'elle s'épouvantât à l'idée que les méthodes de son mari n'étaient peut-être infaillibles qu'appliquées par lui-même.

C'est par le détour d'un concours, organisé et présidé par Fleur Lee, concours dont Babs fut la lauréate désignée à l'unanimité, qu'un principe nouveau s'empara de Mrs. Mac Mannox. Un emploi à *Fair* était l'enjeu. Babs l'obtint. Tante Rosie exulta. L'amertume laissée par l'échec de ses spéculations mondaines s'effaçait : Babs à Fair, c'était le plus beau des mariages. Elle s'alliait à une puissance hautaine, mystérieuse, la presse, force qui consacre ou qui tue et, par ce biais inespéré, Babs allait enfin occuper la position dominante dont Tante Rosie rêvait depuis si longtemps. « Appelée à un grand avenir dans nos publications », disait l'article qui lui était consacré dans *Fair*. Un grand avenir, qu'espérer de mieux ? Le mariage ? L'un n'empêche pas l'autre. Tout allait s'arranger et l'on pourrait bientôt, comme au temps de Mister Mac, profiter du monde des riches. Tante Rosie en oublia des angoisses qui, soudainement, lui parurent dénuées de fondement.

— Mais toi, Babs... Toi, de ton côté, que pensais-tu de ce changement de vie ? En étais-tu heureuse au moins ?

— Moi ?... Je sentais que j'aurais eu tort de continuer comme avant...

— Comme avant quoi ?

Babs me regardait avec un visage décontenancé.

— Comme avant ce que je vais te raconter. Laisse-moi donc le temps... Elle se tourna vers la chambre où se tenait Tante Rosie comme dans l'espoir d'être interrompue. Mais Mrs. Mac Mannox, préoccupée par quelque pensée personnelle, un soin, une crème, paraissait aussi lointaine, aussi détachée que possible. Elle s'était levée et demeurait debout près de sa table, coiffée en adolescente un jour de distribution des prix. Un peignoir léger l'enveloppait d'un halo blanc. Je l'observais. Son détachement était feint. Elle s'intéressait à chaque mot prononcé, elle nous écoutait, elle nous épiait, elle n'était que secrète condamnation.

— Vous parlez trop, dit-elle en me regardant... A quoi bon ? Enfin ! Mieux vaut parler que manger... C'est aussi inutile mais moins malsain... Et puis que faire d'autre... Ethel est en retard une fois de plus... Les gens de couleur n'auront jamais le sens de l'heure. Jamais...

Babs s'agaçait.

— Laissez-lui le temps d'arriver, Tante Rosie. Il fait froid et c'est dimanche...

— Dimanche... Dimanche... Parlons-en. Elle est en retard et voilà tout... Elle doit être dans cette église où je suis allée une fois pour lui faire plaisir... Du côté de Lenox Avenue si je me souviens bien.... Je me suis crue dans un bal public... Une femme essoufflée est venue à ma rencontre. Elle m'a accueillie en me serrant dans ses bras à m'étouffer. Puis elle m'a conduite à ma place en m'appelant « mon miel... ma petite chose » comme si nous nous étions toujours connues. Après quoi, en guise de présentations, elle a crié : « Une âme à gagner ! » et une centaine de personnes se sont mises à me dévisager. Pendant que l'on entonnait des cantiques à mon intention un enfant est allé en dansant jusque devant l'autel. Sa mère lui avait donné un tambourin. Il en jouait au rythme des cantiques et personne ne semblait s'en étonner. L'enfant, deux ou trois fois, essaya de m'entraîner. Je ne savais plus où me mettre : il voulait que je danse avec lui. Jamais... Jamais je n'oublierai cette scène incroyable. En plein New York... A quelques minutes d'ici. Un enfant noir, bras ouverts, dansant dans une église, avec une étoile en papier bleu collée au milieu du front.

— Ethel t'a expliqué. C'est l'étoile de Bethléem...

— Que veux-tu que ça me fasse ? De Bethléem ou d'ailleurs... Le plus clair de cette histoire est qu'on ne les changera pas. Ainsi Ethel... Une fois de plus elle est en retard... Jamais on n'apprendra aux Noirs à se servir d'une montre... Vous ne me direz pas le contraire, Gianna, encore que cela vous frappe moins que moi... Parce que pour ce qui est de l'exactitude les Latins ne sont pas bien forts non plus... Enfin, moi, ça me choque...

Là-dessus elle se pencha une dernière fois sur sa coiffeuse. Elle y prit appui des deux mains, livrant son visage, son front aride, ses paupières battues à la lumière des lampes. Elle choisit lentement un produit qui paraissait convenir à la circonstance et s'en alla. De dos, son âge était inexorable. Du reste il suffit d'un geste involontaire pour qu'une femme vieillisse brusquement. Et comment deviner ce qui va s'affaisser en premier ? Et une fois que l'on sait, comment l'empêcher ? Il y a en tout domaine des ignorances inévitables. Le dos de Tante Rosie échappait à son contrôle. Elle qui quelques instants auparavant se tenait si droite, si autoritaire, allait maintenant fléchie, l'épaule sans défense. Et nous assistions, Babs et moi, presque étonnées, au spectacle qu'elle nous offrait : celui d'une très vieille personne dont l'ample peignoir blanc masquait mal l'inquiétante maigreur.

*
* *

— Je crois que ta tante se méfie de moi.

— Il ne s'agit pas de cela.

Babs m'avait répondu avec impatience. C'était elle à présent qui voulait aller de l'avant.

— Bon. De quoi parlions-nous ?

Elle répondit d'un trait :

— De moi...

Elle eut un sursaut d'hésitation, puis un cri :

— Assez... j'en avais assez, tu comprends... *Fair* m'apportait la liberté. Mais ce n'était qu'un prétexte...

— A quoi ?

— A changer de vie... J'allais enfin semer mon escorte de cavaliers sortis des meilleures écoles. Pour ce qu'ils m'apportaient... Le cinéma chaque samedi, la main dans la main... Oui, le cinéma chaque samedi et toujours avec un garçon différent...

Il suffisait d'avoir entendu Tante Rosie ressasser ses principes d'éducation...

— Je sais... Je sais. Je connais la rengaine : « Un amoureux c'est détestable. Deux... c'est critiquable... Mais que trois ou quatre jeunes gens d'un bon *standing* sonnent régulièrement à la porte d'une jeune fille, voilà le nombre juste et profitable. » Je sais. On te répétait cela à longueur de jour. Alors, lorsque tu sortais trois fois de suite avec le même garçon tu avais le sentiment de commettre une mauvaise action...

Je lui facilitais la tâche. Je l'encourageais, je devenais docile. Cette bourgeoisie américaine... voilà que, sans trop d'ironie, je commençais à m'y intéresser. Et Babs, à me sentir compréhensive, éprouvait une gratitude éperdue. Elle fit le geste de me prendre la main.

— A supposer que Tante Rosie...

Je l'interrompis.

— Ne me parle plus d'elle, Babs, je t'en prie... Parle-moi de toi... Du reste je sais ce que tu allais me dire : à supposer que

Tante Rosie se trompait... C'était bien cela ta pensée, n'est-ce pas ?

Soudain Babs parut décidée à tout dire. D'abord avec des hésitations, puis de plus en plus résolument.

— Je pense surtout au matin de cette fête, lorsqu'elle s'est mise à débiter son histoire de vertige : « Pour plaire il faut donner le vertige... Comment le donnerais-tu ? Tu es si raisonnable. Cache un peu ton équilibre, répétait-elle. Essaye, au moins... » Je vois bien ce qu'elle voulait dire maintenant. Elle pensait sans doute à mon oncle et à cette manière qu'il avait d'afficher une légèreté apparente, lui qui était le sérieux même. Mais à dix-sept ans, que voulais-tu que je comprenne ? C'est à cette fête que tout a commencé. Robe longue... gants blancs. Un bal quoi... Une de ces énormes entreprises comme il en existe ici. Toujours données au profit d'une œuvre charitable et toujours dans un hôtel, où quelques mères, en très petit nombre, et des centaines de jeunes filles se retrouvent, dansent et parfois s'ennuient.

J'avais un cavalier qui, vers trois heures du matin, réussit à convaincre Tante Rosie qu'elle pouvait rentrer sans m'attendre : « On allait rester encore une petite heure... » Il me ramènerait. Cela faisait plus de dix mois qu'elle le connaissait. Elle lui trouvait bon genre. Un garçon d'excellente famille, dans les dix-huit ou dix-neuf ans. Et ce soir-là son père lui avait prêté sa voiture. Elle est donc partie. Et il a bu.

Au moment où nous quittions le bal, il m'a proposé de passer par Central Park et de rouler un peu, vitres baissées, parce que, disait-il, nous n'étions très frais ni l'un ni l'autre. L'idée n'était pas mauvaise. La tête me tournait. J'avais bu, moi aussi... Tout cela, tu vas en juger, est extrêmement banal. Les voitures ici servent à tout.

Une fois dans le Park, c'est moi qui lui ai demandé de s'arrêter près du lac, là où les gens vont canoter le dimanche. Des arbres, rien que des arbres. La nuit, Central Park, cette poche verte que la ville porte avec une fierté de kangourou, cette pauvre chose mitée, fanée, grignotée de partout, redevient une vraie forêt. Rien, te dis-je. Le silence et le noir.

Qu'a-t-il cru ? Que je le provoquais ? Je n'avais qu'une idée en tête, me débarrasser au plus tôt de ce qui me pesait sur l'estomac... Vomir... J'ai ouvert la portière et me suis penchée hors de la voiture. Quelque chose a craqué dans le taillis. Un chien ou un chat en maraude. Du moins l'ai-je supposé.

Il n'a pas eu l'air gêné. Il a même ri. Il s'efforçait de me mettre à l'aise. Je grelottais. C'était normal, paraît-il. Les premières fois que l'on se saoule, il faut s'attendre à avoir froid. Alors il est sorti prendre une couverture dans le coffre et il est resté dehors, un assez long moment, sans que je comprenne ce qu'il était en train de faire. Quand il revint, je commençais à m'en vouloir de m'être arrêtée là, et comme je continuais à claquer des dents, il remonta les vitres, m'enveloppa dans la couverture, alluma le chauffage et fit basculer les sièges en disant : Ça ne va pas être bien romantique avec vous... » Puis il fit marcher la radio sous prétexte que la musique arrangeait tout.

Comme je ne bougeais pas, il me posa la main sur le front.

— Ecoutez-moi, me dit-il. Il ne faut pas avoir peur. J'ai mis tout ce qu'il faut.

— Que voulez-vous dire ?

Il me regarda d'un air soupçonneux, puis entreprit de lutter avec la serrure de la boîte à gants. Je me louais de cette occupation difficile qui le détournait de moi. Elle dura quelques minutes pendant lesquelles il se mit à dire pis que pendre de son père qui avait la manie de tout fermer à clef. Lorsque le couvercle céda, je vis que la boîte en question était remplie de bouteilles d'eau gazeuse.

— Vous voyez, me dit-il. Il y a là tout ce qu'il faut pour vous.

Je ne savais pas ce qu'il entendait par là. Je ne savais pas pourquoi ces bouteilles étaient là. Je détestais sa manière de parler et je lui répondis que je n'avais pas soif. Alors il prit un air doctoral pour me dire : « Je crois que vous êtes complètement froide ou complètement idiote. »

Je pensais aux moyens à employer pour le convaincre de remettre la voiture en marche lorsqu'il tira de sa poche une fiole de whisky et se mit à boire au goulot. Il n'y avait vraiment plus rien à faire pour l'arrêter. Il buvait les yeux fermés, si pâle que je me demandais s'il n'allait pas se trouver mal. Quelques secondes plus tard, il était pris d'une sorte de délire. Une soûlerie bizarre, tumultueuse, tout en propos incompréhensibles sur la stupidité des filles. Je l'exaspérais. Heureusement qu'il en connaissait d'autres qui avaient l'habitude des voitures et savaient ce que l'on pouvait y faire. Je lui dis que je voulais rentrer au plus vite, alors il se mit à crier : « Vous êtes une bûche... Vous demandez que l'on s'arrête et puis vous ne pensez qu'à vous... Et moi, alors ? Moi aussi j'ai besoin qu'on me guérisse... Une crampe... Vous comprenez ?... J'ai besoin de vous. » Il me serrait les doigts à les casser... Tu vois le reste... Il est tombé sur moi, son visage contre mon visage, écroulé, suant, les mains nouées autour de mon cou. J'ai lutté, puis cédé. Il bredouillait des paroles incohérentes « Je suis malheureux... Je te le demande... Je te le demande. » Moi, je m'empêchais de crier, non pas de douleur — ni douleur ni le moindre plaisir — mais de peur. Quand je l'ai vu se redresser, les narines pincées et le visage gris, tout ce qu'il avait eu en lui de fiévreux avait disparu. Il est aussitôt retombé le long de moi et je l'ai entendu pleurer... Un pauvre gosse. Ça n'était vraiment pas autre chose... Puis il s'est mis à gémir « ... C'est votre faute aussi... Vous n'aviez qu'à ne pas me provoquer. » J'étais si surprise que je ne trouvais rien à lui répondre. Mais à partir de ce moment-là, je savais que je le haïssais. J'en étais certaine. Le jour commençait à se lever, avec une lueur blanche sur ma robe souillée. Il s'est remis à gémir « Qu'est-ce que l'on va bien pouvoir faire maintenant ? » Mais il n'en a pas dit plus. Contre la portière un homme nous épiait. Depuis combien de temps était-il là ? Sans doute depuis longtemps. Depuis le début peut-être. Un homme avec un regard de faim. Des yeux de porc guetteur, de rongeur. Répugnant. Un misérable avec une barbe de quatre jours. Le Park en est plein. Je poussais un cri. Alors l'homme eut le geste d'ouvrir la portière et j'entendis quelque chose comme « Vous n'avez pas l'air de la mener joyeuse, là-dedans... des fois que vous auriez besoin d'un coup de main ? » Je fermai le loquet si vite qu'il en demeura immobile, la main sur la poignée, la bouche appuyée au carreau, puis il cria : « Vous savez bien ce que je veux, non ? Allez-vous l'ouvrir cette putain de porte ?... Si vous l'ouvrez, vous ne le regretterez pas. » J'ai cru qu'il allait la défoncer. L'autre le regardait, rivé sur place, trop effrayé pour bouger. C'est moi qui ai tourné deux, trois fois de suite, la clef de contact ; moi qui lui ai jeté les mains sur le volant ; moi qui ai lâché le frein... Il a fini par comprendre. Nous sommes partis en roue libre avec cette espèce d'orang-outang accroché à notre portière, cet homme de cauchemar criant, hurlant : « Merci tout de même pour l'intimité », avançant par bonds... C'était atroce. Et l'autre qui n'était plus en état de conduire. J'essayais de l'aider... Je cherchais à passer les vitesses à sa place. Il ne réussissait même pas à mettre le moteur en marche. Enfin, lorsqu'il y est parvenu, l'homme a cessé de nous suivre. On l'a entendu crier une dernière fois : « Même pas foutus de m'offrir un coup. Votre nom de Dieu de bouteille de Scotch, vous pouvez vous la coller au cul, vous m'entendez ? Au cul... » Et encore des menaces. « Espèce de dégueulasses... Vermine... Traînée. » Un taillis l'a effacé.

A cinq cents mètres de là, mon conducteur a été pris de malaise et, comme il n'était plus question de s'arrêter, ni d'ouvrir les portières, ni de descendre, il a vomi la tête entre les jambes, tandis que je tenais le volant. Il en a mis partout... Sur lui... Sur moi. Et je remerciais presque de cette horreur supplémentaire... Je savais que c'était là le seul accident que je pourrais invoquer chez moi, le lendemain, pour expliquer les taches, ma robe perdue et notre retour à l'aube... L'état de mon cavalier... Ce jeune homme qui avait si bonne façon... Son ébriété. « Accident déplorable, mais qui peut, hélas, arriver à des gens très bien... » Je crois me souvenir que tel a été le commentaire de Tante Rosie. Elle ne m'a pas demandé de précisions supplémentaires. Jamais je n'aurais eu le courage d'avouer...

Pendant la semaine qui a suivi, j'ai prétexté un mal de gorge pour vivre en chandail et porter en permanence un foulard autour du cou. J'étais couverte de meurtrissures, de marques aux bras, aux poignets. Elles ont mis au moins ce temps-là à s'effacer...

Et puis Tante Rosie a reçu le père... A ma grande surprise, elle a accueilli l'annonce de cette visite avec empressement et s'est mis une robe comme pour une réception... La pauvre... Qu'avait-elle imaginé ? Il venait demander des explications. La voiture, d'abord. Une immondice. Il n'avait jamais vu une voiture dans un état pareil. Des bouteilles partout. Des taches. La boîte à gants forcée. Que s'était-il passé ? Depuis cette soirée, son fils n'était toujours pas sorti d'un état inquiétant : semi-prostration coupée de sanglots. On craignait une dépression nerveuse. J'écoutais derrière la porte, effarée... Je sentais que j'avais plus de droits que quiconque à être plainte et malade, mais la dépression nerveuse, c'était l'autre qui l'avait... Je crois que je pleurai. De ma vie je ne me suis sentie aussi seule, aussi misérable que ce jour-là. Le père continuait à demander « Que s'est-il passé ? » Il voulait me parler. J'écoutais, terrorisée à l'idée que l'autre imbécile lui avait fait des aveux complets... Mais Tante Rosie a refusé de me faire comparaître. Elle lui a dit, sur un ton sans réplique, qu'il fallait apprendre aux jeunes gens à boire décemment avant de les lâcher dans le monde... Que son fils s'était saoulé à ne plus pouvoir conduire ni marcher... Que le concierge l'avait trouvé ivre mort, vautré à plat ventre sur le sofa de l'antichambre, sans cravate, sans chaussures. Qu'il avait fallu le rhabiller, le mettre dans un taxi, nettoyer les tapis, les coussins... Un scandale... Et que, du reste, elle en avait assez dit, assez vu, assez entendu, qu'on ne savait vraiment plus à qui se fier de nos jours et qu'elle priait le visiteur de s'en aller...

Je l'avais échappé belle.

Quelquefois j'entends remonter en moi le souvenir de cette nuit... J'imagine le pire... Le rôdeur est armé. Décidé à tout... Rien ne vient nous délivrer de son affreuse poursuite... La voiture cale... On nous retrouve le lendemain... L'un sur l'autre... Un seul corps, deux assassinés.

D'autres fois tout s'efface pendant des mois consécutifs et rien ne m'occupe que mon travail.

J'écoutais... J'écoutais ces mots étranges, ces mots qui s'échappaient de Babs, fuyaient d'elle et emplissaient la chambre de leur nouveauté éphémère. Ils flottaient comme une buée ; ils se collaient aux meubles, aux murs, ils pénétraient partout ; ils versaient une sorte de gel pathétique au coin des lèvres de Monsieur Mac Mannox, — les clowns ont ce faux sourire-là... — ils suivaient Babs autour de la table, car elle s'était levée et avançait à pas pressés, serrant son kimono autour de ses hanches, comme si, soudain, elle avait perdu ses airs de mannequin désinvolte. Si je vous disais que tout avait changé. Oui, tout avait changé autour d'elle : son parfum, la saveur fraîche de l'eau de toilette dont elle s'était aspergée, l'odeur du café qui refroidissait dans nos tasses et jusqu'à la silhouette des arbres de Central Park avec leurs pauvres branches tordues, dépouillées qui paraissaient adresser au ciel de silencieuses supplications. J'aurais bien voulu trouver quelque chose à dire, mais je n'y parvenais pas. C'est que nous n'étions pas très intimes, Babs et moi, je ne saurais dire au juste pourquoi. Je continuais à regarder le Park.

— Eh bien ! tu vois, c'est comme ça que les choses se sont passées...

— Je vois...

Je crus l'entendre murmurer : « Je me demande ce qu'il aurait fallu... »

Alors à tout hasard, et faisant effort sur moi-même, je me souviens d'avoir répondu :

— Un peu d'amour aurait aidé... peut-être... ou bien un peu de colère, et puis du drame, et de la vengeance...

Mais ma voix devait manquer de chaleur. Du reste m'écoutait-elle ? Je regardais mon autoritaire, ma futile amie... Elle avait besoin de bouger, chassée par ses propres paroles. Elle tournait autour de la table comme on cherche, les jours de fièvre, une place fraîche dans un lit. Elle avait beau répéter : « On aurait tort de prendre cette histoire au tragique. Il y a toujours un premier homme, puis un autre et encore un autre. En ce qui me concerne, les deux derniers n'ont eu aucune importance... », elle avait autre chose en tête. Ces mots, justement, et leur terrible dérive entre elle et moi... Je la regardais, nouvelle, nouvelle, inconnue, un peu lasse, un peu penchée sous le faix des mots... Babs, son armure tombée, face à sa vérité... Babs avec cette blessure avouée et cette douleur, enfin, de femme trompée par la vie.

Nous nous quittâmes ce matin-là comme si nous ne nous étions rien dit. Elle n'allait jamais plus laisser échapper ces longs regards anxieux, interrogateurs... Le reste de la journée se passa à attendre la réception du soir. Elle s'acquitta avec sérénité et conviction d'une tâche qui faisait partie intégrante d'elle-même, de sa réputation, de sa carrière.

CHAPITRE III

> Qui diable es-tu ? Je ne puis te comprendre.
> Tu es le devoir incarné.
>
> STENDHAL.

Des bruits, par vagues successives, coupés de longs calmes morts annoncent et accompagnent les événements dont l'appartement de Tante Rosie est le théâtre. Je les écoute, paupières closes. Ils m'intriguent et m'occupent. Ils s'interposent comme un rideau, comme tout ce qui voile et protège, entre ma pensée et ce qu'elle doit éviter. Sonneries impatientes à la porte de l'office ; arrivée du traiteur... Sonnerie encore : c'est la Grecque, repasseuse à domicile. Indescriptible voix, pleine de révolte concentrée : « Alors, cette robe... C'est pour aujourd'hui ou pour demain ?... Décidez-vous... Vous voyez bien que je suis pressée... J'ai d'autres clients après vous... » Ton des petites gens de New York auxquels la fortune a échappé... Roulée en elle, piquée au plus vif d'elle-même : la conscience de son échec... Alors il faut ce ton pour oublier l'exil inutile, la pauvreté que l'on traîne après soi. Il faut ce ton insultant, seule liberté conquise. « Ah, il y a aussi la robe de Mrs. Mac Mannox... Ça va faire beaucoup. » Toujours la voix furieuse... Porte qui claque... Bruissement d'un vêtement dans le couloir. Pas légers, affairés, frémissants. C'est Tante Rosie, en peignoir blanc, qui, pourchassée par la voix furieuse, amorce une prudente retraite et sa longue parure la suit dans un bruit de feuillage. On sonne encore. Grêle de coups répétés... La voix de Tante Rosie : « Ethel... ! vous, enfin. »

Ici quelques gazouillis : « Salut tout le monde... J'ai amené Pop... Excusez-nous pour le retard... le service n'en finissait pas. » Fracas d'un marteau : on fixe le buffet sur ses tréteaux. Cérémonie de la nappe : « Je te dis qu'elle est mal centrée... Tire donc à droite, Pop... Tu sais bien que c'est le portrait du pauvre défunt qui doit marquer le milieu... » Pop ? Le mari d'Ethel sans doute. Tintement des verres qu'Ethel dispose en rang par deux... Douce voix du mari qui compte les assiettes et qui chante : « Dans le lit de ma belle, de ma belle Mabel, c'est tous les jours, c'est tous les jours Noël. » — « Ferme ta grande gueule de sacristain, Pop... Il y a les dames qui se reposent. » Bonnes voix, douces voix... Grincement des portes palières que l'on démonte. « Han » et « ha »... C'est que ça pèse — on fait communiquer l'appartement de Tante Rosie et le studio de Babs par le palier. « Doucement, mon brave... » Entrée inopinée de Tante Rosie qui vient surveiller en personne le déroulement des opérations. Elle prétend ne jamais se souvenir du nom de Pop... Et pourtant il y a bientôt vingt ans qu'il vient aider Ethel à démonter les portes les jours de réception. Du temps de Mister Mac, c'était déjà lui...

— Et alors ? Qu'est-ce qu'on fait maintenant ?

Rien dans la voix de Pop ne prouve la moindre indignation. « Le brave » accueille le manque de mémoire de Tante Rosie avec une courtoise indifférence.

— Alors qu'est-ce qu'on fait Ma'am ?

— Disposez les sandwichs en pyramides.

— En quoi ?

— En pyramides.

Classique lamento de Tante Rosie : « Il faut tout leur répéter... On ne peut pas les lâcher d'une semelle... Livrés à eux-mêmes, c'est la gabegie. »

Sous ma porte, des bruits filtrent et par leur grâce j'en invente d'autres. J'appartiens à ces bruits. Ils m'entraînent sur les sentiers de mon île et rien ne peut empêcher qu'à cette heure, les fêtes que j'évoque portent en elles le parfum invariable de la friture et de la mer. Rien ne peut l'empêcher... Parce que je ne suis pas d'ici. Parce que je ne le serai jamais... Parce qu'il n'y a pas de sonnettes à la porte de mes fêtes... On les frappe du plat de la main, à grands coups répétés, puis on dépose sur le seuil de longs paniers ruisselants, frangés d'algues brillantes. Et puis rien. On attend... On attend les cris de ravissement qui retentissent, la porte à peine ouverte. Ils viennent, ces cris, ils viennent toujours. Ils éclatent comme un témoignage de notre singulière aptitude à exalter le quotidien. Crier, s'émerveiller devant ce qui porte de façon évidente les signes de la vie — ainsi des poissons, agressivement vifs, arqués, tressautant dans un panier — n'est-ce pas un bon moyen d'échapper à la sombre attirance du malheur, à la volupté de l'évoquer sans cesse ? « Ah ! ces rougets, Seigneur Tout-Puissant, mais regardez-les donc... Des merveilles... Un vrai sacrement. » Et le pêcheur de doubler le plaisir en s'extasiant à son tour : « Vous allez réussir une de ces fritures ! Une de ces fritures à en oublier de mourir !... Les bénédictions du ciel sur la tête de Vos Excellences et bonne fête à tout le monde... »

Quelle fête ? Mais toutes les fêtes du calendrier, toutes les occasions qui s'offrent de disposer entre deux chandelles une image, une statue, une bondieuserie de rien du tout, le saint du jour en effigie, de l'entourer de fleurs et de se souvenir que son prénom est celui d'un oncle, d'un cousin éloigné, du voisin, du médecin de famille, du notaire que l'on prie à déjeuner ce jour-là, courtoise façon de bénéficier des bonnes grâces qui pleuvent sur qui l'honore depuis le Paradis. Et puis d'oublier entre ses chandelles, de n'en plus parler et de ne porter attention qu'aux pâtes, rondes ou plates, que l'on aspire par assiettes entières. Tant de bruyantes succions laissant à chacun un vif désir de conversation, il faut qu'à ce mets en succède un autre, plus favorable aux échanges d'idées : quelque chose de frit, légume ou poisson, peu importe. C'est l'huile qui compte. Car discuter de ses mérites est une jouissance qui peut captiver une conscience sicilienne. Le tout est de trouver les mots qui conviennent. Alors, pour stimuler les esprits, les femmes vont à la recherche de la bouteille qu'elles posent sur la table, telle une pièce à conviction. Il n'en faut pas davantage. Des mains l'entourent aussitôt, enlacent le liquide d'or, arrachent l'étiquette comme on dénude une chair convoitée. On n'a que faire de ce masque stupide qui prive l'huile de sa transparence. On se passe la bouteille, on la hausse au niveau de l'œil, on l'ausculte, on l'observe à contre-jour et l'on en discute à seule fin de prolonger l'exaltation... « Parfaite... elle est parfaite... On dirait du miel... » — « Vous trouvez ?... Moi, je l'aime plus fruitée... » « Chacun ses goûts... elle me convient ainsi... »... « On nous l'a clarifiée... » ... « Mais puisque je vous dis que je l'ai achetée chez le producteur... » — « Jamais on ne me fera avaler un de ces produits d'exportation... »

L'entente renaîtra autour des pâtisseries qui détiennent le secret d'une musique plus sereine. On s'adoucit dans le sucre : « Mettez-les sous votre langue et attendez que ça fonde... » ... « Qu'ils méritent bien leur nom, ces *triomphes-de-la-gorge !* » Alors vient le café, jamais assez chaud ni assez fort, et les confidences, et la torpeur qui précède les longues siestes. « Deux heures me suffisent... » ... « En pyjama ? » ... « Toujours... »

Je jurerais qu'au-dehors le soleil écrase tout, plongeant la ville entière dans l'attente immobile de l'ombre et de la fraîcheur. Je le jurerais.

— Je te dérange ?

C'est Babs. Elle a retrouvé son ton solennel.

— Pourquoi le demander, puisque tu es là.

— Que fais-tu ?

— La sieste.

— A sept heures du soir... Vraiment, Gianna, tu ne sais plus quoi inventer.

Elle est scandalisée. Suis-je une ratée ? Elle se le demande, car enfin le contraste entre son ordre et ma disposition à n'en pas avoir est insupportable.

— Si tu ne viens pas, je considérerai ton absence comme parfaitement discourtoise.

— Je te dis que j'étais bien... Il n'y a pas de quoi tomber en convulsions. Enfin, je veux dire que ce n'est pas un crime.

C'est vrai, j'étais bien, le cœur vide. Une heure dont j'aurais souhaité profiter en paix. A peine levée, les pensées interdites, reposées elles aussi, allaient me fondre dessus avec une vigueur accrue. Je le savais...

Mais dans les salons de Tante Rosie les invités arrivaient, par essaims bourdonnants. De loin, l'incroyable bouffonnerie que constituent, une fois mélangées, les deux cents personnes indispensables à la vie d'un hebdomadaire féminin, s'écoutait comme une langue inconnue. Un brouhaha ininterrompu où perçaient des rires. L'heure dite « du cocktail » : celle où la lutte contre l'ennui prend à New York son aspect le plus singulier.

CHAPITRE IV

On y rencontrait des gens de toute sorte... Il y avait aussi des marchands qui vendaient du vent.

Youri TYNIANOV.

Tout ce qui pouvait nourrir *Fair* ou lui servir de condiment, tout ce que New York comptait de gros, de rapace, d'arrivé, tout ce qui se vendait dans le commerce, s'achetait en librairie ou se faisait applaudir (à condition toutefois qu'acheteurs, lecteurs, spectateurs et auditeurs se chiffrent par plusieurs centaines de mille), ceux qui étaient aptes à s'offrir de la publicité par pleines pages et ceux qui, par métier, savaient donner aux femmes la hantise du changement, l'obsession du neuf à crédit, tous les techniciens de l'insatisfaction par l'image, tous les marchands d'illusion — « achetez le tapis, et la maison viendra d'elle-même », « voilà votre savon... la baignoire suivra », — tous les maîtres, tous les champions du luxe devenu obligation sociale, tous les pontes étaient là. On s'embrassait, on se reconnaissait, on se cherchait, on se jaugeait entre forts tirages, grandes marques et labels déposés.

De même qu'une inquiétude inavouée se manifeste par un geste, par un regard sans causes apparentes, de même le véritable caractère de cette réunion transparaissait à travers les mouvements inexplicables d'une assistance où les groupes, à peine formés, se diluaient, fondaient, pour se reformer un instant plus tard et se diluer encore. La répugnance à la conversation était évidente. On n'était pas là pour ça. Tout se passait comme s'il suffisait de se crier *hallo* entre deux portes, entre deux verres, pour s'estimer satisfait.

La vieille aristocratie de la confection, la féodalité du maquillage et de la pommade se dirigeaient d'instinct vers le salon respectable, les boiseries en acajou et les lampes roses de Mrs. Mac Mannox. Les débutants, les espoirs de la couture, les ténors de la presse et du spectacle, quelques beautés internationales, les habituées des plages élégantes, les grandes sportives de Long Island et de la Côte d'Azur, la clientèle attitrée des yachts, des casinos et des Bentley, s'entassaient entre les banquettes basses, les murs noirs et les lanternes japonaises du studio de Babs. Enfin il y avait le trop-plein des inconnus des deux sexes, jeunes et sans emploi, venus dans l'intention de décrocher une photo ou un article. Ils formaient une foule indécise dans les couloirs et sur le palier.

Parmi les femmes en quête de publicité — et il y en avait beaucoup ce jour-là chez Mrs. Mac Mannox —, vendre son nom était un privilège réservé aux Européennes de la haute société. Grâce à ces étrangères, crèmes ou parfums portaient des titres fastueux, et sur leurs étiquettes les couronnes en relief étaient irréprochablement légales. Les donatrices gagnaient à ce troc des rentes et une personnalité. On se disputait l'honneur de les connaître : « La princesse Farnese, vous savez bien, comme le démaquillant... »

Une jeune rousse d'aspect fragile qui, pour réussir une carrière de *cover-girl* avait accepté de poser nue devant un des photographes de *Fair*, produisit un énorme effet sur l'assistance. Il y eut, lorsqu'elle entra, un grand « Ha... a... a » en plusieurs temps. Une douzaine d'hommes, qui, tous, étaient directeurs ou techniciens dans des entreprises de publicité, l'entourèrent aussitôt. On la félicitait beaucoup. Elle recevait les compliments en silence, les yeux mi-clos, la bouche entrouverte comme une nonne en extase, expression qu'elle avait dû travailler longtemps avant de réussir une aussi parfaite mise au point.

— Elle est délicieuse...

— Suprêmement distinguée...

— Qui aurait jamais cru...

— C'est une fille qui a une vraie vitalité, quoi...

— Et de la meilleure société.

L'ovation alla en s'accentuant lorsque la nouvelle célébrité s'étant mis la bouche en O, puis s'étant mouillé les lèvres pour mieux sourire, déclara que sa venue à New York l'excitait autant qu'une aventure amoureuse. Elle termina cette confidence sur une note encore plus intime en disant à un journaliste tenace, qui allait de groupe en groupe, son bloc-notes à la main :

— Ne parlez que de mon tempérament... C'est la clef de ma réussite... Mon terrible tempérament... Et n'allez pas croire que ce soit chose aisée pour moi que de vivre avec le feu que j'ai là... Et puis, je vous en prie, appelez-moi Sunny. C'est mon nom de travail... Parce que mon vrai nom n'est pas possible. Je suis née à Venise... On ne fait pas carrière en s'appelant Faustina... Alors, c'est entendu, appelez-moi tous Sunny...

Sa voix se brisa et un frisson passa sur les messieurs spécialisés en publicité. L'un d'entre d'eux, le plus puissant, Carl Pach, un nabab, un virtuose, un docteur en tam-tam qui la regardait fixement depuis un bon moment, lui chuchota à l'oreille :

— Plaquons ces gens, voulez-vous ?

L'individu en question n'avait rien de séduisant. Il était d'une corpulence exagérée. De ces hommes qui profitent de ce que l'on est empilé à quinze dans un espace où l'on tiendrait difficilement six pour faire du genou, glisser sa cuisse contre celle de sa voisine. Et puis la bestialité de ce visage, l'épaisseur de la nuque, le profond contentement de soi qui prédominait dans le regard... Mais la nouvelle célébrité n'y regardait pas de si près. Elle eut un nouveau tressaillement des lèvres et un nouveau sourire mouillé :

— Vous voulez dire maintenant ?... Tout de suite ?

— Je le crains.

Ils disparurent l'instant d'après. Une grue... *Fair*, en publiant le document qui avait rendu célèbre sa silhouette gracile, sa chair pâle et les contours à peine bombés d'un ventre comme en peignait Cranach, avait précisé que cette délicate beauté, à la personnalité si attachante, travaillait non par besoin, mais par goût ; comme si ce détail devait lui assurer la sympathie définitive du lecteur. Enfin le texte apportait d'intéressantes précisions biographiques : héritière d'une famille illustre, ses aïeux avaient offert à la Sérénissime République plusieurs îles, quelques doges, une victoire navale sur les Turcs et bien d'autres facteurs de prestige qu'il fallait renoncer à dénombrer faute de place. Mais on réussissait à citer le nom de ses propriétés, à les décrire, et l'on disait aussi combien de domestiques elle employait. Tout cela permettait de mesurer ce que sa nudité avait d'exceptionnel et de la goûter avec plus de raffinement.

Apparemment, il n'y avait pas lieu de se révolter contre cet aspect du journalisme ni de s'étonner du verbiage destiné à faire admettre cet anachronique marché de chair et de sourires. Mais dans l'isolement où je me trouvais, peut-être aussi à cause des mirages dont je me nourrissais, il m'apparaissait comme une insulte démesurée d'invoquer le fantôme de la beauté, de parler d'art et de culture à seule fin de déguiser le pire mercantilisme. Tous les moyens offerts à l'Europe d'être infidèle à elle-même, tous les prétextes de faire applaudir et fêter ce qu'elle pouvait offrir de plus dégénéré, toutes les occasions de céder une valeur du passé contre de l'argent étaient étalés en permanence dans les salons de Mrs. Mac Mannox, et s'il en restait une à découvrir, gageons que quelque spécialiste, l'œil absent, un verre à la main, était occupé à la chercher. Enorme, rebondissant tripotage. Partout cette sollicitation au reniement. Et l'étreinte de l'argent sur chaque visage. C'était *cela* qui me brûlait, *cela* qui éveillait en moi une suffocante angoisse. Je ne voyais, je n'écoutais plus rien : la Sicile croulante, éjectée du monde, pesait de tout son mystère sur la foule des beautés de haut vol et des caïds de la consommation. Elle était là. Elle planait et une colère aveugle m'envahissait. J'aurais voulu hurler : « Vous n'êtes rien... Vous n'êtes qu'une marmelade de commerçants qui se donnent des airs... Et le dollar est votre gangrène. » Pourtant je me taisais. C'est que je continuais à espérer. J'imaginais encore qu'il existait quelques exceptions, quelques individus plus tenaces que d'autres et qui refusaient de se laisser ronger. Mais je ne les trouvais pas. Rongés, ils l'étaient tous et jusqu'à l'os. Il y en avait des paquets et des paquets chez Tante Rosie, collés les uns aux autres, agglutinés par espèces ; les Français avec les Français, de jolies frimousses vides et partouzardes, des hommes sans combat, des jeunes gens que la guerre avait surpris à New York et qui s'en étaient bien trouvés — ils y avaient développé le goût du golf et des femmes riches ; les Russes avec les

Russes, casés dans l'industrie hôtelière, porte-drapeaux des suites de luxe et des appartements à air conditionné, faisant argent de leur passé, d'un accent qu'ils jetaient à la tête de leurs interlocuteurs comme une poudre aux yeux dont ils se seraient assuré l'usage exclusif, et toujours le massacre d'Iékatérininbourg en bandoulière, comme si d'avoir jadis partagé les malheurs de la vieille Russie leur donnait à tout jamais le droit de porter un œillet à la boutonnière et des gilets croisés ; les photographes avec les photographes ; les dessinateurs avec les dessinateurs ; mais chez les uns ou les autres, il y avait, les dominant, la peur de n'en pas faire assez, la peur, la peur énorme qu'un nouvel âge pût naître et qu'ils en fussent exclus, la peur que cette vague que l'on appelle révolte existât... Antonio, c'est toi qui m'occupes, toi qui es mort pour ne rien renier. Qu'aurais-tu pensé de tout cela ? Tu disais : « Rien ne me pèse », et tu te croyais plus libre que les oiseaux dans le ciel, mais tu nourrissais la fleur rouge et secrète de la pitié. Tu faisais l'indifférent mais le passé t'habitait, notre passé de violence et d'aventure. C'est de toi que j'écris, tu le sais, de toi lorsque tu disais : « C'est nous la Chine de l'Europe et les nègres d'Italie... Contre notre misère rayonnante personne ne peut rien... » Oui, tu étais la race dans ce qu'elle a de plus affirmé. Qu'aurais-tu pensé de cette assemblée de faux seigneurs ?

De la demi-rêverie où je me trouvais, qui me permettait de participer à la réception de Babs tout en étant ailleurs, je regardais partir en fumée les illusions qui m'avaient attirée loin des rives usées de mon pays.

Il fallait chercher ailleurs la jeunesse du monde.

Appuyées les unes aux autres comme de blondes cavales dans un pré, les apprenties *cover-girls* évitaient de s'écarter du studio de Babs. Que faire d'autre ? Elles attendaient. Quand on est habituée à attendre... Attendre le soleil les jours de pluie, attendre dans les studios, attendre dans les salles d'habillage, attendre en parlant à voix basse, en mâchant du chewin-gum, en se coiffant, en se maquillant, en croquant des biscuits vitaminés. On se fait ainsi des amies dont on ne sait rien, mais que l'on retrouve sans cesse. Elles s'étaient retrouvées là, à la porte du studio de Babs... Et une fois de plus elles attendaient en échangeant des adresses, des nouvelles, et en buvant du scotch par saccades pour se donner du courage.

Deux Botticelli en fourreau noir arboraient des colliers bizarres, faits d'une longue chaîne qui soutenait, en guise de breloque, un cadenas. L'objet, pendu à hauteur du sexe, surprenait autant qu'une ceinture de chasteté posée sur une table de cuisine et l'on ne pouvait s'empêcher d'y poser le regard. Les filles étaient fraîches. Elles parlaient avec feu et, à les écouter, on devinait qu'elles discutaient des moyens à employer pour s'assurer la bienveillance d'un photographe célèbre.

— Surtout, ne lui parle jamais de photos...

— Et de quoi veux-tu que je lui parle ?

— En tout cas pas de photos...

— Mais puisque c'est son métier...

— C'est ce dont il a honte... Traite-le plutôt en artiste... Parle-lui peinture.

— Je n'y connais rien...

— Aucune importance...

— Mais que lui dire ?

— Fais semblant d'avoir remarqué une de ses toiles dans une exposition. Tu ne risques absolument rien...

— Comment ça ?

— Il peint toujours le même tableau ; une surface unie aussi brillante qu'une carrosserie de luxe... Il lui arrive de poser un tout petit point blanc dans un coin... Minuscule... Une tête d'épingle... C'est sa seule fantaisie... Alors, tu vois...

Après une demi-heure de conversation entièrement dominée par cette hantise d'arriver, où il fut aussi question d'autres dictateurs de la réussite, telle cette rédactrice de mode à laquelle on ne devait parler que de politique ou cette directrice d'agence — « la plus efficace, la seule femme capable d'imposer une *cover-girl* sur le marché de New York » — dont on se faisait une ennemie mortelle en ignorant qu'elle était poète et mère de six enfants illégitimes, nés et élevés en Europe, les deux beautés botticelliennes flottèrent un instant dans le couloir, réussirent à cueillir un verre sur un plateau qui passait, puis décidèrent de faire la navette devant le salon de Mrs. Mac Mannox.

Il y avait de plus en plus de filles sur le palier. Vraiment la fête battait son plein. L'ascenseur vidait des beautés par douzaines. Elles avaient en commun vingt-cinq ans d'âge, un air affamé, le regard vague et une peau comme de la crème. Les plus remarquables serraient entre leurs bras des chiens minuscules qui, à force d'avoir été portés de bureau en studio, oubliés dans les vestiaires, chauffés chez les coiffeurs, n'avaient presque plus l'air de chiens. Ils sentaient le parfum, la fumée froide, ouvraient difficilement les yeux, laissaient pendre une langue moite et l'on s'amusait de ce qu'ils vacillaient dès qu'on les posait sur leurs pattes. Mais on les savait utiles... Ils servaient à faciliter les entrées en matière. C'était bien le diable si l'on ne réussissait pas à tirer quelques mots de ces jeunes personnes en les complimentant sur la sociabilité de leurs petits compagnons.

Oui, tous les moyens étaient bons pour se donner une personnalité, pour trancher sur la masse et, sur ce point comme sur tant d'autres, certaines trouvailles avaient de quoi surprendre. Dans cette foule, les femmes qui affectaient des moues enfantines et un parler de miaulements ou de vagissements tendres ne se comptaient pas. C'était l'accent qui plaisait cette saison-là... D'autres arboraient un bandage discret autour des poignets et attendaient avec impatience qu'on les interroge sur leur tentative de suicide. D'autres encore, des vagabondes en bas de laine, disaient qu'elles changeaient d'hôtel tous les soirs par goût de la bohème et que des sacs aux proportions extravagantes, de profondes besaces qu'on leur voyait à l'épaule contenaient tout leur avoir. Mais voici le plus étrange : de languissantes excentriques qui portaient, en guise de bague, un vieil élastique enroulé autour du doigt. Le signe de ralliement d'une société secrète à laquelle, disaient-elles, il était nécessaire de s'affilier si l'on voulait réussir dans les magazines.

Toutes attendaient la même chose : qu'une fois, qu'une seule fois, Fleur Lee les remarque. Qu'elle happe au passage une de ces inconnues, qu'elle lui parle charme, élégance, photogénie, et tous les espoirs étaient permis... Si aucun signe ne leur était fait, alors il ne restait qu'à attendre qu'une grosse légume échappée du salon de Tante Rosie veuille se donner du bon temps. Mais cela arrivait rarement.

Tous pareils, les pontes, triomphalement américains, avec cette faculté de faire oublier leurs origines, de les effacer, de rendre inimaginables le Juif de Varsovie, le Tchèque à l'haleine forte, gros mangeur de choucroute et de soupe à la carpe, l'Allemand adipeux, leur père ou grand-père qui, dans quelque banlieue lointaine, les recevait chaque dimanche ; tous pareils, pourvus du même prestige, de la même puissance, de la même condescendance joviale, de ce même teint buriné d'hommes qui, une fois la semaine, ont les moyens d'aller se soigner la mine à la campagne ; des hommes d'argent parlant sec et définitif, marchant le veston ouvert sur le pantalon mollement ceinturé, et pas de bedaine bien sûr, mais une manière à eux de bomber le torse pour qu'à hauteur d'estomac s'escamote la gonflure des excès d'alcool et de la vie sédentaire. De beaux types d'Américains ne parlant aucune langue, mais avec cet air averti que donne la fréquentation des capitales étrangères.

Tante Rosie les traitait en vieux oncles qui, une fois la semaine, s'accordent le droit de laisser leurs épouses à la maison et de se saouler en paix. Elle faisait l'enfant, battait des mains à la moindre plaisanterie, se laissait tomber à leur côté, histoire de les surprendre, se posait en amazone sur les bras des fauteuils, courait, sautillait de groupe en groupe, plus légère qu'une luciole, ou bien, plus provocante encore, s'asseyait sur le tapis, croisait les jambes, jouait les fleurs de harem dans son long pyjama d'intérieur, se pelotonnait contre l'un de ces Nusselbaum ou autre Sonnenschein, tournait en chien de berger autour de son riche troupeau, tiraillait une moustache, administrait d'affectueuses bourrades, veillait à ce que les verres ne se vident jamais, donnait le bon exemple en buvant elle-même beaucoup et souvent, levant le coude à la mémoire de Mister Mac chaque fois qu'elle passait sous son portrait, enfin offrait à ses invités une comédie si bien rodée qu'elle leur arrachait des cris d'admiration.

— *She is a darling old girl,* disaient-ils en la suivant des yeux. Et il n'y avait pas de doute : cela agissait à merveille ce soir-là, et personne ne songeait à se moquer d'elle. Pas même Fleur Lee qui, vacillant sur ses hauts talons, devenait toujours plus exubérante et renonçait peu à peu à parler chiffres, affaires, budget ou renouvellement de contrat. Sa voix était encore montée d'un ton. Elle passait d'un sujet à un autre sans la moindre transition, oubliait le nom de ses interlocuteurs en cours de conversation, demandait fréquemment qu'on lui fasse escorte jusqu'à la salle de bains et, là, continuait à parler à travers la porte tandis qu'elle se soulageait. Alors Tante Rosie mettait un disque à toute volée pour masquer sa disparition. Puis elle faisait la tournée de ses invités, les incitait à manger, à boire, à danser, citait à ce propos les sages préceptes du cher Oncle Mac « ... Pour activer le *business* rien ne vaut une bonne danse... » ou bien « ... On se dit en dansant des choses que l'on ne se dirait jamais dans un bureau », et lorsque Fleur Lee réapparaissait la musique emplissait le salon de son tapage. Il lui fallut brailler pour se faire entendre :

— Il y a ici une petite fille qui veut danser... Vous entendez, mes chéris, je veux danser mes chéris... Je veux danser.

Comment résister à cet appel ? Aucun des invités ne l'entendit vraiment. Il y eut un mouvement général vers elle, dicté, non par le désir réel de la faire danser, car elle était singulièrement peu attrayante, appuyée au chambranle de la porte, son double whisky-soda à la main, mais par une force toute de calcul qui se libérait instinctivement à son cri. Une rude mêlée... Kaplenberg, un fourreur de renommée mondiale, y gagna une bosse au front qui le fit rugir de douleur, tandis qu'un restaurateur parisien venu dans l'espoir d'améliorer sa clientèle, un homme pacifique dont le profil, aussi aigu qu'une fourchette, paraissait souvent dans les pages mondaines de *Fair*, soudain bousculé et poussé de droite et de gauche, jetait un froid en affirmant qu'on se serait cru dans une maison de fous. Il le répéta trois fois :

— Un institut psychiatrique à l'heure de la récréation...

Il le cria, même. Puis il amorça une volte-face furieuse et s'en alla.

Tante Rosie, qui s'affairait avec un glaçon sur la bosse de Kaplenberg, arriva trop tard pour le retenir. Le mal était fait. Fleur Lee ne s'en souciait pas. Elle riait aux anges, se laissait porter par la foule comme une vedette se laisse déborder par ses admirateurs. Un invité lancé contre elle, presque involontairement réussit à l'étreindre et à la pousser devant lui, joue contre joue, au rythme d'un *slow*. Mais ce n'était évidemment pas un danseur à son goût car elle eut un mouvement de recul si brusque qu'elle en perdit l'équilibre.

— Elle est cuite, mais je m'en charge.

Celui qui reçut Fleur Lee comme un ballon en fin de trajectoire semblait avoir été posé là dans ce seul but. C'était un homme brun, bien bâti, qui portait une cravate blanche et des lunettes fumées. Il y avait sur toute sa personne quelque chose d'un peu trop soigné, assez difficile à définir, comme si cette recherche devait faire remarquer non pas l'homme qui l'affichait, mais ses relations essentielles avec la netteté.

Au moment où il était apparu dans les salons de Tante Rosie j'étais sûre, d'après son expression, qu'elle en avait été contrariée. Et c'était certainement à propos de lui qu'elle avait demandé à Babs :

— Que fait-il là, celui-là ?

Elle avait dû ajouter ensuite des protestations plus violentes, ou même quelque interdiction définitive, car l'aparté avec sa nièce s'était prolongé un moment et j'avais entendu Babs lui répondre :

— Vous savez bien qu'il est reçu partout...

Propos qui avait arraché à Tante Rosie un rire plus nerveux qu'amusé. Et maintenant il était là, dansant avec Fleur Lee, et l'assistance avait l'air de le considérer comme un brave homme plein de dévouement. Chaque fois qu'il s'employait à calmer l'exubérante passion de sa partenaire, elle l'empoignait par la nuque, attirait son visage contre le sien, brutalement, et lui demandait :

— Alors, Carmine ? Qu'est-ce qui ne va pas... ? Panne de sentiment ou quoi...

— Il y a qu'il est temps que vous alliez vous reposer, Fleur...

Et elle se mettait à gémir d'une voix défaillante :

— Vous savez bien que c'est de la tendresse qu'il me faut.

Je n'avais jamais vu femme plus saoule. Lorsqu'elle lui posa un baiser sur les lèvres et qu'il hésita un moment avant de la repousser, surpris et empêtré de cette bouche ouverte, de cette langue et de la salive qui lui inondait le menton, tout le monde se sentit gêné. Mais à la gêne succéda la surprise lorsque Fleur Lee se mit à injurier les invités de Tante Rosie de sa voix la plus stridente.

— Personne ici ne danse comme lui, hurla-t-elle... Personne... Vous pouvez tous vous le dire et même vous le répéter... Personne.

La chose n'avait rien d'amusant et l'on avait honte pour elle. Celui auquel s'adressait un pareil hommage, s'il était gêné, le dissimulait bien. Etait-ce la lenteur de ses gestes qui le rendait si différent des autres ? Etait-ce son excessive correction, ou bien le fait qu'il ne buvait pas ? ou bien encore les doutes que l'on pouvait avoir sur la direction de son regard ? Les verres fumés, peut-être...

— Qui est-ce ? demandai-je à Babs.

— Un certain Carmine Bonavia.

— Qui est-il ?

— Il a de l'avenir.

— Dans quoi ?

— La politique — ou quelque chose d'approchant. C'est un des patrons du parti démocrate. Sympathique, non ?

— Très... Ils ont l'air intimes, Fleur Lee et lui.

Babs me regarda comme si elle ne comprenait pas.

— Mais elle est comme moi, s'écria-t-elle, elle le voit pour la première fois. Tante Rosie est seule ici à l'avoir rencontré, il y a de cela longtemps... Dans le bureau d'oncle Mac... Mais elle n'oublie jamais rien et, à l'en croire, il était assez crasseux, à l'époque, le Bonavia.

— Il a bien changé depuis...

Babs se retourna et chercha Fleur Lee des yeux. Elle dansait toujours, si l'on peut appeler danse cette titubante pérégrination. Elle avait réussi à introduire ses mains sous le veston de Carmine et continuait à onduler, les yeux hermétiquement clos, agrippée à sa ceinture.

— Elle boit terriblement depuis quelque temps, me confia Babs de sa voix la plus sérieuse.

— C'est ce que je vois...

Carmine luttait pour se dégager des mains de Fleur Lee mais, dès que l'étau se desserrait, elle allait cogner dans un meuble, collision qui semblait l'amuser énormément car, aussitôt, elle partait d'un fou rire.

Babs jeta autour d'elle un large coup d'œil comme pour juger de l'effet de cette exhibition. Mais on ne s'en préoccupait nullement du côté de chez Tante Rosie. Ça blaguait ferme entre les boiseries d'acajou, ça flirtaillait, ça dansotait en douceur, ça froufroutait du pubis, ça frétillait du râble, tandis qu'Ethel et

Pop, imperturbables, continuaient de promener leurs plateaux. Si bien que la lueur d'inquiétude, apparue dans le regard de Babs quelques instants plus tôt, s'effaça. Elle ajouta à mon intention :

— C'est que, vois-tu, les gens de métier savent parfaitement à quoi s'en tenir...

— Même aujourd'hui ?...

— Mais oui... Ils savent que les... (Babs parut hésiter sur un mot) que les débordements de Fleur n'affectent en rien ses capacités professionnelles. Avec quelques *dry* de trop dans le nez il lui est arrivé de piquer un somme tandis qu'on lui présentait des modèles... De dormir un bon coup en plein milieu d'une collection et de se réveiller, l'espace d'une seconde, juste le temps d'applaudir une robe qui passait... La meilleure, bien sûr... Juste le temps d'en faire un *best seller*... Fleur n'a pas sa pareille dans le monde de la mode. C'est pour cela qu'on l'accepte telle qu'elle est... Et puis que faire ? Je me tue à lui répéter qu'elle devrait se désintoxiquer. Elle dit qu'elle n'en a pas le temps... Elle a les nerfs claqués, tu comprends... Claqués. Alors, en fin de journée, un verre suffit et hop, plus de Fleur Lee. Et puis elle a dû s'accrocher avec quelqu'un, ce soir, pour se mettre dans cet état...

Fleur Lee tenait toujours Carmine Bonavia à bras-le-corps et les yeux clos, la tête dodelinante, riait maintenant d'un rire continu, hystérique. Lorsqu'il y eut une pause dans la musique, Carmine en profita pour la coincer contre un mur, d'une poigne implacable. Le rire de Fleur Lee cessa.

— Vous allez vous arrêter, vous calmer et rentrer chez vous, lui dit-il, et il acheva sa phrase en lui montrant du doigt la porte de l'ascenseur.

— M'en aller ! cria-t-elle d'une voix si perçante que l'on fit cercle autour d'elle... Mais pour qui vous prenez-vous ?... Du reste, j'ai soif...

Elle essaya de lui échapper, mais il avait passé son bras sous le sien et il la maintenait toujours plaquée contre le mur.

— Lâchez-moi, vous entendez ? Lâchez-moi !

Fleur Lee hurlait. Carmine essayait de la convaincre de sa voix basse, chaude. Il gardait son calme, mais par moments il lui échappait des façons de faire typiquement méditerranéennes.

Son absence totale de doutes quant à l'utilité de son entreprise aurait suffi à dévoiler ses origines.

— Ecoutez-moi, Fleur Lee, à quoi cela vous avance-t-il de boire ainsi ? Vous allez rentrer chez vous, puisque vous le pouvez, et je m'en vais vous aider.

— Voilà qui est un peu fort, répliqua-t-elle... Croyez-vous que j'aie besoin de vos conseils ?... Je suis saoule... Bon, c'est entendu... Mais vous ? Vous ? Qui êtes-vous ? Je vais vous le dire ce que vous êtes... Un ignoble individu... Voilà ce que vous êtes... Une canaille, hein ? On le dit assez que vous êtes une canaille sans éducation... Ça aussi, je le sais et je ne suis pas la seule.

Carmine hésita un instant et retira sa main de sous le bras de Fleur, qui croula sur les genoux. Il y eut du monde pour en rire, mais on voyait bien que derrière ses verres fumés Carmine n'aimait pas cela. Les rires cessèrent. Il aidait Fleur à se relever quand la porte de l'ascenseur s'ouvrit. Un jeune homme entra. Qu'il était brun avec des yeux très froids, très violents et un teint hâlé, c'est à peu près tout ce que je vis de lui à ce moment-là.

— Hello, toi, fit Carmine en lui administrant une tape sur l'épaule. Tu arrives bien... Personne ici ne dira le contraire...

Comme s'il avait su depuis longtemps que ce jeune homme allait entrer... Comme s'il avait été l'organisateur de cette diversion et qu'il n'avait jamais douté de l'effet qu'elle produirait sur Fleur Lee. Il la regarda. Quelque chose avait craqué en elle et des larmes lui coulaient le long des joues. Ce qu'elle disait, entre deux sanglots, ne contenait plus menace ni défi. Elle suppliait qu'on l'aide.

— C'est ça... merci... Aidez-moi... Aidez-moi... Je veux m'en aller.

Carmine, lui, n'était plus que compassion. Il lui parlait comme s'il l'avait connue depuis toujours. Et dans ses gestes aussi il y avait quelque chose de particulier : une force susceptible de rassurer.

— Voici l'homme qu'il vous faut, Fleur... Exactement l'homme qui convient pour vous accompagner chez vous. C'est Theo, mon neveu...

Carmine était devant elle, très beau, très brun, avec un visage d'ange combattant. Il n'y avait vraiment pas lieu de se mettre en souci pour Fleur Lee. Carmine dégageait quelque chose de si neuf, de si volontaire, de si fort, de si sombre... On aurait dit un athlète dans le calme qui précède les grands exploits.

— Va, Theo, dit-il, avec un effort visible. Moi, je t'attends ici.

Puis il ajouta d'une voix plus basse :

— Fais vite... Et merci... C'est comme un cauchemar qui recommence. Je ne m'y ferai jamais.

Fleur Lee laissa Theo l'entraîner par saccades, puis la pousser dans l'ascenseur comme un paquet gémissant. Il était minuit passé. Aux murs d'acajou les moustaches de Monsieur Mac Mannox continuaient de monter la garde, mais il devenait difficile de les voir, tant l'air était chargé de fumée. Les *cover-girls* se chamaillaient à propos d'une teinture indélébile, mais leur sujet de discussion changea brusquement lorsque le gramophone se remit en marche. Comme s'il n'était plus possible de parler de cette teinture... Avec la même intensité, elles se chamaillèrent à propos d'une cure amaigrissante.

Une centaine d'invités jouèrent encore pendant plusieurs heures à qui partirait le dernier.

Lorsque la porte se referma sur le vainqueur de ce plaisant tournoi, Tante Rosie, étendue sur le canapé du salon, n'était même plus en état de lever une dernière fois son verre à la mémoire de Mister Mac.

Il fallut appeler Ethel pour nous aider à la mettre au lit.

*
* *

Ce qui suit me fut raconté plus tard au hasard des questions que je posais. Si j'en parle ici, si je dis dès à présent ce que je sais de Carmine Bonavia, c'est afin de dissiper les doutes qu'il suscitait et pour éviter au lecteur de partager la méfiance qu'on lui témoignait pendant la soirée où je l'avais rencontré pour la première fois.

Personne ne le connaissait chez Mrs. Mac Mannox et personne ne souhaitait le connaître. Il n'était qu'une attraction que l'on s'offrait de loin, un numéro un peu osé ajouté au programme habituel, une aubaine, l'occasion donnée à chacun d'enrichir dès le lendemain de quelques inventions personnelles la fausse idée que l'on se faisait de lui. Oui, rien de plus. Comme on s'excite à suivre des yeux un dompteur, un jongleur, un équilibriste... Mais qui, Bon Dieu, qui rêverait d'aller lui serrer la main ?

Pour Babs, l'affaire était plus complexe : elle se payait une fantaisie. Voilà qu'elle recevait un homme discuté... « L'ouragan Carmine » ... « Carmine le Grand », pour une certaine fraction de la presse, celle qui le portait aux nues ; pour d'autres : « le Troublant Signor B... », « l'Homme aux verres fumés », sans parler de ceux qui, ouvertement, le traitaient de pirate, de corrupteur, ni de ceux qui, par pose ou par prudence, disaient « ne rien, mais alors ne rien savoir de lui » et contribuaient inconsciemment à enrichir sa légende.

Les propos le concernant commençaient toujours par « On prétend », « Les gens disent... », car, je le répète, personne ne le connaissait. Dans cette société où toute confidence était accueillie avec intérêt, où le passé, le présent, l'avenir de chacun appartenait de droit à qui voulait s'en emparer, c'était le silence de Carmine sur lui-même qui le rendait suspect. Puisqu'il ne disait rien, il avait quelque chose à se reprocher. On oubliait simplement qu'il était issu d'une race où le silence tient lieu de morale et de loi... Moi qui le savais, je ne me suis jamais étonnée du peu que nous nous sommes dit pendant le temps où, ensemble, nous avons attendu le retour de Theo. Je ne crois même pas que cette rencontre m'ait beaucoup frappée. Lorsque je le revis quelques semaines plus tard, assis sur le trottoir de Mulberry Street, je mis du temps à comprendre qu'il s'agissait du même homme.

J'avais quelques excuses... A Mulberry Street, dans son costume noir, on ne voyait que lui. Il tenait la rue... Tandis que chez Tante Rosie on eût dit qu'il ne prêtait aucune attention aux gens qui l'entouraient. C'était peut-être l'essentiel de son charme que cet air de toujours sembler penser à autre chose. Ecoutait-il seulement les réponses aux questions qu'il posait ? Il m'avait demandé :

— Etes-vous une habituée de ces sortes de réunions ?

— J'y suis par métier...

Cette précision ne l'avait guère intéressé sur le moment, du moins pouvait-on le penser, puisqu'il se tut. Il laissa son regard errer sur l'assistance et dit d'une voix assez morne :

— Quelle foire... J'ai horreur de ça.

— Moi aussi, vous savez...

J'hésitai à en dire davantage. Pendant un instant, je songeai à le remercier d'avoir porté secours à Fleur Lee. Puis je n'en fis rien. Il n'était pas homme à se laisser complimenter par une inconnue.

— Vous dites que vous êtes ici par métier, fit-il, comme si ma remarque lui revenait soudain en mémoire. Moi aussi... Mais au fait, quel est votre métier ?

— Si je vous le dis, me direz-vous quel est le vôtre ?

— Oh ! moi... je suis chef de tribu.

Et il éclata de rire. Je riais aussi.

Il était clair que mes occupations personnelles ne l'intéressaient pas. Il fouilla sa poche, en tira un carnet qu'il ouvrit à la date du jour et me montra en quoi consistait la soirée d'un chef de tribu. Il en avait pour la nuit... Il fallait qu'il assiste à Greenwich-Village à l'élection de Miss Beatnik, qu'il apparaisse un instant au Concert commémoratif du premier disque de Caruso, qu'il dise quelques mots au banquet annuel de la Ligue des Votantes et il était trop tard pour le reste... La discussion sur la sainteté de Mother Cabrini était certainement terminée... Et la loge des Fils d'Italie, marquée de trois points dans la marge de son agenda, devait avoir fermé ses portes depuis longtemps.

De cet ensemble d'occupations, il résultait qu'il n'avait plus un instant à perdre. L'apparition de Theo le fit se lever d'un bond. Il était presque à la porte lorsqu'il s'arrêta court.

— Et vous ? me demanda-t-il, vous ne m'avez toujours pas dit ce que vous faites ici.

Je le lui dis en peu de mots. Il parut surpris.

— Vous n'avez pas la tête de l'emploi. Je me serais attendu à trouver en la personne de Gianna Meri une femme d'ici, vous savez... Quelqu'un de riche voyageant à ses frais et signant d'un faux nom... Et vous êtes de Palerme... Je n'avais pas fait le rapprochement... De Palerme.

Sa voix tremblait un peu en disant « Palerme ». On aurait dit que ce mot mettait en route une longue histoire. Si longue qu'elle ne pouvait être racontée. Mais peut-être n'était-ce qu'une illusion. Carmine avait repris sa voix calme lorsqu'il me dit :

— Cela me donne un avantage, car nous nous reverrons sûrement... On ne peut pas être ce que je suis sans être un peu tributaire de ces gens-là...

Il scruta l'assistance une dernière fois.

— En attendant, je vous prends sous ma protection, ajouta-t-il.

Le Dieu-Soleil s'adressant à une planète perdue et lui offrant un astre autour duquel tourner... Carmine apparaissant dans sa nouveauté inexplorée, avec cette part de mélancolie que porte toujours en elle la lumière du Sud.

Lorsqu'il s'inclina devant Tante Rosie en manière d'adieu, avec une politesse qui pouvait paraître exagérée, elle fit celle qui ne voit ni n'entend, comme si la conversation en cours l'absorbait toute. Et, cependant, elle l'avait vu. Elle le suivit du regard jusqu'à ce qu'il eût disparu.

Evidemment, elle ne l'aimait pas.

DEUXIÈME PARTIE

CHAPITRE I

> Nous sommes des gens inquiets qui se trouvent bien, sauf dans leur pays.
>
> Cesare PAVESE.

Carmine Bonavia était né à New York. Son père, un Sicilien, avait bêché les terres d'un Baron, jusqu'au jour où un raz de marée s'était chargé de le convaincre que la Sicile ne le regardait plus. Cela se passait du côté de Sólanto, Alfio Bonavia n'était ni le premier ni le dernier à vouloir s'expatrier. Mais ceux qui l'avaient précédé dans cette voie, les Bonavia du siècle passé, matelots sur des rouleurs en mer Rouge, cochers de fiacre à Djibouti, marchands de cartes postales guettant le passage des croiseurs britanniques à l'escale de Malte, ceux qui s'étaient faits casseurs de pierres en Tunisie pour le compte des Français, ceux qui vivaient des Anglais en battant les tapis dans les clubs du Caire, ceux enfin qui, « padrone » d'un obscur trafic, ne dépendaient que d'eux-mêmes à Marseille, à Aden ou ailleurs, tous ces Bonavia-là, tentés par la liberté, n'avaient eu qu'à pousser une barque pour s'en aller. Pousser ou voler... Leur conscience était pure. Ils n'avaient pas demandé à partir, ils y étaient contraints par quelque injustice publiquement reconnue ; ils étaient chassés par quelque sentence sans appel. Le rattachement à l'Italie en 1860... La conscription obligatoire, en 1861... « Vous allez mourir pour la patrie... » Mais puisqu'ils ne la reconnaissaient pas, cette patrie... Et ces taxes, et ces famines. et ces sécheresses... Le choléra en

1887... Le tremblement de terre en 1908... L'histoire des Bonavia se confondait avec elle de ces misères contre lesquelles les saints eux-mêmes ne peuvent rien. Et pourtant les saints de Sólanto étaient parmi les plus choyés de la Sicile... Toutes les occasions étaient bonnes pour les sortir de leurs niches, les exposer, les promener à bras d'hommes, les suivre pieds nus. Que de processions, que de cortèges, que d'offrandes et que de sacrifices... Pas un Bonavia qui ne se soit « raclé les dents de la gorge » afin de leur offrir des fleurs en papier ou des feux d'artifice... Mais, parfois, les saints restaient sourds... Alors, las d'attendre, un Bonavia décidait de se faire étranger. Aussitôt l'ombre scandaleuse de l'Autorité dressait sa menace au-dessus de cet homme qui voulait partir. C'est que les choses avaient terriblement changé en Sicile. Sans prétexte d'ordre et de progrès, le continent ne savait plus quoi inventer pour ancrer les hommes à leur misère. Visas, passeports, permis d'émigration, comment se les procurer lorsque l'on a à peine de quoi manger ? Dans les premières années du siècle, on pouvait encore s'arranger. Les gardes-côtes travaillaient sans conviction. Flotter inactif aux frais de l'Etat, vous appelez ça un métier ?... Ils se savaient méprisés. Et de Catane à Messine, de Palerme à Trapani ceux qui arraisonnaient, par paresse, par rêverie ou peut-être par pitié, savaient fermer les yeux. Ils respectaient les heures de sieste, rentraient au port pour manger, et la nuit... Eh bien, la nuit, la mer n'appartient à personne. C'est ainsi que, d'un bout à l'autre de l'île, bien des Bonavia réussirent à tirer leur barque à sec sur la rive de leur choix.

Puis vint le temps où quitter clandestinement la Sicile devint une opération périlleuse, le temps où la mer fut trop bien surveillée, et vint aussi le jour, le jour noir où le malheur entra chez Alfio Bonavia sous forme d'une vague énorme qui emporta sa maison et tout ce qu'il possédait. Une vague... Une vague... Cela restait à prouver. Mais tel fut le verdict de la municipalité de Sólanto. Qu'Alfio Bonavia n'aille pas se faire d'illusions : il s'agissait d'une vague et non d'un raz de marée, comme il le prétendait. Il ne fallait pas confondre cette onde unique et modeste avec l'une de ces grandioses secousses marines, un de ces monstrueux débordements qui vident les maisons de leurs habitants, les aspirent, les projettent vers la haute mer et font une tragique flottille des lits et des berceaux. Non, brave homme... Inutile d'insister. Ce n'était qu'une vague. Les vagues ne donnent point droit à des dédommagements. Si votre maison est tombée, il ne faut vous en prendre qu'à vous-même. C'est qu'elle était mal construite. La première vague venue en a eu raison... L'Etat n'est certes pas responsable. L'Etat ? Qu'est-ce qu'il vient faire là-dedans, l'Etat ? Je me le fous au cul votre Etat... Basta Bonavia... Essayez de raisonner en chrétien, que diable.

C'est ainsi que le maire de Sólanto ayant congédié Alfio Bonavia, celui-ci décida de se confier au curé. Un brave homme. Plus qu'un autre le curé était cela. Il flaira le danger de s'obstiner. Pourquoi persister à faire de cette vague un raz de marée ? Mieux valait changer de tactique, mieux valait convaincre l'Autorité qu'il s'agissait d'une trombe marine. Le curé avait entendu dire, il était même certain que les trombes marines donnent droit, elles aussi, à des dédommagements. Allons, courage, fils. Que risques-tu ? Tente une dernière fois ta chance.

Il fallait pour cela aller à Palerme. Alfio Bonavia amena en ville, à ses frais, douze témoins susceptibles de persuader les autorités compétentes que le ruissellement dévastateur, la cataracte infernale était haute de dix mètres, oui, Votre Excellence, et que si l'affreuse chose n'avait emporté ni barques ni enfants, il fallait en remercier Dieu, langue à terre... A quelques minutes près, pour peu que les barques fussent rentrées de la pêche et les enfants sortis de l'école, il y aurait eu à Sólanto un de ces désastres qui figurent en couverture des journaux illustrés. L'Excellence avait écouté le récit des témoins, puis elle avait murmuré :

— On voit de ces choses... Mais alors de ces choses !

Mais elle n'avait à aucun moment convenu que c'était là les signes auxquels on reconnaît les trombes marines. Tant et si bien qu'Alfio Bonavia fut contraint de rester trois jours à Palerme.

Les trois jours de Palerme ! Les jours d'humiliation ! Alfio Bonavia n'allait jamais les oublier. Il en parlait encore un quart de siècle plus tard. A New York, c'était devenu comme un classique du répertoire familial, un grand air que Carmine, à peine âgé de quatre ans, savait déjà par cœur. Ces jours passés dans la chaleur moite de Palerme, Carmine, comme son père, en détestait chaque instant. On n'avait mangé que le pain apporté du village. Trois jours durant on avait subi les hochements de tête des fonctionnaires excédés. Pendant trois jours on avait rempli des fiches. Tout ça pour satisfaire la malsaine curiosité de l'Autorité. Qui est votre mère ? Où êtes-vous né ? Trois jours vécus dans le mépris de ceux auxquels on était forcé d'avouer là, de but en blanc, que ces fiches on ne savait pas les remplir. Car telle était la pire des humiliations : demander l'aide d'un inconnu, confier au premier bourgeois venu que l'on est ignorant, illettré. Et puis toutes ces voluptés auxquelles, une fois dans la rue, il fallait renoncer, faute d'argent. Toutes ces femmes, toutes ces obsédantes odeurs de chair perdues pour toujours... Une humiliation... C'était vraiment tout ce que ces trois jours à Palerme avaient rapporté à Alfio Bonavia.

Mais il aurait encore lutté et peut-être aurait-il réussi à reconstruire sa maison, peut-être ne se serait-il jamais éloigné du cap rocheux sur lequel il était né s'il n'avait, par ses excès de langage, offensé un personnage considérable, l'homme de qui dépendaient presque tous les habitants de Sólanto : le Baron de D. C'est avec son fils qu'il se prit de querelle, avec ce Don Fofó dont il avait partagé les jeux depuis l'enfance et à l'égard duquel il n'éprouvait aucun ressentiment.

Bien des années plus tard, évoquant le souvenir du jeune seigneur de Sólanto, Alfio Bonavia en convenait : ce n'était pas une mauvaise nature. Coléreux à en perdre l'esprit... Ça oui... Mais trop racé, trop grand, trop mince pour faire peur ; et le fusil qu'il portait à l'épaule depuis l'âge de onze ans n'était qu'une distinction de plus comme son panama au large bord, comme sa veste en tussor blanc et comme le cabriolet noir dans lequel il passait très vite au nez de ses paysans. Et Don Fofó aimait Alfio, cela ne faisait point de doute. Il l'aimait au point de préférer le voir au travail dans ses champs qu'en faction dans les bureaux de Palerme. C'est entendu, il y avait cette maison perdue. Lorsque Alfio cherchait à lui en parler, il faisait celui qui n'entendait pas. Et l'effort auquel il s'astreignait pour paraître indifférent, alors qu'il ne l'était pas, contribuait à son énervement.

C'est de ce mécontentement inavoué qu'était né l'incident.

Brusquement Don Fofó s'était mis à abrutir Alfio avec des arguments tels que ceux-ci : « Bonavia, je te le demande, que penser de toi ? Peut-on faire confiance à celui qui prive de deux bras indispensables, qui abandonne trois jours durant orangers, troupeaux et pâturages ? Peut-on se satisfaire d'un bêche-terre qui va passer trois jours à Palerme pour discuter de la hauteur d'une vague avec les autorités... Où veux-tu en venir, Bonavia, avec toutes ces allées et venues ? » Alfio avait bien essayé de glisser sa requête : une avance de fonds, juste de quoi acheter des matériaux pour reconstruire : « Si votre Seigneurie le voulait... »

Mais Sa Seigneurie n'était pas une banque et Bonavia devait faire effort sur lui-même pour cesser d'ennuyer les gens avec son histoire de maison. Pour mériter un secours, il fallait travailler davantage. Le plus fort, ce fut quand, à bout d'arguments, le jeune Baron s'était écrié : « Ou tu mesures les vagues, Alfio, ou tu bêches mes terres... Il n'y a pas de milieu. » Alors Alfio avait éclaté...

On ne saurait expliquer comment des propos, échangés en pleins champs et en l'absence de témoins, parvinrent à être connus de tout un village. Toujours est-il que pas un habitant de Sólanto n'en ignorait le moindre mot. Personne ne pouvait douter qu'à secouer sa carabine sous le nez de son ouvrier agricole, le jeune Baron lui laissait entendre qu'il ne l'embaucherait plus. Et qu'à se fâcher jusqu'à traiter un noble de fils de cocu, Bonavia risquait de se retrouver sans emploi.

C'est vers cette époque que le père de Carmine reçut une lettre, la Lettre de Palerme, document dont il ne se sépara jamais par la suite. Elle lui fut portée jusque dans le trou de rocher où il s'était réfugié. Il la donna à lire au curé. Tandis que ce dernier parcourait le texte à voix basse pour s'en bien pénétrer et, disait-il, afin de pouvoir ensuite la lire à l'intéressé avec l'intonation juste, Bonavia à la manière dont le bon Père s'épongeait le front, fronçait le sourcil et exprimait son tourment par toutes sortes de mimiques, comprit qu'un nouveau malheur le menaçait. Mais lequel ? A la fin, n'y tenant plus, il demanda : « *Reverendo,* est-ce le dédommagement ? »... Et en guise de réponse, le curé hurla : « Cochons... Criminels... Bédouins... Ils vont m'en faire un assassin..., un hors-la-loi... » L'Autorité n'est-ce pas ?... Car c'était encore d'elle qu'il s'agissait.

On notifiait à Alfio Bonavia que sa maison détruite par une vague l'avait été parce que construite là où il ne fallait pas. L'enquête prouvait que le tort était du côté du plaignant qui s'était logé sans permission sur un terrain non édifiable. Il était donc passible d'une amende dont on lui préciserait le montant ultérieurement.

Et c'est ainsi qu'une fois encore un Bonavia décida de partir. Ce qui avait chassé de lointains aïeux vers les terres d'Afrique, ce qui, de génération en génération, avait attiré les Bonavia dans des lieux empoussiérés, misérables, sordides, qui les avait fait s'établir et se reproduire aux premiers temps des colonisations partout où l'on annonçait la création d'une route, l'établissement d'une ville, d'un port, d'un bled pisseux, la même raison, toujours cette Autorité menaçante, forte de ses mêmes armes, amende ou prison, chassait le père de Carmine vers l'Amérique encore ouverte aux émigrants.

Lorsque Bonavia eut dit et répété qu'il n'était pas le tapis-brosse de l'Autorité, qu'il crèverait la peau du premier gendarme qui oserait lui présenter l'amende et qu'il préférait partir pour toujours plutôt que d'user une demi-semelle de soulier sur le sol de cette chienne de mère patrie, il fallut trouver de l'argent. La singularité de cette histoire tient à ce que ce fut Don Fofó qui le donna. Non par générosité, mais par prudence. Il lui suffisait d'imaginer son ancien bêche-terre rangé du côté de la mafia avec la connaissance qu'il avait de ses champs, de ses fermes et de son bétail... Mieux valait lui payer un passeport. Ce qu'il fit. D'évidence — et pas un villageois de Sólanto n'en douta — s'il ne l'avait aidé à partir on aurait retrouvé Alfio derrière une haie, prêt à faire parler son fusil.

Certes, quel don prodigieux ce passeport... Vivre ailleurs, aimer ailleurs, travailler ailleurs... La liberté, quoi... Le père de Carmine, après avoir longuement contemplé le précieux document, le fit coudre dans la doublure de sa veste et décida de ne l'extraire de cette cachette qu'une fois passé le détroit de Messine. Il était de l'espèce qui s'attend toujours au pire. Ça se vole un passeport, ça se maquille, ça se camoufle... On vous matraquerait sur une route pour moins que ça et il faudrait être fou pour aller crier sur les toits que l'on est en possession d'un document que d'autres mettent des années à obtenir — « Il y a des circonstances où le

Seigneur ne nous a pas fait une bouche pour parler... » Le curé lui-même en convenait. Ni à un policier, ni à un carabinier, ni à l'homme de l'octroi, ni à un garde-côte, ni surtout à un douanier, Bonavia ne voulait le montrer à personne, ce passeport. Qu'une de ces canailles en uniforme se mette en tête de faire du zèle. Qu'il s'en prenne à moi, *Reverendo*, qu'il me demande : « Un passeport ?... Voyons un peu... Montrez-moi ça... Comment vous l'êtes-vous procuré ?... Au bureau d'émigration ? Et comment avez-vous payé votre visa... Avec quel argent ? » Sans parler des surprises de dernière minute, lorsque tout paraît réglé et qu'une main s'abat sur l'épaule du voyageur, la main d'un de ces enfants de garce, une main nourrie, lavée, gantée aux frais de l'Etat, la main d'un de ces damnés salopards qui, avec des : « Un moment, là... Pas d'arriéré ? Pas de dettes ? Pas d'impôts impayés ? Pas d'amende oubliée... Montrez-moi le reçu ? » et petit à petit, une chose, une autre, ils sont capables d'envoyer n'importe quelle créature de Dieu terminer sa vie en prison, ces fleurs de fumier.

Par chance, la Sicile cet été-là endurait une chaleur à se faire rappeler par le Seigneur. Mortelle, vraiment. Et Don Fofó, qui avait un troupeau d'une centaine de têtes à envoyer au frais sur les hauteurs de Civitavecchia, accepta, un peu pour obéir au Révérend qui ne cessait de lui répéter : « Laissons là les insultes, Excellence, faites parler votre cœur », et plus encore pour se débarrasser de cet exalté de Bonavia, accepta de lui confier ses bêtes. Pour une fois la sécheresse favorisait un Bonavia.

— Je préférerais mourir plutôt que de lui adresser la parole. Si je le rencontrais, il saurait très vite ce qu'il en coûte de traiter mon père de co...

Là, le jeune Baron baissait un peu la voix et frappait du plat de la main sur sa carabine pour bien faire comprendre au curé que rien ne l'empêcherait de mettre à exécution sa funèbre détermination.

— Mais je connais mon devoir, ajoutait-il, et je m'en voudrais d'en faire un mort-la-faim.

En apprenant la mission dont il était chargé, Alfio Bonavia répondit que le petit Baron le dégoûtait au point qu'il ne pourrait même pas supporter de voir son nom écrit sur un mur, mais il ajouta :

— Ses brebis arriveront saines et sauves sur le continent.

Le curé poussa un soupir de soulagement. Tout était dans l'ordre, tout se passait comme il l'avait souhaité. Les deux hommes se haïssaient, s'ils s'étaient rencontrés l'un aurait abattu l'autre. Mais Alfio partait le lendemain. Alors il n'y aurait sans doute personne à conduire au cimetière. Ils allaient continuer à vivre tous deux comme ils le souhaitaient, seuls juges de leur honneur, Alfio en émigrant et le jeune Baron en Sicile. Les choses auraient pu tourner plus mal, beaucoup plus mal en vérité.

C'est ainsi qu'à la tombée du jour le père de Carmine se dirigea vers Palerme. Soulevée par le piétinement du troupeau, la poussière de la route demeurait en suspens dans l'air chaud et flottait comme une brume complice. Alfio Bonavia voyait son village s'estomper. Ici, la place aux palabres nocturnes et le mur contre lequel on s'asseyait entre hommes pour attendre l'embauche, là les toits, les terrasses, les fenêtres entrebâillées, théâtres de furtives apparitions féminines, plus loin les champs desséchés, les chemins creux bordés de haies toutes pareilles, toujours ces figuiers de Barbarie aigus, féroces, toutes griffes sorties, plus loin encore, à l'abri des regards, le carrefour où sous un arbre stationnaient parfois les prostituées itinérantes venues en charrette de Palerme, et plus loin, plus loin encore, à perte de vue, tous ces paysages familiers écrasés de lumière. A mesure que la poussière montait autour du berger qui poussait ses bêtes, autour de ce Bonavia qui marchait, précédé d'un chien jaune et famélique, suivi d'un autre Bonavia, Calogero, son plus jeune frère qui, lui, ramènerait seul le troupeau, à mesure que se faisait plus haut, plus rond, plus enveloppant le nuage de poussière, ce qui grandissait au cœur des deux hommes, ce qui les brûlait à l'intérieur, c'était de savoir que l'un d'entre eux, l'aîné, le père de Carmine, quittait la Sicile pour toujours.

*
* *

Le Baron de D. ne saurait être confondu avec l'un de ces personnages épisodiques qu'un auteur abandonne aussitôt présenté. Ce qu'il adviendra de cet aristocrate sicilien, dans l'espace de vingt ou de trente ans, exige que le cours du récit soit interrompu et Alfio Bonavia abandonné au voyage qu'il a résolu d'entreprendre. Laissons-le aller, au pas de son troupeau, jusqu'à Civitavecchia ; laissons-le serrer une dernière fois sur son cœur le petit Calogero qui le regarde par en dessous, inquiet, se demandant ce qu'il va devenir, seul avec toutes ses bêtes ; laissons les frères se séparer... On sait bien que l'homme n'a pas été créé pour être heureux. Alfio fera sans nous l'apprentissage de sa carrière urbaine. Les avis qui, au seuil des églises, donnent en gros caractères le nom des navires en partance pour le Nouveau Monde et la date et le prix du voyage, restent pour lui lettres mortes. Il ne sait pas lire. Ce que sera son attente, à Gênes, dans une de ces chambres où l'on dort à quarante, et ce que seront tant et tant de jours vécus à Marseille occupés à toutes sortes de métiers, cette longue suite d'angoisses n'appartient pas à ce récit. Qu'il suffise au lecteur de savoir qu' « embarqué » ne signifiait pas forcément que l'on fût « arrivé », dans les jeunes années de notre siècle. Il fallait d'abord éviter la mort au fond d'une cale, empoisonné par le manque d'air, par la pitance du bord ou bien victime de quelque épidémie ; tout cela variait selon la saison et le navire. Certains capitaines s'estimaient heureux lorsque dix pour cent seulement de leur cargaison humaine décédait en cours de traversée. Mais, telle était la force physique d'Alfio, et telle son accoutumance à la misère, qu'il arriva sain et sauf à New York. Jamais le jeune Baron de D., frêle et racé comme le lecteur l'aura certainement noté, n'en aurait supporté autant.

On l'appelait rarement le Baron de D. à Sólanto, mais plus souvent Don Fofó ou Monsieur Don Fofó, ou encore « notre petit Baron », et cette façon de parler n'était commandée ni par sa taille, qui avait de la prestance, ni par son âge qui était sensiblement celui d'Alfio à l'époque de son départ, c'est-à-dire près de vingt ans, mais par une coutume sicilienne qui laisse le bénéfice d'une enfance éternelle à tout descendant mâle d'un homme ayant quelque importance. Or personne à Sólanto n'avait plus d'importance que le père de Don Fofó, le vrai Baron de D., le chef de la lignée, lui qui, propriétaire des champs, des fermes, des barques dans le port et même des filets, procurait du travail à tout le pays. Et cela ne suffit encore pas à donner la mesure de son importance, car elle était d'autre sorte et ne dépendait pas seulement de son rang ou de sa fortune, mais de son malheur particulier, tant il est vrai qu'en Sicile le malheur n'a pas les mêmes effets qu'ailleurs. On dirait que la fatalité qui plane sur les esprits et pèse sur eux comme autant de drames en attente, est là pour témoigner que l'abondance existe, dans ce domaine tout au moins, et que faute d'autres approvisionnements on peut se nourrir et vivre d'elle. Et puis elle est aussi comme la négation répétée de l'inégalité des conditions humaines, puisqu'il n'est pas de puissance ayant la faculté de lui échapper. C'est justement de cette façon-là que le malheur ajoutait à l'importance du Baron de D. et le grandissait : ce qui s'insinuait dans son destin était une part de misère banale, éprouvée, connue de tous et sur laquelle chaque habitant de Sólanto était capable de mettre un nom.

La famille de D., il faut le dire, affichait depuis plusieurs générations des idées libérales. L'aïeul de Don Fofó comptait parmi les rares aristocrates siciliens à s'être portés au-devant de Garibaldi au lieu de se tapir au fond de leurs terres comme tant de gentilshommes du pays. Lors du plébiscite qui rattachait la Sicile à l'Italie, des feux de joie avaient été, sur l'ordre du Baron de D., allumés au sommet du Mont Catalfano, ainsi que sur les hautes tours datant de Charles Quint, et qui, toutes, lui appartenaient au cap Mongerbino, à Sant'Elia et jusqu'à San Nicola, tandis qu'au château de Sólanto les lustres avaient été éclairés en plein jour et les fenêtres laissées ouvertes, afin que la population pût participer à la joie familiale. Tant d'imagination mise au service d'un sentiment patriotique suscitait chez ses familiers de grandes bouffées d'enthousiasme, ce qui explique sans doute la brusque envie qu'eut son fils de montrer, lui aussi, son attachement à l'idée de l'unité italienne en décidant, quelques années plus tard, d'aller sur le continent faire son service militaire. On s'en était montré très surpris dans le pays. La patrie... La patrie. Tout cela restait à prouver. Et l'on pouvait encore admettre cette idée de Patrie sans se croire obligé d'aller faire le traîneur de sabre sur le continent. Quelle mouche le piquait ? Un homme comme lui... N'avait-il pas les moyens de se payer un remplaçant, le jeune Baron ? Toujours est-il que le père de Don Fofó devint lieutenant au 13e Régiment d'Artillerie à Rieti, puis à Rome, au grand étonnement des gens de Sólanto qui ne voyaient rien de bien remarquable à vouloir se plier à de telles disciplines lorsqu'on est en situation de les refuser. L'incartade lui fut pardonnée quand vint la nouvelle de ses fiançailles avec une jeune fille fort belle, disait-on, et d'ancienne noblesse florentine, ce qui allait l'apparenter à des personnes en place et lui valoir les saluts respectueux de plusieurs ministres, toutes choses utiles.

Lorsque le gentilhomme garibaldien mourut, nonagénaire, et fut conduit au cimetière par quatre chevaux empanachés de noir, précédé d'une double file d'orphelines, toutes natives de la région, nourries et dotées par le défunt, suivi d'une considérable procession de calèches chargées de couronnes et de parents éplorés, le lieutenant d'artillerie s'arracha aux douceurs de la capitale, aux fastes des cercles qu'il fréquentait en sa double qualité de noble et d'officier, et revint à Sólanto pour devenir à son tour le Baron de D., seigneur du lieu.

Il était accompagné de sa jeune femme qui manifestait une indépendance déconcertante et des goûts bizarres, comme de s'asseoir au soleil ou de marcher seule jusqu'aux ruines romaines de Solunto, ramassis de vieux cailloux qu'aucun guide ne mentionnait et auquel il était bien anormal de s'intéresser autant ou pis... Elle décidait d'aller avec les pêcheurs guetter les thons sur le chemin de l'amour, de les attendre auprès du piège tendu en travers de leur route, et on la voyait, penchée pendant des heures au-dessus des filets. Etait-ce bien la place d'une femme ? Ne mettait-elle pas quelque perversion à suivre la fuite des poissons vers la chambre de mort ? Et pourquoi écoutait-elle avec une pareille attention la voix rauque de celui qui, seul et debout dans une barque, flottait en arbitre au centre du quadrilatère fatal, le *rais*... Elle avait beau dire qu'elle ne s'intéressait qu'aux incantations rituelles, aux invocations à saint Pierre pour la bonne réussite de la pêche, ne se laissait-elle pas plutôt fasciner par le chef, ce *rais* qui donnait le signal de l'hécatombe et sa cadence juste au travail des tueurs ? Fascinée, oui, on aurait pu la croire fascinée à la voir suivre encore et encore les mains armées de piques arrachant aux bêtes captives des soupirs désespérés, à la voir là, soumise aux bruits, aux cris, aux chocs sourds des couteaux qui achevaient les victimes au fond des barques, c'est cela, soumise à la violence du spectacle et comme emportée, déjà absente. Enfin... Elle inspirait à sa nouvelle famille toutes sortes d'appréhensions.

Comme on le voit, le jeune Baron de D. et son épouse n'appartenaient déjà plus à cette noblesse du passé, toute cousue de préjugés, où seuls les hommes avaient des droits, sortaient, vivaient, parlaient, et où il aurait fait beau voir qu'une femme se permît de les contredire ; mais leur ménage paraissait heureux et les discussions qui éclataient entre eux pouvaient passer pour des querelles d'amoureux. Et puis n'était-ce pas montrer une sévérité bien excessive que de leur reprocher des goûts qui n'avaient jamais été ceux de leurs ancêtres ? Ils menaient une vie conforme aux libertés nouvelles, ils quittaient leurs terres, ils voyageaient, ce n'était pas faire preuve de licence. Et pourtant, on ne pouvait s'empêcher de penser qu'ils perdaient un peu de leur dignité, à suivre certains chanteurs dans leurs déplacements et même à les inviter à demeure. Autant dire que l'on recevait des Paillasses à Sólanto... Car une chose est d'aller une fois l'an bâiller en famille à l'Opéra, et c'en est une autre que de se déplacer tout exprès pour juger des qualités ou des défauts d'un ténor et de se passionner au point d'en oublier la bienséance. Il était un nom en particulier qui arrêtait toute conversation, celui d'un soldat du 13ᵉ Régiment d'Artillerie en qui le Baron de D., lors de son passage dans cette unité, avait découvert des dons exceptionnels, « une voix inégalable, précisait-il... Encore quelques faiblesses dans l'aigu... Mais ce n'en est pas moins de l'or... De l'or pur que cette voix... » Et la jeune Baronne, elle aussi, ne tarissait pas d'éloges à son sujet. C'est même peu dire, puisqu'elle affirmait être prête à aller à pied jusqu'au bout du monde si, en ce bout du monde, le jeune soldat devait chanter. On ne pouvait se retenir de penser que les temps avaient bien changé.

C'est à Rieti, le jour de Pâques, à l'occasion d'un repas qui réunissait soldats et officiers, qu'avait eu lieu la rencontre du Baron de D. et du jeune artilleur. Au dessert, un enrôlé de la veille, brun et maigre à faire peur, s'était levé, son verre à la main. Il savait chanter, disait-il. Autour de la table, on avait ri à en crever... Chanteur ! Ce noiraud fagoté il fallait voir comment. Sans doute un brave garçon, mais qui devait chanter comme une seringue. Et d'abord, d'où était-il ?... De Naples. Pas étonnant qu'il fût si maigre. Vraiment il faisait peine à voir. C'est tout juste si on l'entendit présenter ses respects au

Colonel et annoncer le *brindisi* de *Cavalleria Rusticana* en avouant que c'était là le seul air qu'il connaissait... Et il chanta. Le Baron de D. appuya la tête au dossier de sa chaise, ferma les yeux et connut un bonheur indicible, quelque chose comme une ivresse, si l'ivresse toutefois pouvait donner des ailes, décupler les forces et procurer la certitude que l'on touche le paradis du doigt. Une extase, comprenez-vous, une véritable extase. Rien, ni les difficultés rencontrées, ni l'apahie générale, ni l'incompétence du Colonel : « Monsieur le lieutenant, qu'espérez-vous tirer de ce mort-la-faim ?... Il a une voix en verre de Venise, toujours prête à casser », rien ne put empêcher le Baron de D. d'affirmer qu'il suffirait de donner des forces à ce pauvre hère pour en faire le plus grand chanteur de tous les temps. « Vous pourrez bien l'asseoir à la table du Père Eternel, le confier au cuisinier de saint Pierre, le gaver de sardines jusqu'à ce qu'il éclate, moi je vous dis qu'il restera plat, maigre et sans voix jusqu'à la fin de sa vie », répéta le Colonel. Mais rien, rien ne put jamais ôter de la mémoire du Baron de D. le souvenir de la minute sublime où il avait entendu un soldat, nommé Caruso, chanter devant lui pour la première fois.

Que Caruso lui fût redevable de tout, qui ne le sait ? Sans l'intervention du Baron de D. auprès des autorités de la capitale, jamais le chanteur n'aurait été exempté et jamais on n'aurait accepté au 13ᵉ d'Artillerie un remplaçant aussi maigre, aussi misérable que cet autre Caruso, son plus jeune frère.

Ah ! les beaux jours, les jours heureux de Rieti, lorsque enfin libre Caruso put se consacrer au chant ! Moins d'une semaine, il lui avait fallu moins d'une semaine pour apprendre de bout en bout le rôle de Turridu. Le Baron de D. avait obtenu une permission pour se consacrer entièrement à son protégé. Il l'accompagnait au piano, tout en surveillant son style et sa voix, avec quelle vigilance : « Gare au *tempo...* » Une phrase qu'il n'avait cessé de répéter : « Gare au *tempo...* Tu traînes... Allons... Un, deux... Reprends... Et respecte la mesure cette fois. » Sept jours inoubliables..

« Tu seras un Turridu incomparable, mon cher Errico. » Car on l'appelait Errico, à l'époque, avec un roulement d'r à la napolitaine, Errico et non Enrico comme cela se dit en italien. Ce nom-là, il n'y aurait droit que plus tard, avec la célébrité, les chapeaux façon artiste, les costumes sur mesure, les pianos blancs et les grandes affiches aux portes du *Metropolitan.* A Rieti, Caruso n'était encore que le petit Errico, comme à Naples où il était né, comme dans le boyau sonore où, sous le grand pavois de la lessive, toute une marmaille suait et criait... Errico de la via San Giovanelli agli Ottocalli, Errico le fils du barbu, du Marcellino qui est ouvrier à l'huilerie, vous voyez bien qui on veut dire, ce gamin que le Père Bronzetti a pris dans sa chorale. Parce qu'il a une voix, notre Errico, une voix comme on n'en a jamais entendu dans le quartier. La nuit où l'on fêtait le *Corpus Domini,* les fidèles en pleuraient... C'était la nuit où Anna mourait... Anna, voyons, vous savez bien ? La mère de notre Carusiello, de notre petit-chanteur-à-la-voix-en-or, la mère de notre Errico qui pleurait ce soir-là, qui pleurait à fendre l'âme...

— Un peu trop larmoyant, ton Turridu, mon cher Errico... Les notes, mon cher... Il ne faut chanter que les notes... Alors, supprime-moi quelques sanglots, hein ? Et puis les soupirs, aussi... Laisse tout ça à Santuzza... C'est à elle de pleurer, pas à toi. Toi, tu es Turridu, un homme sans scrupules qui détourne une honnête femme du droit chemin, la compromet, la déshonore, ne l'oublie pas... Alors... En mesure cette fois... Allons-y...

Et le Baron de D. sifflait entre les dents les répliques de Santuzza ou bien, se laissant emporter, il les lançait à pleine voix et son « Ah ! Seigneur ! » était à vous arracher les larmes, puis oubliant où il se trouvait, se croyant dans quelque théâtre pendant une répétition, il s'imaginait avec cinquante violons chantant sous ses doigts, cinquante violons au service d'une musique dont allait s'emparer tous les bastringues du monde, que les orchestres de café allaient gratter jusqu'à plus soif mais qui, jouée par lui, prenait du style et de l'âme. Car il l'aimait cette musique et n'en laissait rien échapper. Il faisait la harpe, la mandoline, les cymbales ; il bâclait bien un peu, par endroits, parce que Mascagni ce n'est tout de même pas Bach, mais toujours à bon escient et lorsque arrivaient les gros effets, il n'en manquait pas un seul, il pinçait un à un tous les pizzicati de la partition, carillonnait à tour de bras ces Pâques sanglantes et s'exaltait au point de discourir, de crier : « Avancez... Avancez », sans lever les mains du clavier, troublant au plus haut point le jeune chanteur qui, coincé entre le piano et la table, se demandait diable ce que l'on attendait de lui. Mais c'était à une foule de figurants invisibles que s'adressait le Baron de D. lorsqu'il criait : « Avancez, Bon Dieu, avancez... Il faut traiter ces gens-là comme des bœufs... » et un alléluia éclatait et une procession traversait la chambre, tous cierges allumés, avec des enfants de chœur à n'en plus finir, un baldaquin pour le Saint-Sacrement et des moines, des moines, encore des moines... Ah ! les beaux jours, les beaux jours de Rieti, baignés dans le respect du *bel canto*.

Difficile à imaginer, avec le recul des années, ce modeste logement d'un lieutenant d'artillerie en garnison à Rieti. Il n'y avait pas eu à choisir. C'était cette chambre exiguë ou rien, ce deux-pièces chez un notaire. Et le piano droit que l'on avait casé non sans mal entre le lit et la coiffeuse, pour faire place à cette table où la jeune épouse, chaque soir, dressait silencieusement le couvert. Qu'elle était belle, Dieu du ciel !... Belle, belle, si belle. La mémoire du chanteur se brouillait dès qu'elle entrait dans la pièce. Elle s'étendait sur le lit pour l'écouter. Et où aurait-elle pu s'asseoir ? Il n'y avait pas d'autre siège... Alors elle s'étendait et l'on ne pouvait s'empêcher de la regarder, blonde et mince comme il n'est pas permis, avec de ces jambes... Et comment ne pas l'écouter lorsqu'elle disait : « Que c'est beau, que c'est beau... » Le Baron de D. lui répondait : « Tu es musicienne comme la musique... Tu es ma musique. » Et c'était vrai. Cela se devinait à sa voix, au rythme de sa phrase, à chacune de ses intonations. Caruso lui disait : « Ne partez pas... Lorsque vous êtes assise là, ma voix s'envole d'elle-même. » Alors la leçon durait, l'heure passait et l'on en oubliait de manger. Florentine, va... On voyait de l'exagération dans tout ce qu'elle faisait, avec cette façon qu'elle avait de laisser passer l'heure et d'ouvrir des yeux trop grands, en dilatant les pupilles.

A table, lorsque arrivait enfin le moment de s'y asseoir, elle ne touchait à rien. A quoi rêvait-elle ? Et que signifiaient ces yeux immenses, d'un vert inconcevable, allant de l'un à l'autre ? Etait-ce le poudroiement, le frémissement continu de la voix de Caruso qui l'occupaient, la voix miraculeuse tendue comme un ciel d'or sur la grisaille d'alentour, était-ce cela ?

Ni le Baron de D. ni sa femme n'assistèrent aux débuts du grand chanteur, en 1895, au théâtre Massimo de Palerme, parce que ce soir-là il leur naissait un fils. Les noms qu'il reçut lui furent tous donnés par sa mère, contre le gré de ses proches. Elle voulut qu'il s'appelât Rodolfo, comme le poète de *La Vie de Bohème*, ce roman français que Monsieur Puccini lisait avec enthousiasme, et puis aussi Ladislas, que lui dictait son affection pour un lointain parent polonais, et enfin Franz, on ne sait trop pourquoi. A cause de Liszt, peut-être...

Rodolfo, Ladislas, Franz de D. : quel charabia ! On n'en était pas plus fier que cela à Sólanto, où cette ribambelle de noms étrangers offusquait les oreilles. Lors du baptême, célébré par le cardinal archevêque de Palerme, l'auguste vieillard, dans l'effort pour prononcer des syllabes qui ne lui venaient pas aux lèvres, avait lancé un long borborygme suivi de : « Laissons ça... Vous m'avez compris », non sans faire remarquer, la cérémonie terminée, qu'il eût été préférable d'appeler l'enfant Antonio comme son père et son grand-père, ce qui, notons-le en passant, aurait permis aux gens de Sólanto de surnommer le jeune Baron Don Ninuzzo, et non pas Don Fofó.

C'est de Trapani que fut expédiée la lettre. Ainsi, plus atroce que la trahison, il y avait cette proximité ; l'indécence intolérable de cette proximité. A Trapani... Le Baron de D. aurait pu faire rechercher le dénonciateur, exiger que la police le trouve et l'interroge. Il aurait pu aussi ordonner une enquête afin de vérifier si, oui ou non, sa femme avait séjourné dans cette ville alors qu'elle se disait à Florence. Mais il imaginait à l'avance les réponses, les visages impassibles. Personne n'ayant rien vu, rien entendu... Allez savoir... Allez traquer la vérité dans cette cité blanche, immobile, repliée sur elle-même avec ses quais vides, ses volets et ses ruelles solitaires, tendues comme des épées entre les maisons. A Trapani... Il était écrit que de ce terne promontoire où n'en finit plus de souffler la tramontane, de cette cité sans âme sur laquelle pèse l'odeur trouble des salines, partirait une lettre donnant le dégoût de toutes choses. Et même à cette extrémité du malheur le Baron de D. ne pouvait que se répéter : « A Trapani... A Trapani. » Comment se trouvait-elle là, en compagnie de cet histrion, dans le désordre d'une tournée, avec ce que cela implique de cris, de confusion, de fatigue, les panières que l'on traîne après soi, les costumes froissés, les perruques perdues ? Comment avait-elle pu, elle, elle, à Trapani... A quelques kilomètres des terres ancestrales, des inconnus, — oh ! pas une foule, tout juste une poignée de spectateurs, — réunis aux abords du théâtre pour guetter celui qui allait être Edgar dans *Lucia di Lammermoor,* pour voir à quoi il ressemblait, ce Napolitain dont on disait monts et merveilles... La dame qui passe, la blonde, là-bas, c'est sa maîtresse, à ce qu'il paraît. Une étrangère du continent. Et peut-être avait-on même prononcé le nom du Baron de D. parmi ces voyeurs... Pourquoi se gêner ? Ce n'était pas tous les jours fête à Trapani, où le scandale arrivait comme la pluie après un été sans fin, pour arracher la ville à son ennui. Ce qu'il avait dû circuler de petits billets, de dessins obscènes, d'histoires graveleuses au Cercle des Nobles... Et l'exhibitionnisme de ce ténor, son goût de l'ostentation... Qu'avait-il besoin de se faire remarquer à la terrasse d'un café, « avec une personne que Votre Excellence aurait avantage à ne pas laisser voyager en aussi mauvaise compagnie », précisait l'informateur, et il ajoutait que l'étranger parlait fort, distribuait des autographes et, enfin, qu'à le voir agir avec tant d'exubérance on pouvait le croire pris de vin.

Quel amour était-ce là ? Est-ce que c'est l'amour, cette rage de se montrer ? Dans le silence de son cœur le Baron de D. se mit à entretenir avec l'absente de longues conversations qu'elle n'entendit jamais. « Quand c'était moi, ta loi, quand j'étais celui qui t'occupait toute, je ne t'emmenais pas aux terrasses des cafés. Je t'aimais pour notre secret et notre solitude. Je t'aimais pour ne voir personne, pour ne voir que toi... Et tu m'aimais aussi, ma Florentine... L'amour vrai, vois-tu, c'est avec moi que tu l'auras connu, que tu le veuilles ou non. » Ces sortes de pensées l'apaisaient un temps. Il s'y accrochait. L'amour vrai... Ce n'était pas possible qu'elle n'y revienne pas. Elle y reviendrait, n'est-ce pas ?... Mais la certitude qu'elle le trompait le reprenait aussitôt. Il se représentait son intimité avec l'autre. Une jalousie effrayante lui montait du ventre, l'envahissait, le serrait à la gorge et l'aurait fait crier de douleur, l'aurait asphyxié s'il n'avait disposé des ressources du dégoût. Peu à peu, il réussit à mépriser. Caruso n'était plus l'humble génie de Rieti, l'interprète inspiré qu'il avait découvert et aimé, mais l'incarnation du ridicule, un fat qui comptait ses admirateurs aux portes des théâtres et donnait des autographes avec la componction d'un chef d'Etat signant un traité, un balourd pataugeant dans ses succès. Et c'est avec ça qu'elle s'affichait ? La belle conquête, ma foi... Un sot auquel le vin de Sicile brouillait la mémoire au point de lui faire oublier trois répliques de son rôle... Et c'est à Trapani, dans cet univers de misère, qu'il avait été hué... Ce qu'il fallait peu de chose, mon Dieu, pour faire basculer un homme dans la médiocrité... Ce mélange, chez les ténors, de talent et de bêtise... Cette incroyable fatuité. Voilà qu'il se croyait un Don Juan... Pouvait-on être jaloux d'un homme qui se faisait photographier dans des poses ridicules ? Jaloux ? Non, il ne l'était pas. Quel cabot ! Les notes hautes, sans doute, la voix dans le masque qui, à la longue, doivent affecter l'esprit. Car enfin ce n'était plus le même homme... Il se croyait tout permis. Chanter en kilt ? C'était le comble. Le dieu du chant gambadant, les genoux nus, découvrant ses cuisses à chaque mouvement, s'exhibant comme ça, sans honte, à Trapani, devant des hommes qui n'auraient pas osé ôter leur veste en public de peur de compromettre leur voisine. A la Scala, paraît-il... En tout cas pas à Trapani, où les gens avaient été bouleversés. Comment s'étonner du scandale ?... Comment s'étonner qu'un homme, le visage blanc de rage, se soit levé :

— Dites donc... Dites donc, vous !... Vous attendez qu'on vous casse la gueule pour sortir de scène ?...

Et que faisait-elle, elle ? Où s'était-elle enfuie ? Le Baron de D. imaginait sa femme exposée à ces grossièretés, comme trempée par cette pluie sale. Il tressaillait.

La lettre du dénonciateur ne disait pas tout. Elle ne faisait état ni du chahut, ni de la bousculade, ni des fauteuils cassés. Il avait fallu interrompre la représentation.

Scandale et ridicule, voilà ce que le Baron de D. redoutait plus que tout. C'était extraordinaire ce que dans les palais de Palerme, dans les salons, dans les villas des environs il avait pu surgir de personnes ayant l'air au courant. Le moyen de sortir après cela, de se montrer ? Le moyen de pardonner l'impardonnable ?

Il y a des rêves qui, une fois dérangés, ne laissent aucune place à l'espoir. Elle avait voulu le blesser, le briser. Elle ne reviendrait pas. C'était évident. Le Baron de D. revoyait Rieti et les premiers jours de son amour pour elle, les jours essentiels, dans la chambre mansardée. Il revoyait le piano droit et les yeux immenses allant de l'un à l'autre. Dieu qu'elle était... Alors ? C'était l'autre qu'elle avait choisi ? C'était lui qu'elle suivait de ville en ville comme une ombre ? Notre passé, ma Florentine... Le grand orchestre de notre cœur, ces violons qui pendant quatre ans ont chanté pour nous seuls, tu as tout ruiné d'un coup, tout saccagé ? Et nos nuits, ma fragile, le feu et la folie, et l'accord, et les démences de nos corps partagés... Evidemment. A cela, tu ne penses plus. Mais le reste ? Cela non plus n'était rien ? Il ne se passait rien en toi lorsque ta main se posait sur ton cœur, comme pour en apaiser les battements, et que tu prenais cet air de petite fille perdue, transfigurée, oh ! ma musique... Savais-tu que sous les plafonds trop dorés où nous courions ensemble, dans les grottes rouges où nous nous sommes assis en silence, devant la lente montée de rideaux fanés, et les lumières qui s'éteignent, et le grattement approximatif des instruments qui s'accordent, savais-tu que ce plaisir-là valait l'autre et que, là aussi, j'étais à ta merci ? Plus de basses aux barbes fausses, plus de Gaulois en peau de lapin, plus de figurants podagres, légions dérisoires qui faisaient trembler tes lèvres et t'arrachaient, entre deux extases, quelque chose comme un sourire. Car tu riais, parfois, à l'Opéra. Mais plus rien. Plus de Lucia grelottante dans les brouillards jaunes de l'Ecosse, plus de Muette à Portici, plus d'Italienne à Alger, plus de Florentine dans mon cœur. Inutile de feindre. Je n'écoutais que ce que tu entendais. Les sons étaient pour moi le chemin sur lequel nous marchions ensemble. Derrière toute musique il n'y aura désormais que la hantise de ton absence.

Caruso... Le mot fit mal au Baron de D. Mais curieusement il se disait que sa misère eût été plus supportable si l'autre eût mieux chanté. Oui, il aurait infiniment préféré que la voix d'or, ce soir-là, à Trapani, eût été digne du souvenir qu'il en avait. Mais pourquoi parler encore de cet homme ? Son nom ne lui viendrait plus aux lèvres. Quant à elle, il ne la reverrait jamais. Se couper de tout. Personne... Surtout ne revoir personne. Jamais.

L'avenir apparut au Baron de D. comme un désert sans fin.

***

Quelques lignes de Stendhal, relatives « à ces mépris publics qui ne permettent plus de revoir les gens », servirent de point de départ à la lettre, fort courte, par laquelle le Baron de D. priait sa femme de ne plus réapparaître à Sólanto.

On dit en Sicile : « Choses quittées, choses perdues », et ce dicton montre bien jusqu'où peut aller la froide conscience qu'ont les Siciliens des limites du sentiment. Le Baron de D. était des leurs. Il lui répugnait de se donner pour malheureux. Aussi essaya-t-il de laisser paraître le désenchantement plutôt que la douleur. Mais les attentions dont on l'accablait, l'irrésistible penchant de ses familiers pour ce qui témoignait de l'aspect sombre de la vie, et cette façon qu'ils avaient de le qualifier sans cesse de *pauvre ceci* ou de *pauvre cela,* avec un plaisir évident et qui avait quelque chose de physique, leurs effusions humiliantes à force de tendresse — on lui pressait la main pour peu qu'il la laissât pendre, une bouche s'approchait de son oreille pour lui murmurer des paroles réconfortantes, on s'inquiétait de savoir s'il portait ces sous-vêtements sans lesquels, hiver comme été, un Sicilien se croit voué aux pires maladies, on lui cachait des images pieuses sous ses oreillers — et jusqu'aux mines de circonstance des domestiques, tout froissait le sentiment qu'il avait du secret dont doit s'entourer la souffrance. Où voulait-elle en venir cette famille, avec sa bigoterie, ses radotages et ses buis bénits ? Un jour, un vaste complot eut pour conséquence de le laisser seul avec un Monsignore venu de Palerme qui, après mille circonlocutions et des « Parlons en chrétiens » lancés comme des menaces, lui proposa avocats, procès, Sainte Rote et annulation. Le Baron de D. coupa court à cet entretien.

— Un mot de plus, dit-il au visiteur, et je vous prierai de quitter la pièce.

Le chanoine en eut comme un saisissement.

Il n'était pas du désir du Baron de D. de rompre avec l'idéal chrétien ni avec ses semblables. Cette religion, c'était la sienne. Quant à son entourage, ses familiers, ses oncles, ses cousins, c'étaient des gens de son rang et il aurait infiniment souhaité les respecter. « Tous des hommes », se répétait-il en mettant dans ce mot autant d'espérance qu'il lui était possible d'en imaginer. Et un homme aussi, ce Monsignore auquel il ne pouvait songer sans colère. Non, il n'était pas du caractère du Baron de D. de rompre avec ses semblables, mais quand l'idée lui vint il s'étonna de n'y avoir pas songé plus tôt.

Dans la société palermitaine, on parla d'humeur noire et de folie : Sólanto cadenassé, le Baron de D. ne sortant plus, ne recevant plus et son fils ne jouant qu'avec les enfants du pays. Des visiteurs, parfois, allant à Palerme, tentaient leur chance sous des prétextes divers. Pure curiosité, ce besoin de demander à être reçu. C'était histoire de regarder de près un homme de vingt-cinq ans entré dans le silence. On imagine de quel effet fut sa claustration et le caquet des dames en noir dans les salons de Palerme. Dans quel pays eût-on agi différemment ? Existe-t-il des familles, existe-t-il des sociétés acceptant volontiers l'idée que l'on peut se passer d'elles ? Allons, allons, n'était-il pas un peu fou, ce jeune homme qui voulait vivre hors du monde ?... Alors on essayait de franchir la porte interdite. On tombait sur le château avec la mer lui servant de miroir sur trois côtés et, vers le sud, son jardin d'orangers, de buis, d'escaliers, de statues, de recoins et de sentes étroites, couché à ses pieds comme un tapis d'ombre. Seules les fenêtres face à la mer étaient ouvertes : brusquement le visiteur se sentait exclu. La tour du milieu, le jeu particulier de ses trois terrasses superposées, de ses redoutes, le four à pain dont on devinait le dôme blanc plus qu'on ne le voyait, reprenaient leur aspect du temps de Charles Quint. Le village du coup s'en trouvait rapetissé, réduit à l'état de hameau et le château grandi, on ne savait pourquoi.

Couché sur le mur d'enceinte, sa casquette enfoncée jusqu'aux sourcils, le portier, malgré la nonchalance de son attitude, réussissait à se donner des airs de sentinelle. Il demeurait là tout le jour, contemplant le fond du ciel, un bâton à portée de main. A qui essayait de lui parler, de l'amadouer avec des « comment va-t-il ? » ... « on s'inquiète de lui », l'autre répondait, toujours adossé à son mur et sans quitter le moins du monde sa pose alanguie : « Très bien... On ne peut mieux. Il vous enterrera tous », avec une profonde satisfaction dans la voix. Ceux qui insistaient : « On serait heureux de le revoir », s'entendaient souffleter par un « Nous n'attendons personne », phrase qu'il lançait comme une proclamation à la face des visiteurs dont le mouvement naturel était de se diriger aussi vite qu'ils le pouvaient vers leur voiture, laissant le portier sur son mur, enchanté de son effet, portant ce *nous* comme une couronne.

Cette singulière aptitude à s'identifier avec le Baron de D., cette faculté de le comprendre et de l'approuver au point de partager avec lui le poids de sa malaventure n'étaient pas seulement le fait du portier, mais du village tout entier. Dans l'enchevêtrement des ruelles qui, toutes, conduisaient au château comme les rayons tordus d'une roue, autour du hangar aux filets dont le toit branlant cherchait appui sur les remparts, là où jouaient des enfants à demi nus, au fond des courettes, sur les terrasses, au pas des portes, sur les toits où les tomates qui séchaient laissaient comme des traînées de sang, partout les gens de Sólanto faisaient dépendre leur bonheur du solitaire, à la fois présent et lointain, dont l'existence les hantait.

Tout leur était signal. Ils croyaient le voir. Ils l'avaient vu... Qu'une lampe restât allumée dans la nuit et qu'on la vît briller au-dessus des terrasses, ce ne pouvait être que la sienne. Lorsqu'elle s'éteignait, tous les feux de Sólanto s'éteignaient à leur tour. A peine était-elle rallumée, comme chaque jour à l'aube, le village s'éveillait aussi et les bruits de la première heure, où se mêlaient le pas des hommes s'acheminant vers les barques et celui des bêtes allant aux champs, montaient jusqu'au château.

Une sorte de connaissance à distance s'établit entre le maître de Sólanto, retiré sur son tremplin rocheux, et le petit peuple des rues chaudes, des maisons sans orgueil et sans passé. Il en résultait un échange continuel de perceptions qui se transmettaient des uns aux autres sans qu'il fût jamais possible d'en connaître l'origine ; comme si le village s'était installé dans l'intimité du château, ou que le château était passé dans le village et s'était secrètement confondu avec lui.

Se sachant observé, le Baron de D. n'éprouva jamais les hantises de la solitude. L'intérêt qu'il suscitait était, sans qu'il se l'avouât, une de ses raisons de vivre. Et si quelque aspect de cette étrange célébrité lui échappait, son portier se chargeait de le lui dévoiler. Sans ce brave homme, il n'aurait peut-être jamais su ce que l'imagination populaire avait fait de son infortune : elle n'avait cessé de bâtir autour de lui d'inexplicables légendes. Oui, une très étrange célébrité... Des mains inconnues avaient gravé les lettres de son nom sur le mur d'un sanctuaire où l'on allait une fois l'an prier saint Joseph. Etait-ce vrai ? On le lui affirmait. Et sous son nom les mêmes mains, les mêmes doigts avaient tracé sur le mur des vœux : « Avoir un enfant... » « Guérir »... « Que la récolte soit bonne. » Une curieuse histoire qui mettait le Baron de D. mal à l'aise. Mais était-ce vrai ?

Une fois, comme il descendait au jardin faire sa promenade matinale, le portier lui montra, de loin, un panier de fruits déposé sous le porche et un agneau qui attendait, les pattes liées : des offrandes. Que lui voulait-on ? Autrefois cela l'aurait agacé, mais maintenant... Le portier, plein de tact, hochait la tête. Sa Seigneurie savait bien comment on pensait dans le pays. Et, comme le Baron de D. ne disait rien, il ajouta le plus naturellement du monde que de vieilles coupures de journaux, sur lesquelles figurait la photo du maître de Sólanto pouvaient être vues épinglées entre quelques bondieuseries au-dessus des grands lits où dormaient ensemble parents et enfants, chez les pêcheurs de la Rue Basse... Bien que ce ne fût pas dans ses habitudes, le Baron de D. ne put s'empêcher de l'interroger : « Et qu'est-ce que je fiche parmi ces gens, moi ? » Le portier leva les mains au ciel : « Ils croient que vous pouvez intercéder pour eux... » L'étrange conversation... Parmi les saints de ces oratoires improvisés, parmi les saintes épinglées, figuraient également des condamnés à mort, des incarcérés à vie dans les prisons de la capitale, quelques électrocutés en Amérique, ou des pendus anglais. Une nouvelle fois, le portier eut son geste déférent vers le ciel : « Eux aussi, vous comprenez... » Le Baron de D. craignit qu'il prît mal sa remarque et, cependant, quand le portier lui dit que justice et société avaient toujours tort et que tous les condamnés à mort étaient des martyrs, il lui répondit : « Et s'ils sont coupables ? » Là, le portier hésita un instant, puis il bougonna : « Coupable ? Qu'est-ce que ça veut dire, coupable ? Jésus aussi a été jugé coupable, non ? Et alors ? » Sa Seigneurie n'allait pas dire le contraire.

Auparavant, il aurait peut-être essayé d'expliquer à cet homme qu'il était un niais. Mais maintenant ? Cela lui aurait été très désagréable de le peiner. Et puis toute sa vie était là, dans ces bizarreries. Elles l'occupaient entièrement. Bien des fois, lorsqu'une sécheresse excessive fendait la terre et que tout devenait intolérable, l'agonie des plantes, blanches de poussière, les mouches et leur bourdonnement contre les persiennes closes, le vent, toujours le vent, sur la détresse du bétail haletant, et puis les retours brûlants de la jalousie et l'envie de fuir, de quitter Sólanto, de disparaître, ces jours-là, des fillettes aux tresses noires, traînant des croquenots trop grands, comme on en voit aux pieds des clowns, venaient jusque sous son balcon danser des rondes. Il les entendait qui chantaient : « Mon bon petit seigneur, fais pleuvoir... Fais donc pleuvoir. » Elles avaient des voix éraillées. C'était touchant et risible. Le Baron de D. n'y attachait guère plus d'importance qu'aux querelles des mouettes, en bas, sur les rochers. Mais il les écoutait en évoquant d'autres musiques, d'autres voix. Sólanto... Peut-être était-ce, avec le nom de son fils, le seul mot qui donnât un sens à ce long songe éveillé qu'était sa vie. Il lui restait ça, en somme, Sólanto et ce Don Fofó réservé, distant, un peu trop téméraire et emporté au goût de son père. Rien ne servait de discuter avec lui. Et, à vrai dire, ce n'était pas étonnant avec l'éducation qu'il avait reçue... Enfant, Don Fofó ne traînait après lui que des compagnons aux yeux de qui il était le maître, le jeune Baron. Des gamins subjugués... A l'âge de l'amour, qu'avait-il imaginé ? Encore un compagnonnage inférieur. Don Fofó couchait avec des veuves difficiles à trouver, de celles qu'une pension versée par le gouvernement rendait infiniment attachées à leur veuvage. Il fréquentait des femmes en noir, vivant seules dans les hameaux de la montagne, des esclaves, des serves ne parlant que le patois.

Le Baron de D. considérait son fils avec respect et pitié. Le coupable, après tout, c'était lui, l'homme au coup de tête entraînant son enfant dans la solitude. Elevé selon les traditions de son milieu, Don Fofó eût-il été différent ? Pensionnaire à Palerme, puis à Rome... A quoi bon y penser puisqu'on l'avait livré dès l'âge de onze ans à ces paysans ignorants, durs, superstitieux... S'opposer ? Lutter ? L'enfant avait bien essayé...

Il avait commencé par pleurer, puis il avait avoué à son père que son seul désir était d'étudier la musique. Mais le Baron de D. avait fait celui qui ne comprend pas. « Parlons d'autre chose, veux-tu ? » Et comme Don Fofó insistait, comme il disait n'éprouver aucun intérêt pour les champs, les labours, les travaux de la terre, il avait fallu le bousculer un peu, ce garçon têtu. Alors on l'avait poussé sur les chemins de campagne, on l'avait jeté de force dans le travail puis, pour en finir avec ses réticences, on lui avait offert un cabriolet noir bien attelé et un petit fusil, histoire d'avoir le dessus, de le détourner de ses regrets, rien de plus. Jadis aux fils de famille on achetait bien un brevet d'officier avant de les envoyer se faire la main sur de vrais champs de bataille. Où était la différence ? Pourquoi voulait-on à tout prix que ce fût cruel ? Le curé, les domestiques, chacun s'y était mis : « C'est trop jeune, Excellence, beaucoup trop jeune... » Et le Baron de D. leur riait au nez. Il lui était égal qu'on le jugeât imprudent ou fou... Et puis il aurait fallu bien peu de chose pour ranger ces gens à son avis. Quelques arguments historiques. Maurice de Saxe, par exemple. Etait-il trop jeune, Maurice de Saxe, lorsqu'il devint adjudant général à douze ans et qu'il eut son cheval tué sous lui ? Alors ? C'était devenu une plaisanterie entre le Baron de D. et son fils, cette histoire de cheval au siège de Tournai. Lorsque Don Fofó s'apprêtait à partir, comme chaque matin, et que le garçon d'écurie sautait à bas du cabriolet en lui tendant les rênes, le Baron de D. apparaissait à son balcon et, la voix pleine d'allégresse, criait à son fils : « Ramène-moi ce cheval vivant, hein ? » en s'esclaffant. Et Don Fofó riait lui aussi. Il avait fini par s'habituer à cette vie. Cela lui avait pris trois ou quatre ans. Mais peut-être était-ce ce rêve de musique auquel il avait fallu renoncer, ce rêve sans espoir, qui lui mettait soudainement un air de deuil sur le visage.

Tout cela, les mélancolies de Don Fofó, les mystères de Sólanto, l'enfer des souvenirs : « Et maintenant où es-tu, ma folle ? A qui fais-tu tes grands yeux... et qu'avais-tu besoin de me faire aussi mal ? », il restait tout cela au Baron de D. Son fils parti, il se laissait reprendre par ce qui montait du fond des rues. Ni rires ni chants; mais le silence à peine coupé par le cri grêle des oiseaux ; le silence tendu comme un filet dans l'azur du ciel, lourd de tous les désirs d'évasion, de toutes les fuites dont rêvait ce peuple de Sólanto posé en souverain sur la mer.

Le Baron de D. ne détestait pas l'aventure. Il ne détestait pas non plus les voyages ni la liberté. Mais son esprit se cabrait de dégoût à l'idée que l'on puisse volontairement se perdre dans l'univers. Or, pour lui, l'émigration n'était pas autre chose. Se soustraire à la pauvreté pour aller subir ailleurs une autre pauvreté, tout aussi tyrannique, il ne voyait pas le moindre sens, pas la moindre justification à cette manière de faire. Tant de force et de beauté perdues...

Chaque fois qu'il était question d'un départ parmi les gens de Sólanto, il convoquait le coupable, lui prédisait les pires malheurs, puis, à bout d'arguments, lui promenait sous le nez une revue américaine, parue en 1907, dans laquelle un célèbre anthropologiste, attaché au *Museum of Natural History,* prouvait dans un long article que l'Italien du Sud, avec son occiput aplati, ne pouvait en aucun cas prétendre aux mêmes droits civiques qu'un homme de race germanique. Il y avait des phrases terribles que le Baron de D. traduisait fidèlement. Pour l'auteur, la boîte crânienne d'un Sicilien dénotait un développement intellectuel à peine supérieur à celui du singe. Cela se terminait ainsi : « Pourquoi soumettre notre race aux dangers d'une pareille semence ? Pourquoi ouvrir nos frontières à un stock aussi inférieur ? Les pouvoirs publics devraient parfois consulter les savants. » Alors, sans la moindre transition, le Baron de D. se mettait à rager : « Et tu tiens absolument à te faire traiter de débile mental ? Le bonheur pour toi consiste à tout quitter pour t'installer chez des gens qui parlent de nous comme on n'oserait pas parler d'un sauvage ? Alors, tu veux être cette pelade dont tout le monde se méfie, cette suppuration, cette maladie honteuse. Lorsque tu auras réalisé ton erreur, ce sera comme un retour de flamme en pleine figure... Tu crèveras de remords. C'est moi qui te le dis... Mais ce sera trop tard... Tu auras cessé d'être des nôtres... Tu auras perdu ta dignité. Tu ne seras plus qu'un opprimé, un pauvre bougre... » Mais rien ne décourageait ces exaltés. Rien. Le Baron de D. tirait son portefeuille, leur mettait un billet dans la main et ils s'en allaient, on ne savait pas exactement où. On disait qu'ils avaient passé l'océan. L'envie de partir les avait saisis comme les bras d'une pieuvre.

C'est à cela que pensait le Baron de D. du haut de sa terrasse, lorsqu'on le croyait occupé à suivre le vol des hirondelles. C'était à cet Alfio Bonavia, parti pour New York, les pieds nus. Garçon intraitable... Que s'était-il passé, en pleins champs, entre Don Fofó et lui ? Quelles injures avaient-ils échangées ? C'est si facile de devenir ennemis, si facile entre Siciliens de passer brusquement de l'amitié à la haine. On lui avait donné de l'incident une version édulcorée, c'était évident. Toutes ces précautions... Il ne fallait pas être devin pour comprendre... Le Baron de D. se disait qu'une infortune comme la sienne, cela traîne longtemps dans les mémoires. Vient le jour de colère où l'injure jaillit comme d'un paquet mal ficelé. Comment l'empêcher ? Et c'est pour cela que Don Fofó menaçait de tuer son ancien camarade de jeux ? Lui aurait-on dit la vérité, le Baron de D. aurait pardonné. Dieu de Dieu... A quoi cela avance-t-il d'en vouloir à un homme sous prétexte qu'il vous a traité de cocu... Et le voilà parti, cet Alfio, perdu pour Sólanto, marié à New York, disait-on. Demeurait-il le même là-bas, parmi ces inconnus ? « Tu ne feras pas, tu ne feras jamais ton pain avec eux... » Comme il aurait aimé lui avoir dit ça à Alfio Bonavia. Mais, même pas. L'autre avait refusé avec hauteur de se rendre au château. Ainsi, le petit Alfio de jadis était devenu ce garçon intraitable... Tu l'aimais bien, ma Florentine, au temps où, pour un oui ou pour un non, il fallait des bouquets plein la maison. Quel âge avait-il, lorsqu'*elle* l'envoyait dans le grand magnolia et que tout était joie ? L'enfant grimpait en levant des nuées d'oiseaux effarouchés ; il disparaissait dans le feuillage, quel âge avait-il ? Six ans, peut-être, et elle riait. Les fleurs couleur de cire exhalaient un parfum qui variait selon l'heure : tendre le matin, doux, à peine perceptible ; aigu le soir, violent comme une chair vivante qui, gorgée de soleil, change d'odeur. Se dévêtir dans cette odeur, dormir. Tout aimer jusqu'à la saveur fraîche de l'eau bue au réveil. Se sentir comme le maître du monde à cause du grand amour qu'il avait d'elle... Seigneur, que les temps heureux étaient loin ! Même le corps nu des servantes qui s'offraient, même le plaisir qu'il prenait avec elles ne parvenaient pas à effacer de la mémoire du Baron de D. l'ombre de la vie passée. Ce plaisir ne lui était rien. Personne ne s'y trompait. Pas même ces braves filles, pourtant faciles à berner. C'est que l'on ne commande pas au venin des songes. Le Baron de D. allait s'en persuader pendant vingt ans au moins ; vingt années riches en événements divers.

CHAPITRE II

> La grande défaite en tout, c'est d'oublier...
>
> CÉLINE.

Il y eut la guerre, la grande, dont le Baron de D. parlait comme d'une folle absurdité. Il ne fit rien pour encourager les gens de Solantó à se lancer en braves dans une aventure qui, disait-il, ne les concernait pas, mais rien non plus pour les en dissuader. Nombre d'entre eux choisirent la montagne.

En 1921, lorsque Naples fit à Caruso des funérailles comme on n'en avait jamais vu, plein de gens de toutes espèces, venus des quartiers les plus reculés, la ville encombrée depuis le Vésuve jusqu'à l'église San Francesco da Paola, un service d'ordre à tout casser avec des militaires en tenue de parade et l'on disait même que le Roi était arrivé de Rome, en personne, pour accueillir le corbillard au seuil de la basilique, mais enfin cela n'était pas prouvé, toujours est-il que le cortège funèbre se donnait des airs de procession, faisant çà et là des stations à Santa Lucia, par exemple, parce que Caruso en avait chanté les beautés, et puis aussi devant la façade diamantée, les colonnes doriques et les bas-reliefs du San Carlo, ce temple dont on avait laissé les portes ouvertes afin d'effacer pour toujours le souvenir de l'affreux chahut qui eut lieu, là, en 1901, à cause d'un Elixir d'Amour où quelques frénétiques avaient voulu à toute force prouver qu'ils étaient plus exigeants qu'à la Scala de Milan, alors que c'était la première fois que l'on entendait Caruso dans sa ville natale, une vraie pitié ces querelles de clocher ! Et puis aussi plein de clergé dans la rue, à croire que l'on avait vidé tous les couvents, toutes les églises de Naples avec, pour précéder le char attelé à six, rien que de vieux, de très vieux chanoines, en barrette et surplis de dentelle, tous le cierge à la main, traînant les pieds sur au moins vingt rangs et suant sous le soleil d'août, à risquer de tomber morts eux aussi, ce jour-là, le Baron de D. retrouva le goût de la musique.

Deux pianos à queue arrivèrent de Palerme, ainsi qu'un Victrola, haut meuble en acajou, qui contenait une machine parlante d'une grande nouveauté. On discuta tout un après-midi sur la meilleure façon de le placer. Entre les fenêtres ? Ou bien face à la mer ? Ou bien, peut-être, à l'aplomb du lustre ? Les servantes, qui allaient pieds nus de pièce en pièce et tournaient autour de ces fabuleux objets avec des airs affolés, le fidèle portier, Don Fofó, chacun fut invité à donner son avis. Ce meuble ventru, qui où qu'on le posât avait l'air en visite, choquait un peu sous les plafonds peints du grand salon, mais ce fut quand même là que le Victrola resta avec sa manivelle et ses vilains petits volets qui le faisaient ressembler à une table de nuit. Car mieux valait se décider une bonne fois, sans quoi on en aurait encore discuté pendant des heures et le Baron de D. aurait fini par perdre patience.

— Qu'on en finisse...

Du reste il aurait préféré qu'on le laissât seul. Mais Don Fofó, impétueux comme toujours, avait réussi à mettre le Victrola en marche et, soudain, les violons d'un double concerto emplirent de leur sonorité le silence du château.

Le Baron de D. dit à la dérobée quelques mots à Don Fofó, qui s'en alla. Puis il s'assit. Son cœur battait à se rompre. Il s'accrocha des deux mains aux bras du fauteuil et regarda autour de lui, effrayé. Il paraissait sur le point de crier. Qu'y pouvait-il ? Incapable de lutter contre des images vieilles de vingt ans, qui l'inondaient comme une sueur froide.

— Votre Seigneurie, murmura une des servantes, la voix angoissée.

— Va-t'en... Va-t'en vite... veux-tu ?

Elle le laissa.

Alors le Baron de D. éprouva une sorte de honte... Mes yeux verts... Grands Dieux !... Mes yeux verts... Est-ce possible que rien ne soit effacé ? Ne pourrai-je plus entendre une note de musique sans vous appeler au secours ?

Mais qu'y pouvait-il ? Il n'eut plus en lui d'autre certitude que l'immense mensonge qu'était sa vie.

*
* *

Il y eut aussi la révolution fasciste, que le Baron de D. refusait d'appeler autrement que « cette mascarade funèbre... », ou bien : « la pitrerie que vous savez ». La réserve croissante des gens de Sólanto à l'égard des premiers adeptes de la chemise noire n'eut d'égale que l'antipathie à peine déguisée qu'ils suscitaient parmi les habitants du château...

Don Fofó n'allait jamais oublier le regard de son père le jour où un milicien, chargé de drainer vers les syndicats fascistes les bonnes volontés de la région, se présenta au château. Le Baron de D. fixa sans prononcer un seul mot les bottes vernies et la chéchia à gland noir que l'autre tortillait nerveusement entre ses doigts, puis on ne sait quelle rage le prit. Toujours est-il qu'au lieu de garder le visiteur une heure, comme on pouvait s'y attendre, il le pria avec une froideur insoutenable de rentrer chez lui, cinq minutes à peine après qu'il fut arrivé.

Si la Marche sur Rome laissa les cœurs assez froids, il en fut tout autrement d'une nouvelle qui, elle, jeta Sólanto dans un état de stupeur : l'Amérique fermait ses portes aux Italiens. Finie l'émigration... C'est de cela qu'on avait la tête hantée. Comment croire à une décision pareille ? On y voyait un affront, un désir de nuire... Nombreux étaient ceux qui n'y croyaient pas. Il avait fallu relire les journaux deux ou trois fois. Ce mot que l'on ne connaissait pas : *quota...* Qui donc était allé inventer ça ? Il y avait des gens qui disaient que c'était le résultat de l'unité avec l'Italie. D'autres qui tenaient le Roi, ou bien le Duce, pour responsables. A tout hasard, les gens de Sólanto décidèrent de s'en prendre au seul Américain dont ils connaissaient le nom : Wilson, le président. Ses portraits qui, jusque-là, avaient figuré en bonne place dans les petits oratoires familiaux, parmi les bons génies et les saints patrons, se mirent à traîner partout. Le vent aidant, il en voletait autour de la décharge publique. Un jour, on en trouvait tout un tas roulés en boule au fond d'un cageot, un autre jour on en vit plusieurs exemplaires pendus au crochet des latrines... Cela tomba aux mains d'un touriste qui porta la chose à Palerme avec des remontrances. Le Baron de D. fut bien le seul à s'en réjouir. L'Amérique interdite ? Il essaya, sans grand succès, de persuader ses proches que c'était mieux ainsi. Il n'y avait rien à regretter. La Sicile allait enfin comprendre où étaient ses intérêts véritables, elle allait s'ouvrir au progrès et peut-être — qui sait ? — allait-on en finir avec cette manie de s'expatrier...

*
* *

Le Baron de D. écoutait sur son Victrola une voix qui ne ressemblait à nulle autre. Le chœur des Hébreux venait de faire silence. Il y avait eu huit mesures d'orchestre assez bien données ma foi, et une voix de cuivre lançait à travers le salon de Sólanto : « Car l'heure du pardon est peut-être arrivée... », lorsque Don Fofó, qui revenait d'une région éloignée où son père possédait des châtaigneraies, posa sur le canapé un paquet enroulé dans un tablier.

— Voici ce que je vous ai apporté, dit-il.

Mais le Baron de D. n'y prêta aucune attention. Il se croyait en Palestine. Il s'imaginait avançant avec Samson parmi les Hébreux... Ce Victrola était vraiment un instrument merveilleux. On entendit encore : « Sè la vua du Sègneur chi parlé par ma busce », et le Baron allait faire ses plaisanteries habituelles sur la détestable prononciation française de ce pauvre Caruso, quand le paquet éprouva de bonnes et puissantes raisons de se rebeller contre l'abandon dans lequel on le laissait. Il eut un bourdonnement de hanneton.

— Qu'avez-vous posé là ? demanda le Baron de D. avec une nuance d'inquiétude dans la voix.

— Mon fils, répondit Don Fofó.

Le Baron de D. s'approcha du canapé avec infiniment de circonspection. Il écarta les bords du tablier : une petite main s'accrocha à ses doigts. Un nouveau-né... Ce qu'il pouvait être drôle avec sa couronne de cheveux noirs, et cette manière de regarder autour de lui comme s'il attendait quelque chose...

— De l'excellente besogne, fut la remarque du Baron de D., prononcée sur un ton de chaude approbation.

Un petit-fils lui tombait du ciel ? Il ne désira plus d'autres joies que de l'avoir là toujours. Quantité de décisions le concernant furent prises sur-le-champ.

L'enfant recevrait une éducation qui ne ressemblerait en rien à celle que l'on avait donnée à son père. Lui, ce serait autre chose... On l'enverrait prendre l'air de Palerme dès qu'il serait en âge d'y aller. Mais ce ne serait pas afin de fréquenter l'aristocratie locale. A quoi cela servirait-il ?... Dieu sait ce que ces maniaques du Gotha iraient raconter sur sa naissance. Ah ! non... Il lui fallait mieux que ça, à ce petit. On l'enverrait à Palerme en été, lorsque les duchesses seraient absentes et les palais clos. Du reste, n'était-il pas adorable ? Des yeux verts, des cheveux noirs, que pouvait-on souhaiter de mieux ? Le triomphe de la race... Tout de suite le Baron de D. découvrit une ressemblance avec l'aïeul garibaldien. C'était parfaitement clair et l'on installerait l'enfant dans la chambre du grand-père, laissée si longtemps fermée. Et la mère ? Quoi ? Oui, quoi ? Est-ce qu'on lui reprochait quelque chose à Don Fofó ? Bon, c'était entendu, il ne souhaitait pas l'épouser et elle non plus. Entre parenthèses, cela lui paraissait tout à fait normal, au Baron de D., que Don Fofó n'eût pas le goût de la conjugalité et que cette personne, enfin que cette paysanne — à propos était-elle belle ? Ah ! oui ? Une taille superbe... Des seins gonflés de lait... Eh bien tant mieux. Cela lui paraissait donc fort peu étonnant qu'elle tienne à sa pension de veuve plus qu'à tout au monde. Evidemment, elle avait plus confiance dans les ressources de l'Etat que dans celles du maître de Sólanto. Soit... Mais ce n'était tout de même pas une raison pour séparer la mère de l'enfant, non ? Alors ? Un emploi rétribué auprès du nourrisson, est-ce que ce serait de son goût à cette têtue ? De toute façon, il faudrait trouver un docteur. Parce qu'un nouveau-né, des hommes comme nous n'y entendent goutte. Avec cela, à ce que disait Don Fofó, c'était son premier enfant à cette séductrice. Elle a dans les dix-huit ans, dis-tu ? Un âge où elle n'y entend rien non plus, crois-moi. Veuve à dix-huit ans ? Etrange.

Et de qui ? Ah ! d'un carabinier. Liquidé au tournant d'un chemin. Ce sont les risques du métier. Alors, un médecin. Il fallait un médecin acceptant de venir à Sólanto une fois la semaine, quelqu'un de jeune, de talentueux et non pas un de ces larbins comme on en voit attachés aux familles fortunées. On les commande, on les décommande, on les rabroue, on lésine sur les honoraires et ils se consolent de tant de couleuvres avalées avec une droite à table qu'on leur accorde, de temps en temps, le dimanche. Non. Des salariés de cette espèce sont tout juste bons à boucler une ceinture herniaire et le Baron de D. n'en voulait à aucun prix. Ce qu'il cherchait ? Un homme de science que l'on pourrait traiter en ami, un médecin moderne comme on disait qu'il en existait maintenant, même à Palerme. Meri... Quelque chose Meri... Il avait vu ce nom-là imprimé quelque part. Tout de suite, il revit l'article. C'était dans une revue médicale... Une notice biographique... Meri... Meri... C'était bien cela. La revue s'apitoyait sur le sort de ce jeune savant dont la femme était morte, pauvre créature, victime de la dysenterie quelques mois à peine avant qu'il n'eût réussi à mettre au point un vaccin dont on disait grand bien. La dysenterie... Depuis vingt-cinq ans au moins il en sévissait une forme terrible par toute la Sicile. Propagée par les soldats au retour de la malencontreuse expédition contre Ménélik. On avait rapporté cela d'Adoua, avec le souvenir d'une écrasante défaite... Un millier de morts et la colique... C'était pour cela qu'on l'appelait l'*abyssine.* Plus redoutée que la peste. Cela aussi le Baron le savait et pourtant ça ne datait pas d'hier. Mais il en avait entendu parler toute son enfance. On a beau vieillir, il y a des choses que l'on n'oublie pas... Ainsi le rite de l'eau bouillie... Et puis des phrases qui vous hantent : « A-t-on bien rincé les fruits ? », tandis que derrière les mots on voit renaître les visages inquiets d'autrefois : « Il ne serait pas malade ce petit ? » Et de crainte que ce ne fût l'*abyssine,* toute la famille se mettait en prières. On allait à l'église. On promettait des neuvaines et des cierges. Non, cela ne datait pas d'hier, mais c'est incroyable ce que ces sortes de choses vous restent gravées dans la tête.

Pendant les jours qui suivirent, le Baron de D. fouilla éperdument sa bibliothèque afin de retrouver cette revue, puis l'article et, enfin, le nom de l'auteur. Il s'appelait bien Meri, Paolo Meri. Sa maison était calme, rose et belle. Il logeait avec toute une smala d'enfants sur le bord de mer, à Palerme.

C'est là qu'on le fit chercher.

*
* *

Il annonça sa visite pour après la sieste. C'était découvrir Sólanto à l'heure la plus belle. De légères fumées montaient du profond des rues et l'on entendait, au pied du château, le soliloque grondeur de la mer, un bruit rond qui tourne sur lui-même et se répète.

Le docteur Meri trouva la grille ouverte et monta le grand escalier. Le portier l'attendait. C'était un petit vieux chaussé d'espadrilles, qui glissait sur le pavement avec la grâce discrète d'un fantôme. Il précédait le visiteur en s'excusant à chaque porte d'être le premier à la franchir et, sans cesse, on l'entendait répéter : « Vous êtes attendu... attendu », comme pour se persuader lui-même de la réalité de sa pérégrination.

Au seuil d'un salon aussi vaste qu'une salle de fête, le docteur Meri hésita : deux hommes riaient aux éclats. L'un d'eux, le plus âgé, faisait sauter un nourrisson sur ses genoux. Il était absolument impératif : l'enfant s'appellerait Antonio. L'autre l'écoutait. Au-dessus d'eux, un grand lustre de cristal captait les rougeurs du couchant et brillait comme ces couronnes d'or que l'on tient en suspens dans les sacres. La scène, telle qu'elle lui apparut à cet instant, hanta le docteur Meri toute sa vie. Les jasmins du jardin soufflaient jusque dans le salon leur haleine chaude. Mais on y respirait aussi des parfums plus subtils. Quelque chose de léger, d'inexprimable, fait de tendresse et de regrets. C'était de toute évidence une demeure où l'amour rôdait.

— Ah ! c'est vous docteur... Entrez et soyez le bienvenu.

C'était donc lui le Baron de D., l'homme auquel on pardonnait si mal de cacher une partie de sa vie ? Il circulait sur son compte quantité d'histoires bizarres. L'aristocratie palermitaine ne respectait rien. Et cet homme, que l'on n'avait pas revu en ville depuis plus de vingt ans, le voilà qui se levait brusquement, un nourrisson dans les bras.

— Veuillez m'excuser... Je suis dans l'impossibilité de vous tendre la main. Tiens Fofó, débarrasse-moi de ton galopin. Voyez-vous, docteur, quand on est jeune, il y a un rapport immédiat avec l'enfance, auquel on ne réfléchit même pas. Et puis, brusquement, ce rapport se perd et c'est la vieillesse. Je ne suis pas encore un vieillard et pourtant, par moments, je ne sais trop comment m'y prendre avec ce garnement... Ah, le diable...

Antonio restait cramponné à son grand-père de toute la force de ses petites mains. Il croyait rire très fort et ses lèvres s'entrouvraient, mais ce que l'on entendait était aussi faible que le bourdonnement d'un insecte.

— Vous ne vous attendiez pas à ça, hein, docteur ? Vous avez dû en entendre, des parlotes où nous faisons figure, Fofó et moi, de fous sinistres ! Allons. Allons... Ne dites pas le contraire. C'est certainement, certainement ce qu'on vous a dit à Palerme. Au lieu de quoi vous nous voyez ici, Fofó riant aux éclats et moi avec ce polisson dans les bras. Tu entends ce qu'on dit de toi, coquin ? C'est qu'il me fait rire aux larmes, moi aussi... Ah ! le diable... La petite fripouille... Attends un peu, noiraud...

Don Fofó, éberlué, regardait son père heureux, guéri, tendu vers l'avenir. Il balançait Antonio sur ses genoux, il l'élevait vers la guirlande du lustre comme une riante offrande, il inventait pour lui un langage étrange où l'enfant portait toutes sortes de noms venus on ne savait d'où : « Ninuzzo joli, mon mignon, mon petit prince d'Afrique, mon jasmin d'Arabie, qui t'a permis de t'installer ici ? Vas-tu me le dire, mon cœur, mon paradis ? Oh ! douceur... Douceur », et la voix du Baron de D. tremblait au bord de cet autre lui-même.

*
* *

Me voilà, une fois de plus, entre les images de la vie que j'aimais tant et le désir de les fuir. La nuit interminable glisse. Impossible de dormir. Des voix fiévreuses crient l'histoire de mon cœur. Il y avait longtemps que je m'en doutais ; Sólanto me hélait, me tenait, comme un lierre tenace ses toits, ses terrasses où le soleil couchant laisse longtemps sa tiédeur, son porche bosselé, voûté, délavé, le pont aux blocs disjoints, sa cour parée de lauriers-roses dont la floraison est si belle que c'en est une fête, Sólanto se hausse jusqu'à mon vingtième étage et crève les murs de la chambre où l'adolescente d'alors les attend. Je n'ose bouger. Dans la rue, déjà, je m'en doutais. J'évitais les façades nouvelles où pouvait se refléter la silhouette interdite. Je n'aurais pas dû me livrer à cette prison qu'est un lit ; j'aurais dû continuer à errer dans le long fleuve des rues, jusqu'à ne plus tenir debout.

Oui, c'est entendu, je suis allée à Sólanto, mais il y a longtemps. A quoi bon en parler ? La vie a été la plus forte. Sur la route qui serpente entre de vieux murs, une voix conseille de se presser et les jardins tournent le dos à notre guimbarde qui s'essouffle. Mon père est au volant. A ses côtés quelques garçons, les aînés seulement. Dans le fond de la voiture, ma grand-mère dit que l'on a oublié de rentrer les canaris. Mais il est trop tard pour retourner. Le Baron de D. nous attend : Antonio a quinze ans aujourd'hui. Oui, je suis allée à Sólanto. La première fois, c'était par hasard. J'avais eu une bronchite et il fallait lui faire prendre l'air, à cette petite. Un mercredi. Le Baron de D. attendait ce jour-là, comme chaque semaine, la visite de mon père qui m'avait emmenée. On nous avait envoyés jouer au jardin, Antonio et moi, et nous n'avions pas trouvé trois mots à nous dire. Mais nous nous étions assis à l'intérieur d'une statue, tête géante posée à même le sol, dont la bouche ouverte abritait une table et deux bancs. Puis nous lui avions défriché les oreilles. Il y poussait des asphodèles. Une aventure, cette première fois. La deuxième, ce fut quelques semaines plus tard : Antonio avait demandé à me revoir. Maintenant que nous avions commencé à nettoyer la géante, il fallait continuer, disait-il. Mais il ne s'agissait plus d'asphodèles. Des lierres aux branches humides pendaient jusqu'au sol et lui mettaient si drôlement des stalactites au nez qu'il fallait lui montrer ça, à Gianna, et bien d'autres merveilles survenues brusquement, toute une végétation folle née d'une fuite dans la fontaine, herbes faisant à notre statue comme une chevelure, mousses lui posant du velu aux joues. Mais, jusque dans les rires qu'elle suscitait, Antonio gardait un air sérieux. Sans doute d'avoir toujours vécu entre son père et le Baron. Ou bien était-ce une révélation du portier qui le gênait ? Au temps jadis, cette statue et la grotte qu'elle contenait étaient destinées à un usage pas convenable du tout...

— Moi, je crois qu'elle servait à déjeuner au frais, rétorqua Antonio, la voix sèche.

Mais le portier tenait à son idée.

— On y venait plutôt la nuit... Croyez-moi, Don Ninuzzo. La nuit... Du reste, regardez au plafond. On y voit encore la suie des flambeaux.

Et il ajouta en marmonnant entre ses dents qu'un souterrain avait existé qui reliait le château à la grotte « pour la commodité », disait-il... Nous n'y comprenions rien. A quoi avait bien pu servir notre salle de jeu... ? J'y pensais encore, le soir.

Enfin, il y avait eu cet anniversaire et notre sortie de Palerme à travers les foules crieuses d'un marché, puis le long des murs touchés d'or. Moi, je regardais par la fenêtre. De singulières femmes, vêtues de robes tristes, montaient la garde aux carrefours. Que faisaient-elles ? Je demandais :

— Si ce sont des soldats, pourquoi n'ont-elles pas un uniforme et une guérite ?

Ce n'était sans doute pas une chose à dire. Les garçons sont saisis d'un fou rire qui les étouffe.

— Ce qu'elle peut être bête, cette Gianna ! Elle prend les putains pour des sentinelles.

— Sale quartier, dit ma grand-mère sur un ton à les faire taire.

Mais un autre quartier apparaît et je les laisse rire. Leur ironie m'est indifférente. Voici les dernières maisons, les dernières églises avant la solitude des plages, des criques, de la campagne qui se reflète dans l'eau. Et puis se pose la question du paysan et de sa vache dont l'absence ou le retard pourrait nous gâter la journée. Les enfants ont de ces jeux ! Ce vacher nous obsède. Nous tordons le cou comme des touristes. Le son tremblant d'un pipeau : c'est lui. C'est sa démarche légère, son regard de déraison. Vacher un peu fou, mais ponctuel, il monte la rue en poussant devant lui sa bête aux flancs creux. Ils sont aussi efflanqués, aussi poussiéreux l'un que l'autre... Mais les femmes guettent leur passage et nous aussi, nous les guettons. S'ils manquaient d'apparaître, ce serait comme un mauvais présage ou comme une trahison, ou bien comme, en Allemagne, la panne soudaine, l'arrêt brutal d'une de ces horloges carillonnantes où défile à heure fixe tout un peuple de statues, qui font mine de tendre les bras, puis disparaissent dans une pirouette. Les choses ici sont plus simples et nous, les Meri, ne connaîtrons jamais de ces horloges savantes qui, ailleurs, amusent les enfants. Un paysan nomade qui fait son tour de ville au son d'un pipeau, c'est cela notre distraction. C'est lui notre boîte à musique, notre horloge savante, notre impatience. On dit qu'il a été longtemps berger en Argentine, gardant de vastes troupeaux, et puis qu'il est revenu parce que, là-bas, c'était comme la mort. Mais est-ce pour cette rue qu'il est revenu ou pour les femmes qui le guettent, pour les vieux bols, pour les tasses, pour les verres qu'elles lui tendent, pour leur jacassement de matrones autoritaires — « Puisque je te dis qu'il ne m'en faut qu'un verre, Leonardo... Pas une goutte de plus... On est libre, non ? » — pour le linge qui sèche en grand pavois, pour la ronde des enfants qui lui tournent autour chaque fois qu'il s'arrête, ou pour ma grand-mère... Mais oui, cela ne fait pas de doute. C'est pour elle qu'il est revenu. Parce qu'en Argentine personne ne l'écoutait jouer du pipeau, personne ne s'arrêtait pour le regarder et personne ne savait, comme elle, dire : « Bravo, bravo, Leonardo », de cette voix profonde, chantante, sa voix à elle.

La mer est là, enfin, et la cloche qui sonne, et le vieux train qui, près de nous, grince vers son terminus, me répètent qu'Antonio a quinze ans aujourd'hui, que nous allons assister à sa fête et que le coffre est plein de sucreries qui sentent le caramel, plein de confitures dont le Baron de D. raffole, plein de plantes grasses issues de mystérieux croisements, boutures étranges enveloppées de bandelettes. Différentes odeurs se mêlent dans ma tête. Elles me prennent par le nez. Ça sent la serre chaude et la pâtisserie. Tout se mélange comme dans le coffre. Je ne suis plus là. Voici le rocher, voici l'eau, voici l'ombre où nous sommes assis, et voici les mots qui dérangent tout. Du fond de la nuit, une voix en pleine mue souffle à la stupide que j'étais :

— Mais non... Mais non... Je t'assure qu'un enfant ça ne s'attrape pas avec un baiser... Puisque je te le dis, Gianna. Et ça n'attend pas non plus dans le ciel, comme une étoile filante, je te l'affirme, Gianna... Tu n'y es pas du tout... Ecoute... Ecoute, Gianna. Un baiser, c'est permis... Essayons... Juste un pour voir...

Et soudain je revois Antonio comme à travers un brouillard. Il est là avec le gros amour, l'embarrassante passion de ses quinze ans. Il grimace un peu. Que dit-il ? « Je vais t'aimer, tu sais... Je vais t'aimer beaucoup et pour toujours. » Et je le crois. Et j'ai ses lèvres sur les miennes.

*
* *

Carmine Bonavia avait quatre ans quand sa mère ouvrit ce qu'elle appelait « une table chaude », qualifiant ainsi l'accueil dans sa cuisine de quelques hommes d'origines diverses qui venaient prendre chez elle leur repas du soir. C'était une femme ardente. Elle apporta à cette entreprise tant d'énergie, que, très vite, tous les émigrants du quartier devinrent ses habitués.

Lorsque Carmine pénétrait dans la pièce unique qui servait à ses parents à la fois de logement et de lieu de travail, ce qu'il entendait, les propos échangés le ramenaient toujours au passé des êtres réunis là, jamais au présent, comme si l'essentiel de leur vie n'était pas ce qu'ils allaient devenir mais les malheurs auxquels ils avaient, jusqu'à nouvel ordre, échappé.

Pour Carmine, le monde se présentait comme ces tableaux primitifs où, sur la même toile, les paisibles images de l'enfance d'un saint voisinent avec l'affligeante vision de son martyre. On le voit tout blond et poupin dans les bras de sa mère... Et puis, crac... Un centimètre plus loin, il lui pousse une barbe blanche et on lui casse la tête à coups de pierres. Ce que l'enfance de Carmine comportait de réconfortant, c'était le présent, la pièce enfumée, chaude, sentant la soupe, le fourneau allumé, le va-et-vient de sa mère. Le reste était fait de l'inquiétude des hommes que le hasard avait réunis là, de leur combat passé et des menaces qui, orage en suspens à l'horizon, continuaient à peser sur leur avenir.

A les écouter, Carmine se représentait l'Europe comme une vieille taupinière à demi défoncée, dont les habitants s'échappaient avant qu'elle ne leur tombe sur le nez.

Le repas fini, quand la cuisine se vidait et qu'Alfio aidait sa femme à tirer les matelas hors du réduit où elle les rangeait, Carmine essayait de chasser de sa mémoire les ennemis naturels contre lesquels les hôtes de sa mère avaient combattu. La faim... La prison... L'injustice... Ils avaient laissé tout cela sur le versant abandonné d'un monde qu'ils ne reverraient plus. Pourquoi en parlaient-ils encore ? Ne pouvait-on faire d'un passé ce que les serpents font de leur peau ? Une dépouille qui sèche au soleil, s'effrite et devient poussière ? Comment des soucis laissés si loin pouvaient-ils encore leur occuper l'esprit... Et quel langage ! Les Polonais, entre eux, ne parlaient que de *pogrom*... Carmine crut longtemps qu'il s'agissait d'une maladie un peu honteuse et sans guérison... Et comme la plupart des clients juifs de sa mère avaient trouvé à s'employer chez les opticiens de New York, il présumait que c'était là un mal du métier... Une maladie pour marchands de lunettes. Carmine s'endormait en murmurant :

— Quel sale pays, cette Europe...

Alfio, qui prenait son bain de pieds dans une bassine avant de se coucher, son père Alfio qui toute la journée courait les magasins d'alimentation et, en plus des provisions, charriait aussi le bois et le charbon du fourneau, Alfio lui répondait :

— Tu peux le dire, fils, un sale pays...

Déjà accroupie sur son matelas, les jambes repliées sous les fesses et les cheveux défaits, Mariannina, dont le ventre et les seins dessinaient trois douces rotondités sous la chemise de nuit, la belle Mariannina leur imposait silence.

— Assez Alfio... Assez parler de tout cela... Non, mais ! Des histoires tout juste bonnes à être oubliées.

Mariannina était sans complaisance à l'égard des causes perdues. Sa famille était de Gênes. Et puis elle savait se faire obéir.

— Toi, Carmine, dors... Et vite.

Alors Carmine s'endormait pour de bon. Mais ce qui chassait les Allemands de l'Allemagne, ce qui déterminait l'exil des Irlandais, mais la difficulté de vivre en Macédoine, mais le malheur d'être arménien, mais la terreur aux Balkans ; et toutes les maladies de la terre, des plantes, du bétail, la ladrerie, la tremblante, la morve, le farcin et puis cette incompétence des vétérinaires, tous des charlatans, des suceurs d'économies ;

mais le chômage ; mais le règne abusif des machines, mais les grèves et les mutineries, et toutes les polices occupant toutes les usines et les gardes qui chargent et les enfants qui naissent de femmes qui n'en veulent pas, tout cela pesait sur son sommeil comme une mauvaise digestion. Que de fois il avait fallu réveiller Carmine, le secouer pour l'arracher à ses cauchemars... Il en connaissait une variété infinie. Tantôt il s'embarquait sur un bâtiment qui n'arrivait jamais, ou bien s'il réussissait à débarquer, un aigrefin le dévalisait à peine le pied posé sur la terre ferme, ou bien encore il lui manquait quelque chose d'essentiel, il ne savait pas au juste quoi, il cherchait, il poussait la lutte jusqu'à sa pointe extrême, il gardait espoir qu'en trouvant le mot pour désigner ce qui lui manquait la chose viendrait d'elle-même, qu'il n'aurait plus qu'à allonger le bras pour s'en saisir, que ce serait le repos, le bonheur, d'éternelles vacances, mais la chose demeurait vague, transparente, elle n'avait ni forme ni couleur, il la voyait dériver sur une route en pente, s'éloigner, rapetisser, alors il faisait un dernier effort, il s'élançait à sa poursuite et le mot ne lui venait en mémoire que dans le sursaut du réveil, lorsque assis sur son lit, la sueur au front, il criait : « La caution ! » d'une voix effrayée... « La caution ! »

Mariannina de son lit soupirait.

— Vas-tu bien cesser, Carmine... On va être jolis, demain.

Quelquefois son père se levait et venait jusqu'à lui.

— Tu le sais bien que je l'avais, la caution... Et en dollars encore ! Le petit Baron avait pensé à tout... Je te l'ai raconté mille fois... Alors, pourquoi t'embêtes-tu avec ces vieilles histoires. Tu es né ici, toi... Tu as cette veine... Allons, dors, bonhomme.

Mais il y avait pire. Les nuits où Carmine se réveillait sans crier et regardait ses parents. Leur sommeil lui paraissait si triste, comme celui des voyageurs qui s'assoupissent sur les banquettes des salles d'attente, entre deux trains. Ils reposaient l'un contre l'autre dans une attitude toute d'anxiété plutôt que d'abandon, une sorte d'écrasement qui, de loin, la pénombre de la cuisine aidant, évoquait l'accident mortel ou le désordre des grandes maladies. Deux corps foudroyés traînant jusque dans l'inconscience du sommeil les fardeaux de la journée...

Alfio, couché à plat sur la blancheur du drap, raide, la tête à la renverse. Mariannina, comme accablée, couchée en boule, ses cheveux noirs, que la sueur collait un peu aux joues et dans les plis du cou, lui dissimulant le visage, avec une main gercée à la traîne, qui toujours pendait hors du lit, la paume implorante.

Carmine se demandait si les riches pouvaient se permettre d'être beaux en dormant.

Vingt ans plus tard, lorsque la carrière politique de Carmine ayant pris forme il devint facile de prévoir qu'il serait un jour, à New York, un homme important, des journalistes, auxquels il témoignait encore une certaine confiance à l'époque, avaient réussi à lui arracher quelques souvenirs sur le temps où il vivait avec ses parents dans une petite pièce de la ville basse. Il leur avait parlé du matelas posé à même le sol sur lequel Alfio et Mariannina dormaient, et de la table de cuisine sous laquelle on traînait sa paillasse à lui, Carmine, parce que c'était la seule place dont on disposait. L'usage que l'on fit de ces confidences inspira à Carmine tout le dégoût dont il était capable. *Life* avait titré : « Son premier baldaquin ? Une table de cuisine », et l'enquêteur s'était efforcé de trouver sous cette table et entre ces matelas le secret des forces et des limites de Carmine Bonavia. Etait-il célibataire ? C'est qu'il avait pénétré trop jeune dans le monde nocturne des grandes personnes. Comment expliquer autrement son goût de la solitude ? Braves gens, ne laissez pas vos enfants approcher des lits conjugaux... Et autres sentences, et autres condamnations sans appel. On commençait à se faire les dents sur les inépuisables richesses de la psychanalyse. C'était en 1938. Pas un de ces subtils explorateurs du cœur humain ne vit le drame de Carmine Bonavia là où il était vraiment : dans la déchéance et la mort de Mariannina.

*
* *

Nous ne choisissons pas nos évasions. Elles nous choisissent. Je n'avais pas prévu Carmine Bonavia. Je ne l'avais pas souhaité. J'allais vers lui comme les enfants scrutent la nuit, tendus vers d'obscures merveilles. Il y avait dans le destin de Carmine un élément d'attirance dont les personnes de mon entourage,

Fleur Lee, Babs, Tante Rosie, paraissaient entièrement dépouillées. La salle de rédaction, ma chambre d'hôtel, New York et ses longues rues pétrifiées : simplement des lieux où je ne respirais plus. Carmine était une porte ouverte. Je la franchissais comme d'autres partent en croisière.

Plus tard, Tante Rosie parla de préméditation et même de complot. A force de m'intéresser à Carmine, d'enquêter à son sujet, de lire les articles qui lui étaient consacrés, j'empoisonnais Babs, je lui tournais la tête. En vérité, je ne faisais que la changer d'air. Sait-on jamais ce que la nouveauté de l'air peut provoquer chez une personne d'habitudes. Des curiosités nouvelles ? De légères fissures ? Car Babs changeait, cela ne faisait aucun doute. Transformation discrète, mais qui ne pouvait échapper à qui la connaissait bien. Elle sifflait à table, ou bien elle parlait d'aller en vacances à l'étranger. Un jour, elle annonça qu'elle ne porterait jamais plus de chapeau, résolution qui réussit à effrayer Tante Rosie.

— Mais pourquoi grands dieux ? Pourquoi aller en cheveux ?

Babs trouva une réponse qui ôtait à cette décision un peu de son caractère révolutionnaire. Elle cita l'exemple de la princesse Margaret qui allait faire ses courses un foulard noué sur les cheveux. Tante Rosie respira. Margaret : une garantie valable. Depuis le mariage de Mrs. Simpson, depuis qu'un roi avait levé le pied au bras d'une Américaine, Tante Rosie éprouvait de la sympathie pour Buckingham. Elle en parlait sur le ton qu'ont les vieux militaires pour raconter de récentes conquêtes. Mais comme Babs dit ensuite qu'elle offrirait à Ethel les chapeaux qu'elle ne porterait plus, Tante Rosie resta sur ses craintes. A Ethel ? Pourquoi à Ethel ? Ne valait-il pas mieux les envoyer en Corée, à son frère le pasteur, afin qu'en profitent les jeunes filles de la mission ? Je fis remarquer que l'Amérique adressait déjà des ballots de vieilles hardes aux fripiers de l'Italie méridionale, alors pourquoi pas quelques chapeaux en Corée ? Tante Rosie apprécia mon intervention.

— Tu vois, Babs, Gianna aussi est de cet avis. Ce serait tellement plus philanthropique... Vraiment, tellement...

Mais Babs répondit avec une certaine insolence que son père était en Corée « pour faire des conversions et non pour offrir des bibis ». Elle ajouta que le peuple jaune ne connaissait qu'une coiffure, la natte, et qu'avec cette coiffure on se passait de chapeaux... La discussion s'arrêta là. Ces marques de générosité à l'égard d'Ethel, ces façons de fraterniser avec la servante noire, alors qu'un geste en faveur de petites Coréennes sur lesquelles veillait un pasteur eût été tellement plus noble, parurent louches à Tante Rosie. Elle continua à redouter des infidélités futures.

*
* *

Du côté de *Fair* rien ne changeait. Fleur Lee continuait à fabriquer du sublime professionnel en parlant de petites choses avec de grands mots. Sous ses ordres, les rédactrices baignaient en permanence dans la gloire des personnes en place. Un bain d'or. Nous étions là pour connaître, mieux qu'ils ne les connaissaient eux-mêmes, les manies des milliardaires, leurs habitudes, leurs goûts. Mais aucune de nous, même la plus douée, ne parvenait à égaler la ferveur que Fleur Lee apportait à ce culte. Elle charriait après elle tout le luxe du monde. A condition de n'y mettre qu'une ironie convenable, je parvenais parfois à en rire avec Babs.

Certains jours, tout se passait sans bruit et Fleur Lee ne franchissait pas le seuil de la salle de rédaction. C'était bon signe. Cela signifiait que la publicité rentrait bien et que la courbe de nos ventes montait. D'autre fois, un trafic d'administrateurs, trottant dans les couloirs en direction du bureau de Fleur, nous avertissait que quelque chose flanchait et nous nous préparions à faire travailler nos imaginations jusqu'à huit heures du soir. Il allait falloir trouver une idée susceptible de rendre à *Fair* sa vitalité perdue. Fleur Lee faisait une entrée parcourue de frissons : frissons des chaînes de ses bracelets, des billes de son collier, frissons de sa voix toute tintante d'inquiétude, frissons de la soie de ses jupes. Elle attendait que certains hauts bonnets de la direction aient fait une courte apparition dans la porte entrebâillée. Ils passaient la tête avec une mine funèbre et nous criaient des encouragements qui se limitaient toujours à la même phrase prononcée d'une voix de bon-papa gâteau.

— *Good girls... good girls.*

C'était le feu vert donné aux filles. Il n'y avait plus qu'à boucler les téléphones, interdire l'entrée du bureau en collant sur la porte une pancarte « *Please don't disturb* » et se mettre au travail. Fleur Lee commençait par afficher un pitoyable découragement. Elle prétendait n'être plus que l'ombre d'elle-même, épuisée, vide d'idées, elle allait jusqu'à parler d'une retraite définitive. Le monde des parades lui échappait. Le tirage baissait. Sa voix se brisait : « *Non sum dignus.* » Elle allumait une cigarette. Il ne lui restait qu'à partir. Nous l'écoutions sans trop nous effrayer, sachant bien que de quitter *Fair* l'aurait tuée : elle n'y songeait pas. Mais cela l'émoustillait de se faire peur, de se dire finie. Nous avions aussitôt droit à sa résurrection : spectaculaire. *Fair* était sa vie, son œuvre, et nous avions besoin d'elle. Pas de faiblesses. Alors elle se penchait sur les rapports de vente avec autant d'attention qu'un médecin scrutant la courbe de température d'un grand opéré. Il fallait que nous nous inquiétions avec elle, ce que nous faisions, bien sûr, et sans discuter. Nous nous passions les rapports que nous lisions avec des grognements navrés. A ce stade, il était rare que Fleur Lee n'eût soif. Elle nous confiait alors la clef de ce qu'elle appelait « sa cave » : une armoire dissimulée dans le mur où s'amoncelaient bouteilles vides ou pleines en grand désordre. Le bruit des verres que l'on remplissait permettait une courte pause dont Fleur Lee profitait pour libérer les femmes mariées, plus pressées que nous de rentrer chez elles. Elle disait :

— Mon mari sait attendre, lui... Il faudra habituer les vôtres. Et l'on sentait qu'elle les détestait, ces maris impatients, empêcheurs qu'ils étaient de faire monter le tirage du journal.

Alors nous restions là, entre célibataires, rangées autour du bureau de Fleur Lee comme au pied d'un banc d'œuvre, écoutant sa voix monter d'un ton à chaque verre, et les idées déferler. Que faire ? Que faire pour que les femmes aient plus faim, plus soif, plus d'envies en tête, plus d'appétits au cœur ? Que faire ? Car le tirage de *Fair* ne dépendait ni de culture, ni de musique, ni d'art (qui étaient les bêtes noires de Fleur Lee), mais seulement de ces fringales féminines que seuls les magazines savent assouvir. Mode, sexualité, voyage et boustifaille, telle était notre formule. On aurait rougi de parler d'autre chose et les « que faire ? » se prolongeaient fort tard. Un lecteur riche et oisif n'est pas plus facile à racoler qu'un autre.

C'est à l'issue d'une de ces conférences, et après que Fleur Lee nous eut implorées plusieurs fois de trouver une idée simple, que l'idée lui vint à elle et qu'elle nous l'imposa. Elle avait, il faut en convenir, une connaissance approfondie du mécanisme des tentations humaines.

— Ils ont tout, cria-t-elle... Ils peuvent se payer des croisières ruineuses... Ils peuvent louer des paquebots, acheter des îles... Proposez-leur de faire des économies... L'idée ne leur viendrait jamais d'elle-même...

La semaine suivante, *Fair* suggérait à ses lecteurs : « Voyagez sans quitter New York. » C'était le titre d'une nouvelle série d'articles où les restaurants « essayés, jugés, recommandés » par *Fair,* étaient tous étrangers. Nous étions, Babs et moi, chargées de l'enquête. Babs, pour l'aspect pratique des choses. J'étais là pour la note exotique.

*
* *

Amer mystère des souvenirs... Cette impossibilité de prévoir d'où viendra l'assaut. En plein snack, la voix de cette fille, touchant sans le savoir à la plaie vive...

— A moi, il n'arrive jamais rien, disait-elle.

Je pirouettai sur mon tabouret, jetai deux dollars sur le comptoir et me dirigeai vers la porte.

— Qu'avez-vous, demanda-t-elle, impatientée. Je ne pensais pas vous offenser.

— Vous ne m'offensez pas.

— Alors quoi ? Vous êtes vraiment impossible !

Je sortis, cherchant la voix perdue. Elle approchait, s'arrêtait, s'éloignait et je restais debout au bord du trottoir, aux abois.

— A moi, il n'arrive jamais rien, Madame Meri.

Antonio, vingt ans, éclipsant tout.

— Rien, répétait-il. Il ne m'arrive absolument rien.

Au loin la mer, et un nuage qui flottait dans la paix du matin.

Ma grand-mère trônait dans son cercle de fraîcheur, moi à ses pieds et l'autre, le garçon, couché dans le sable, face au soleil.

— Jamais rien... Je vous le dis.

Antonio se retournait sur le ventre et la peau de son dos, encore humide, brillait. Elle riait, mais d'un rire profond, chuchoté.

— Cette blague...

Circé au fond de sa grotte devait rire ainsi au nez des voyageurs ; rire aux questions posées ; rire de ce rire un peu grondeur, un peu grave ; un rire confidentiel.

Le garçon entêté, impatient, le garçon qui se plaignait d'avoir vingt ans répétait :

— Rien, Madame Meri. Puisque je vous le dis.

— C'est que tu es heureux, Antonio... Allons, ne dis pas le contraire... Je le sais... Il n'y a que les amoureux auxquels il n'arrive rien... L'amour est une fable qui se suffit à elle-même. N'oublie pas ça.

Le garçon rougissait de plaisir. Il me jetait un regard par-dessus l'épaule, puis il lui souriait.

— Vous ne vous trompez jamais, Madame Meri.

Elle levait les yeux au ciel.

— Et comment se tromper ! On devinerait que tu es amoureux rien qu'à la manière dont tu es couché là, en lézard, dans le sable, à ne rien attendre, avec des impatiences qui n'en sont pas et des exigences pour rire. Un homme auquel il n'arrive rien est comme un chasseur à l'affût. Il a de la vigilance jusque dans les doigts de pied.

Un nageur encore tout ruisselant attrapait la sentence au vol.

— C'est fou ce que vous savez de choses.

— Je sais que les événements ne tombent pas du ciel.

Des barques passaient sur l'huile de l'eau, portant des familles assoupies. Le soleil frappait le sable comme une épée de feu. Les chansons d'une guinguette affrontaient, dans le ciel, les échos amplifiés d'une messe tardive. C'était la petite guerre des haut-parleurs. Nous courions au bain avec un « Pater » dans les oreilles et, lorsque nous avions fini de rire, de nous éclabousser, de nous faire peur, lorsque nous retrouvions la chaleur du sable, « *Ti voglio tanto bene* » couvrait l' « *Ite Missa est* ». Le cri du marchand de glaces et son piétinement humide le long d'une mer sans écume nous tiraient de notre béatitude. Un garçon, la voix paresseuse, demandait :

— Vous êtes sûre que vous ne voulez pas que je l'appelle, Madame Meri ?

Elle répondait :

— Ne bouge pas... Il fait trop chaud... Donne-moi plutôt mon chapeau.

L'homme passait.

Sur les hauteurs qui dominent Palerme, on avait, cet été-là, installé des écoles à feu où des soldats accrochés à la pierraille s'exerçaient au tir. En les entendant, elle disait :

— Mais écoutez-les donc ces imbéciles... Par une chaleur pareille... On n'a vraiment pas idée.

Lorsque les exercices se prolongeaient et que les canons ouvraient dans le ciel calme de nos siestes de larges brèches, elle se fâchait.

— Ils nous préparent une guerre, ces criminels !

Une idée qui faisait bondir les garçons.

— Vous parlez sérieusement, Madame Meri ?

Alors elle se taisait, soudain préoccupée et comme incapable de contempler l'été avec joie. Et nous demeurions là, à ses pieds, aplatis dans le sable, attachés à son ombre, à sa sagesse, à ses présages.

Nous n'étions que des enfants en vacances. Tout nous était jeu ou sujet d'étonnement. Les canons qui grondaient et dont nous comptions les coups ; le son entre les montagnes qui se répercutait, deux, trois fois, celui-là en fera quatre, eh non, deux seulement, de vrais ricochets ; les escadrilles qui traçaient au-dessus de nos têtes de vrombissants arcs-en-ciel. Nous les suivions tout le long du jour, jouant à ne pas fermer les yeux, à ne pas cligner, bravant le soleil. Ces avions avaient un air de facilité qui nous fascinait. Où allaient-ils ? On ne nous le disait pas. Et ces soldats en tenue africaine ? Ils chantaient : « *Facetta nera, bella abissina* », une chanson que nous n'avions encore jamais entendue. Ils déferlaient sur la plage comme un vent de sable. On les voyait qui se déshabillaient et qui posaient sur leur pantalon, sur leur chemise et sur leur veste bien pliée leur casque colonial. Puis ils se jetaient à l'eau avec des gestes excessifs, et leur absence accordait à ces petits tas d'effets si correctement rangés un aspect funèbre, comme s'il se fût agi des restes d'une compagnie disparue en mer. Après quoi ils se rhabillaient pour traîner en ville où ils marchaient deux par deux, en tenue kaki. Qu'attendaient-ils ? Du haut de son balcon, Mussolini lançait des déclarations menaçantes : « Guerre, un mot qui ne nous fait pas peur ! » Mais nous l'entendions à peine. Rome était loin... Nous vivions la tête au ciel. Avions-nous tort d'être heureux ? Nous n'existions qu'en fonction de la mer, du conflit permanent entre ombre et soleil, entre la chaleur du corps et le froid de l'eau ; nous ne pensions à rien. Nous étions prisonniers du sel, du sable, de l'air et du vent. Qu'un adulte nous jette la première pierre... Avions-nous tort ? Nous n'étions que des enfants en vacances, vivant leur dernier été de paix.

Pas un garçon de vingt ans n'allait de longtemps se plaindre qu'il ne lui arrivait rien.

*
* *

L'Abyssinie ! Pourquoi l'Abyssinie ? Se peut-il qu'on aille se battre pour prendre un peu de sable à ces gens-là ? L'Abyssinie... Aux repas de famille, chez les Meri, on ne parlait que de ça, et des prisonniers qui n'étaient pas revenus — qu'avaient-ils pu devenir ? On supposait qu'ils étaient morts — et des croiseurs qui s'embossaient de plus en plus nombreux dans le port, et du Duce qui commençait à se boudiner dans son uniforme et portait un plumet blanc piqué sur le côté de son casque. Le docteur Meri haussait les épaules. Il n'était pas fasciste. Comment l'être lorsqu'on est confronté chaque jour avec la misère et la corruption ?

Quant au Baron de D., il détestait le régime avec tant de violence qu'il en devenait dangereux. Il ne voyait d'autre prétexte à la guerre en cours qu'un désir inavoué du Duce de se procurer une garde noire.

— Vous verrez... Vous verrez que je ne me trompe pas... Il cherche à éblouir la Petacci... Il veut lui offrir des larbins exotiques. Il veut coller des plantons abyssins aux portes de la Camilluccia. Ah ! les favorites... Elle nous coûtera cher, celle-là...

On ne pouvait parler plus imprudemment. La police veillait, avec ses provocateurs et ses dénonciateurs. Mais le style confidentiel, très en faveur à l'époque, le langage truffé de sobriquets pour désigner les grands du régime, tout cela excitait l'ironie du Baron de D., qui répondait aux conseils de prudence du docteur Meri par des exclamations agacées.

— Laissons les chuchotements aux prêtres... Ces tyranneaux en chemise noire ne me feront pas changer ma manière de parler... Et vous le savez bien, mon cher Meri.

C'était le temps des musiques interdites, des films tronqués, de la censure postale et des lettres subrepticement ouvertes et refermées ; c'était le temps où les pancartes *Furnished rooms* disparaissaient des façades parce qu'il fallait être anglophobe et que, du reste, la Grande-Bretagne n'enverrait plus de touristes ; le temps des enfants en armes et des murs couverts d'inscriptions : « Mussolini a toujours raison » ; le temps où des spécialistes venaient tout exprès du continent pour fasciser la tiède Sicile. Ah ! ces films où il fallait applaudir l'inénarrable Starace faisant de la course à pied, et traînant à sa suite ministres et généraux qui tricotaient à toutes jambes, un trop-plein de spaghetti en bourrelets autour du ventre. C'était le temps où le muscle devint l'obsession majeure. Il allait y avoir la guerre et il fallait être prêt.

De ce qui se passait plus loin, des appétits allemands, des fusils avec lesquels on paradait bruyamment à Munich, des gouvernements qui, en France, tombaient comme feuilles à l'automne, on ne parlait guère à Palerme. Nous avions nos problèmes et l'intermède qui s'organisait en Espagne avait de quoi faire oublier tout le reste. Mais il y eut encore à Sólanto, comme à Palerme, quelques mois merveilleux pendant lesquels Antonio et moi réussîmes à vivre par-delà ce qui mettait les autres en rage. L'existence devenait-elle intolérable ? On interdisait les publications étrangères, ce qui mettait le Baron de D. hors de lui. Certains médicaments faisaient défaut et personne ne protestait, ce qui révoltait mon père. Il n'y avait d'emploi que pour les fascistes et le portier se plaignait de ne plus trouver de ces poudres anglaises qui servent à faire briller l'argenterie ! Nous ne les écoutions pas. Comment ces contrariétés nous auraient-elles atteints dans l'épais silence où se cherchent les premières amours ? Les grondements du monde ne faisaient pas plus de bruit à nos oreilles qu'une plume qui tombe.

Encore que j'ignorasse presque tout de l'amour et qu'Antonio en fût conscient, il apportait une grande coquetterie à me faire comprendre qu'il était un amant habile. Je m'en émerveillais et l'encourageais aux confidences. Mais on ne nous laissait jamais seuls. Les familles siciliennes aiment à se déplacer en rangs serrés. La nôtre se conformait à cette règle. Ainsi, chaque fois que j'allais à la plage, confiait-on à ma garde deux ou trois de mes jeunes frères. Ces jours-là, Antonio et moi nous rendions fous à force de caresses malhabiles, d'enlacements hâtifs, de baisers échangés debout dans la chaleur étouffante d'une cabine où nous parvenions à rester seuls quelques secondes, à l'insu de tous.

Pour nous échapper, il fallait un prétexte. Grâce à la complicité d'un pêcheur, Antonio réussit à se faire prêter une barque dont le propriétaire s'adonnait à de longues siestes. Nous pouvions donc monter notre voile à peine le vent levé et piquer vers le large dans le théâtre flottant de nos premières audaces. Mais là encore nous n'étions pas seuls, et ces audaces étaient plus rêvées que vécues. Car si la nécessité de lectures scolaires interdisait à certains de mes frères de s'abandonner un après-midi entier aux hasards du vent, l'un d'eux, Riccardo, qui était presque un bébé, se voyait désigné d'office pour nous accompagner. Une fois en mer, Antonio qui l'aimait bien s'ingéniait à l'occuper.

— Assieds-toi à la proue, Riccardo, et signale-moi les rochers.

L'enfant prenait un air solennel. Il avait cinq ans. Croyant vivre une périlleuse aventure, il restait accroupi à l'avant du bateau, les yeux fixés sur l'eau, convaincu qu'une seule minute d'inattention pouvait nous être fatale. Pendant ce temps, couché à la poupe, Antonio, tout en barrant, me frôlait.

Parfois le vent tombait, interrompant brusquement notre course. Riccardo, en ces circonstances, se révélait un petit compagnon d'une complicité si innocente que nous en demeurions confondus. Il s'emparait d'une provision d'illustrés que nous emportions à son intention, et, nous tournant le dos, se plongeait dans les aventures de Tarzan. Sans rien perdre de sa nonchalance, le visage impassible, Antonio se couchait au fond de la barque et emmêlait doucement ses jambes aux miennes. Nous restions longtemps ainsi, dérivant ensemble, les lèvres unies, avec la mer étendue sous nos deux corps comme un drap immense et le bruit doux des vagues pour nous bercer. Au loin, limitant la baie, le mont Pellegrino et son chaos de roches nous dominait tantôt comme de grandes orgues dressées dans le ciel, tantôt comme la silhouette flamboyante d'un dieu couché sur l'eau. Nous ne disions presque rien, à l'exception de ces monosyllabes, de ces moitiés de phrase qui tiennent lieu de conversation, lorsque le soleil brûle. « Comme tout serait simple si je t'aimais moins », sont les seuls propos d'Antonio qui se confondent, dans ma mémoire, avec le souvenir de cette barque.

Mais il arrivait aussi qu'une vague de tendresse pour l'enfant si docile, et qui se prêtait si bien à notre jeu, nous montât au cœur. Antonio le hélait :

— Viens donc, Riccardo... Viens dormir avec nous.

La phrase était dite avec un tel naturel que Riccardo venait nous rejoindre et, tout heureux, riant à l'idée de partager notre sommeil, jouait à *dormir* avec nous comme il avait joué à nous *guider*. Je le voyais qui cherchait dans le cou, sur l'épaule d'Antonio l'endroit où blottir sa tête. Alors le corps d'Antonio changeait d'aspect. Chose étrange, il perdait de son éclat dur, de sa maîtrise, de son autorité. Non qu'il y perdît du charme : cela lui allait bien. Je ne le concevais plus nageant, plongeant, tendu comme il l'était souvent, violent, contracté, mais comme un monde de douceur dans lequel j'aurais souhaité me perdre.

Je le répète, Antonio éprouvait pour Riccardo une tendresse comme en est seul capable un jeune Italien à l'égard d'un enfant de cet âge. Riccardo ne lui était rien mais, sans faillir, il s'acquittait auprès de lui de tâches qui, en d'autres pays, auraient fait rougir de honte un garçon de sa trempe. Il lui ôtait sa culotte mouillée, le séchait, le changeait et lorsqu'il nous fallait quitter notre barque, il emportait l'enfant dans ses bras. Mais au lieu de le diminuer à mes yeux, le soin qu'il prenait de Riccardo le parait de force virile.

Un jour, sur le chemin du retour, Antonio voulut s'arrêter dans une trattoria. La femme qui nous accueillit, après m'avoir félicitée de la beauté de Riccardo, ajouta avec une amicale inquiétude : « Il ne faudra pas en faire un autre trop vite... Vous êtes encore très jeunes tous les deux. » Puis, considérant mes traits tirés (nous rentrions de ces promenades dans un état pitoyable), elle me proposa un sabayon, pensant qu'il me fallait au moins cela pour me remonter. Je devins blême. Alors que nous ne nous étions jamais livrés l'un à l'autre, on nous prenait pour de jeunes mariés.

Cette vie nous épuisait. A mesure que se faisait plus intense le désir, nos gestes devenaient plus vagues, nos façons d'être plus imprécises. Nous allions, nous venions, absents à tout, comme des tombés de la lune : nous dormions debout.

Nos parents nous observaient. Entre le Baron de D. et le docteur Meri, nous faisions l'objet de longs conciliabules. Ils pensaient : « Ces enfants s'aiment. » Ils se le répétaient : « Mais oui, ces enfants s'aiment, c'est évident. » Ils le disaient encore quelques semaines plus tard. Mais nous avions décidé d'en finir avec cette convoitise qui nous dévorait. Et l'on disait encore : « Ces enfants s'aiment », que déjà nous étions amants.

C'est qu'Antonio avait brusquement pris conscience du drame que l'on nous préparait : notre vie. Il faut tenir le malheur commun pour responsable de ce qui se passa bientôt entre nous, car c'est lui qui eut raison de nos timidités, ce sont ses ténèbres qui furent notre courage.

*
* *

Notre aventure commence avec trois coups frappés à la porte de Sólanto, un soir de septembre, et par l'entrée d'un carabinier.

Ces trois coups lents, pesants, retentissent dans le monumental vestibule et nous atteignent avec une perfection théâtrale. On pense aux pas du Commandeur et à leur terrible écho au dernier acte de *Don Juan*. Sans qu'il le veuille, chacun des gestes du carabinier est comme une malédiction. Il demeure un instant immobile, il fouille sa poche et de son portefeuille sort une feuille, destinée « à celui des trois messieurs qui a prénom Antonio ». Son visage est pauvre et crasseux. Il sourit. La visière de sa casquette est fendue par le milieu. Il fait ce que l'on attend de lui, des mouvements simples : avancer vers nous maladroitement, à cause des clous de ses chaussures qui glissent sur le marbre du pavement, chercher l'intéressé des yeux, trouver Antonio, lui tendre la feuille et la rencontre de leurs deux mains, et le passage de cette feuille de l'une à l'autre provoque en chacun de nous un moment de lucidité inexplicable. Nous sommes pris par cette lucidité. Elle nous aspire, nous submerge avec la brutalité d'une avalanche. Inutile de lire cette feuille bleue. Nous savons ce qu'elle contient. Un ordre. On attend Antonio à l'Ecole de Modène. L'armée manque de cadres : les élèves officiers sont invités à devancer l'appel. Nous le savons. Antonio empoche l'enveloppe sans même l'ouvrir. Le carabinier écarquille les yeux, médusé. Tant de désinvolture lui paraît anormale :

— Vous ne regardez pas ce qu'il y a dedans ?

Pas la moindre trace d'émotion sur le visage d'Antonio.

— Je ne suis pas pressé... Et ça n'a guère d'intérêt, ce que vous m'apportez là.

Puis il sourit. Son regard amusé, sa morgue légère bouleversent le pauvre gars qui, décontenancé, répète :

— Alors ? Vous ne l'ouvrez pas... Vous ne l'ouvrez pas ?

A côté de moi, la voix d'Antonio me dit doucement :

— Conduis-le à la cuisine et qu'on lui donne un verre de marsala. Ça le remettra...

Il s'arrange pour n'être qu'ironie et ma lucidité devient douleur. Je vois Antonio non pas dans son attitude présente, mais tel qu'il sera, hantant mes nuits pendant des années, tel que je l'ai si souvent recomposé : tremblant de froid, les doigts gourds, si mal vêtu, si mal nourri qu'il est à peine en état de marcher. Je hais cette image d'Antonio. Sa misère me fait honte. De lui qui était la grâce virile, la beauté nette et tranchante, on a fait ce combattant de toutes les défaites, ce soldat exténué sur qui le monde exerce sa dérision. Il a connu la lutte au petit bonheur, les armes périmées, les chefs indignes ; on l'a confronté avec ce qui cale, ce qui s'enraye, ce qui se refuse, lui dont la sûreté des gestes tenait du prodige, lui qui dominait l'acier, les moteurs. Je ne veux pas être témoin de sa déchéance. Je refuse de le voir marcher humblement parmi des hommes aux souliers troués, aux pieds saignants, aux chansons tristes : ces tragiques clochards, ces soldats humiliés ne pouvaient être ses compagnons. Il était jeune, fort et violent. Il était l'audace. Il était ce grand garçon hâlé, ce corps qui venait s'allonger en secret près du mien, au fond d'une barque. Je n'ose plus penser au plaisir qu'il m'accordait ni me voir l'aimant, maintenant qu'on a fait de lui cette silhouette cassée, blême, cet homme qui expire au fond d'un ravin, ce disparu. Mais il est encore trop tôt pour en parler. Que ces quelques mots, ces quelques phrases ne soient aux yeux du lecteur qu'une stèle gravée comme au hasard et dressée dans ma longue détresse pour témoigner de la rayonnante beauté d'Antonio et de sa mort, que je refuse.

Je viens de mal décrire ce moment décisif dont chaque détail est en étroite communion avec l'exil de mon cœur. En apparence, ce qui vient de s'accomplir au château de Sólanto n'est jamais que l'acte d'obéissance d'un Sicilien de vingt ans. Le service militaire ? Rien d'insolite à cela. Rien d'anormal. D'autres hommes de son âge reçoivent le même ordre, au même instant. Rien. Mais à la lueur des événements cette obéissance prend un sens redoutable : Antonio reconnaît à un régime qu'il méprise le droit de disposer de sa vie. Et que l'on ne se méprenne pas sur le caractère de cette obéissance. Antonio n'est pas homme à se soumettre pour des raisons simples. Il n'a pas la décevante docilité de ceux qui redoutent la trahison. Déserter ? Il aurait pu fort bien choisir cette solution-là. Rien n'était plus simple en Sicile. Et puis, était-ce trahir que de ne point participer à ces divagations belliqueuses ? Antonio n'est pas non plus de ces inconscients à qui la guerre apparaît comme un jeu luxueux, un délassement supérieur. Non. Antonio obéit avec une héroïque nonchalance, une indifférence souveraine. Il part parce qu'il serait inélégant d'agir autrement. Il dit qu'il part « pour voir » et aussi « parce que notre jeunesse est gâchée ».

A cause de ces trois coups frappés à la porte et d'un carabinier glissant dans ses souliers à clous, ce qui était naïveté, jeunesse, complicité amoureuse, se transfigure. Rien ne sera comme avant au château de Sólanto, plus rien, jamais, n'aura le même aspect. On vient de nous ôter l'essence même du bonheur : l'insouciance. A cause d'un ordre et d'une feuille bleue, le Baron de D. a un rictus douloureux, Don Fofó pose sa main sur l'épaule de son fils dans un geste instinctif de protection, — mon garçon, mon garçon, on ne nous laissera donc jamais tranquilles, — et le jardin s'assombrit, les servantes courent sans raison de pièce en pièce, certaines fresques au plafond, dans leur cadre en stuc, paraissent soudain d'une lourdeur insupportable, à cause d'Antonio.

Puis ce fut l'incident du volontaire, comme s'il fallait à toute force un événement tragique pour emplir les heures vides qui nous séparent de son départ. Ces heures si courtes.

La Kalsa et les rues avoisinantes étaient alors un quartier de mendiants, d'insoumis et de filles, où la misère comme une lèpre devenait chaque jour plus évidente à mesure que le pays entrait davantage dans la guerre. Quelques familles gagnaient honnêtement leur pain — pêcheurs, porteurs de paniers, marchands ambulants, fripières, peleuses de légumes à domicile, cuisinières en chambre qui vendaient aux passants des plats à la portion ou même à la bouchée. Mais rien ne distinguait un artisan d'un voyou, une prostituée d'une mère de famille. Ils se confondaient dans la même pouillerie.

Notre maison, par sa façade principale, ouvrait sur les larges espaces de la Promenade marine, mais par trois autres côtés plongeait dans le désordre de ce fabuleux repaire. Une ruelle, à peine large d'un mètre cinquante, séparait la fenêtre de la salle dite « des enfants » d'une chambre où, le soir venu, une famille nombreuse et grouillante s'ankylosait dans le même lit. Malgré un store assez lâche que le chef de famille, avant de s'endormir, rabattait pudiquement en travers du balcon, malgré le rideau que formaient quelques plantes disposées à la queue leu leu et faiblement grimpantes, nous n'ignorions rien de la vie de nos voisins. De sous ce store, au travers de ces plantes, fusaient les messages nocturnes, mâles cris de victoire, soupirs, gémissements qui me tinrent lieu d'éducation sexuelle.

Et c'est dans cette chambre que le drame éclata. Antonio logeait chez nous ce soir-là. Il ne devait pas être plus de dix heures et nous étions ensemble. Rien de plus. Nous passions une soirée à parler comme on nous avait autorisés à le faire. Antonio paraissait assez morne et abattu. Il regardait la famille d'en face. A travers le store on devinait qu'elle était au complet. Mais que se passait-il ? Les mioches n'étaient pas encore couchés. On venait de les parquer sur le balcon où ils se tenaient, rapiécés et silencieux. Au lieu de se battre comme cela leur arrivait souvent, ils soulevaient un coin de store et observaient leurs parents à la dérobée. L'aînée pleurait. Il n'y avait que le petit qui semblait s'en ficher, dormant à poings fermés dans les bras de sa sœur. A l'intérieur, une voix sévère paraissait lire... Bruit inhabituel. Tout le monde est analphabète là-dedans. Alors quelle est cette voix ? Certains mots se détachaient mieux que d'autres — Cadix... Franco. L'Espagne, que venait-elle faire là ? Antonio s'approcha de la fenêtre et héla la fille qui pleurait. Elle devait avoir quatorze ans. Que se passait-il ? Quelqu'un de malade ? Le docteur ? Non, ce n'était que l'écrivain public occupé à lire un contrat de travail que le père avait signé la veille. Mais quelque chose n'allait pas. On lui avait promis de la terre en Ethiopie. Il se voyait déjà colon et, maintenant, on le déroutait sur Cadix. On l'envoyait en Espagne. Un charabia.

Et tout à coup, c'est un cri lancinant, aigu comme un rugissement, une douleur. L'homme a compris. Il hurle :

— Volontaire... Mais je ne suis pas volontaire !...

Entre le sanglot et la colère sa voix se casse. La plainte reprend, emplit la rue, monte, se cogne aux façades, s'enfle, roule.

— Volontaire... Volontaire, mais je ne suis pas volontaire. C'est comme un cauchemar, cette voix... Elle crie après la femme : « Putain, putain qui m'a poussé à signer... » Elle s'en prend au Roi, ce jean-foutre, ce nabot... Un Roi qui envoie des Italiens se battre en Espagne contre d'autres Italiens, est-ce un Roi ? Il y a des cris : « Des Italiens en Espagne ? Quels Italiens ? De quoi parles-tu ? » La chambre est pleine de monde. Pas seulement le couple, les enfants, l'écrivain public, mais d'autres hommes, des voisins attirés par le bruit. Ils se poussent pour mieux entendre ce que dit l'homme qui, pris d'une rage noire, tourne en rond et se cogne la tête aux murs. Il y en a... Il y en a. Il y a quoi ? Des Italiens du côté des républicains. Impossible de savoir d'où vient la voix qui crie : « C'est vrai... C'est vrai. » Certains mots dominent le vacarme, reviennent plus souvent, éclatent plus fort : Madrid... Barcelone. Et il y en a d'autres autour desquels les voix baissent, hésitent, comme s'installent les silences dans un grand opéra. Ce sont des noms que l'on se fait répéter. Qui est Nenni ? Qui est Rosselli ? Qui est Pacciardi ? *Camarades, frères italiens, écoutez, donnons-nous la main...* Pourquoi ces gens-là lancent-ils des appels à la radio républicaine ? *Frères italiens... Frères italiens.* Cela s'échappe d'une fenêtre ouverte, d'une porte, d'un balcon, on ne s'explique pas comment. *Ici un combattant du Bataillon Garibaldi*, cela envahit la terrasse d'un café à l'heure où l'on joue aux cartes. *Les dictatures sont des parenthèses dans la vie des peuples*, et toujours le patron, ou bien l'un des serveurs, fou d'inquiétude, se jette sur le poste pour que se taise une bonne fois cette espèce de franc-maçon... Jésus, Marie, Joseph, on ne peut tout de même pas exiger des clients qu'ils se bouchent les oreilles. Alors, c'est vrai, cette histoire ? Alors, il y a vraiment des Fuorusciti, des antifascistes dans les Brigades internationales ? Alors, c'est l'horreur, c'est le piège... Comment le croire ? Et la voix de douleur, qui est toujours là, dominant les cris d'indignation, de rage, les pleurs des enfants, les hurlements de la femme qui se tient le ventre comme si elle allait accoucher, la voix de douleur reprend :

— Volontaire... Volontaire, mais je ne suis pas volontaire !...

Soudain il y eut une bourrasque de cris, un ouragan, une mêlée, quelque chose d'inexprimable qui poussa dehors les enfants, un geste convulsif de la mère qui fit d'eux une masse criarde tassée sur le balcon. Le store vola. On vit l'intérieur de la chambre comme une tanière tragique, avec une ampoule nue pendant du plafond et le lit démesuré, énorme, sur lequel la femme agenouillée, les cuisses ouvertes luttait à bras-le-corps avec l'homme qui tenait un couteau. Personne ne put l'arrêter. Personne ne put retenir le coup qu'il se donna. Il glissa le long du lit et s'affaissa sur le pavement, la carotide tranchée. En une seconde, la chambre se vida. On ne voulait pas être là lorsque les policiers arriveraient. Et il n'y eut plus dans la chambre que la femme comme un paquet de chair hurlante, les enfants agrippés les uns aux autres, pêle-mêle, et puis le corps au pied du lit, le corps aux yeux révulsés qui se vidait de son sang.

*
* *

Oui, ma reine du bord de la mer, ma stoïque, ma vraie, tu le disais bien : les événements ne tombent pas du ciel. Chaque instant de nos vies les prépare, chaque sentiment, chaque idée nouvelle, chaque geste leur ouvre la voie. Ainsi pour Antonio : les trois coups étaient frappés, l'événement était là. Ce qui le poussa vers moi, puis vers sa mort, c'est cette scène déchirante. Elle entra en lui avec la certitude profonde que rien ne le séparait de la misère entrevue cette nuit-là. Entre cette misère et lui, il n'y avait eu qu'une différence de naissance, de fortune, de langage. Qu'était-ce donc ? Et pouvait-il, après cela, retourner à nos longues nonchalances, retrouver nos plages et l'indolence magique des jours passés ?

Brusquement, Antonio comprit qu'il ne pourrait jamais oublier le malheur de ces gens, ni leur tragédie, et ce bouleversement donna un tour nouveau à ses pensées. C'était comme la fin d'un enchantement, comme si *avant* n'avait été qu'un vêtement inutile qui glissait de son corps et le quittait.

Et c'est cela qui lui dicta sa conduite, c'est à ce moment qu'il décida de me faire sienne. Oui, ma douce, mon humaine, ma grave, oui, ma toute-en-noire, laisse-nous aller seuls par les petites rues, puis par les chemins qui serpentent vers cette maison un peu délaissée, posée au bord du vide en haut d'une colline. Ferme les yeux et, comme ce jour-là, fais celle qui ne sait rien... qui ne veut rien savoir.

Nous as-tu seulement demandé ce que signifiait cette partie de campagne ? On eût dit que tu savais de longtemps ce que nous avions en tête et que nous irions vers cette maison solitaire, vers son haut mur de blocs inégaux, de cailloux énormes posés les uns sur les autres, empilés sans ordre, taillés on ne sait trop par qui ni comment, pour devenir le support d'une végétation miraculeuse, bougainvillées en cascade, jasmins et plumbagos mêlés, le socle secret, la plate-forme à peine visible d'où jaillissaient, comme des flammes, les cyprès et les agaves qui s'y accrochaient ; on eût dit que notre décision n'avait rien de surprenant et que sans connaître cette maison, tu t'en figurais les accès, chemins escarpés tracés par les bergers et leurs troupeaux, arche d'un portail posé en surprise au versant d'une arête vive, et rose l'arche, de ce rose fait d'ocre, de glaise et de jaune, toutes couleurs qui, mêlées ailleurs qu'en Sicile, ne donneraient évidemment pas ce rose final, ce rose glorieux, avec de part et d'autre de l'arche, et l'encadrant comme des chandeliers, deux palmiers pour témoigner qu'il y eut jadis en ce lieu un maître ayant le goût des grandes choses et un jardinier, parce qu'enfin les palmiers ne viennent pas d'eux-mêmes sur ces hauteurs...

Il ne semble pas croyable qu'on ait pu nous laisser aller seuls vers cette maison lointaine, et pourtant... Ta voix ne manifestait aucune inquiétude en nous voyant partir.

— Il y aura Zaira pour vous ouvrir les volets et vous donner à dîner.

Comptais-tu sur elle pour nous protéger de nous-mêmes, ou bien Zaira n'était-elle qu'une fiction, une présence illusoire qui permettait à ta voix de rester calme ? Silencieuse Zaira... Nous l'avons rencontrée en chemin, droite et solide, jeune encore, avec une charge énorme sur la tête. Elle nous fit de loin un signe joyeux de la main et, pressant le pas, toujours bien droite, afin de ne pas compromettre l'équilibre de sa charge, vint à notre rencontre. Elle coupa à travers champs pour nous rejoindre plus vite sans se préoccuper de la pente qui était forte, des éboulis qui partaient de sous ses pieds, puis, apercevant une roche assez haute pour y déposer les fagots et les bottes de jonc qu'elle rapportait de la montagne, rejetant la tête en arrière, d'un coup de reins, les fit glisser le long de son dos. Alors, elle s'approcha de son fils qu'elle embrassa gravement. Lui parlant, elle l'appelait « Don Antonio » et il avait fallu les admonestations répétées du Baron de D. pour la convaincre de renoncer à lui baiser la main.

Ainsi, cette forte et mystérieuse Zaira, gardienne de la maison, peut-être l'imaginais-tu veillant sur nous. Tout au contraire. Elle s'en alla, à peine avancions-nous entre les vignes du jardin et les fleurs que personne ne cueillait. Peut-être à la trahison d'un geste, d'un regard, devina-t-elle que nous nous aimions. Son esprit avait acquis dans la solitude une pénétration particulière.

— Je dois monter à la bergerie, Don Antonio... Il y a des brebis sur le point de mettre bas.

— Fais comme si nous n'étions pas là, maman Zaira.

Alors, elle, un peu chavirée, l'appela « Don Ninuzzo » comme au temps de Sólanto, lorsqu'elle le nourrissait et, dans sa voix changée, si différente de celle que nous connaissions, tout revenait, tout remontait, le bois de châtaigniers, les circonstances de la rencontre avec Don Fofó, le sentiment d'insécurité... Allait-on l'abandonner... Lui prendre son enfant... Et puis le départ pour Sólanto et la grande chambre ouvrant sur la mer où ils avaient logé tous les deux, où elle l'avait élevé, la chambre de l'aïeul garibaldien, et la tête du petit qui pesait sur son sein et sa lèvre avide... Que c'était loin...

— Je rentrerai tard, Don Ninuzzo... Avec les bêtes, on ne

sait jamais... Peut-être me retiendront-elles toute la nuit... Si tu veux te reposer, ta chambre est prête... Les draps sont dans l'armoire... Il suffira d'aérer un peu dès que le soleil sera tombé... Tu trouveras de la *mozarella* dans une bassine que j'ai posée sur la fenêtre de la cuisine à cause du courant d'air qui tient l'eau fraîche. Le vin, lui, est dans le puits... Tu n'auras qu'à remonter le seau. Mais tu devrais emmener la demoiselle sur la terrasse avant de manger pour qu'elle admire la vue. Et n'oublie pas de prendre une décision concernant l'arbre. Parce qu'il pousse, il pousse cet arbre, Don Ninuzzo. Ça doit faire plus d'un siècle qu'il est là et il envoie des branches dans tous les sens, cet arbre. Tu le sais bien... Alors si tu ne fais pas monter des élagueurs de Palerme, lorsque tu rentreras du service, Don Ninuzzo, il n'y aura plus de maison... L'arbre l'aura poussée dans le vide...

L'arbre ! Il avait depuis longtemps dépassé toute mesure, et son ombre, comme un vaste dôme, s'étendait bien au-delà de la terrasse qu'il était censé protéger. Caressant le vide, ses branches largement déployées au-dessus de l'abîme s'élançaient aussi à l'assaut de la montagne, envahissaient le jardin, entouraient la maison de bras sinueux, se nouaient autour d'elle à l'étouffer, tandis que ses racines, tantôt visibles à la surface du sol et rampantes comme d'énormes serpents gris, tantôt verticales et pendantes comme des lianes, donnaient à ce belvédère un caractère mystérieux et gothique. Cela se développait, se succédait, s'enchaînait, s'approfondissait comme une nef, comme un transept de cathédrale, comme un cloître couleur de peau d'éléphant, c'était sombre et soudain cela se décolorait jusqu'à la plus pâle grisaille, c'était un monde étrange, dominant une vallée profonde, de l'ombre suspendue à hauteur de nuages, un lieu où nous étions seuls, jeunes, sans honte ni impudeur.

Mais poursuivrai-je une description qui ne sert qu'à masquer ce que je ne veux pas dire. Cette maison ? Elle est l'essentiel et je ne parlerai que d'elle. Elle est une fumée, je m'en souviens, qui flotta longtemps, une odeur chaude sur laquelle il s'attarda. Broussailles ? Non, charbon de bois, regarde, on voit là-bas un point rouge qui respire, c'est le four d'un bûcheron. Elle est la menthe et la lavande, l'odeur de la chambre et de la montagne, le désir, l'air sauvage qui descendait des cimes. Gianna, ma Gianna, si je ne revenais pas ?... Elle est les étoiles, ce piège qui nous fit perdre la notion du jour qui tombait, du lendemain, de nous-mêmes, elle est l'espoir immense, l'oasis et cette porte qui battait dans la nuit. Elle est la voix des phrases banales, mon amour, ma femme, les seules dont on se souvienne, la musique des mots nocturnes, des mots inventés : Zinne, ma Zinounette, tu es mon souffle, mon cœur, ma vie, le merveilleux silence, le sommeil, la lumière naissante, les premiers bruits du jour, ce chien qui jappait, les plantes qui s'ouvraient à l'aurore, mon Dieu, le jasmin d'Arabie, son parfum, et les hirondelles, qu'ont-elles à s'agiter ainsi ?... Elle est le pas du berger, sa voix, et la chanson qui nous éveilla, elle est le décor de nos noces.

CHAPITRE III

> C'est que je ne suis pas d'ici, non, je ne suis pas d'ici.
>
> ARAGON.

Le jour où Tante Rosie reçut à dîner une grosse dame trop fardée, le nom de Mariannina Bonavia fut prononcé dès le potage, comme si l'invitée de Mrs. Mac Mannox avait deviné que c'était un domaine où je manquais d'informations. Et je n'avais pas à la pousser. Voilà qu'elle choisissait ce sujet de conversation de préférence à tout autre. Et les détails venaient d'eux-mêmes, par la bouche inconnue qui m'apportait cette drogue nécessaire : *les autres*, qui me conduisait à la découverte de Mariannina en insistant longuement sur la rareté de son cas ; en effet, disait-elle, les ivrognes du Boulevard aux épaves, de l'Avenue qui tangue et qui roule dès les premières heures du matin, du quartier où les trottoirs offrent à la vue des passants les misérables enchevêtrements de corps dévastés, ces gens-là, les gens du Bowery qui mâchent, sucent et boivent n'importe quoi, pourvu que ça ait goût d'alcool, chère amie, savez-vous qu'ils se saoulent au vinaigre, à l'éther, à l'eau de Cologne, ces gens-là, donc, sont plus souvent allemands ou irlandais qu'italiens. Quelqu'un demanda :

— Et les fous, tous suédois, n'est-ce pas ?

— Assez... Assez..., s'écria Mrs. Mac Mannox que ces propos offusquaient. Des fous... Des ivrognes... Des déséquilibrés... Des drogués... Et nous payons des impôts pour faire vivre cette racaille. Il n'y a décidément qu'en Angleterre où l'on sache boire sans se faire remarquer.

Et avec la belle autorité que donnent les vies réussies, Mrs. Mac Mannox détourna la conversation.

— Vous êtes ici pour vous changer les idées, dit-elle à son invitée, et nous voilà *talking shop*... Honte à nous... Honte à vous. Vite, vite, soyons gaies. Babs, mets un disque, veux-tu ? Quelque chose de nouveau, de classique surtout...

Et elle essaya de parler Beaux-Arts.

Mais en fin de soirée, malgré les disques, malgré les platitudes échangées, malgré l'ennui, je constatai que tout avait été dit sur la tragique fin de la belle Mariannina.

La dame aux gros bijoux, au gros nez, à la grosse voix, la grosse dame rencontrée chez Tante Rosie disait de Mariannina qu'elle était devenue « alcoolique par désœuvrement » et, dans sa bouche, le mot « alcoolique » prenait une résonance extraordinaire. En me présentant à son invitée, Tante Rosie avait précisé que, récemment désintoxiquée, cette dame devait sa guérison à l'*Alcoholic Anonymous* et que de plus, étant fort riche, elle avait légué à cette association la totalité de sa fortune. On rencontre souvent à New York de ces convertis ployant sous leur dignité nouvelle, rédigeant des rapports, faisant des discours, siégeant dans des comités... Convertis au régime végétarien... A la philosophie hindoue... Convertis à l'émancipation des Noirs... A la réhabilitation des anciennes prostituées... J'écoutais religieusement cette convertie à l'eau... C'est parce qu'il buvait de la fine que Napoléon... Et Errol Flynn aussi... Chacun dans son genre victime du fléau... Mais tout cela n'était rien comparé à l'étrangeté du cas de Mariannina. Une femme, tuée au cours d'un règlement de comptes entre truands et policiers dans un ancien entrepôt, au cœur du Bowery. Les journaux en avaient fait toute une histoire, un tintamarre sans précédent. Cette femme que faisait-elle là ? On disait qu'elle était une habituée de ce local et qu'il lui arrivait d'y passer la nuit. Or elle ne manquait de rien. Son mari tenait un commerce florissant. Il avait géré longtemps un restaurant italien, jusqu'au jour où il s'en était rendu acquéreur. « Chez Alfio » à Mulberry Street... Les meilleurs spaghetti de New York et les langoustes Fra Diavolo. Un vrai bijou. Douze tables seulement. Ouvert nuit et jour.

— Du temps où elle travaillait, Mariannina était la sobriété même, précisait la dame du ton où l'on décerne un bon point. Voix sèche. Autoritaire.

— Son fils, un excellent sujet, se destinait à la carrière d'avocat. Un bourreau de travail... C'est ce Carmine Bonavia, vous savez...

— Je sais, je sais, interrompit Tante Rosie... Nous le connaissons tous. Pas de tout repos, à mon avis. Dangereux démagogue... Et quel âge avait-il à l'époque du drame...

— A peine vingt ans.

La dame était en possession d'un « curriculum » tout chaud, prêt à être servi. C'était évident. Mais Tante Rosie l'interrompit encore.

— Eh bien ? On est un homme à vingt ans, ce me semble ?

Terrible Tante Rosie, avec ce tribunal siégeant en permanence au fond d'elle-même. Voilà que tous les juges s'éveillaient à la fois :

— Et pas fichu de cacher les bouteilles... Allons... Manque atavique d'autorité... Fâcheuse mollesse... Vous ne me ferez pas dire le contraire. Il y a des origines contre lesquelles on ne peut rien.

Carmine... Fleur Lee.... Je les revoyais chez Babs, le jour de la réception. Sa voix : « C'est comme un cauchemar qui recommence. » Sa compassion. Je comprenais... Et aussi cette phrase lue dans les articles le concernant : « A la mort de sa mère, il interrompit ses études. » Et comment faire autrement après un scandale pareil. Ainsi c'était le droit, ces études ?

Carmine avait hésité longtemps avant de s'engager dans cette voie. Il aurait préféré être chanteur d'opéra et, parfois, lorsqu'il courait dans les rues et que les femmes le regardaient, joueur de base-ball. Beau gaillard à dix-huit ans. Athlétique... Mais la prospérité relative des Bonavia ne le dispensait pas de gagner sa vie. Il avait trouvé à s'employer dans un bureau d'embauche où l'on appréciait ses connaissances juridiques. Il rédigeait les contrats. Son travail fini, il ramassait ses livres et au pas de gymnastique remontait plusieurs kilomètres de trottoirs sales, de maisons basses, de façades en brique, pour attraper un morceau de cours du soir du côté de Canal Street.

Alfio veillait seul à la bonne tenue du restaurant, une petite salle peinte en rose pompéien, où Mariannina n'apparaissait qu'aux heures de repas, en belle patronne. La vie douce, enfin. Elle ne travaillait plus. Les bas de soie, les parfums, les tartines beurrées au lit, elle avait droit à tout cela, ainsi qu'aux parlotes avec Alfio qui, à pas feutrés, lui montait chaque jour son plateau, ouvrait ses fenêtres et la laissait à d'interminables patiences, les cartes étalées sur le revers du drap. Ce fut Carmine qui, le premier, flaira le drame. Flairer, c'est le mot, car il s'interrogea longtemps sur l'odeur qui se retrouvait dans tous les coins de sa chambre, montait de la chaleur du lit et restait accrochée à ce qu'elle avait touché. Elle avait recours à d'insoupçonnables tricheries et Carmine croyait à ses boniments. Cette odeur ? La cire du parquet... Une lotion... Un désinfectant. Personne ne s'y entendait mieux qu'elle à mettre son monde dedans. Et pourtant... Cette odeur et ce désordre. Les cartes à jouer, toujours plus sales. Ces bizarreries. Elle refusait qu'on l'aide à refaire son lit. Elle gardait les mêmes draps plusieurs mois de suite et restait couchée des journées entières, sans bouger, prétextant une grande fatigue, s'offrant un somme après l'autre, indifférente à tout, froissure du linge devenu gris, mégots s'accumulant, traînées de cendre. Et cette lueur de mécontentement lorsqu'on venait la déranger... A la tombée du jour, elle se levait, s'habillait en vitesse et ne revenait que fort tard, l'œil embué, la parole hésitante. Je viens, je viens de... Mariannina si précise. Tous ces mensonges, pourquoi ? Comment imaginer une chose pareille ? Carmine était loin de la vérité. Et puis, brusquement, tout s'était révélé. Elle sentait le bistro, parbleu, la soûlerie aigre. Le matin, elle laissait son thé, elle n'y touchait pas et si elle essayait, si elle faisait semblant de le boire, pour tromper Alfio, la tasse et la soucoupe s'entrechoquaient. Ses mains tremblaient.

Quelques semaines passèrent pendant lesquelles Alfio et Carmine, conscients de ce qui leur arrivait, n'osèrent en parler. Mariannina buvant, c'était un souci de plus. Cela faisait *trop*.

Mais un soir, Mariannina revint à peine en état de mettre un pied devant l'autre, et Alfio, atterré, la regarda, elle, la compagne de son choix, celle en qui il avait cru, en qui il avait espéré croire jusqu'à la mort, Mariannina bafouillant une histoire incompréhensible, les lèvres comme paralysées, les yeux fous. Il éclata :

— Aucune femme de chez nous n'oserait se mettre dans un état pareil.

— De chez nous ? répéta Mariannina... Je suis d'ici, moi.

— Tu devrais avoir honte.

— Pas plus que d'un trou dans mon bas.

La voix, l'attitude, tout sonnait comme une offense aux oreilles d'Alfio. On peut avoir passé l'océan, oublié la vie en garni et la misère des premiers jours, on peut être identifié à une patrie nouvelle au point de renier sa terre natale, on peut la renier de mille façons, cette patrie, la renier jusqu'à se sentir un autre homme et malgré cela demeurer incapable de tolérer l'idée, oui l'idée seulement, l'idée d'une femme qui boit.

Mariannina était un démenti définitif apporté à ses rêves. Lorsqu'elle devint embarrassante, avec des agaceries éhontées adressées tantôt aux clients, tantôt aux serveurs, avec des airs dodelinants et de soudaines disparitions dans les cuisines pour trouver une bouteille, remplir son verre, le boire d'un trait, le remplir encore et ne plus revenir, lorsqu'elle se mit à sortir vers minuit et à ne plus rentrer avant l'aube, Alfio se répétait : « Elle n'a pas honte... Elle le dit elle-même. Et moi qui ai hésité. Tant de jeunes filles de Sólanto qui auraient été heureuses de venir me rejoindre ici. J'étais gêné de ce qu'elle savait, cette Mariannina... Trop caressante. Elle en avait connu d'autres avant moi. » Et la répulsion devenait plus forte que la douleur. Tandis que Carmine, qui éprouvait la même gêne, qui assistait aux mêmes scènes, qui lui aussi voyait les clients pleins de dérision, rigolant autour des tables, malgré cela, malgré l'immonde réalité, malgré la déchéance postée à l'angle des rues où il allait en pleine nuit la chercher, malgré des disputes sur le chemin du retour et les coups échangés — « Non, non pas ça... », mais il fallait bien — Carmine sentait du fond de son enfance monter on ne sait quelle tendresse, quelle indulgence éperdue qui l'envahissait tout entier.

*
* *

Les policiers le trouvèrent seul. Carmine était assis à sa table. Un examen le lendemain.

— C'est vous, Bonavia ?

— Que désirez-vous ?

— Une Bonavia Mariannina, c'est de votre famille ?
— Ma mère...
— Navré, jeune homme.
— Pourquoi ?
— Elle est morte.

Cette dernière phrase prononcée avec une féroce assurance pouvait aussi se comprendre : « On ne va tout de même pas prendre des gants pour annoncer qu'une pas-grand-chose... »

Autour de l'entrepôt où ils allèrent avec Alfio reconnaître le cadavre, on s'attroupait et d'autres policiers montaient la garde. Mais là non plus on ne fit rien pour rendre la scène moins atroce. On les poussait comme des condamnés que l'on mène à la mort. « Par ici... Circulez... Police. » Ils se laissaient faire, résignés, comme tant d'autres Bonavia de par le monde, poussés, humiliés, éternels errants s'attendant au pire. « Allons, circulez... Une balle seulement. Plaie à peine visible. On a mis longtemps avant de comprendre. Le bulbe, sans doute. Touché — ... Tiens, voilà Machin. » Et les policiers envoyaient d'énormes claques dans le dos des camarades qu'ils reconnaissaient en passant.

Lorsque Carmine, clignant des yeux dans la demi-obscurité, vit Mariannina allongée sur le poussier humide, ses jupes relevées à mi-cuisses, le corsage ouvert, le mot « Assassin » lui vint aux lèvres. Mâchonné le mot, expectoré, à cause d'un ressentiment impossible à contenir. Un policier indigné l'agrippa par le bras.

— Vous, la ferme, hein ?... C'est tout de même pas de notre faute... On laisse une femme traîner...
— Je ne vous demande rien. Lâchez-moi.

Il alla droit vers elle, grise, bouche ouverte, couchée, un bras levé, à l'angle d'un mur placardé d'affiches, comme si on l'avait chargée de montrer à quel point le frigidaire-garanti-embellit-un-intérieur.

Alfio restait en arrière, son chapeau à la main, le sang figé. « Mariannina... Mariannina, grands dieux... Tout te réussissait. » Il vit Carmine courbé qui fermait le corsage et rabattait la jupe sur les genoux. Bleu le corsage. Sa couleur à elle. Un prêtre dans un coin marmonnait quelque chose, puis une femme émergea de l'ombre. Pourquoi parlait-elle à Carmine, cette souillarde...

— Vous êtes de la famille ? Je la connaissais bien, vous savez. Elle venait souvent.

La femme traînait dans ses jupes une terrible odeur de pisse. Un journaliste approcha :

— Vous dites qu'elle venait souvent ?

Un policier éjecta l'indiscret. La femme, elle, restait. La gardienne, peut-être. Comme une chauve-souris, nourrie d'ombre et de crasse. Et autoritaire avec ça, montrant Mariannina d'un doigt sévère.

— On ne ferme pas les yeux des morts dans votre pays ?... Je peux lui rendre ce service, vous savez... On se connaissait assez, elle et moi... A moins que ça ne vous déplaise, mon petit monsieur ?

Carmine secoua la tête.

Les paupières closes, Mariannina n'était plus si différente. Carmine la revit comme autrefois, dormant dans la masse noire de ses cheveux, la main ouverte, paume implorante, alors si lasse. Pauvre... Pourquoi, sortie de là, libre enfin, était-elle devenue cette... Il avait cru en elle. Il ne s'expliquait pas. Que fuyait-elle ? L'aiguillon de la misère ? C'était seulement de là que lui venait sa force ? En dehors de cela, rien... Lui, Carmine, n'était donc rien pour elle ? Il lui parut que tout s'en allait définitivement avec cette pensée et qu'il ne pourrait plus jamais vivre comme avant. Carmine appuya sa tête au mur pour pleurer, discrètement croyait-il, mais un halètement désespéré lui échappa, puis un autre et il se mit à sangloter comme un enfant. « C'est ma faute. » Elle avait quelque chose qui ne cessait de la miner. Quelque chose de parfaitement visible. « J'aurais dû lui dire qu'elle était unique, grande, forte, que nous lui devions tout — trouver les mots, les répéter — Belle, forte, nous te devons tout. La serrer contre moi. Regarde, regarde. Tu vois bien que plus rien ne peut t'inquiéter. C'est comme le ciel sur la terre. Il ne nous manque rien. » Mais il y avait ces coups, le soir, pour l'obliger à rentrer, la boue giclante et ses cris impossibles à oublier. Ce n'était pourtant pas ainsi qu'il aurait voulu penser à elle. Non. La réentendre, bon Dieu, la réentendre quand elle riait, la revoir dans sa raison d'être...

Il la regarda une dernière fois, puis s'achemina vers la sortie.

Alfio, penché au-dessus de Mariannina, essayait de prier. Les mots ne venaient pas. Il ne faisait que fixer le sol avec, dans la tête, un bruit de cloches nuptiales et de verres entrechoqués. Cette dèche... Et le beau-père en gros velours avec son foutu parler génois, employé chez Wellington Lee, le photographe chinois de Mott Street. Il gagnait à peine de quoi la nourrir... En fait de dot elle n'apportait qu'une chemise bleue... Elle disait : « Bleue pour la chance. » Et c'est vrai... Ce qu'elle pouvait être jolie là-dedans. Dans la rue les gens la suivaient du regard. La première nuit, Mariannina. Le fragile édifice de tes cheveux détruit, une épingle après l'autre, comme un fleuve noir répandu sur la blancheur des draps. Jamais il ne l'oublierait. Mais c'était son secret.

Deux hommes entraient portant une civière.

*
* *

Certes, Alfio était hostile à sa décision. Mais Carmine restait inébranlable. Il ne se laissa impressionner ni par les raisonnements de son père, ni même par les lettres qu'Alfio lui adressait quotidiennement, alors qu'ils habitaient sous le même toit, dans l'espoir que « la chose écrite » — il fallait voir comment... l'écrivain public moyennant un repas gratuit — réussirait à le convaincre de l'absurdité de son « coup de tête ». Foutaises. Finies les études et cette lointaine carrière à laquelle on le destinait. Jamais on ne l'entendrait lancer des phrases triomphantes, déployer les bras et balancer solennellement les mains sur un auditoire subjugué. Etre cela ? Jamais. Des intrigants. Des ambitieux. Brusquement Carmine refusait de s'identifier à l'image qui, pendant des années, lui était apparue comme celle de sa destinée probable. Silhouette dérisoire. Il n'en parlait plus qu'avec écœurement : « Faire des effets de manchettes sur le malheur d'autrui... Est-ce que ce n'est pas à devenir fou ? Parler, parler, parler avec de jolis mots, des phrases bien rondes, briller aux dépens de celui qui tremble, déjà diminué, déjà coupé du monde et réduit au silence, faible, englouti dans sa trouille. Quelle saloperie ! On a essayé de me convaincre que c'était là un métier et je me suis laissé faire. Mais c'est fini. Maintenant je sais à quoi m'en tenir. Des simagrées... » La mort de Mariannina libérait en lui des facultés insoupçonnées de mécontentement, de révolte. Au fond de lui tout avait basculé. Qu'il avait changé, cela sautait aux yeux : le menton, le front, la bouche, tout chez Carmine devint plus tendu, plus mélancolique, plus lointain. Avec une sorte d'insolence. Dans la bouche, surtout, et jusque dans le sourire.

Carmine pensa qu'il allait vivre libre d'ambition. Il prendrait, un jour, la succession de son père et, comme lui, se contenterait d'un univers réduit, fait de clients fidèles chaque soir retrouvés, à la même heure, à la même table, et de discussions, toujours les mêmes, sur le temps de cuisson des pâtes, les inconvénients des fourneaux modernes et le prix de la vie. Mais peut-on, à vingt ans, vivre sur l'idée que rien ne changera jamais ? Carmine le croyait.

Il avait compté sans Patrick O'Brady, médiocre Irlandais. Qu'une rencontre avec un aussi tranquille imbécile puisse être déterminante, comment l'imaginer ?... Et pourtant... Il sort souvent de ces rencontres-là quelque chose de nouveau, d'imprévisible qui, par la suite, semble complètement inexplicable. Tel fut Patrick O'Brady, de qui Carmine reçut une force définitive.

*
* *

Patrick O'Brady était d'une race d'émigrants déjà usés et qui végétaient au travers des habitudes. Mais on l'appelait « le Cogneur » comme si la violence de ses ancêtres l'habitait encore. C'est qu'ils n'y allaient pas de main morte, ses ancêtres. Les nouveaux venus en savaient quelque chose. Reçus à coups de botte, à coups de poing, terrorisés, pourchassés. Compréhensible, non ? Des logements, des emplois, ça se défend. Aussi, quelle tourbe ! Il en arrivait de toutes les couleurs. Des Hindous, des Malais, des Philippins. De quoi empoisonner la race. Les pires étaient ces Chinois que les lois discriminatoires chassaient de Californie. On leur ôtait tous leurs droits, à ces gens-là, sur la Côte Pacifique. A vrai dire, l'arrivée en ces lieux d'une main-d'œuvre inopinée, dont on pouvait exiger beaucoup et qui se laissait traiter en bête sans grands incidents, avait fait bien des heureux. On s'était empressé de l'utiliser : le chemin de fer à construire... Ils étaient chétifs, ces Chinois, c'est entendu, mais ils n'avaient pas leur pareil pour vous charrier des rails, des madriers avec pas plus d'un bol de riz dans le ventre. Et puis, brusquement, autour de 73, il y avait eu menace de dépression en Californie, de crise, de chômage. A qui s'en prendre ? Aux Chinois, pour commencer. On les avait chassés. Alors ils se rabattaient sur New York. Mauvaise affaire. Des cafards comme ça, on n'en avait encore jamais vu. Impossible à distinguer les uns des autres, avec un parler qui ne ressemblait à rien et des salutations à tout bout de champ, comme pour arranger les choses ; des combinards débarqués on ne savait trop comment, par la frontière du Mexique, sans doute, et illégalement, jaspineurs invétérés, faux comme des jetons, la tête farcie d'idées de sociétés secrètes pour la défense de leurs droits — les droits des citoyens chinois d'Amérique... je vous demande un peu — ou bien des prétentions exagérées, comme de vendre leur camelote, des bibelots biscornus, vrais nids à poussière, et d'installer des buanderies çà et là, sous prétexte que c'était une de leurs spécialités à eux, la propreté. Les aurait-on laissés faire, ils se seraient bel et bien implantés dans le quartier. Mulberry Street, rue chinoise... Et puis quoi encore ? Heureusement que face à l'Irlande forte, à l'Irlande pieuse, ces nabots ne faisaient pas le poids — on en avait balancé plus d'un dans le port.

L'impression de profond délabrement que donnait Patrick O'Brady ne parvenait pas à effacer le souvenir de ces glorieuses empoignades. Et ce n'était pas tout. Le Cogneur avait droit à d'autres sobriquets. On l'appelait aussi « Brad III ». Ses vieux clients surtout, ceux qui avaient connu son père et son grand-père. Parce que l'estaminet dans lequel il marinait comme un hareng dans la saumure était la propriété de sa famille depuis trois générations. Presque une charge héréditaire, cette licence, et parfaitement légale. Autorisant la vente de la bière, des spiritueux et tout le reste.

Par sa simplicité, sa netteté sèche, ses proportions modestes, la buvette de Pat O'Brady évoquait la vie ancienne du quartier. Il s'était formé là, autour de ce comptoir un peu de guingois, une communauté en quête d'asile, cadets d'Irlande, fermiers sans ferme, défricheurs sans champs, garnements peu sensibles aux arguments des très honorables recruteurs de Sa Majesté britannique, — ils lui disaient mes fesses, à Sa Majesté, les conscrits irlandais — des réfractaires, en somme, ayant taquiné l'occupant de trop près. On ne pouvait complètement l'oublier.

Comme si l'époque héroïque avait laissé une sorte de halo autour de l'entreprise de Pat O'Brady, mais un halot bien pâle, bien crépusculaire, car l'ordre régnait enfin. Il avait suffi d'un demi-siècle pour que chacun se case et que les places trouvées ne soient plus mises en question. Les Chinois étaient définitivement parqués autour de Mott Street d'où ils ne sortaient plus. Avec les Italiens, pas de difficultés. On leur avait cédé un bout de quartier non par sympathie — il ne s'agissait pas de cela — mais par solidarité religieuse. Entre catholiques, les choses finissent toujours par s'arranger. Quant aux règlements de comptes, ils se faisaient rares. La lointaine Irlande était libre et l'on n'en était plus à craindre les incursions de certains exaltés qui, pour soutenir, disaient-ils, l'action des Fenians, forçaient le tiroir-caisse en vous menaçant de leur pistoflard. Non, on n'en était plus là. Alors Pat O'Brady buvait plus qu'il ne cognait.

On l'apercevait par la fenêtre, appuyé à son comptoir, l'œil larmoyant, la chaussette molle, attendant que les sirènes annoncent la fermeture des ateliers, des docks, des entrepôts, des douanes et que monte du port la foule des buveurs. C'était un blond un peu voûté, trop grand, trop maigre et qui ne savait que faire de ses bras. Carmine prit l'habitude de s'arrêter chez lui, parce que c'était l'étape la plus facile et que ce conquérant, assoupi entre ses murs fumeux, lui inspirait une curiosité triste. Aller vers les beaux quartiers, vers les bars où l'on discutait *cool jazz* entre adolescents ? Quelquefois il hésitait. S'échapper de la crasse ? Franchir Canal Street comme un fossé au-delà duquel on n'est plus italien, irlandais, juif ou karpatoruthène ? Canal Street, comme une ligne d'arrivée séparant les gagnants de ceux qui courent encore... Gigantesque gomme à effacer les accents. Mais à quoi bon, puisque les prouesses de Harry James, puisque le jazz, le be-bop et le reste, au fond, ça ne lui faisait ni chaud ni froid, à Carmine... Mieux valait s'arrêter là, à deux pas de son travail, dans cet entassement anonyme. Carmine contemplait distraitement ces hommes, Irlandais pour la plupart, pochards véhéments, qui consommaient de la bière en quantité incroyable, rotaient, juraient à bouche que veux-tu, chantaient à pleine voix : « Gloire à Christophe Colomb, fils de la sainte Irlande », leur refrain favori, et s'emmoustachaient d'écume brune ou blonde jusqu'à tomber le nez dans leur chope. Ce que cherchait Carmine ? Rien de précis. La chaleur de cette chambrée et son désordre suffisaient à lui rendre la vie tolérable. Presque légère. Il avait ses raisons.

Un soir, Patrick O'Brady, intrigué sans doute par ce flâneur silencieux qu'était Carmine, lui demanda :

— Tu es démocrate ?

Et Carmine avoua qu'il n'était rien.

— Parfait... Parfait... Tiens, voilà ta limonade. C'est moi qui te l'offre. Nous en reparlerons.

C''était au début. Quelques mois à peine après la mort de Mariannina, Carmine faisait les choses n'importe comment, sans savoir, et il resta plusieurs semaines sans s'interroger sur les raisons d'une pareille question. Mais elle avait rompu le fil du silence et l'habitude de parler était prise car, quelque temps plus tard, O'Brady demanda encore :

— Où travailles-tu ?

— Au bureau d'embauche.

— Celui d'à côté ?

— Oui. C'est moi qui établis les contrats.

— Et alors ?

— Alors quoi ?

— Pourquoi viens-tu ici ?

— C'est ce qu'il y a de plus près...

— Et ça te plaît, ici ?

— Je ne sais pas trop...

— Tu te décides, oui ou non ?

Où voulait-il en venir avec ses questions ? On se poussait du coude. Les buveurs, c'était évident, s'intéressaient à lui, mais Carmine était résolu à n'y prêter aucune attention. Lorsque O'Brady eut réalisé que son silence était définitif, et qu'il allait partir, comme chaque soir, sans s'expliquer davantage, il s'était avancé vers Carmine et l'avait accroché par le revers. Ce n'était pas la première fois qu'il voyait un homme hésiter. Il fallait en finir.

— Tu sais où tu es, ici ?

Carmine n'en avait pas la moindre idée. Et comme l'auditoire — en tout une vingtaine d'habitués — hochait la tête en riant, Pat O'Brady avait ajouté à leur intention :

— Hein ? Elle n'est pas banale celle-là... Sacré rital, va... Ils n'en font jamais d'autres...

Et secouant Carmine, encore, comme pour le réveiller, il lui cria dans le visage :

— Démocrate, tu comprends ? Ici, c'est le club démocrate de ton quartier et son patron, c'est moi...

La voix de Pat O'Brady transperçait Carmine, éraillée, avec cet accent de violence que les années de vie facile n'avaient pas su effacer.

Il y eut des éclats de rire, des moqueries, d'énormes rots fusant par à-coups, comme les ratés d'un moteur, hors de toutes ces bouches, de toutes ces joues piquées de poils, de tous ces visages semblablement creusés par un passé de fatigue et de sueur. Une franche hilarité...

Acculé au comptoir, Carmine pensa : « C'est de moi que l'on rit... C'est moi que l'on regarde », mais il sentit presque aussitôt ce que cette dernière constatation avait d'agréable et en éprouva comme un plaisir. L'espace d'une seconde, l'envie de braver la masse humaine que formaient ces corps assis côte à côte lui traversa l'esprit. Follement. Il avait vingt ans, et cet auditoire vautré lui inspirait du mépris. Semer la débandade là-dedans, se payer leurs têtes... Prêcher... Joindre les mains en disant : « Mes frères... » Tirer un journal de sa poche et psalmodier la rubrique nécrologique... Ou bien... Ou bien rouler des yeux de poisson frit et provoquer un incident en gueulant : « Colomb était génois, bande de c... Génois, vous entendez... Alors, mettez-le au frigo votre refrain. » Mais au lieu de cela, Carmine demanda sur un ton grave :

— C'est un démocrate qu'il vous faut ? Un de plus ? C'est ce que vous cherchez ?

« Ce que tu pourrais faire... Ce que tu pourrais faire avec une voix pareille. » Pourquoi cette phrase lui revenait-elle sans cesse à l'esprit ? Il chercha quelque autre parole à jeter contre la masse grise des visages. Au-delà des rangées de spectateurs attentifs il apercevait, se reflétant dans la glace du bar, sa silhouette à lui, dure et brune, isolée. Il vit qu'il était plus droit, plus fort que les gens auxquels il s'adressait. De toute évidence, ils attendaient quelque chose. Non pas quelque chose de nouveau. Mais une banalité quelconque. Encore une fois, il hésita... Il était encore temps. Après, tout fut simple. Il leva son verre.

— Un démocrate qui ne boit que de la limonade, ça ne vous fait pas peur ?

Il y eut des rires et encore des rires : la clameur d'un auditoire ravi. Il ne lui restait qu'à signer. Le temps d'une seconde et ce fut fait. On lui tendit une formule — date de naissance, domicile, profession. Il inscrivit son nom en entier : Carmine Bonavia.

*
* *

Vraiment ce fut une réussite fulgurante que celle de Carmine, une ascension à marches forcées. Rien n'allait assez vite pour lui. Sa vérité, c'était cette vitesse précisément, cette envie d'aller de l'avant, c'était cela qui l'exaltait, pas autre chose. Il ne s'accordait même pas le temps d'aimer.

Entré au parti démocrate, on a vu comment, par un hasard et parce qu'au fond de lui-même quelque chose exigeait qu'il fît un pas hors de son passé, quinze ans avaient suffi pour faire de Carmine ce puissant personnage, cet homme dont les décisions pesaient si lourd qu'elles pouvaient influencer les votants dans le choix du gouverneur de l'Etat ou du maire de New York, mon ami Carmine avec lequel je réussissais si bien à inquiéter Tante Rosie — « ... Un jour, vous verrez, il sera président des Etats-Unis. » Elle me répondait « *Please, please, Gianna, stop joking...* », la voix dolente, et nous nous quittions fâchées. Quinze ans de travail ininterrompu, sauf le dimanche pour aller à la messe, quinze ans de propreté, de costumes bien coupés, de mains manucurées, d'anglais parlé avec l'accent new-yorkais, quinze ans de culture acquise tant bien que mal et affichée discrètement, quinze ans de sobriété dans les gestes parce que Carmine n'était pas un de ces Italiens gesticulants. Disparu l'Italien, introuvable. Un véritable Américain. C'était ce que pensait Alfio ; c'était ce qui ne cessait de l'émerveiller chez ce fils toujours en mouvement, ce solide garçon qui traversait les cuisines à Dieu sait quelle heure, reniflait une casserole au passage, avalait n'importe quoi, tombait harassé et réapparaissait le lendemain, dès l'aube, impeccable, rasé de près, Carmine, son fils, un véritable Américain qui le vengeait, lui, Alfio, de la Lettre de

Palerme, de la misère de sa jeunesse, des brimades de Don Fofó, et même des faiblesses de la Mariannina. Oui, un Américain, c'était aussi ce qui avait frappé Pat O'Brady dès leur première rencontre. D'où tenait-il son assurance, ce Carmine Bonavia ? Mesuré en tout, subjuguant ses compatriotes, obtenant d'eux toutes les voix qu'on voulait. « Avec ce que tu as dans la tête... Avec ce que tu as là-dedans », le Cogneur ne cessait de le lui répéter. On racontait qu'il l'avait engagé quelques jours à peine après son inscription. Et c'est probable. Car on était très renseigné sur les débuts de Carmine à Mulberry Street et on ne voit pas comment Pat O'Brady aurait laissé échapper un homme tel que lui. Il n'était après tout qu'un obscur chef de district, passablement ivrogne, ce Cogneur, et qui n'avait d'importance que celle des voix qu'il pouvait apporter au parti. Bonavia qui était la jeunesse, l'activité, le mouvement, allait lui être utile. « Appelle-moi, patron, veux-tu ? » Il en fit son secrétaire. On n'avait pas le droit de s'endormir en 38, avec ce qui se préparait en Europe, ces bruits de guerre et des fous pour dire que si un conflit éclatait, si vraiment la France et l'Allemagne se mettaient à faire les imbéciles, l'Amérique interviendrait. Qu'avait-elle besoin d'envisager pareille aventure, l'Amérique ? Comme si dix millions de chômeurs n'auraient pas dû suffire à l'occuper...

Lorsque Carmine Bonavia avait proposé « son idée », O'Brady n'en avait fait qu'une bouchée.

— Comment t'est-elle venue, cette idée ?

Brad écarquillait des yeux humides, un peu gris, un peu vaseux comme des Marennes et Carmine s'étonnait, car il était bien incapable de dire d'où cette idée lui était venue.

— Je ne sais pas, moi... Je n'y ai pas tellement réfléchi. J'ai comme ça un tas de plans dans la tête.

« Du génie... ce garçon a du génie. Proposer un arrangement pareil, un soir, mains dans les poches, sans même hausser la voix, l'air de rien. » L'idée fit le tour du quartier. Carmine suggérait de faire pression sur certains employés du bureau d'embauche, ses anciens camarades, afin qu'ils n'aident, qu'ils ne cherchent d'emploi, qu'ils n'en procurent qu'aux sans-travail acceptant de voter démocrate. Il y avait bien eu quelques membres du club pour demander de quelle nature serait cette pression. Ce n'était pas avec quelques verres offerts gratuitement que l'on obtiendrait quoi que ce soit. Alors, de l'argent ? Des enveloppes de temps en temps ? Qui parlait de cela ? Carmine affirmait que la persuasion et des arguments bien choisis suffiraient. « Voyons, voyons ! » avait murmuré O'Brady, l'œil encore plus gris, plus vaseux que de coutume. Après le génie, l'honnêteté, on ne s'attendait pas à cela dans l'entourage du Cogneur. Non que l'honnêteté ne fût appréciée, mais... Enfin, c'était une habitude à prendre. Etrange Bonavia... N'avait-il pas essayé de convaincre Brad III qu'il fallait se montrer regardant quant aux méthodes à employer pour s'imposer. Regardant... Que voulait-il dire exactement ?... Non mais... Il avait l'air de se prendre pour le maître du monde, ce nouveau secrétaire. N'était-ce pas singulier d'aller tenir un pareil langage à Pat O'Brady, type même de l'intermédiaire véreux, encore suffisamment efficace malgré l'alcool pour qu'aucun leader de la ville n'osât mettre un terme à ses activités. Et c'était à cet homme-là que Carmine disait : « Il y a vingt ans, je comprends encore... C'était une époque où un parti pouvait se payer le luxe d'être malhonnête... Elles n'ont plus cours, ces méthodes... Il faut qu'un parti offre à ses membres un peu plus que des promesses d'emploi et une oie le jour de Noël... Il faut un idéal, un programme... L'espoir de lois nouvelles... Il est largement temps d'en finir avec cette sacrée habitude des pots-de-vin... Cet argent-là est dépensé en pure perte, patron, croyez-moi. » Fantastique, non ? Ce blanc-bec, démocrate d'avant-hier, voilà qu'il faisait la morale au vieux Brad. Et dans son propre fief encore, dans ce district de New York dont il était le chef incontesté depuis un bon nombre d'années. On s'en étonnait dans l'entourage de Pat O'Brady. Au bout d'un an tout ce monde-là commençait à l'avoir un peu en travers, le Bonavia, et le fait que les sommités politiques de la ville ouvraient grands les yeux sur le nouveau secrétaire du district n'y changeait rien. Trop ardent, avec des idées saugrenues. Ainsi, il avait profité de la visite d'un des membres influents du parti pour parler de l'utilité de consulter un *public relations*, très en vue à l'époque, un nommé Mac Mannox. O'Brady avait bien essayé de lui clouer le bec, soutenu par les membres du club : « Face de Carême... Charlatan. » Ceci à l'adresse du *public relations* en question. Sa photo paraissait souvent dans les journaux. « Un pantin, tout juste bon à lancer une marque de petits pois... Mais un parti ! » L'idée était à faire rire les mouches. Le club n'était certainement pas d'accord. Et le membre influent : « Je ne partage pas votre opinion, Messieurs », d'une voix irritée. Puis, il avait ajouté : « L'idée mérite d'être poussée... », d'un tel ton que l'on pouvait considérer cette réponse comme un ordre. Si bien que Carmine alla consulter Mac Mannox le lendemain.

L'entretien avait commencé par un conseil personnel :

— Vous devriez ôter ces lunettes noires, Monsieur Bonavia.

Lorsque Carmine lui avoua qu'il souffrait d'une irritation chronique des yeux, Mac Mannox avait répondu :

— Dommage... Dommage... Elles vous feront du tort ces lunettes. Elles font gangster.

Et, à la réflexion, Carmine lui donnait raison. Il avait souvent songé à l'inconvénient de ces verres fumés qui lui voilaient le regard. Mais jamais on ne lui en avait fait la remarque en termes aussi bourrus. « Il faut être photogénique dans votre profession », poursuivait Mac Mannox qui regardait Carmine Bonavia comme si, de spécialiste en relations publiques, il s'était brusquement transformé en une caméra prête à entrer en action. Bien que cela le vexât un peu de s'entendre critiquer par cet inconnu, Carmine écoutait et acceptait.

Assurément, Monsieur Mac Mannox ne manquait pas d'autorité : il ne se prononcerait qu'après avoir visité les bureaux du district. Bon. S'il n'y avait que cela pour lui faire plaisir. « Je vous disais donc, Monsieur Bonavia... » Et tout en se dirigeant vers ce qu'il appelait pompeusement « votre quartier général », Mac Mannox avait exposé avec une sorte de passion le rôle essentiel de la photogénie dans la réussite politique.

Ah ! si Carmine avait pu prévoir ! Aurait-il accepté la proposition de Mac Mannox ? Ça... ! l'Assembly District... Mais où diable était-on ? Dans un hôtel désaffecté de Bayard Street ? C'était là-dedans qu'ils avaient installé leurs bureaux... Mais quelle horreur ! Jamais de sa vie Mister Mac n'avait été introduit dans un lieu pareil. Jamais. Il en était troublé jusqu'à l'extrême pointe de ses moustaches qui, sous l'effet de la contrariété, faisaient soudain, autour de sa bouche, un paraphe désolé. « Je vous en prie, Monsieur Bonavia, intervenez auprès de vos *leaders* pour qu'ils donnent un aspect nouveau à leurs activités. C'est essentiel...

Regardez-moi ces couloirs... Il faut les interdire aux quémandeurs. Qu'attendent-ils, ces gens-là ? On se croirait dans une soupe populaire. Et puis, dites-moi ce qui se passe derrière toutes ces portes. Des portes fermées ! Ma parole, Monsieur Bonavia, ce n'est pas sérieux... Faites-moi peindre tout ça en clair... En très clair... Et que les portes soient vitrées... Oui, en verre dépoli. Et vite. Ce semblant de transparence donne confiance et laisse au visiteur l'illusion qu'il participe à la vie de vos bureaux. *Participer* : tout est là. Jamais vous ne ferez un adhérent d'un homme que vous traitez en intrus. Et n'allez pas prétendre que vous vous sentez à l'aise ici. Moi, j'ai l'impression de tomber en plein complot. Personne ne m'ôtera de l'idée que derrière ces portes-là il y a des mots échangés à voix basse. Qu'y puis-je ? Comprenez-moi bien. Je ne vous dis pas de rivaliser de luxe avec le Chrysler Building. Je vous conseille tout simplement d'essayer de ressembler à une banque, à l'une de ces braves petites succursales, bien aérées, toutes claires et fonctionnelles, où les gens modestes vont placer leurs économies. Vous me suivez ? Il m'est difficile de vous en dire davantage, Monsieur Bonavia... Vous avez beaucoup, beaucoup de progrès à faire si vous voulez être pris pour des gens respectables. Tâchez de sentir bon, de sentir honnête et vous gagnerez. Même si vous n'êtes qu'une poignée d'ambitieux, prétendez que vous n'avez soif que d'estime. L'estime sent bon... Par la suite, il faudra acheter quelques intelligences. Cela aussi est nécessaire... On croit beaucoup à la culture de nos jours. Faute d'écrivains, des universitaires feraient parfaitement l'affaire. Et puis, essayez aussi d'attirer dans vos rangs quelques femmes en vue... Regardez-moi ces couloirs. Ils ont une apparence vraiment sinistre. Que disais-je ? Ah ! oui... les femmes. Il vous faut quelques femmes en poche, Monsieur Bonavia, c'est indispensable. Commencez par des journalistes... Les autres suivront. »

Et, là-dessus, Mister Mac Mannox alla lentement vers sa limousine, précautionneusement, une bottine après l'autre, comme s'il y avait vraiment quantité d'ordures à éviter dans ces couloirs.

*
* *

Carmine était de nature réfléchie. Il sut faire son profit de propos qui lui avaient sonné désagréablement aux oreilles. Ce vieux matou de Mac Mannox... Singulier, se disait Carmine, qu'il ait fallu le consulter pour qu'apparaisse l'évidence ! Bien sûr que tout était à réviser. Et pas seulement l'extérieur du parti : l'intérieur aussi. Il fallait purifier, nettoyer, ouvrir grandes les fenêtres et laisser le vent faire place nette. La belle aventure ! Carmine en avait plein la tête. Mais cela, c'était l'avenir. Pour l'instant, il ne devait que comprendre, apprendre et se taire. Surtout, se taire...

Trois ans s'écoulèrent pendant lesquels Carmine refréna son impatience. Du moins n'était-elle pas discernable pour qui ne le connaissait point. Avec une circonspection bien rare à son âge, il prit la mesure de sa force sans jamais en faire usage. Il fallait le voir à l'époque, noir, dur, silencieux, et néanmoins habile à susciter l'intérêt et la sympathie. Très vite, tout ce qu'il y avait d'Italiens dans le quartier lui fit confiance. Mais aussi personne ne les connaissait mieux que lui. Assis « Chez Alfio », tourné vers la rue, Carmine pouvait sans se tromper dire le nom d'un passant sur quatre ; il pouvait aussi préciser quelle était la profession de ce passant, quels étaient ses amis et combien il avait d'enfants. Le vieux Bonavia n'en revenait pas. Il restait à l'écouter des après-midi entiers. Son fils, le marmot de la Mariannina, ce personnage que l'on abordait dans la rue ? Quelquefois à deux, à trois, par groupes ! Vous qui connaissez le directeur de l'Hôpital... Et le proviseur du lycée... Ma mère qui est toujours patraque... Ma fille, un sacré beau brin de petite qui mérite de l'instruction... Monsieur Bonavia, si c'était un effet de votre bonté ? Carmine omnipotent. Alfio en riait presque. Et la vieille, celle qui attendait Carmine le dimanche, à la sortie de la messe, rien que pour lui prendre la main, doucement, affectueusement en l'appelant « Carminito mio ». A sa mort, elle lui avait légué ses économies. Et les gens avaient jasé, bien sûr. Alors Carmine avait fait don de ce legs au curé de sa paroisse, afin qu'il enrichisse l'église d'une nouvelle statue et peut-être d'une mosaïque. Là-dessus les mauvaises langues s'étaient apaisées, mais on s'était aussitôt déchaîné dans l'entourage politique de

Pat O'Brady. Il y allait fort le Bonavia. Une somme lui tombait entre les mains et, plutôt que d'en faire bénéficier « l'organisation », il l'offrait au premier prêtre venu, au curé de la Transfiguration, encore un Italien, qui allait tout dépenser en fariboles. Et puis qu'avait-elle besoin d'une mosaïque, cette église ? Il n'y avait que Bonavia pour dire qu'elle était laide, froide, qu'elle ressemblait à un hall de gare, aux couloirs du métro. Respectueux de rien, ces Italiens. Non, mais quelle mafia ! Et devant ce tollé Carmine avait fait un rétablissement magistral, une de ces acrobaties dont les témoins restèrent pantois. Pas la moindre hésitation : un peu d'imagination et une courte visite au curé de la Transfiguration allaient lui assurer la victoire finale.

Voilà. C'était tout simple : Carmine ne souhaitait plus offrir cette statue de sainte Rosalie dont le curé prétendait avoir besoin et il renonçait aussi à la mosaïque. Revenait-il sur sa décision, s'inquiéta le curé ? Bien sûr que non. C'était là une supposition idiote et le brave Père pouvait toujours compter sur ce don, mais Carmine lui conseillait de faire un geste en faveur de ses paroissiens de race jaune. Car il en avait, n'est-ce pas ? Et, parmi les six mille Chinois du quartier, on devait bien compter quelques catholiques ? Que faisait-il pour eux, que faisait-il pour les innombrables visiteurs qui venaient chaque dimanche à Chinatown prendre l'air du pays ? Il y avait quarante mille Chinois disséminés à travers la ville. Alors ? Alors pourquoi le curé n'achetait-il que des san Gennaro, des santa Lucia et des san Cataldo ? Qu'avaient-ils à en f... les Chinois de toutes ces statues ? Bien sûr, bien sûr, le curé en convenait. Mais ce n'était tout de même pas une raison pour lui parler sur ce ton. Ce qu'il pouvait avoir changé ce Carmine... Car enfin il n'y avait pas si longtemps que le curé lui bottait les fesses, à ce gamin. Lamentable en catéchisme, la tête toujours ailleurs. Et voilà qu'avec une assurance confondante il venait le chapitrer sur les statues à choisir ou à ne pas choisir. Comme on avait vite fait de devenir un Américain dans ce pays. « Mais, mon pauvre enfant, tu n'y es pas du tout... Sais-tu seulement qu'à part la Madone, ils ne reconnaissent personne, mes paroissiens chinois. Tu dis des catholiques... Moi, je veux bien, mais à condition de ne pas y regarder de trop près. Parce que, tu sais, avec des catholiques de cette trempe, on ne va pas loin. » Bon. Eh bien, c'était précisément une Madone que

Carmine souhaitait leur offrir aux Chinois, une Madone à leur usage exclusif, et peinte selon leur cœur. Il ne restait plus qu'à trouver l'artiste. Ce n'était tout de même pas la mer à boire ? Et ce serait bien le diable si, parmi les boutiquiers de Mott Street, il n'y en ait pas un seul qui sache peindre.

Le prêtre alla d'éventaire en éventaire, faisant mine de s'intéresser aux marchandises étalées. Non, non il ne voulait ni pyjama ni kimono : il cherchait un peintre, un peintre chinois. Il y avait toutes sortes d'artisans, toutes sortes d'ouvriers avec un sens vertigineux de la légèreté, de la fragilité, de ce qui est transparent, friable, de ce qui ne pèse pas, de ce qui existe à peine, fils de soie, papier plume finement plissé ; il y avait toutes sortes de spécialistes en éventails, en lanternes, en vanneries d'une complexité incroyable, petits miracles de paille, plus tortillée, plus tressée qu'une broderie espagnole ; il y avait aussi des passementiers qui fabriquaient des boutons en forme de fleurs et des vieillards qui sculptaient des baguettes, mais on ne connaissait pas de peintre. Chez le *morticien*, peut-être ? Bien des familles souhaitent conserver un souvenir, quelque chose de tangible, comme un portrait. Essayez donc. Alors, le prêtre alla sonner à la porte de Lan Hong Yin, l'entrepreneur miteux, celui chez qui les morts étaient parqués comme dans une morgue entre des paravents fanés et des cloisons en loques. Lan Hong Yin hésita. Un peintre, un peintre ! Il en avait connu beaucoup à Pékin, mais vivaient-ils encore ? Désolé, désolé... La voix tremblante d'un vieil eunuque... Le visiteur ferait mieux de s'adresser à Wah Weng Sang, son concurrent, qui était jeune, lui... Et riche. Désolé, désolé, vraiment.

Devant chez Wah Weng Sang, le curé de la Transfiguration reprit espoir. La façade était refaite à neuf. Comment Wah Weng Sang ne connaîtrait-il pas un peintre, lui qui affichait un luxe de pagode et offrait à ses clients en manière de consolation des perspectives laquées de rouge, de la musique douce en permanence, une vraie mise en scène de cinéma et, pour le mort, une couche somptueuse, nappée de glace finement pilée et teintée de rose parce que le rose, à en croire Wah Weng Sang, « le rose était une couleur à mourir de gaieté ». Alors ? Mais Wah Weng Sang ne connaissait pas de peintre. C'était à son compatriote et voisin, le photographe Wellington Lee, qu'il avait l'habitude de s'adresser. Quatorze dollars pour un portrait en noir, soixante-quinze pour une mise en couleur et jamais une réclamation de la part des familles au sujet de la ressemblance. Un peintre, un peintre ! Il n'y avait plus que Shun Ying, le tatoueur, celui qui faisait un peu de location de vêtements et servait aussi de poste restante, il n'y avait plus que lui dans le quartier pour savoir manier un pinceau... Un ancien miniaturiste, n'était-ce pas exactement ce qu'il lui fallait à Monsieur le Curé ? Perdu la main ? Et pourquoi donc ? Pourquoi Shun Ying aurait-il perdu la main, lui qui ignorait tout des méthodes américaines ? Il n'était pas de ces tristes sires qui pratiquent le tatouage électrique. C'était un tatoueur sérieux qui traçait le motif sans l'aide d'aucun calque, directement sur la peau, là, au rasoir, puis qui introduisait les colorants, safran ou encre de Chine, avec une aiguille qu'il enfonçait d'une main ferme, délicatement, obliquement ; c'était un artiste, quoi... Monsieur le Curé savait-il qu'à Bangko on disait qu'un S, tatoué entre le pouce et l'index, rendait un homme invulnérable ? Et les pêcheurs de perles ? Savait-il qu'eux aussi se disaient protégés par leurs tatouages ? Mais le respectable visiteur était pressé, qui sait ? Et ces histoires de tatouages ne l'intéressaient sans doute pas... Allons... Le plaisir était pour Wag Weng Sang. Mais oui... Wah Wen Sang entre ses paravents de laques rouges, Wah Weng Sang, le riche entrepreneur en pompes funèbres, qui saluait Monsieur le Curé de la Transfiguration, qui le saluait... le saluait...

Avoir étudié le latin pendant quinze ans au séminaire de Noto pour en arriver là ; avoir porté soutane dès l'âge de raison, avec le chapeau rond, la petite cape et les souliers à boucles pour échouer dans une paroisse pareille. C'était bien la peine... Tant de choses apprises pour rien dans la classe où chahutaient quarante petits curés, placés là par leurs familles. Bon débarras. Nourris et instruits aux frais de l'Eglise. Sans obligation pour l'avenir. Tonsure facultative. A vingt ans le service militaire, après quoi on pouvait changer d'avis, parce que la vocation, ça ne se commande pas. Mais le curé de la Transfiguration avait persévéré, lui, et cette soutane, il ne l'avait jamais quittée. Pour qui ? Pour quoi ? Pour faire les quatre volontés de Monsieur Bonavia. Un peintre ! Comme il y allait, ce Carmine. Mon Dieu, ce qu'il avait changé... Si tendre, si affectueux jadis, comme les petits de Sicile. On a des gestes de nounou pour ces mioches-là. On les mouche, on les torche. Et les bonbons en catimini. Dire qu'on en a fait cet Américain, de Carmine. Un peintre ! Ce n'est pas si facile à trouver, tu sais... Mais puisque Shun Ying n'avait pas dit non, pourquoi ne pas faire confiance à ce tatoueur ? Que gagnait-on à attendre ? Commande fut passée...

Plusieurs mois plus tard — c'était vers le moment où Carmine prit la décision de se présenter contre Pat O'Brady aux élections du district — la toile de Shun Ying, enfin terminée, fut placée en grande pompe sur l'un des autels de la Transfiguration. Elle fit scandale parmi les paroissiens irlandais. Mais on les savait de parti pris. Ils toléraient mal qu'il y eût pour la première fois dans l'histoire du quartier un candidat aux élections qui fût italien et l'antipathie qu'ils épouvaient à l'égard de Carmine se reportait sur toutes ses initiatives. Or, c'était lui le donateur, et il pouvait bien aller au diable, lui, sa Vierge et son bataclan maintenant qu'il avait trahi son patron.

De la part des Chinois, Carmine ne reçut qu'éloges. Tous jugèrent du meilleur goût cette Madone aux airs d'idole et ils vinrent en grand nombre l'admirer. Elle incarnait à la perfection les expressions les plus subtiles de leurs nostalgies : Shun Ying avait représenté la Vierge sur un trône relativement classique, décoré de pierres précieuses et de jaspe, mais il l'avait assise, la jambe droite repliée à la façon des bouddhas, ce qui surprenait un peu et faisait par contraste paraître très lascive l'autre jambe, la gauche, celle que moulait une jupe bleue. Jésus ne disposait donc pour s'asseoir que d'un genou, sur lequel il tenait tant bien que mal en équilibre. C'était un bambino à longue natte, fort jaune de peau et curieusement vêtu d'une robe brodée de soleils. Certes, il avait un joli mouvement de ses petites mains pour jouer avec la barbe d'une sorte de bonze, plus ridé que la paume d'un mendiant, et qui pouvait à la rigueur passer pour Joseph, mais on ne s'habituait pas au troisième œil que chacun de ces trois personnages portait en plein front. « Pour voir au-delà du temps et de l'espace », expliquait Shun Ying, qui avait puisé indifféremment à des sources bouddhistes et civaïtes pour venir à bout de sa tâche.

En admirant leur Vierge, les Chinois de Mott Street évoquaient avec reconnaissance son donateur. Carmine Bonavia bénéficiait donc de sa gloire. Si bien que tout se passait comme si l'auréole de la Madone de Shun Ying mettait aussi de l'or autour de la tête du nouveau candidat démocrate.

Lorsque Alfio leva les bras au ciel : « Malheureux, où as-tu l'esprit ? Te présenter comme chef de district contre le Cogneur, mais tu n'y penses pas ! Essaye de mesurer ce que seront les conséquences de ton échec : ta carrière politique compromise, moi boycotté, toi sans emploi, le restaurant vide, le marasme, notre situation à tous remise en question... », ses propos demeurèrent sans effet. Carmine l'écoutait distraitement. Il n'était pourtant pas homme à ignorer que les électeurs d'origine italienne, cela faisait tout juste la moitié des votants. « Tu m'entends ? A tout casser la moitié des votes et même pas... Car tu ne peux pas prétendre qu'ils voteront tous, sans exception, pour toi. Alors ? Ta majorité ? D'où comptes-tu la tirer, ta majorité ? » Evidemment pas du côté des Irlandais, parce que de ce côté-là, la trahison de Carmine avait fait réfléchir. — « Alors ? Espèce d'étourdi... hein ? L'appoint des voix, cette majorité indispensable, c'est du ciel que tu l'attends ? » Il ne croyait pas si bien dire. Carmine en riait de toutes ses dents.

— Tout est possible... Est-ce qu'on sait ?

Alfio lança à son fils un regard stupéfait. N'allait-il pas un peu trop souvent à l'église ces derniers temps, ou bien était-ce une femme qui lui tournait la tête à ce point ? Avec un physique pareil, il avait certainement quelque liaison. Mais impossible de lui tirer la moindre confidence là-dessus. Il vivait bouche cousue. Et puis à quoi bon se mettre dans un état pareil puisque Carmine ne l'écoutait plus...

— Tu n'es plus toi-même, mon garçon... Tu as la tête ailleurs.

Carmine, par la pensée, n'était qu'à trois pas de là, dans la longue rue chinoise, la rue aux éventaires, aux artisans, parmi les vanniers, les marchands et les marins en quête de souvenirs. Il savait bien que c'était du côté de ce désordre, de ces cris, de ces prix disputés que lui viendrait un appui auquel personne ne s'attendait ; et les hommes de Pat O'Brady pouvaient bien en faire des gorges chaudes, cela n'empêcherait pas Carmine Bonavia d'avoir les Chinois pour lui ; il le savait.

Ainsi Carmine obtint cette majorité dont Alfio doutait si fort. Il devint chef de district au cours d'une journée où il ne se passa rien de terrible, mais où l'on sentait que d'un moment à l'autre les choses pouvaient tourner au pire.

Comme des ombres glissantes, les Chinois montaient de Mott Street, surgissant des maisons basses, des échoppes compliquées d'enseignes et de dragons, des rues étroites, des passages obscurs et se joignaient en silence aux Italiens pour se diriger avec eux vers le bureau de vote. Aux carrefours, les policiers qui montaient la garde les regardaient passer avec un mélange d'inquiétude et de dédain.

Rien n'opposait ces êtres qui avançaient serrés les uns contre les autres, c'était évident. Bien que de races différentes, ils avaient une certaine unité d'allure ; ils se ressemblaient. Même tristesse singulière, même aptitude du regard à contempler le vide, l'air, ou le silence ; même goût des entassements humains, même teint olivâtre, mêmes cheveux plus noirs que l'aile du corbeau, et ils avaient aussi en commun ce sentiment d'infériorité que donne une taille courte. On voyait bien qu'ils allaient tous voter pour le même homme, on le voyait si clairement qu'il n'y eut point de bagarres. Les partisans de Pat O'Brady allèrent aux urnes se sachant perdants et les policiers purent regagner la caserne d'où, à quelques blocs du Bowery, ils veillent en permanence sur la bonne tenue des bas quartiers. Pour eux, il ne s'était rien passé et rien non plus pour Carmine, qui jugeait sa victoire toute naturelle.

Ce n'est que plus tard, bien plus tard, qu'il mesura l'importance de cette journée-là.

CHAPITRE IV

> O Amérique ! Que ne m'envoies-tu des oncles du fond de ta forêt. Qu'ils soient tatoués ou non, de chair rouge ou avec des plumes... n'importe ! pourvu qu'ils soient riches, qu'ils soient oncles et qu'ils meurent !
>
> FLAUBERT.

« Trouver du travail est plus dur que de s'arracher la peau du dos », disait la lettre...

Alfio se la fit relire trois fois. Calogero donnait aussi quelques nouvelles de Sicile. Pas brillantes. La police vous expédiait aux Egades pour un oui pour un non. Et Calogero avait trouvé bon d'épouser une fille de seize ans. Bizarre, quand même... Seize ans. Alfio n'en revenait pas. Seize ans, c'était l'âge de l'enfant Calogero lorsqu'il l'avait laissé seul, à la sortie de Civitavecchia, avec le troupeau du Baron de D... Il y avait vingt-cinq ans de cela. Mais subsistait-il en ce Calogero d'aujourd'hui quelque chose du petit Calogero d'alors, de cette fièvre qu'il avait dans le regard, de cette voix éraillée, violente ? Plus rien sans doute, plus rien ne rappelait l'enfant qui, jadis, poussait son troupeau et regardait Alfio partir en se mordant les lèvres pour ne pas pleurer. Quel gosse ce Calogero ! Personne pour l'aider, rien que les chiens, de terribles aboyeurs qu'Alfio revoyait parfaitement. Le poil d'un jaune fané comme si le soleil et la poussière en avaient eu raison. Les yeux pâles. Deux molosses faméliques. Une race à part. « Des chiens historiques », disait le Baron qui traversait toute la Sicile jusqu'à Montalbano di Elicona pour se les procurer. Et il ajoutait : « Ils ont effrayé jusqu'à des jésuites. » Pourquoi historiques ?

Et quels étaient ces jésuites ? Une très vieille histoire dont Alfio ne retrouvait plus le fil. Mais, pour le reste, sa mémoire lui livrait des souvenirs d'une saisissante précision. Il revoyait le sac de fèves emporté pour nourrir les bêtes en cours de traversée, les balles de fourrage entassées dans un coin de la cale obscure, la brebis folle, celle qui ne voulait pas se laisser traire — n'avait-elle pas le pis un peu de travers ? — la maigreur de Calogero, sa façon de dormir à plat ventre, la tête entre les bras avec un drôle de pli amer au coin des lèvres, il retrouvait jusqu'aux noms — la mémoire ! Quelle bizarrerie quand même — jusqu'aux noms dont il avait toujours refusé de laisser affubler ses chiens. *Point* et *Virgule !* Il faut dire que le Baron de D. était de ces originaux ! Cette idée...

— Quand Alfio s'était fâché en disant : « On ne sait même pas ce que ça signifie », le Baron avait proposé : *A moi* et *Au secours*. Encore une de ses inventions. Imagine-t-on un berger criant « Au secours » pour appeler ses chiens. Enfin, une chose, une autre, Alfio avait continué à les siffler tout bonnement que cela plût au Baron ou pas. Là-dessus Don Fofó avait laissé entendre que tout cela n'était que plaisanteries et ne devait pas être pris au pied de la lettre. Ce qui avait confirmé Alfio dans son opinion : de drôles de gens ces D., des gens bizarres, tous des originaux.

L'humour lui inspirait une sainte horreur.

Il avait fallu la lettre de Calogero pour lui remettre son passé en tête. La Sicile, Monsieur Bonavia, la Sicile se rappelle à votre bon souvenir, la Sicile reniée, la Sicile honnie. Alfio n'en éprouvait que déplaisir. C'est qu'il faisait de son mieux pour n'y jamais penser à la Sicile. Et comment faire maintenant qu'une lettre remettait tout en question ! « Nous sommes deux ici à n'en plus pouvoir... » Voilà que défilaient les scènes de la misère brûlante, des jours sans travail, des enfants en guenilles. « Vivre ici, c'est se corrompre la moelle des os pour rien, pour moins que rien... » Oui, cette misère il la connaissait bien. Elle avait été la sienne et l'horreur qu'elle lui inspirait était toujours aussi vive. Mais l'idée qu'il se faisait de son passé, peu à peu, changeait. Un phénomène qu'il ne s'expliquait pas. Suffisait-il de quelques lignes tracées d'une main maladroite pour que s'éveillent les nostalgies ? Le pays d'Alfio, c'était l'embauche rare, la longue attente, l'injustice, la vie difficile, mais c'était aussi le langage de Calogero, sa façon de s'exprimer, ces phrases d'où jaillissaient toutes sortes d'images chaudes, tendres, cruelles, c'était un ton qui lui allait au cœur : « Si tu nous procures les papiers nécessaires, si tu nous fais venir, Agata et moi, tu seras comme la main vivante de Dieu posée sur notre cœur... », écrivait Calogero.

Et voilà que cette lettre ne suscitait plus chez Alfio animosité ni rancœur. Bien au contraire. Elle l'égayait. Elle lui inspirait une irrépressible envie de parler et même de parler un peu avec les mains, de se confier, d'annoncer la nouvelle, de dire à quelqu'un : « J'ai un frère, vous savez... Calogero... Un frère qui voudrait émigrer. » Une volupté bienfaisante, un réconfort. Des zones les plus lointaines, les plus oubliées s'éveillaient des ambitions qu'il croyait éteintes à jamais, des appétits siciliens, quelque chose de despotique, de dominateur, un esprit de famille. Brusquement, il voyait comme en rêve un Bonavia derrière chaque comptoir de Mulberry Street : Calogero dirigeait le bazar italien, celui dont le propriétaire voulait justement se retirer ; Calogero vendait des machines à faire les ravioli, les gnocchi, les spaghetti ; il devenait le dépositaire exclusif des moulins à café, des râpes à fromage, des rouleaux à lasagnes dont les ménagères du quartier faisaient si grand usage. On trouvait de tout au bazar de Calogero : portraits de Madre Cabrini, Vésuves en peinture et biographies des saints dans la Collection Paradis. Il faisait merveille ce Calogero...

Ah, cette lettre ! c'était comme de l'oxygène dans le sang ! Les traits d'Alfio se détendaient : il tressaillait de joie. Et cette Agata de seize ans, cette femme enfant ! Fasse le ciel qu'elle arrive ! Enfin une brune avec un reflet doré sous la peau ! Enfin une femme aux yeux profonds, aux cheveux lisses, une femme coiffée à la mode de Sólanto avec un chignon sage, bien rond, posé bas dans la nuque ! Quelle bénédiction ! La petite Agata... Ne pourrait-on lui confier la gérance de l'épicerie italienne ? C'était à deux pas de chez Alfio et l'on n'y vendait que des produits du pays. En l'aidant un peu, elle s'en tirerait très bien cette petite, et la position des Bonavia s'en trouverait considérablement améliorée. Allons... Il fallait les faire venir.

Que n'y avait-il pensé plus tôt.

*
* *

Ce fut Carmine qui mena les démarches à bien. Un vrai tour de force. Jamais l'immigration n'avait été plus limitée qu'en cette année 39. Mais comment résister à l'insistance de Carmine, à son obstination ? Il affichait son air le plus cordial. Il forçait les portes d'un geste calme, poli, élégant. Des voix tranchantes l'accueillaient : « Pourquoi ces nom-de-Dieu-d'Italiens, qui pourraient aussi bien rester chez eux, voulaient-ils à toute force s'établir aux Etats-Unis ? Hein ? Leurs vertus paysannes ne leur serviraient de rien à New York. C'était évident. » Et Carmine acquiesçait. Il répétait : « Evident... Evident », d'un air convaincu.

Il était passé maître dans l'art d'obtenir gain de cause tout en donnant raison.

Quelques mois plus tard, Mulberry Street s'apprêtait à accueillir fort légalement deux Bonavia de plus.

Mais il fallut se rendre à l'évidence : ils arrivèrent trois. Agata avait accouché d'un garçon en cours de traversée. Par surprise...

Dissimuler une grossesse avancée avait été une tâche ardue, dont elle s'était tirée, non sans mal. Cet enfant, ce ventre qui risquait de compromettre son départ, de le rendre impossible, de tout gâcher, qui sait, elle avait décidé de n'en parler à personne, pas même à son mari. Et s'il avait renoncé à l'emmener ? Et s'il l'avait laissée là, à l'attendre comme cela était arrivé à tant et tant de femmes de Sólanto, des solitaires plus à plaindre que des veuves, de pauvres créatures vivant d'espoirs, de lettres rares, de mandats qui arrivaient ou n'arrivaient pas, des abandonnées. Pourquoi s'exposer à semblables risques ?

Elle se procura à Palerme un corset comme elle n'en aurait trouvé dans aucune autre ville au monde. Un étau impitoyable. Une armure d'une complexité défiant toute description avec ses lacets, ses crochets, enfin de quoi effrayer un tortionnaire de l'Inquisition. Agata l'endossa sans la moindre appréhension. Les filles de seize ans ont de ces audaces... L'effet obtenu justifiait un inconfort à peine supportable. Elle ne pouvait ni s'asseoir ni se baisser, mais l'épaississement de sa taille passait inaperçu. Calogero lui-même ne se douta de rien. Le fait qu'elle n'eût en aucun cas accepté de se déshabiller devant lui facilitait grandement l'entreprise.

Ainsi ils s'embarquèrent ; Calogero fort digne et sans le moindre pressentiment de sa paternité prochaine, Agata très raide, portant de son mieux le poids de son secret. Une fois à bord, elle eut quelque peine à tenir trois jours. Elle se voyait à chaque instant sur le point d'accoucher. Mais Agata était ainsi faite qu'il ne lui plaisait point de revenir sur ses décisions. Il lui fallait tenir, elle tiendrait. Et elle s'étonnait presque de la hâte à naître dont témoignait l'enfant. Qu'avait-il donc ? Lui jouerait-il le tour de venir au monde à proximité d'un port ? En pleine mer, il serait bien temps d'alerter le médecin du bord, d'avertir Calogero et tout le diable et son train. Il n'y aurait plus de risque. Tandis qu'à proximité d'un port ? Rebrousserait-on chemin ? C'était à craindre. Il fallait donc manger peu, bouger à peine et garder son sang-froid.

Trois femmes partageaient la cabine d'Agata, trois Allemandes qui ne la firent pas renoncer à son habituelle circonspection. L'une était d'âge vénérable et se tenait tranquille dans son coin. N'y aurait-il eu qu'elle, Agata aurait peut-être risqué une confidence. Mais les autres ! C'était à n'en pas croire ses yeux. Deux femmes qui portaient des pantalons serrés, ne cessaient de fumer, de croquer des biscuits épicés, de comparer leurs seins à seule fin de constater qu'elles en étaient l'une et l'autre étrangement dépourvues, toutes choses provoquant chez Agata un dégoût insurmontable et chez ces dames une soif immodérée. Elles passaient le plus clair de leurs nuits à tirer des liqueurs fortes de leurs valises. On fait de ces rencontres en voyage...

Agata cherchait refuge dans sa couchette, dont elle fermait pudiquement les rideaux. Là, elle s'acharnait en silence sur les crochets et les lacets de son corset, qu'elle dégrafait avec un profond soupir, puis elle restait étendue, immobile, dans la contemplation de cette chose effarante, cette boursouflure, cette singulière montagne qui lui était poussée au milieu du corps.

Un soir, alors qu'il y avait plus de bruit que de coutume dans la cabine où les deux Allemandes menaient entre elles des danses assez effrontées, le doute ne fut plus possible : l'enfant allait naître. Elle voulut se persuader du contraire, se tourna, se retourna, chercha le sommeil en se répétant « bleu comme la nuit, comme la nuit, comme la nuit ». Mais à l'instant où la phrase était sur le point de produire son effet, une douleur la faisait dresser d'un bond, à croire que deux lames à la fois lui perçaient les flancs.

Alors, n'y tenant plus, elle écarta les rideaux de sa couchette, leva la main pour obtenir un peu de silence et dit seulement : « M'aideriez-vous à accoucher, Madame, s'il vous plaît ? »

Elle remarqua à peine l'expression ahurie de ses compagnes qui, interrompues dans leur danse, quittèrent précipitamment la cabine. Comme l'une hésitait, l'autre l'entraîna : « Allons... viens. Celles qui se mettent dans des situations pareilles, c'est de leur faute. La voilà dans de beaux draps... » Cette adolescente qui, d'une voix d'écolière, demandait : « M'aideriez-vous à accoucher », comme elle aurait réclamé des confitures, les choquait au plus haut point.

On entendit la porte claquer.

Fort heureusement, la troisième passagère avait du calme et quelque compétence. Quand elle la vit approcher d'un pas décidé, Agata pensa brusquement à Celestina, la vieille aux sangsues, celle qui faisait un peu métier de sage-femme à Sólanto. Elle aussi marchait de ce pas-là — un pas de bonne sœur — lorsqu'on la rencontrait, son bocal sous le bras, toujours inquiète des changements de temps et parlant de ses sangsues comme d'un capital. Qu'aurait-elle dit, la Celestina, qu'aurait-elle fait si elle avait été là ? Agata s'imagina de retour en Sicile entre sa mère, le *Salve Regina* aux lèvres, comme dans les grandes occasions, et la mère de Calogero ; l'une lui flattant les cheveux, l'autre lui tenant la main.

Mais elles n'étaient là ni l'une ni l'autre et Agata avait affreusement mal. Alors elle pleura pour de vrai, sans plus se retenir.

La chose était finie depuis longtemps lorsque Calogero entra dans la cabine. Un fils ? Il n'y comprenait rien. On l'avait réveillé en sursaut, secoué. Le médecin du bord. « Qui accouche ? » C'était Agata à ce qu'on disait. Les autres hommes, ses compagnons de voyage, se tordaient. « Ils étaient fous. »

Et Agata aussi était folle, qui se mit à crier lorsqu'elle le vit, à crier qu'il ne devait pas se fâcher, qu'il ne devait pas la gronder, qu'elle n'avait pas pu faire autrement.

La vieille Allemande avait l'air de tout comprendre et de bien s'amuser.

Elle lui sourit. On avait lavé l'enfant dans une cuvette prévue pour recevoir les vomissements des passagers. Il avait été enveloppé dans une nappe de la salle à manger. Ses premières initiales avaient donc été celles d'une Compagnie de Navigation : on ne pouvait imaginer de plus heureux présages.

Les premiers instants de joie et de surprise passés, les difficultés commencèrent. Dès le lendemain, le capitaine vint dire qu'il fallait régler les questions d'état civil et célébrer le baptême du petit au plus tôt. C'était toujours ainsi que cela se passait à bord des paquebots. Croyant illustrer sa gratitude envers le maître de sa nouvelle patrie, Calogero décréta que son fils s'appellerait Théodore. « Théodore, vous savez, comme Roosevelt. » Il ne réalisa son erreur qu'une fois la cérémonie terminée. Le Roosevelt qui régnait cette année-là ne s'appelait plus Théodore, lui dit-on. « Mauvaises langues », pensa Calogero qui croyait que l'on se moquait de lui. Mais on insistait « Le Président s'appelait Franklin, Franklin D. Roosevelt. L'autre, le Théodore, était mort depuis vingt ans. »

— Vous en êtes sûr ?

Le capitaine le regardait en riant :

— Pas de doute possible. Allons, allons... Ne faites pas cette tête. C'est un très joli nom, Théodore. Vous vous habituerez, vous verrez. De toute façon, il est trop tard pour changer. Et puis, dites-moi, vous ne saviez vraiment pas que le Président s'appelait Franklin ?

—Et par qui l'aurais-je appris? répondit Calogero d'une voix furieuse. Un homme de votre sorte s'instruit en voyageant. Nous, les Siciliens, à force de vivre avec les animaux, on devient comme eux : des idiots, des bêtes, quoi... Je le sais, va, que je suis un idiot.

Ce soir-là, Calogero fut mécontent d'avoir dit des Siciliens qu'ils étaient des bêtes. Mais le mal était fait. Il lui en restait un goût amer dans la bouche. Agata intervint :

— Tu ne vas pas te rendre malade pour une histoire de fous ? Non ?

— Vrai, soupira Calogero. On ne peut quand même pas *tout savoir.*

Et ils avaient fini par rire ensemble ; rire du petit qui s'appelait Théodore, rire des Allemandes venues avec une bouteille de cognac leur rendre visite à l'infirmerie et rire aussi du refrain « Ach, ach Théodore », qu'elles chantaient, histoire de les égayer.

Aux deux qui restaient blotties l'une contre l'autre ventre à ventre, Calogero adressait des plaisanteries un peu lestes.

— Vous au moins on peut être sûr que vous n'êtes pas enceintes. Voilà, voilà avec qui j'aurais dû voyager.

— Fêtons, fêtons, répétaient-elles, la voix vague.

Agata dans son lit tirait sur sa première cigarette. Elle se frottait les yeux et riait en soufflant la fumée.

Elle était seulement un peu fatiguée, un peu ivre.

*
* *

L'arrivée de Calogero, son installation à Mulberry Street marqua un temps d'arrêt dans le patient travail de reniement d'Alfio Bonavia. Ce fut comme une marche arrière sentimentale.

Revoir son frère, l'entendre, vivre dans son intimité, c'était retrouver le passé, s'y enfouir et mesurer aussi ce que le présent avait de précaire, de froid, d'irrémédiablement étranger.

Pour Carmine, l'aventure était plus complexe. Il était confronté avec une façon de vivre qu'il n'avait jamais connue auparavant. La candeur d'Agata, ses enthousiasmes lui étaient une fête. Elle voyait le paradis dans un morceau de pain. Et quand elle disait : « Mais vous avez de tout ici... Vraiment de tout... », elle y mettait une telle ferveur que l'on restait suspendu à ses lèvres. Il suffisait qu'elle mentionne l'objet le plus banal, qu'elle fixe par des mots et dans son langage à elle les formes d'une chaise, d'une table, de n'importe quoi, pour qu'aussitôt ce n'importe quoi s'imprègne de chaleur, s'inonde de soleil.

Comment la Sicile, l'île noire, l'île maudite qu'à travers les rabâchages de son père, Carmine voyait comme une honte collée à sa peau, comment avait-elle pu produire cette enfant émerveillée et sage comme une Minerve ? A l'entendre, elle semblait n'avoir franchi l'océan que pour réinventer la vie quotidienne et narguer en lui ce que l'Amérique avait mis de mesure et de convention.

Une Agata soucieuse de ne rien perdre de ses habitudes s'installa donc à New York. L'aisance, le confort à la portée de tous, chez les coiffeurs des séchoirs en batterie, des magasins pleins d'ascenseurs, les cinémas éclairés comme des reposoirs devant lesquels Calogero restait béant d'admiration, le brouhaha, les scintillements de la grande ville qui s'étendait là-bas, au-delà du quartier aux maisons basses, aux rues étroites, l'abondance, évidemment tout cela était appréciable.

Mais de pareilles découvertes ne l'empêchèrent pas de disposer autour de son miroir, bien épinglées en rond et en carré, les trente-trois images de sainte Rosalie qu'elle collectionnait depuis l'enfance, sainte Rosalie dans sa grotte, sainte Rosalie en robe d'or, sainte Rosalie accoudée, pensive, en gravure, en photo, en noir, en couleur, bordée de dentelle, une demi-douzaine d'Agathe, la sainte de Catane, un sein coupé dans chaque main, et puis, en papier d'argent, une belle Lucie très droite et la démarche victorieuse en dépit du couteau qui lui traversait la gorge.

Cette accumulation de papier effraya sérieusement Alfio, d'autant que Calogero, gros fumeur, jetait des allumettes partout.

— Tes saintes feront flamber la maison, dit-il, sans penser à mal. Tu ferais bien d'en jeter quelques-unes.

Mais Agata lui répondit : « On ne parle pas ainsi », avec tant de sévérité dans la voix, que le pauvre Alfio resta cloué sur place de honte. De quoi s'était-il rendu coupable ? Elle n'était pourtant pas bigote. Jamais on ne l'entendait parler de grâces à rendre, d'oraisons, de litanies. Et ce miroir avec sa guirlande d'images n'était pas un oratoire devant lequel elle se recueillait. Non. Le rapport qui existait entre Agata et ses saintes épinglées était infiniment plus complexe. C'était un commerce constant, secret, fait d'amour et de brouilles inexpliquées.

Lorsque pour une raison qu'elle n'avouait jamais elle avait à se plaindre d'une de ses protectrices, elle retournait la coupable contre le mur. Un jour de colère, elle mit sa Lucie en pénitence dans le casier inférieur de sa table de nuit.

Une femme de ménage vint trouver Alfio pour savoir ce qu'elle devait en faire. Fallait-il jeter cette image ou la laisser là ? Question qu'Alfio Bonavia posa à sa belle-sœur d'une voix prudente :

— Pourquoi santa Lucia est-elle dans le pot de chambre ?

— Elle ne mérite pas mieux.

Telle fut la réponse d'Agata. Quand vint la Fête des Morts, elle mit la maison sens dessus dessous. Il fallait que Theo, son petit Theo, sa merveille, son ambition, son paradis se réveillât dans un lit couvert de cadeaux. Et il fallait que chacun crût que ces jouets lui étaient offerts par de lointains oncles, des cousins, des tantes à peu près inconnus qui, tous morts depuis longtemps, lui expédiaient ces dons depuis le Paradis. Oui, il le fallait. Il fallait que chacun y crût afin d'en mieux convaincre l'enfant. Et pas seulement Calogero. Alfio et Carmine aussi — « Quels oncles ? Quelles tantes ? » se demandaient, éperdus, les deux Bonavia de New York qui avaient oublié jusqu'aux noms et prénoms des parents laissés en Sicile. Mais comment résister à ce teint mat, à ce profil austère, à ces deux yeux profonds, passionnés, à ces volcans, à ces grottes bleues ? Surprenante Agata. Voilà qu'elle faisait agir les Morts.

Le jour de Noël, ce fut encore autre chose. Elle voulut dresser une crèche. Courbée au-dessus de tous les tiroirs de la maison, penchée sur une ou deux malles qui traînaient dans le grenier, ouvrant et fouillant les armoires, elle constata qu'elle ne trouvait rien de ce qu'il lui fallait. Intrigués, oppressés, puis désolés et vexés, Alfio et Carmine suivaient ses recherches. Que lui manquait-il ? Tout. Tout quoi ? Malgré les offres tentantes de Carmine qui prétendait qu'à New York tout s'achetait, Agata continua d'affirmer avec une navrante imprécision que « ce qui lui manquait se trouvait mais ne s'achetait pas ». Elle se disait incapable de réussir une crèche rien qu'avec des choses que l'on se procure dans les magasins.

Alfio, l'affront dans les entrailles, alla demander à son frère ce que tout cela signifiait. Calogero s'expliqua. En Sicile on gardait les jésus des crèches d'une année sur l'autre. Comment Alfio ne s'en souvenait-il pas ? La superstition interdisait de les jeter ou de les laisser inutilisés. Mais pourquoi renoncer à s'en offrir de nouveaux ? Même pauvres, même rationnés, on allait en famille acheter dans ce domaine ce qu'il y avait de mieux. On se payait le voyage, on partait pour Palerme.

Alfio avait-il oublié les échoppes de la via Bambinai ? Ne se souvenait-il pas d'y être allé, lui aussi, chercher des jésus en cire ? C'était la spécialité des gens de la via Bambinai... Bon et alors ? Alors face à d'aussi abondantes collections, dresser une crèche devenait une affaire compliquée où se confrontaient le passé d'une famille et son présent. Mystérieuse stratégie...

Le jésus de l'année, l'achat le plus récent, était évidemment le seul digne de figurer bien en vue, entre le bœuf et l'âne, tandis que les autres jésus, ceux des Noëls précédents, entassés, enterrés, sous une montagne de papier, couleur de mousse ou bien de terre — cela variait selon les années —, servaient de ciment de fondation, d'échafaudage, et la façon dont on les plaçait dépendait pour une bonne part des mérites qu'on leur attribuait. L'année avait-elle été bonne ? Le petit jésus en sucre dont on n'avait eu qu'à se louer ne recevait pour toute charge qu'une pincée de paille, un arbrisseau, un angelot, rien en somme ou presque rien. Mais les jésus des années sombres, chargés de rancœur, réceptacles de fureur, de faim, de nuits longues et d'espoirs déçus, ces jésus-là, hélas ! Noël après Noël, portaient toute la crèche entre leurs bras.

Alfio haussa les épaules — mais qu'y faire ? Agata refusait de se fondre dans le paysage new-yorkais. Il lui fallait son passé, ses habitudes, son patois, comme à l'escargot sa coquille. Elle les portait partout avec elle. Pour rien au monde elle ne les aurait reniés. Manger différemment, pourquoi ? Changer de coiffure ? Ne plus être elle-même ? Pourquoi ? Pourquoi ? Elle ne comprenait pas.

Carmine était le seul à l'encourager. Il admirait sa vitalité, sa franchise. Tricher avait été la préoccupation de son père et de tous les émigrants qu'il avait approchés. Tricher en achetant une cravate, un chapeau, un veston. Tricher en parlant, en marchant. Tricher. Tricher. Tricher comme on respire. Faire américain coûte que coûte. Mais Agata, elle, ne trichait pas. Elle continuait à porter son chignon de villageoise tressé en brioche et collé au dos de la tête, des bas épais qu'elle préférait aux bas fins et il lui fallait une cuisine chaude avec des odeurs de coulis de tomate pour s'épanouir. Elle était le glas, le tocsin de la tricherie. Et puis quelle travailleuse... A l'épicerie italienne, ce qu'elle abattait... Les clients se la disputaient, en raffolaient. Ils ne voulaient plus que d'elle.

Mais Agata ne se laissait pas griser. Elle reniflait son succès comme elle reniflait New York, de loin et sans se l'expliquer. Elle l'effleurait, son succès, elle le tâtait d'une patte prudente comme un chat que la pluie rend méfiant. Et cela aussi plaisait à Carmine. Cette prudence, cette méfiance. Il le disait partout. « C'est ma tante... », répétait-il en s'amusant de l'air effaré des gens.

Sa tante ? Cette gamine ?... Alors il insistait :

— Oui... Ma tante. N'est-ce pas qu'elle est fantastique ?

Il la couvait. Il la portait dans son cœur comme une vérité. Il aurait pu l'aimer. Follement. Mais son travail le protégeait et se frayer un chemin à travers la jungle new-yorkaise était une occupation qui l'accaparait assez pour qu'il vécût à l'abri de ces sortes de dangers. Et puis, qu'avait-on à faire d'un drame dans la famille ? Il ne se laisserait ni envoûter ni attendrir. Il avait grand besoin de réussir.

En Europe la guerre venait d'éclater.

TROISIÈME PARTIE

CHAPITRE I

Songe que je suis funèbre et que cela augmente ton cœur.

Paul CLAUDEL.

Non, la douleur n'est pas un naufrage. Elle n'engloutit pas, elle déferle, elle frappe. L'espace d'un éclair et se sentir vidée de son sang, le souffle et les jambes coupés, des crocs dans l'estomac, c'est cela la douleur. C'est cela et aussi la prière qui jaillit sans que l'on sache pourquoi, comme le cri qu'arrache l'éboulis, l'avalanche, le roc qui tombe, le cauchemar. « Mon Dieu, que vous ai-je fait ? Et pourquoi m'enlever ce qui était partie de vous ?... Pourquoi ? »

Je revois le ciel clair d'un matin de décembre. Oh ! cette limpidité ! Je perçois tout : l'instant d'exaltation dû à l'éclat léger du soleil, au froid vif, à la transparence de l'air entraînant un calme trompeur, une aveugle confiance presque aussitôt suivie d'un pressentiment brutal que rien ne justifiait, mais qui s'exprimait par cette phrase répétée dix fois, vingt fois, entre Palerme et Sólanto : « Où que tu sois désormais », cette phrase issue de quelque chambre secrète, « où que tu sois désormais, toi mon élan, ma force », reprise et amplifiée par le roulement du train, « où que tu sois désormais, souviens-toi », tirant à sa suite d'autres mots, « où que tu sois désormais, souviens-toi de ce que nous avons été, avons été, avons été », redite sans interruption jusque sur les quais de la gare de Santa Flavia où le « hep » brutal d'un passant m'arrêta à l'instant où j'allais par inadvertance buter contre un chariot.

A Sólanto, sans qu'il y ait eu froid ou givre, l'hiver néanmoins raidissait le jardin, lui donnait une immobilité hautaine et répandait sur le sable, sur la terre d'alentour une dureté cristalline qui me rendit à mes pressentiments.

Trois heures allaient sonner et nous écoutions de la terrasse claquer les embruns lorsque l'homme vint vers nous. Nous le vîmes de loin. Il faisait dans le sentier des zigzags consciencieux, puis gravissait avec soin les marches érodées de l'escalier, veillant à ne pas glisser, et nous le regardions, fascinés par le sérieux avec lequel il s'acquittait de cette tâche pourtant simple, qui consistait à avancer vers nous qui nous tenions sur la terrasse, un peu engourdis par le vent et le bruit de la mer.

Parvenu à notre hauteur, l'homme hésita. C'était un carabinier, toujours le même avec sa casquette à la visière fendue, son teint sale et le pas incertain d'un comédien cherchant sa pose. Il ne savait quel geste faire en disant : « Mort... » d'une voix découragée.

Je ne comprenais pas. Mort ? Qui était mort et que voulait cette voix qui monologuait, parlait du front grec, de souliers en carton et d'erreurs de tir : « Armée de misère, Votre Seigneurie... Les gars ont été débarqués sans armes. » Antonio ? Est-ce de lui qu'il s'agit ? Antonio escroqué, trahi ? C'est impossible, c'est faux. Je le répète en pensée, je le redis. Ce n'est qu'une erreur, un jeu affreux. La sueur me coule le long des bras. Je regarde le Baron de D. qui a relevé le col de son manteau et tout d'un coup d'une voix étranglée crie : « Va-t'en, Soldat, je t'en prie, va-t'en. » Mais l'homme continue. Plus rien ne peut l'arrêter, et je ne quitte pas des yeux ses lèvres qui s'acharnent à nous déchirer, sa bouche consciente de son importance et presque satisfaite. Sa voix s'enroule, elle est une corde à notre cou. Son regard a la détermination d'un peloton d'exécution. Il nous tue. Il se sent aussi puissant que la foudre. Pour une fois, c'est lui que l'on écoute et la victime, c'est l'autre, c'est le jeune homme qui s'est laissé cueillir par une balle, là-bas dans la montagne grecque. « Faut se résigner... » Les mots me frappent, froids et ronds. Ils me martèlent. J'ai des cloches dans les oreilles. Souliers en carton... Souliers en carton. Où m'asseoir ? Le

Baron de D. va et vient. On dirait qu'une bourrasque le pousse d'un bord de la terrasse à l'autre. Va-t-il tomber ? On l'entend qui répète : « Crapules... Crapules », cependant qu'avec une minutieuse patience le carabinier continue à délivrer son message : « Pas de munitions... Un oubli. La faute est au commandement. » C'est absurde, atroce. Comment des mots peuvent-ils faire aussi mal ? Jamais je n'oublierai la voix butée, méthodique. « Une de nos unités a été bombardée par des Savoia Marchetti... Une erreur, Votre Excellence... Le bordel, quoi... »

Se dégager de cette voix, de sa veulerie, de son indifférence meurtrière. J'attends qu'elle se renie. Et si c'était possible après tout ? Si les mots qui laissent une plaie, si l'irrémédiable pouvaient s'effacer comme les sons d'un magnétophone ?

Un espoir fou naît d'un instant de silence, d'une seconde d'hésitation qui fait plus de bruit qu'une fanfare. L'homme se tait. Je m'accroche à cette absence de mots, je m'y établis, j'implore. Voix, je t'en prie, épargne-moi... Ne dis plus rien. Laisse-moi retrouver les images d'avant, nos plages, nos solitudes, les violences de nos corps, nos musiques de soleil. Trois notes insistantes me montent aux oreilles, m'envahissent et courent en moi, bribes d'un air que j'aimais. La personne physique d'Antonio m'apparaît, son corps si mince, si long. Mais que vient-il faire là ? La vérité est sur les visages qui m'entourent. Elle est dans la tristesse qui les voile. Antonio est mort. Ma douleur me le dit et sur la mer le cri brisé des mouettes le répète : il est mort. Ces mots vont devenir ma demeure secrète. Ils se lèveront avec moi chaque matin. Je les endosserai comme un vieux vêtement. Ils seront partout où j'irai. Partout. Je les verrai dans les plis d'une couverture, dans l'insupportable palpitation d'un rideau mû par le vent, dans tout ce qui s'abaisse et s'élève comme un corps respire, dans tout ce qui cogne et qui bat comme un cœur. J'ai peur. Jamais je ne m'en délivrerai.

L'homme s'en va. C'est trop simple. Se passera-t-il quelque chose à quoi personne n'avait pensé ? Un cataclysme ? Le sol va-t-il s'ouvrir et l'engloutir ? Pas seulement lui ? Nous tous ? Oui, nous tous. Mais rien. Parti. Envolé, laissant sur la table l'avis proprement plié. Que je suis donc lente à comprendre : Antonio ne reviendra pas. Je suis seule. Je me donne à ces mots, à leur vide sans faille. Ils m'accueillent et m'enveloppent. Ils pèsent autant qu'un bras autour de mes épaules : je ne connaîtrai jamais d'étreinte plus durable.

Lecteur, je suis allée à Sólanto, ce jour-là, pour la dernière fois. Mais de clore pour toujours ce chapitre de ma vie, il me faut redire la désolante horreur que m'inspire Antonio lorsque, au lieu de l'évoquer dans sa force, avec la conscience qu'il en avait et aussi la suprême indifférence, avec sa façon de marcher un peu traînante, son air narquois et cette coquetterie qu'il mettait à choisir des vêtements trop larges comme s'il eût craint de rendre évidente la longueur de ses muscles, de ses jambes, l'angle vif de ses épaules, l'étroitesse enfantine de ses hanches, ses fesses inexistantes, au point que tout ce qu'il portait flottait, glissait et donnait l'illusion de mal lui tenir au corps, lorsque au lieu de l'évoquer ainsi, tel qu'il était, je le vois dans son état final, harassé, titubant, vaincu, pris au piège d'une patrie qui le déléguait sur les champs de bataille, chaussé de carton.

Ses compagnons, m'a-t-on dit, étaient des gamins.

Il y avait là, au centre des combats, le fils d'un cocher de Potenza, un gosse qu'il avait fallu priver de son harmonica car il en jouait sans cesse et qu'il ne parvenait pas à comprendre ce que son passe-temps avait de dangereux en de semblables circonstances, un berger sarde, des gens de Piana dei Greci qui prétendaient connaître la langue de l'ennemi, et c'était sans doute vrai, des garçons de Lucanie, quelques cultivateurs, un jeune marchand ambulant (le seul rescapé) qui disait à Antonio : « Moi, je vous connais, je vous ai vendu un sac de figues un jour, Piazza Bellini », en tout une douzaine de Méridionaux n'ayant pour la plupart aucune connaissance du métier militaire.

Mais en eussent-ils su davantage que cela leur aurait fort peu servi car les munitions étaient si rares qu'ils ne pouvaient faire usage de leurs armes qu'après en avoir reçu l'autorisation d'Antonio. Et j'ai souvent trouvé dans ce détail matière à consolation, comme si le sombre cérémonial qui exigeait de jeunes gens ayant la mort aux trousses qu'ils demandent à leur officier la permission de se défendre. « Monsieur, puis-je tirer, s'il vous plaît ? » et l'on imagine sans peine à quel point un combat mené dans ces conditions est dénué de panache — les privait de leur condition de guerriers, de vaincus, en faisait une troupe d'enfants perdus, abandonnés, retranchés au sommet d'une montagne, décidant de résister jusqu'à la dernière balle pour ne point risquer une punition et allant ainsi jusqu'à la mort.

Peut-être Antonio a-t-il eu conscience du caractère inhabituel de ce drame, de son envergure. Peut-être qu'à l'instant de rendre l'âme un tel dénuement lui est apparu comme un privilège.

C'était un garçon si singulier.

*
* *

Avec la disparition d'Antonio, quelque chose s'était produit d'irrémédiable qui avait transformé le Baron de D. : il avait le teint plombé, l'œil dur et sa voix avait pris des intonations presque cruelles à force de froideur.

Il vivait habité, gonflé d'une haine infernale. Certains de ses actes — comme de refuser que le nom de son petit-fils figurât sur le Monument aux Morts — le désignaient aux représailles. Car tout se savait, tout se répétait, et la Sicile aussi avait ses délateurs.

C'était pure folie que d'agir ainsi. Faisait-il exprès ? Les fenêtres du château laissaient échapper à heures fixes les communiqués de *Radio Londra*. Et ses pianos ? Il s'en était débarrassé. C'est ça le chagrin... Ne plus rien supporter de ce qui rappelle le passé. Mais pourquoi les brûler ? Et pourquoi dans le jardin ? De loin les gardes-côtes avaient pris ces bûchers pour des signaux et une enquête avait été ouverte. Vues de la mer les flammes qui s'élevaient au pied du château apparaissaient effrayantes, terribles. On en avait parlé jusqu'à Palerme.

Bref, le Baron de D. vivait dans un tel état d'indignation qu'il agissait en provocateur, à moins qu'il ne se fût donné un but précis, celui d'aller finir ses jours à Ustica, ou dans quelque autre pénitencier insulaire où les ennemis du régime étaient envoyés, enchaînés quatre par quatre, les *schiavettoni* aux poignets.

La déportation... C'est bien ce que redoutait Don Fofó. Et son désespoir qui était grand — pour lui aussi la mort d'Antonio avait été une sorte d'écroulement — s'aggravait de l'effroi que lui inspirait la véhémence de son père.

Ce qu'il risquait, lui, ne le préoccupait pas. A la première alerte : la montagne, ses grottes, ses chemins secrets. Il se sauverait ; il trouverait refuge dans quelque cabane où il n'aurait même pas à redouter l'épreuve de la solitude. Nombre de réprouvés, de hors-la-loi logeaient là-haut, au creux des rochers, au cœur des torrents desséchés, si intimement confondus avec ces contrées désertiques qu'aucune force ne pouvait les en expulser. Et toute sa vie Don Fofó avait été leur ami. Il les protégeait, les employait et parfois les accueillait à Sólanto où il les cachait. La montagne avait toujours été son domaine, à Don Fofó. Il en connaissait chaque pierre, chaque source, chaque puits, chaque femme : il s'y sentait vraiment chez lui. Mais son père ? Pouvait-on l'exposer aux fatigues d'une vie de cette sorte ?

Une éventualité à laquelle Don Fofó avait souvent songé.

Il y avait l'âge du Baron de D., son chagrin comme une déchirure atroce qui l'amoindrissait, les insomnies contre lesquelles il se débattait des nuits entières... C'est que l'on n'est plus un jeune homme à soixante-quinze ans. Et s'il n'y avait eu que cela ! Mais on en revenait toujours à l'impossibilité majeure : cette volonté du Baron de D. d'outrager ceux qu'il considérait comme responsables de la mort d'Antonio, de les provoquer, de leur lâcher sa haine en pleine gueule, cette haine démoniaque que lui inspiraient les représentants de l'ordre, de la loi, du régime. Alors à quoi bon se leurrer ? Jamais on ne voudrait du Baron D. là-haut. Jamais la mafia ne tolérerait parmi les siens la présence d'un homme ayant perdu le contrôle de lui-même au point que le sang lui montait au visage à la seule vue d'un carabinier.

La mafia (on ose à peine écrire ce mot galvaudé, lugubre, — du grand guignol — mais comment l'éviter ?), la mafia donc, il faut en convenir, tenait la montagne et tout dépendait d'elle. Le silence, la prudence, feindre, simuler, c'était ce qu'elle exigeait de qui elle protégeait. Et c'était de ces stratagèmes dont le Baron ne voulait plus. Il puisait dans ce refus ce qui lui restait de forces. Peu lui importait ce qu'il en résulterait. Des dangers ? Des risques accrus ? Il ne s'en souciait pas. L'avenir n'existait plus. On lui avait tué Antonio. Un homme de son sang était mort victime de l'incompétence, de la folie meurtrière du régime. C'était un assassinat. Le temps était venu de le dire. Il alerterait le monde.

Oui, le Baron de D. n'était plus le même. Il sentait couler en lui un torrent de vengeance.

Et une fois de plus les habitants de Sólanto participèrent au drame qui se jouait dans le cœur de leur maître au point de s'identifier à lui. Tous, sans exception, hommes et femmes, prirent le deuil d'Antonio.

Les incidents se multiplièrent. Certains cruels, comme le *kidnapping* d'un jeune dignitaire du régime venu dans la région pour passer quelques jours de repos et qui disparut sans laisser de traces. D'autres franchement comiques. Tel l'incident suscité par un vieillard de Sólanto lors de l'inauguration d'une route dont on se serait passé volontiers dans le pays. Qu'avait-on à en faire ? Le gouvernement continuait à préconiser les « panoramiques » comme remède à tous les maux et les journaux faisaient grand bruit autour de la route qui, ce jour-là, à Sólanto, s'ouvrait, avec force discours, à un trafic que l'essence rationnée et l'absence de touristes rendaient, certes, hypothétique. Mais un plein car d'officiers étaient venus de Palerme à cette occasion. Ils affichaient une extrême jovialité et c'était une étrange chose que ce besoin de secouer des manches galonnées et des bonnets à glands pour faire oublier les grèves, les mutineries et un empire perdu.

Ils se donnaient un mal du diable ces gens-là. Il fallait compenser, n'est-ce pas. L'année écoulée n'avait apporté que de mauvaises surprises et 1943 ne s'annonçait guère mieux. Un corps expéditionnaire italien sur le Don. Plus de cent mille hommes, disait-on. Alors, ce qu'il y avait d'emphase à cette inauguration, l'excès de rondeur, les sourires forcés étaient comme un remords. Les travailleurs italiens partaient pour l'Allemagne par trains entiers. Lorsqu'ils ne donnaient pas satisfaction à leurs employeurs, on lâchait sur eux des chiens. Tout se savait. Tout ! Les fusils à un seul coup, les vieux canons, ceux des campagnes de 1896, que l'on remettait en service, les ministres qui trafiquaient sur les équipements, les généraux un peu usuriers ou bien des plaisantins comme ce Soddu qui composait de la musique de film sur le front grec plus volontiers qu'il ne commandait à ses hommes, sans parler des esprits supérieurs, des financiers du régime qui travaillaient pour leur propre compte et s'étaient taillé dans les terres d'Empire de ces propriétés à rêver, de ces magots, de ces fortunes ! Oui, tout se savait, il suffisait d'écouter. Aussi les gens de Sólanto considéraient-ils avec étonnement les officiels venus de Palerme, un jour d'été, en bottes noires. Il y en avait des grands, des gros, tout cela sous un soleil de plomb et ne sachant plus quoi inventer pour avoir l'air glorieux. Des gueules de malheur. Des gens qui se sentaient à coup sûr affreusement déplacés et mal à l'aise face à des rangées de paysans en deuil qui ne disaient mot. Que faire ? Qu'attendre d'une assistance pareille ? Des mauvaises têtes. Le mutisme de la foule accroissait l'énervement des fonctionnaires.

Le moins embarrassé, un jeune, qui avait une assez haute idée de lui-même et de ses fonctions dans les Ponts et Chaussées, eut le sentiment qu'il fallait, selon les consignes de Rome, établir des contacts directs, et s'assurer les sympathies d'un vieillard qui se tenait là, parmi les badauds. Il alla le chercher. L'autre le regardait venir comme quelqu'un qui ne comprenait pas très bien ce que l'on attendait de lui. Pourquoi ces amabilités ? Il s'entendit traiter « d'ancêtre », de « vieux papa », de « grand-père » et cette familiaritié lui déplut. Puis on le traîna par la manche jusque sur l'estrade où on le pria de s'asseoir. Le paysan continua à mâcher en silence un morceau de pain qu'il avait tiré de sa poche.

Il s'agissait manifestement d'un très vieil homme, tanné, ridé qui se tenait toujours la tête penchée tantôt à droite, tantôt à gauche comme si son énorme casquette lui pesait de trop ou bien comme s'il vivait à l'affût des bruits de la terre. On l'interrogea. Un réel progrès cette route. Qu'en disait-il ? Le paysan écoutait, souriait, en découvrant des dents jaunes et rares, mais de toute évidence le ton inspiré de son interlocuteur le laissait froid. Allons, allons, n'était-ce pas comme un miracle aux yeux d'un homme qui se souvenait certainement des sentiers de jadis, des chemins muletiers et du tourment qu'était la poussière. Le vieillard approuva de la tête. La poussière ? Oui. De ça, il se souvenait. Il s'absorba dans un nouveau silence et l'homme en chemise noire reprit sa tirade, répéta plusieurs fois le mot « carrossable » en faisant rouler autant d' « r » et siffler autant d' « s » qu'il le pouvait, puis, désireux de ne pas en rester là, il ajouta que le fascisme avait du bon et que le paysan le plus âgé du pays, le vieux sage qu'il avait assis à côté de lui, allait certainement accepter de confier au micro tout le bien qu'il en pensait. « Allons, allons grand-père... N'est-ce pas qu'on vit heureux en Italie ? »

Il se fit prier longtemps. Il répétait : « Italie... Italie », tout en mâchant son pain. On mit ses hésitations sur le compte de l'âge. Voilà un homme qui approchait de ses cent ans... Les paupières mi-closes, le paysan regardait les officiels, puis les gens de Sólanto massés au pied de la tribune, puis le micro, puis à nouveau les officiels : il remuait les lèvres, il était prêt à parler, on ne pouvait en douter. Mais quelque chose encore le retenait. Une arrière-pensée ? Une crainte ? Laquelle ? On le pressa de questions. « Le monde entier est-il vraiment à l'écoute ? » demanda-t-il d'un air sombre. L'entendrait-on jusqu'en Amérique, jusqu'en Angleterre ?... — « Mais oui, mais oui, brave homme. On vous entendra jusque dans les rangs ennemis. Allez... Dites ce que vous avez à dire. »

Alors le paysan se leva et tous se turent.

Il enfonça bravement sa casquette jusqu'au-dessus des yeux, fit un grand signe de croix, se carra devant le micro qu'il empoigna à pleines mains et cria d'une voix angoissée : « L'Amérique ! L'Amérique ! Vous m'entendez ? » Il y eut un silence pendant lequel le jeune homme des Ponts et Chaussées se mit à regretter désespérément son initiative. Au premier rang, dans leurs beaux uniformes, les grosses légumes étaient sur le qui-vive. Alors le vieillard du plus fort qu'il put hurla : « Ici la Sicile ! Elle vous appelle au secours, la Sicile ! Au secours... » Et il cria encore : « Au secours... Au secours... Au secours. » Par trois fois. Puis il descendit de l'estrade avec un grognement satisfait. Un vrai scandale.

L'outrance, les sarcasmes, tout cela était si inhabituel à l'époque, qu'à force de témoignages, on réussit à le faire passer pour fou. On parla aussi d'une fièvre chaude. Mais en haut lieu, les incidents de Sólanto devinrent la base des conversations. On eut vite fait d'établir un rapport entre le mauvais état d'esprit qu'ils dénotaient et l'influence du Baron de D. Il fallait en avoir le cœur net. Un hiérarque vint à l'improviste enquêter sur place.

Il fut traité en intrus.

Sólanto lui apparut comme une forteresse désertée, une ville morte, avec ses ruelles vides, ses portes closes, ses escaliers étroits et sombres comme des coupe-gorge. Quel pays ! Où étaient les gens ? Des silhouettes furtives disparaissaient à peine entrevues. Cela ressemblait à une machination. Et puis c'était sinistre une ville sur laquelle le deuil veillait. Pourquoi ces placards posés en travers des portes ? « A notre fils. » — « A notre enfant. » Que s'était-il passé ? Les habitants étaient-ils tous disparus, tous tués ? C'était insensé. L'apparition soudaine et irréfutable de la Mort au seuil de chaque maison. La mort, la mort à perte de vue. Le lien définitif de ces traits noirs de porte en porte. Est-ce qu'il pouvait imaginer, le hiérarque, que le deuil auquel le village entier s'associait était celui d'Antonio ? Comment comprendre, lorsqu'on n'est pas sicilien ? Et comment s'étonner que ce hiérarque ne le fût point ? Un récent décret interdisait aux fonctionnaires nés dans l'île d'y être employés. Cela afin d'enrayer un mécontentement grandissant. Une idée de Mussolini. Il commençait à en avoir assez de ces Méridionaux qui lui tiraient dans les pattes.

Ainsi l'ordre était aux mains de nouveaux venus pour qui les usages locaux étaient aussi troublants que des diableries, des visiteurs éberlués comme le hiérarque qui suait devant la porte du château de Sólanto. Mais était-ce bien l'entrée du château ? Tout se ressemblait dans ce dédale, tout se confondait dans la même hostilité. Et puis les maisons les plus pauvres avaient parfois des portes comme des citadelles. Le hiérarque ne savait que penser. Une sueur lui perlait au front. Soudain une femme passa, silhouette muette et comme masquée de plomb. Etait-ce là que demeurait le Baron de D. ? Elle fit celle qui ne comprenait pas. Ces Siciliennes ! Bêtes comme des chèvres.

Le sol, les murs, chaque pierre de Sólanto exhalait une chaleur qui ne faisait qu'accroître l'inconfort, la contrariété angoissée de l'homme qui attendait sur une place torride, en bottes et chemise noires. Quel pays, bon Dieu, quelle contrée de Fin du Monde ! Et il soufflait un vent de feu ! Il s'épongea le front. Aussitôt et comme par enchantement un homme apparut couché sur un mur dans une immobilité irritante : le portier. Que faisait-il là celui-là et pourquoi ne s'était-il pas manifesté plus tôt ? On hésiterait à laisser un chien dehors par une chaleur pareille. Mais même après qu'il eut hélé l'étrange individu et qu'il lui eut demandé de l'annoncer au Baron de D., la porte resta close et le hiérarque debout, attendant d'être reçu.

De retour à Palerme, il rendit compte de sa mission. Il raconta le château, avec ses couloirs interminables, son vestibule dallé, frais comme une grotte ; il raconta la salle de travail et ses hautes bibliothèques, il raconta surtout les grandes tables rondes où s'entassaient des publications de toutes sortes et même des revues d'origine britannique. Il répéta plusieurs fois « britannique », afin de signaler à ses chefs que rien ne lui avait échappé.

Puis il se prononça sur le cas du portier qui semblait ignorer l'usage du salut à la romaine, — tout cela était d'un louche ! — et sur sa décision à lui, le hiérarque, de donner l'exemple, face à cette bande de dégénérés. Il était entré dans le salon d'un pas vif et la main levée. Il cita de mémoire la phrase par laquelle le Baron de D. l'avait accueilli : « Faites-moi grâce de vos clowneries... » Un homme apparemment incapable de prononcer un seul mot sans un accès d'humeur. Toute son attitude laissait prévoir un incident. Pas de procès-verbal possible. Plus de carnet de notes. Le Baron de D. le lui avait arraché des mains. « J'ai la prétention de parler librement chez moi. » Un fou. Un malade.

Il fallait en finir. Alors, par quelques phrases bien senties, le hiérarque avait exalté le sentiment sublime qui devait animer une famille ayant donné un fils à la Patrie. Et le Baron avait crié « Plus fort... Je suis sourd. » Il tenait son oreille en cornet. Et pourtant aucun des précédents rapports ne mentionnait sa surdité. On disait même qu'il était mélomane. Alors ? Se moquait-il ? « Inutile... Je suis sourd. » C'étaient ses mots. Soudain la porte s'ouvrit. Son fils, sans doute. Même regard sévère. Et il ne portait pas non plus l'insigne du Parti.

Le rapport du hiérarque présentait Don Fofó sous des aspects au moins aussi suspects que le Baron de D. On pouvait le tenir pour responsable, lui aussi, de ce qui se passait à Sólanto. Ainsi pour le Monument aux Morts. Le hiérarque n'était pas peu fier de la question qu'il lui avait posée, de but en blanc : « Comment le père d'un officier mort au champ d'honneur peut-il refuser que son sacrifice se perpétue, gravé dans la pierre ? » La réponse ne s'était pas fait attendre : « Je ne tiens pas à servir d'exemple. »

Des individus répugnants. Une racaille. Ah ! Dire que l'on prenait des gants avec ces gens-là. A la cravache, oui...

Le hiérarque faisait de son mieux, le rapport coulait, coulait, mais il ne rencontrait que peu d'écho. C'était le secrétaire fédéral surtout qui l'inquiétait. Il l'écoutait à peine. Que lui fallait-il encore à celui-là ? Que l'on meure, comme l'autre qui, envoyé à Sólanto sous le couvert de vacances à prendre, s'était fait descendre comme un lapin. Que signifiaient ces regards ironiques, ces sous-entendus, ces apartés, ces messes basses ? Mal renseigné ! Lui ! Le fonctionnaire modèle ! Rien ne lui avait échappé. Vraiment rien. Alors ?

Il souhaitait une explication.

Elle lui vint avec les journaux du soir. De regrettables incidents. Trois charges de plastic, trois explosions à Sólanto.

Le Monument aux Morts avait sauté une heure après son départ.

*
* *

Cela se fit en mai par un temps calme. La décision s'imposait. Mais elle coûta au Baron de D. ce que coûtent les séparations : des heures d'angoisse qui laissent la hantise de ce que l'on va perdre. Une rumination sans fin.

Il fallait donc partir. La police renforcée, les carrefours gardés, d'incessantes visites domiciliaires, tout cela ne laissait pas d'autre issue. Et des horreurs comme cette femme enceinte que l'on avait battue pour lui arracher le nom du plastiqueur, qui ne fut jamais établi. Qui était-ce ? Un anarchiste ? Ou bien un de ces séparatistes, de ces gens dont on disait que les idées montaient dans le pays ? Quel était son but à cet homme ? Servir les intérêts du Baron de D. ? Il les desservait. Aller au-devant de ses désirs comme l'affirmait la police ? A moins que ce ne fût la police elle-même qui ait fomenté l'attentat.

Il fallait donc partir. Le Baron de D. avait beau se répéter qu'il reviendrait peut-être, cela ne servait de rien. Il était sans illusions. Partir, c'était quitter ce qui, de cruel, d'insupportable, de presque mortel, lui était devenu aussi nécessaire que l'air respiré : l'histoire d'un amour sans équivalent inscrite entre les murs d'un château de Sicile, sa maison. Partir, c'était aussi s'éloigner des fantômes qui y rôdaient. Le bonheur. Son parfum dans chaque pièce et l'image de cette femme dont le souvenir l'éveillait encore la nuit ; celle dont il ne cessait d'éprouver la présence, toujours, en dépit des années avec la musique entre elle et lui, la musique entre eux comme un long désir. Et, étrangement mêlé et presque confondu avec le souvenir de cette femme, le souvenir d'Antonio qui l'avait sauvé des heures longues, de l'attente sans fin, des accès de haine dont se nourrit l'amour trahi, le cœur souffleté, Antonio qui l'avait guéri.

Et puis il y avait pire : perdre l'envie de revenir. Il se connaissait bien. Il savait jusqu'où pouvait aller, une fois éveillée, sa volonté de détachement, de silence. Ailleurs, c'était le vide. Mais qu'adviendrait-il de lui si ce vide lui suffisait ? Le vide. Oui. Prendre le goût du vide, de la vie rejetée. L'apprécier. Ce n'était en lui qu'une idée confuse, cette crainte. Il faisait de son mieux pour qu'elle ne se précisât point. Il cherchait à se raccrocher à des pans de phrase, des bribes d'idées, des mots. La paix, qui sait ? Peut-être fallait-il compter sur elle pour que la vie redevînt comme une aurore, forte, nouvelle, éclatante d'espoirs. Mais comment y croire ? Voyons... Toutes les guerres finissent mal et la paix allait apporter plus de déceptions qu'on ne pouvait en imaginer. C'était évident. Un changement radical. Une contradiction atroce entre ce que l'on avait souhaité et ce que l'on obtiendrait.

Et de tout cela le Baron de D. ne retenait que la crainte, après des mois d'éloignement, des années peut-être, de ne retrouver intacts ni le goût de vivre en Sicile, ni la force d'y revenir.

*
* *

Don Fofó n'était pas un homme entreprenant. Il n'était pas non plus sentimental. Ce qui primait chez lui, c'était plutôt un mélange de sensualité et d'impulsivité. Il tenait de sa mère. Et pourtant le Baron de D. éveillait en lui une émotion profonde, permanente, une de ces inquiétudes comme en suscitent les sentiments mal partagés. Rien, il le savait, ne pouvait combler le vide de ce cœur. Pas même lui, Don Fofó, que son père pourtant aimait bien. Cette certitude établissait entre eux un lien inattendu qui les rendait indispensables l'un à l'autre : l'impossibilité de se mentir.

Et puis Don Fofó avait vécu en marge. De cette société à laquelle il appartenait de loin, de ce monde fermé, mystérieux, comme une entité obscure à laquelle il était attaché sans en rien connaître, son père était l'aboutissement parfait. Il l'aimait d'autant plus qu'il le comprenait moins. Et c'était cet homme que la police persécutait. Le sauver de cette bête tyrannique chaque jour plus odieuse, le convaincre de s'en aller était une tâche à laquelle Don Fofó s'était acharné jusqu'à en pleurer, s'étonnant lui-même des manifestations d'une sentimentalité qu'il ne soupçonnait pas. Mais qu'y pouvait-il ? Il était attaché au style de vie de son père, aux choses qu'il aimait, à sa manière d'être, lui qui avait passé sa vie à courir les champs, les fermes et les paysannes. Qu'y pouvait-il ? C'était sans doute une contradiction nécessaire.

Cela prit des semaines. Lorsque le Baron de D. eut enfin donné son assentiment, la bataille de Tunisie était engagée et les choses pour lui allaient si mal à Sólanto qu'il n'y avait plus un instant à perdre. Mais Don Fofó savait exactement à qui s'adresser. Sur ce terrain-là, il était imbattable.

Il alerta certains de ses amis.

« S'expatrier sans passeport », ou encore « Rejoindre les gens du dehors » étaient les métaphores en usage. On le comprit à demi-mot. Et sa hâte aussi, et son anxiété. C'est que les départs forcés n'étaient pas chose si inhabituelle. Il fallait avant tout obtenir l'appui de la mafia. En précisant qu'elle était aux ordres de l'Amérique, on aura, en gros, toute la vérité sur ce qui se passait à cette époque-là en Sicile.

En Tunisie, les troupes italiennes résistaient encore. Mais ce n'était plus qu'une affaire de semaines et la ligne Mareth était enfoncée. Aussi le débarquement paraissait-il imminent. Heureusement que les contacts étaient pris de longtemps. Cela faisait plus d'un an que les services secrets américains et leurs homologues siciliens étaient à l'ouvrage. La mafia s'assurant le silence des uns, l'appui des autres, plaçant çà et là des hommes sûrs, tâtant le pouls des garnisons, favorisant les désertions et aussi, cela va de soi, faisant au nom de la démocratie toutes sortes de promesses aux séparatistes, la mafia donc tenait le pays.

Il fallait, n'est-ce pas, que ce débarquement coûtât le moins de vies possible. C'était cela l'essentiel et il n'y avait point lieu de se montrer trop regardant quant aux moyens à employer ? Evidemment... Mais la mafia, quand même... N'était-ce pas curieux de la voir introduire jusqu'au cœur des états-majors ? La mafia responsable en quelque sorte du sort d'une armée ? Pas de quoi se réjouir. L'époque était vulgaire.

Il s'établit ainsi entre des repris de justice italiens emprisonnés aux Etats-Unis et leurs honorables correspondants siciliens un va-et-vient de renseignements, de nouvelles, un échange de services, tout un trafic comme seul pouvait en concevoir dans sa candeur naïve le bel idéalisme américain. Etrange aventure ! Cinquante-deux condamnations, un passé de proxénétisme presque unique dans les annales du crime, trente ans de peine à purger n'allaient pas faire douter de la bonne foi d'un gangster, ce Lucky Luciano que de dignes gentlemen et des officiers d'une grande discrétion consultèrent plus de vingt fois, dit-on, derrière les barreaux de sa prison modèle, sur les moyens de bien conduire la guerre.

L'occasion était belle. Lucky Luciano fit de son mieux. Sa mémoire lui livra, comme par enchantement, une liste de vieux associés auxquels la Septième Armée pouvait être confiée, les yeux fermés.

Elle entra en Sicile comme dans du beurre.

Lorsque tout fut terminé, très vite et presque sans pertes — tandis que ces pauvres Anglais, moins bien informés, suaient sang et eau et perdaient des milliers d'hommes —, du fond de sa prison l'obligeant artisan de cette victoire eut tout le mal de monde à faire reconnaître ses droits. On ne se souvenait plus de ce que l'on avait promis à Luciano. Qu'était-ce au juste ? Sa liberté ?

Il lui fallut deux avocats et beaucoup de patience pour obtenir gain de cause.

On le déporta en Italie.

Mais cela se passait quelques années plus tard, la guerre finie. Si le nom de Lucky Luciano est prononcé, dès à présent, c'est qu'il n'est pas étranger à ce qui va suivre.

*
* *

Les amis de Don Fofó ne manquaient ni de relations ni de moyens. A les entendre, le départ clandestin du Baron de D. ne suscitait aucune difficulté. Bien au contraire. « Des interlocuteurs distingués », telle était la plus récente exigence des services américains. Ils en réclamaient à cor et à cri. Evidemment tant de contacts pris avec des analphabètes commençaient à les inquiéter quelque peu.

Ainsi pour le dialecte. Enseigner le sicilien, aussi étrange que cela puisse paraître, n'est pas une tâche à confier à un illettré. Et l'on avait grand besoin d'aide dans ce domaine. Encore que tout ce que l'Amérique comptait de Siciliens dût être incorporé dans la force d'invasion, il fallait leur rafraîchir la mémoire à ces garçons. Nés aux Etats-Unis, ils avaient perdu toute notion du parler de leur île. Oui, on avait grand besoin d'aide dans ce domaine et les connaissances du Baron de D. pourraient être utilisées. Mais cela lui suffirait-il pour vivre ? On voulait bien l'employer, mais de là à l'entretenir jusqu'à la fin de ses jours !

Interrogé sur ce point, Don Fofó fit état d'une sœur de son père, américaine par mariage, et un peu cousine des Vanderbilt, de surcroît. Elle avait péri dans le naufrage du *Lusitania*, laissant en héritage quelques fonds, auxquels le Baron de D. n'avait jamais touché.

Ces ressources firent le meilleur effet. Mais ce fut le cousinage Vanderbilt qui, plus que tout, rassura.

Restait le passé. C'était la bête noire, à l'époque, les gens politiquement douteux. Une discrète enquête s'ouvrit dans les milieux siciliens de New York. N'y avait-il pas des émigrés de Sólanto à Mulberry Street ? Peut-être obtiendrait-on d'eux les garanties nécessaires.

Le restaurant d'Alfio Bonavia reçut de nouveaux clients que le passé du Baron de D., ses activités, ses amitiés intéressaient au plus haut point. Ils vinrent souvent. De drôles de gens. Connaissaient-ils le Baron de D. ? Non. Pas exactement. Mais ils en avaient entendu parler. C'était tout de même bizarre ces inconnus qui s'inquiétaient du Baron et de ses opinions entre la poire et le fromage. Alfio s'interrogeait.

Carmine ne fut pas long à comprendre.

Or à New York, comme à Marseille, comme à Naples, certaines carrières ne se font pas sans certains appuis. Les ennemis politiques de Carmine Bonavia disaient-ils vrai lorsqu'ils affirmaient qu'il devait sa carrière politique à des électeurs peu avouables ? Luciano en particulier. Carmine jurait ses grands dieux que non. Il ne connaissait Lucky que pour l'avoir rencontré chez le coiffeur. Des calomnies.

Toujours est-il qu'il le fit avertir.

Ainsi Luciano apprit qu'il pouvait, s'il y consentait, faciliter l'arrivée à New York d'un homme de grand mérite. Quelques mots suffiraient... Ces mots furent dits. Rien ne s'opposait désormais au départ du Baron de D. Une vedette que l'on venait de voler allait trouver son emploi. Le cap Bon n'était jamais qu'à quelques centaines de milles.

*
* *

Le Baron de D. se serait sans doute bien étonné si on lui avait appris ce dont il était redevable au fils de Bonavia, son ancien paysan, et plus étonné encore s'il avait pu imaginer l'intervention en sa faveur d'une crapule telle que Luciano. Il ne s'en douta jamais.

Lorsque l'heure approcha, il prit Fofó par les épaules et lui montra la montagne sur laquelle le soleil couchant projetait de longues traînées pourpres.

— Regarde, lui dit-il, regarde comme ces pans de ciel sont beaux. On dirait une marée rouge... Il faisait exactement ce temps-là le soir où tu m'as apporté Antonio ? Te souviens-tu ?

Puis il ajouta :

— Il faudra, Fofó... Il faudra recommencer. Tu me comprends ?

— Je comprends, dit Fofó.

Et il fondit en larmes.

— Si je te parle ainsi, c'est à cause de tout ça...

Le Baron eut un mouvement vague de la tête pour désigner le château, les nuages roses et les lointaines olivaies. Et comme Fofó pleurait toujours, il lui dit d'une voix mal assurée :

— Cesse, mon petit. Cela fait mal. Nous ne nous quittons peut-être pas pour toujours, tu sais.

Et il alla mettre son manteau.

La vedette arriva en trombe, s'arrêta quelques instants le long des rochers qui avançaient dans la mer comme un piédestal et enleva le Baron de D. au vu et au su de la population de Sólanto.

Il fallait profiter du temps pendant lequel les embarcations de surveillance étaient occupées ailleurs.

Dans le village, la promenade du soir battait son plein et,

comme chaque jour à cette heure-là, ce qu'il restait d'hommes tenait un côté du quai tandis que les femmes et les jeunes filles marchaient entre elles du côté opposé. Il y eut donc plus de cinquante personnes pour voir accoster une vedette de la marine et deux paires de bras s'emparer d'un homme de haute taille, un peu voûté, qui se tenait debout sur les rochers, un sac à ses pieds.

Mais il n'y eut personne pour en parler.

A Palerme, parmi les rares intimes du Baron de D., on constata qu'une fois de plus le château était cadenassé et le portier muet, posté en sentinelle sur le mur du jardin. Rien de nouveau à cela. Les circonstances avaient dû contraindre le Baron de D. et Don Fofó à s'éloigner pendant quelque temps. A la montagne sans doute. Jamais un mot ne fut prononcé qui eût trait à un départ plus lointain. Un secret que nul ne perça.

A bord de la vedette, trois hommes s'entretenaient à voix basse. Ils parlaient de leur jeune temps. Le timonier disait qu'avant de faire le *mafioso* il avait habité Tunis, le quartier de la Petite Sicile, et il était visible que le fait d'y retourner lui procurait un grand plaisir. Il avait des rides de vieil intendant, un air dévoué et servait au Baron des « Votre Seigneurie » longs comme le bras.

Puis il y eut un conciliabule au sujet de Maréttimo, « La dernière terre italienne avant le large », précisa le timonier. Et il ajouta : « Une île dont il faut se tenir éloigné. » C'était pourri de gardes-côtes dans les parages.

Malgré la vitesse et la distance, Maréttimo — mais était-ce une illusion, un mirage ? — resta comme à portée de main pendant un temps considérable.

Le Baron de D. sentit que son cœur battait à grands coups et que ses lèvres étaient prises de tremblements. « La dernière terre italienne... » Il ne s'était jamais dit qu'il entendrait cette phrase. Il n'y avait même jamais pensé. Des images l'envahirent, des voix, des sons, des couleurs. Il vit suspendue dans le ciel la cravate rouge des écoliers de Cefalù, et des enfants en noir qui marchaient en procession, puis le battement grave et solennel des cloches de Syracuse lui emplit brusquement le cerveau. Il porta les mains à ses oreilles comme s'il sentait sa tête éclater. Il voulut échapper à ce tintamarre en se cramponnant à une pensée pratique, quelque chose de banal comme son béret, oublié à Sólanto, et qui allait lui faire défaut. Mais le tourbillon des images le reprit. Il était sans défense. Un verger posé sur la mer, tout scintillant de rosée, retint son attention puis un lent défilé de colonnes et de chapiteaux démantelés, une caravane qui s'effaça lorsque des formes immobiles et menaçantes se profilèrent à l'horizon. Alors la mer ne lui offrit plus que la vision d'un paysage déchiqueté, des champs de lave à perte de vue, un chaos lunaire, un rêve noir et il ferma les yeux.

Lorsqu'il revint à lui une voix disait :

— On en est sorti.

Et comme le Baron de D. ne répondait rien, la même voix répéta plus fort :

— On en est sorti, Votre Seigneurie... Nous sommes saufs.

Le Baron de D. ne pleurait pas. Il regardait la lune qui commençait à monter dans le ciel sans la voir. Il semblait écouter le ronflement régulier du moteur mais l'entendait-il ? Tout lui paraissait illusoire, incertain : ses pensées, ses sensations, son corps lui-même qui lui semblait ne plus être le sien.

Au loin Marrétimo n'était qu'une ombre bleue dans le bleu de la nuit.

*
* *

Un millier de visages inconnus. Tout un peuple posté aux fenêtres. Comment cela était-il arrivé ? Autour de Mulberry Street la foule des jours de fête. Plein de bruit, plein de mouvement. Et dans son unique complet décent, le Baron reçu en héros.

Carmine Bonavia était l'ordonnateur de cette manifestation, mais il n'y tenait qu'un rôle secondaire. Pour une fois, c'était Alfio, son père, qui occupait la place d'honneur, marchant à la droite du Baron au pas de cérémonie.

Tout concourait au succès de la réception : le temps sans moiteur, un vent d'été assez frais pour juillet et qui montait de la mer, la rue pavoisée d'étamine, les femmes en robes voyantes, l'apothéose des vitrines, les enfants en vacances qui se poursuivaient d'un trottoir à l'autre comme un essaim de frelons affolés et la joie légère des banderoles sur lesquelles était inscrit « Bienvenue », en lettres géantes, et aussi « Vive celui qui a dit non », phrase dont les derniers mots (« qui a dit non au fascisme ») avaient été supprimés pour ne point froisser la susceptibilité de certains milieux demeurés fidèles au Duce.

La rencontre avait eu lieu dans une douane qui, par la blancheur de ses murs, le luxe de ses sièges métalliques et quelque chose d'aseptique dans l'air, évoquait l'antichambre d'une clinique. Partout des plantes vertes. Pas n'importe quelles plantes : exotiques. Et une musique de fond diffusée avec discrétion : des airs tendres. C'était là, au terrain d'aviation, dans la pièce blanche où une végétation coûteuse et de la mauvaise musique attestaient la générosité de l'hospitalité américaine qu'Alfio, venu à la rencontre du Baron, faisait les cent pas en chapeau de paille, chemise flottante et cravate à ramages : sa tenue des dimanches.

Les voyageurs débarquaient par vagues successives. Tous s'engageaient dans l'étroit couloir que délimitaient deux rangées de bureaux derrière lesquels des fonctionnaires, tassés sur leurs chaises, attendaient. L'écoulement était lent. Les papiers passaient de main en main, étaient examinés, feuilletés, tamponnés. Parfois il y avait un doute et tout s'arrêtait. La file s'immobilisait puis elle repartait par bonds minuscules. C'était comme un gigantesque jeu de l'oie.

De la barrière à laquelle il s'appuyait, Alfio vit passer toutes sortes d'échantillons humains. Des jeunes filles dépeignées couvertes d'appareils photographiques, de grosses femmes très parfumées et chargées de fourrures, un gamin dont la détresse était si visible qu'elle lui fit mal. Il marchait en silence, avec, pour tout bagage, une valise minuscule. Alfio vit les vêtements de l'enfant, trop grands, usés par d'autres que lui ; la bande adhésive qui tenait la valise fermée et portait en majuscules son nom tracé à l'encre : SOLO (mais était-ce son nom ou sa condition d'enfant seul, ainsi précisée ?) ; il vit ses cheveux tondus comme après une typhoïde et son visage de mal nourri. D'où venait-il ? La visite de sa valise provoqua chez Alfio un frisson d'émotion, presque de l'indignation. C'était comme une opération sans anesthésie. Il fallut arracher la bande adhésive. Dans la douane aseptique se répandit un parfum champêtre. L'enfant regardait l'homme en uniforme qui dénombrait les vestiges de son passé : un fromage de chèvre, un salami, un bouquet de thym et une paire de chaussettes. Puis, sous les chaussettes, trois petits paquets qui, une fois ouverts, laissèrent échapper une pluie d'herbettes séchées.

Après cela, il n'y eut plus pour Alfio qu'une attente inquiète. Un vieillard passa, qu'il suivit des yeux un instant... Puis un autre homme, âgé lui aussi, mais plus grand, plus maigre, qu'il reconnut aussitôt. Etaient-ce ses cheveux très blancs, très touffus, était-ce sa maigreur comme accentuée par son costume noir ? Le Baron s'était mis à ressembler à un vieil érudit.

Du plus loin qu'il le vit, tournant sur lui-même, poussé d'un bureau à l'autre avec l'air éberlué de quelqu'un qui ne sait ce qui l'attend, Alfio agita les bras, puis s'élança vers lui. Le Baron demeura quelques instants interdit. L'étrange accoutrement... Que lui voulait cet homme ? Il laissa son passeport aux mains d'un fonctionnaire que sa qualité de voyageur en provenance d'un pays ennemi et son visa spécial jetaient dans un grand trouble. Lorsqu'il eut atteint la barrière où se tenait Alfio, le Baron resta d'abord pétrifié de surprise, puis il eut comme un cri de joie.

— Alfio ! Est-ce possible !

Ils plongèrent dans les bras l'un de l'autre. Et ce geste eut deux effets opposés. En refermant ses bras sur le corps d'Alfio, le Baron de D. redevint très naturellement lui-même. Il retrouva son assurance, sa dignité faite de malice et de distance, comme il aurait repris son souffle après un long effort. Tandis qu'Alfio reçut cette accolade, comme un coup de boutoir qui le rejetait dans son passé. Le Baron de D. ! C'était le Baron qui se tenait devant lui. L'homme qui avait dominé son enfance et qui occupait son esprit comme un mythe depuis plus de quarante ans était là, en chair et en os. Alfio demeurait immobile, hébété, conscient soudain de l'empire qu'exerçait encore sur lui l'exilé qu'il était venu accueillir.

Rien ne se passa comme il l'avait prévu. Il aurait voulu être simple, naturel. Mais il oubliait tout, l'aisance acquise, sa rondeur coutumière, le ton « je-ne-crains-personne... je-suis-partout-chez-moi » dont il était si fier... Il essaya de prononcer les phrases de bienvenue dont il était convenu avec Carmine. Mais les mots ne sortaient pas. Et dans sa tête les formules d'une politesse oubliée montaient vite, très vite se déversaient sur lui, le noyaient. Quelle lutte !... Le Baron ne faisait rien pour entretenir Alfio dans cet état bizarre. Bien au contraire. Il lui avait parlé doucement, demandant des nouvelles de son Carmine avant même qu'Alfio se soit enquis de la santé de Don Fofó.

— Alfio, Alfio, répétait-il, est-il possible que ce soit toi ? J'ai toujours pensé que tu ferais ton chemin...

Alors pourquoi fallait-il qu'une kyrielle de mots, des bribes de phrase naissent dans la mémoire d'Alfio, lui montent aux lèvres, l'envahissent jusqu'à l'écraser ? Il se disait : « Tu n'es plus le même. Quitte ce ton de soumission. Et ne va pas te mettre à lui parler à la troisième personne. » Mais à peine s'était-il dit tout cela que se formaient quelque part dans son cerveau les desseins les plus imprévisibles, comme de saisir la main du Baron, de la baiser, de la presser sur son cœur, envie qu'il réprimait aussitôt. Mais il ne pouvait s'empêcher de répéter, comme cela, pour lui-même : « Votre Excellence... Votre Excellence », afin de retrouver la cadence juste, et ce faisant d'improviser autour du Baron une sorte de petit ballet, dont le but évident était de s'emparer de son sac et de l'obliger à cheminer devant.

Ainsi, sans qu'il en fût conscient, Alfio forçait-il le Baron de D. à reconnaître en lui, en dépit d'une élégance d'homme arrivé et d'une obésité naissante, son paysan d'autrefois, son berger.

Un fleuve traversé où glissaient des bateaux pressés de rentrer au port, un pont métallique qui l'enjambait d'un bond audacieux, le canyon profond des rues droites, trop droites, la fuite éperdue des immeubles vers le ciel et, çà et là, de légers dais tendus sur les trottoirs pour pénétrer à pied sec dans les demeures des beaux quartiers ; ailleurs, autre surprise, des geysers de vapeur jaillissant de la chaussée, un vent marin soulevant des tourbillons de poussière — New York ville sale, n'était-ce point surprenant ? — et des enseignes lumineuses jamais éteintes laissant en plein jour des traînées incohérentes sur les façades, il y eut tout cela pour étonner le Baron de D. entre l'aéroport de La Guardia et New York, tout cela pour éprouver tantôt une sensation de jeunesse, tantôt d'écrasement, tantôt le sentiment qu'il allait vers une vie nouvelle, tantôt qu'il marchait vers la mort, tout cela et Alfio auprès de lui, la chemise entrebâillée, les manches retroussées, le biceps avantageux, Alfio au volant, son chapeau légèrement rejeté sur la nuque, conduisant à l'américaine avec une nonchalance étudiée.

Mais tout cela n'était rien.

Brusquement le Baron de D. eut l'impression d'avoir quitté New York et chaque tour de roue le confirmait dans sa surprise. Un changement radical. Une métamorphose. Les yeux écarquillés, il voyait les maisons rapetisser, perdre vingt étages à la fois, puis trente, comme par magie. Les façades changeaient de forme, de couleur. Là, elles avaient été nettes, froides, sévères comme de hautes murailles inhabitées. Ici, elles étaient barbouillées de rose, de beige et portaient de la lessive qui s'agitait au vent. Fait remarquable, les rues droites s'évanouissaient dans un enchevêtrement plein de tanières, de cachettes ; elles se mettaient tout naturellement à se courber, à zigzaguer. Les trottoirs dont les surfaces planes étaient apparues au Baron aussi vastes, aussi nues qu'une piste d'envol, soudain disparaissaient sous un fourmillement humain inexplicable et se couvraient d'éventaires. C'était comme de se retrouver soudain en pleine fermentation, en pleine vie, comme si la substance qui emplissait New York, jusque-là invisible et secrète, s'était brusquement déversée sur le sol et que les légumes et les fruits avaient jailli jusqu'au bord de la chaussée.

— Où sommes-nous donc, Alfio ? s'enquit le Baron.

— Dans le quartier italien, Excellence.

— Et ces gens ? Sont-ils tous là pour moi ?

— Tous, oui, dit Alfio.

Alors, ils descendirent de voiture et entrèrent ensemble dans Mulberry Street.

*
* *

Carmine, en sa qualité de chef de district, se tenait au centre d'une délégation composée de quelques représentants du Comité central de Tammany Hall et des sommités démocrates du quartier. Les anciens antagonismes semblaient oubliés et Patrick O'Brady, ses rêves de suprématie momentanément suspendus, représentait l'Irlande en compagnie des plus fidèles clients de son estaminet, tous légèrement gris. Au moment des présentations, le Cogneur, au comble de l'attendrissement, serra le Baron sur son cœur en l'appelant « frère », « compagnon de misère », et ne put s'empêcher d'y aller de sa larme.

Shun Ying le tatoueur, Wah Wen Sang le morticien et Wellington Lee le photographe, conduisaient le groupe des Chinois. Ils étaient une douzaine environ qui se tenaient tranquilles dans leur coin et regardaient le ciel où flamboyait le soleil. On aurait dit que rien de ce qui se passait ne pouvait vraiment les concerner. Tous restèrent silencieux, tandis que le chef du groupe allait honorer le Baron d'un profond salut.

Agata, Calogero, leur fils Theo, qui étrennait ses premières culottes longues, étaient là, au premier rang, comme à la parade. Au moment où le Baron, les apercevant, s'arrêta, et qu'il y eut entre eux un long dialogue mené en dialecte, sans cris, sans gestes non plus (jamais de gestes), mais avec un crescendo qui culminait dans le mot « Sólanto » prononcé sur un ton profondément pathétique, en un instant le cortège fut submergé par la meute des photographes.

— Serrez l'enfant contre vous ! criaient-ils.

— Prenez cette femme dans vos bras !

Le Baron n'en fit rien. Mais comme ils insistaient, Carmine fit signe de la tête qu'il fallait se presser. Un signe impérieux. Avec des cris, des gestes furieux, les photographes foncèrent sur le Baron comme des animaux féroces. Des éclats de *flash* jaillirent. Ils s'en allèrent sans remercier.

Le Baron de D. se remit en route un peu effrayé par ces gens, ces trottoirs, ces rues, cette foule. Il ne savait même pas clairement ce que l'on attendait de lui. Une visite du quartier, puis un vin d'honneur « Chez Alfio », après quoi on le conduirait à son logement, trois pièces dénichées par Carmine non loin de l'endroit où il logeait lui-même. C'était à quelque chose près ce qu'on lui avait dit. Il fallait marcher et se laisser faire sans trop essayer de comprendre le pourquoi de ces regards, de cette fièvre. Une curieuse aventure, qui mettait comme une brume dans le cerveau du Baron de D., lui paralysait la tête, le vidait de la moindre pensée. Oublié le raidillon qui conduisait à la mer, le départ, l'adieu à Sólanto. Pas le plus petit souvenir de la traversée. Tout cela n'avait plus aucune importance. Il était à New York et il fallait marcher. Marcher avec Alfio. Marcher avec Carmine. L'un était à sa droite, l'autre à sa gauche. A vrai dire, c'était cela l'essentiel et si l'on avait cherché au plus profond de son cœur, sans doute aurait-on trouvé, en plus d'une nostalgie tenace, cette unique satisfaction : ne pas être seul.

Le Baron de D. passa ainsi devant une série de boutiques qu'en son honneur des mains expertes avaient décorées de guirlandes, de bouquets, d'écussons de tous les rouges, de tous les roses, de trophées écarlates, de rosaces, de frises. Ainsi se croyait-on tantôt devant un théâtre en miniature, tantôt devant un reposoir à la veille d'une Fête-Dieu.

C'est à la hauteur du magasin de Nazareno Bacigalupo, le marchand d'accordéons — *Established in 1908. Open daily from 10 A.M. to 6 P.M. Sunday and holidays by appointment only* —, qu'un air retransmis par haut-parleur passa au-dessus d'Alfio comme un coup de cravache, puis déferla sur le Baron de D. dans un grand mélange de sons de toutes les couleurs. Un *Traditor* proféré en *do* majeur par des voix sépulcrales, un autre, un autre encore, des roulements de tambour comme pour une exécution capitale, la plainte prolongée des violons, des trémolos à l'aigu, puis une voix isolée, très belle, une voix d'homme chanta *sol, fa, sol, ré, sol* « O Terra Addio » sur un ton de tristesse poignante.

— On le solde, expliqua Alfio d'un air embarrassé.

Juste à côté du Baron, une affiche collée en travers de la porte de Bacigalupo annonçait : « Si Dieu le Père avait eu des cordes vocales, il aurait chanté comme Caruso. » Carmine pressa le pas. Mais cette brusque accélération n'empêcha pas l'éclatante architecture du grand air de Verdi de planer encore longtemps au-dessus du cortège.

« O Terra Addio » était installé dans l'infini du ciel comme un *Magnificat*.

A l'extrémité de la rue, il y avait l'épicerie de Dionisio Caccopardo. Un damné bavard. Il se tenait sur le pas de sa porte, sourire aux lèvres, prêt à accueillir le héros du jour. La visite de son magasin était inscrite au programme de la fête : il l'attendait comme un dû. Il fallut entrer. Le bruit de sa conversation opposa tout à coup à la voix lointaine de Caruso des moyens de défense inattendus. Carmine poussa un soupir de soulagement.

Curieux endroit que cette épicerie, et qui méritait d'être vu. C'était un antre, une grotte d'un fantastique inhabituel. Le plafond en particulier. On pouvait le croire animé. Les ventilateurs y entretenaient une vie oscillante et tout s'y entrechoquait : les légumes artistiquement disposés dans des filets, les bocaux d'olives Santa Lucia, l'huile en bidons décorés d'un chromo où le Souverain Pontife souriait tout en donnant sa bénédiction, les boîtes de bonbons dont les étiquettes reproduisaient les diverses résidences de la feue reine Marguerite, les *provoletti* liés en grappes, les aromates sous enveloppe, les anguilles marinées agrémentées d'un Clair de Lune, les *salami,* les *panettone* dans leurs emballages en forme de cartons à chapeaux, tout pendait à des crocs, tout tanguait, tout se mélangeait joyeusement à l'exception des *provolone* longs de plus de six pieds qui, suspendus côte à côte et raides comme des poteaux télégraphiques, formaient une haute et profonde futaie. Zone ombreuse dont Dionisio Caccopardo fit les honneurs en précisant qu'aucun magasin à New York ne pouvait s'enorgueillir d'une pareillle munificence.

C'est alors qu'eut lieu un nouvel incident. La géante mâchoire dominant un prodigieux amoncellement de jambons apparut en premier, puis la fossette enfantine, toute petite et ronde, qui trouait l'énorme menton. Le buste de Caruso ? Etait-ce possible ? Alfio réprima de son mieux un sursaut de saisissement qui éveilla les soupçons de Carmine. Pourquoi Alfio fixait-il avec insistance le coin le plus obscur de la salle ? La tête était là. Du plâtre doré. Elle était là, massive et sommée d'un toupet assez vulgaire. Plus de doute, c'est le buste de Caruso, sourcil froncé, tendu dans un effort surhumain comme si les grandes orgues de sa voix étaient sur le point de retentir à nouveau et que son souffle allait passer en tornade dans la forêt de *provolone.* Alfio, avec une sorte de rage, essaya de se frayer un passage entre les obstacles qui se présentaient : il fallait éloigner le Baron, le pousser vers la lumière, le ciel, la porte, la rue, il fallait coûte que coûte soustraire cet objet à sa vue. Dans sa hâte, il renversait des piles de calendriers où ruisselaient les eaux du Colorado et les chutes du Niagara, des amoncellements de savonnettes, de détergents, de bondieuseries électriques, saint Roch et son chien formant veilleuse et les statuettes lumineuses de la Madone de Fatima — articles qui jouissaient d'une grande faveur dans le quartier —, et tout en entraînant le Baron, Alfio, d'un geste large, écartait balais et brosses comme il eût écarté des branchages. Rien ne pouvait l'arrêter.

Les choses en étaient là quand Dionisio Caccopardo, en bavard obstiné qu'il était, obligea les visiteurs à rebrousser chemin. Carmine eut beau intervenir, l'autre voulait coûte que coûte faire admirer son assortiment de jambons. Tout était perdu...

— J'ai le meilleur qui soit, dit-il.

Et il détacha chaque syllabe du mot magique :

— CA-RU-SO ! C'est le CARUSO BRAND fabriqué aux U.S.A. Vous connaissez ?...

Puis il se mit à disserter :

— Le voilà, dit-il en montrant le buste. Voilà notre grand homme ! Notre Titan ! Regardez-le ! Son habit est de coupe anglaise, que Dieu le bénisse ! Un roi, Monsieur. Un véritable souverain...

Le buste de Caruso était offert à la contemplation comme un Saint-Sacrement. Il était là pour les kilos de jambons qu'il dominait et qui portaient son nom, là pour que les dévôts de la réussite s'en nourrissent. « Sacré Cœur de Caruso, nourrissez-moi... » Un buste crasseux, risible : Caruso sous une couche de plâtre doré et de poussière comme un vieux totem effrité, Caruso en frac avec toutes ses décorations, tout son attirail de rubans belges, espagnols et français, toutes ses médailles alignées à la queue leu leu, sans que le sculpteur en ait oublié une seule.

— Dix, onze... Cela fait treize en comptant les cravates.

Dionisio Caccopardo apportait à cette énumération une sombre avidité. A l'en croire, la médaille de policier honoraire, offerte par la ville de New York, était de toutes les décorations reçues celle que le ténor avait le plus appréciée. Un rire fou montait à la gorge du Baron et le secouait de la tête aux pieds. Un rire effrayant, silencieux, quelque chose comme un ouragan intérieur, une houle monstrueuse. Sa métamorphose était si pénible que, de la même voix hésitante, Alfio, puis Carmine, s'inquiétèrent.

— Ça ne va pas ?

Ils lui parlaient comme à un homme malade : « Ça ne va pas ? »

— Et pourquoi donc, demanda-t-il, comme si cette question le blessait. A cause de ça ? Vous plaisantez... ! Si seulement je pouvais trouver au fond de moi la moindre jalousie, le moindre signe qui ressemble à du ressentiment. Mais non... Rien... Pas la plus petite pulsation. Rien dont on puisse dire : la vie... Rien. Mon cœur est mort...

Il eut un sursaut de colère dont ni Alfio ni Carmine ne décelèrent les causes réelles. C'est que rien n'égalait chez le Baron de D. la peur de se donner en spectacle. Mais on le sentait meurtri, labouré par un sentiment d'une rare violence, comme si une voix emprisonnée dans la cage hermétique de son corps cherchait désespérément à se faire entendre. Quand il retrouva son calme il changea aussitôt de ton. Un éclair de gaieté passa dans ses yeux.

— La trahison ? Quoi de plus banal, dit-il d'une voix moqueuse. Essayez de me prouver le contraire... Essayez donc... Vous perdrez votre temps. Il n'y a rien de plus banal, de plus vulgaire, et c'est en cela qu'elle est écœurante. Enfin, entendons-nous : je ne vous parle ni de crime, ni de désertion, ni de cette forme particulière qu'est la trahison par provocation. Non. Cette trahison-là encourt un châtiment. C'est son courage. Non. Je vous parle de la tromperie telle qu'elle se pratique dans notre société civilisée et dans nos salons. Les escaliers de service y jouent un rôle essentiel. Gardez-vous-en. Elle est abjecte. C'est la trahison molle de nos milieux bien-pensants, avec son cortège d'amitiés complices, d'acceptation mutuelle et de liquidations à l'amiable. Il y a toujours sous cette sorte de trahison-là des lettres qui traînent à bon escient, l'aide appréciable des indiscrétions ou pis, bien pis, l'apport des larmes. Cette trahison, voyez-vous, se trouve des justifications et s'offre des airs contrits. Ah, mes amis !... Si j'avais donné à une femme la moindre occasion de m'expliquer pourquoi elle me trompait, si je l'avais laissée me proposer des arrangements pour l'avenir, ou bien son amitié, si je l'avais autorisée à me plaindre ou à m'exprimer son repentir, le mépris et la honte que j'aurais eus d'elle m'auraient commandé de la tuer.

Il s'arrêta et resta un moment devant le buste qu'il regarda avec répugnance.

— Quelle farce, reprit-il dans un nouveau mouvement de colère. La vulgarité !... Ce que l'humanité a inventé de pire...

Et il ajouta :

— Ce pauvre Caruso ! Couillonné à son tour par le jambon. « Le plus beau de tous les jambons sous papier cellophane », s'écria Dionisio Caccopardo que ce mot de « jambon », saisi au vol, mettait plus que jamais en humeur de parler. Et il cita certains clients qui avaient admiré l'emballage du Caruso Brand au point de le faire encadrer.

Et Dionisio Caccopardo se mit à déballer un jambon.

— Une merveille, Monsieur. Regardez donc, dit-il en étalant le papier avec soin : on dirait une tapisserie.

Les œuvres dans lesquelles s'était illustré le chanteur formaient autour de sa tête une construction bizarre : quelque chose de glorieux et de lourd comme un fronton fait de tous les personnages accumulés. En guise de légende, une inscription : WE PRESENT HERE SCENES OF FAMOUS OPERAS, MANY OF WHICH ARE CLOSELY ASSOCIATED WITH THE NAME OF ENRICO CARUSO KNOWN THROUGH THE WORLD AS THE MOST FAMOUS TENOR OF ALL TIMES et au-dessous, en petits caractères : PREPARED BY THE CUDAHY PACKING, U.S.A., GENERAL OFFICES. Dionisio Caccopardo récita la phrase de bout en bout avec beaucoup d'emphase. Il répéta « of all times... of all times » deux fois, comme s'il s'était adressé à des sourds ou à des imbéciles. Mais le Baron ne lui accordait plus qu'une attention distraite. Le papier que Dionisio Caccopardo étalait avec tant de soin, ses vignettes maladroites, ses victoires casquées, ses personnages mal costumés s'offraient à lui comme une aventure : il se laissa emporter dans l'espoir fou de retrouver les émotions de jadis. Chaque pli du papier était un chant retrouvé, chaque signe était un son, de chaque trait montait une mélodie oubliée qui lui éclatait dans la tête comme un hymne de joie.

Un Caruso repu, gonflé d'applaudissements, de réceptions, de dîners en ville et de digestions difficiles portait en couronne une scène du deuxième acte de *Roméo et Juliette* et, telle une auréole, l'arrivée des comédiens ambulants à l'acte I de *Paillasse*. Il avait le *Barbier* à hauteur d'oreille, tandis qu'*Aïda* invoquait Isis à genoux sur sa chevelure gominée. Comme autrefois, le Baron de D. était aux prises avec ses fantômes... Nadir, lorsqu'il le reconnut, entonnait : « Je crois entendre encore... », ce qui fit sourire le Baron de D. toujours à cause de l'abominable accent de ce pauvre Caruso lorsqu'il chantait en français.

Le Baron de D. quitta le réseau compliqué des cheveux, se faufila entre un amas d'architectures humaines, passa en tourbillon au-dessus du regard fatigué, de la lourde mâchoire, contourna le cou puissant tout en fredonnant quelque chose comme

« Jè rcoa antandré anchor... » et un nouvel accès de rire lui monta à la gorge, qui laissa Alfio et Carmine bouche bée. Il erra longtemps autour du double menton au risque de se perdre. Il traversa des décors qu'il ne reconnut point, escalada des balcons, fit d'étranges rencontres : une bohémienne, trois geishas, des contrebandiers, un bossu, quelques corsaires ; au cœur de ce désordre, il rencontra Lucie, sa robe soulevée par un vent d'enfer — la malheureuse ! complètement folle ! — puis au détour d'une venelle, Marguerite. Une raseuse... Le Baron l'ignora. Passa aussi Donna Anna toujours en noir, toujours frustrée de ce viol dont elle avait failli être victime, et toujours désirable. Le Baron se serait attardé volontiers. Mais il était traversé de désirs contradictoires : poursuivre son voyage ou s'arrêter. Ce papier était comme un labyrinthe dont il ne voulait rien perdre. Soudain, il reconnut un jardin, puis une tonnelle sous des arbres touffus que la lune illuminait : *Les Noces* dans un décor qu'il n'avait jamais oublié. Un lacis de branches noires sur un ciel présent, mais invisible. Et le vent dans cette forêt était la musique. Il monta quelques marches et entra, haletant, dans les appartements de la Comtesse en plein acte II. Figaro chantait. Il l'écouta à peine. La Comtesse avançait vers la rampe, les bras croisés sur la poitrine. Elle seule l'intéressait. Jamais elle ne lui parut plus émouvante que ce soir-là. Chaque son, chaque note s'imprimait, vibrait en lui ; son souffle, sa voix, tout ce qui était *elle* devenait *sien* et le demeurait longtemps après qu'elle s'était tue. Il lui donna tout naturellement la réplique et s'en alla, ivre de joie, enfin dépossédé de lui-même et de cette écharde qu'il avait au cœur.

Le Baron de D. essaya de faire durer cette paix inespérée aussi longtemps qu'il le put. Après quoi, il reprit sa place entre Alfio et Carmine et se remit en marche.

CHAPITRE II

On ne devient pas européen en une nuit.

Henry MILLER.

Babs avait choisi le jour anniversaire de mon entrée à *Fair* pour visiter les restaurants italiens de Mulberry Street. Touchante attention. Je lui avais dit : « Mieux vaut s'attendre à des bistrots... Et du genre modeste. » Elle avait répondu : « Peu importe », d'une voix agacée. Je compliquais toujours tout, et c'était décidé. Là devait se fêter notre première année de travail en commun et se clore notre enquête.

C'était ce que Babs appelait une *celebration*, mot dont elle faisait grand usage. Il se confondait dans son agenda avec une myriade de signes et de dates parmi lesquels elle était seule à pouvoir se retrouver. Une journée de *celebration* s'ouvrait par des soins appropriés. Babs se faisait un masque, puis s'étendait les pieds en l'air, la tête basse. Elle restait dans cette position jusqu'à ce qu'elle ait roté, ce qui, chez elle, on le sait, équivalait à une nécessité impérieuse. Elle apportait à cette entreprise un sérieux et une concentration extraordinaires. On l'aurait crue en prière... Venait ensuite le moment d'envoyer bouquets, corbeilles, cartes, lettres, appels, dépêches, bonbons ; c'était selon. Ainsi, qu'une camarade fêtât l'anniversaire de son installation dans un nouvel appartement ou l'achat d'une cuisine modèle, elle n'avait droit qu'à une carte postale accompagnée d'une banale formule de vœux ; tandis que la grosse amie de Tante

Rosie recevait un bouquet pour commémorer ses vingt ans de désintoxication. Et il ne fallait oublier ni cette lectrice à laquelle Babs rappelait chaque année, à date fixe et par téléphone, le jour où elle avait pris définitivement quatre centimètres de tour de poitrine grâce aux conseils de *Fair,* ni ces Grecs, armateurs et puissants, auxquels Babs adressait un télégramme le jour anniversaire d'une vente aux enchères au cours de laquelle ils avaient soufflé un Cézanne au Louvre. Un exploit que Babs aimait à raconter. Elle y avait assisté. Les mots : Cézanne, pommes rouges, Louvre, millions grecs, prenaient dans sa bouche une dignité particulière ; elle se sentait tout cela à la fois. Je guettais toujours avec la même impatience le moment où, du fait de l'émoi qu'elle éprouvait, elle se mettait à battre des cils sur un rythme accéléré, à se trémousser sur sa chaise comme si elle avait quelqu'un à séduire, puis découvrait brusquement toutes ses dents d'un seul coup dans un sourire qui était un monde d'espoirs, de rêves et d'émerveillement.

De l'enquête que nous menâmes ensemble subsistent dans ma mémoire d'étranges souvenirs. Il m'arrive de les évoquer avec tendresse. Cette exploration nous avait occupées presque un an, comme un long carnaval. Il y avait ce photographe qui nous suivait partout, un Anglais débonnaire qui s'était fait opérer le nez. Je revois aussi les jeunes gens rencontrés au hasard de ces soirées, qui reconnaissaient Babs et lui faisaient fête. Ils appartenaient pour la plupart à cette catégorie d'individus que l'on appelle *play-boys*, ignorants de tout, de vrais zéros, mais cordiaux et délicieusement doués pour le bavardage. Babs passait avec eux d'un sujet à l'autre sans se laisser le temps de respirer. Toujours le même jargon, les mêmes petites histoires, la même curiosité éperdue. Toujours. Moi, j'écoutais. Babs m'irritait souvent, c'est entendu, mais après tout je l'aimais bien. Sans elle que serais-je devenue ? Pouvais-je, au bout du compte, trouver meilleur dérivatif ? Mais il m'arrive aussi de n'évoquer que le vide éprouvé en sa compagnie. Un vide de tombe. Je me revois à New York, la corde de la solitude au cou, à New York depuis un an. Le creux, le néant de tout cela, si je n'y prenais garde, allait me dévorer. Car rien n'est plus trompeur que les fausses raisons d'exister. C'est comme d'être assis dans un rapide en marche. On est arraché à sa vérité. Lorsque la lutte s'engage, il est trop tard : on est fait.

Pourtant je tenais bon. *Fair* n'était pour moi qu'une porte franchie momentanément, une sortie de secours en quelque sorte. Lorsque je me sentais menacée d'étouffement, lorsque l'élégant *business* de Fleur Lee m'accablait, je retournais à l'obsession qui m'habitait, je retrouvais mon île. Elle était mon refuge. Soudain s'élevaient ses cris rauques, son tapage, son bourdonnement, sa fièvre ; des enfants me harcelaient, dompteurs de lézards et de lucioles, ramasseurs d'origan ; mon univers renaissait, j'entendais des voix de maigres profits me parler le langage amer de la misère, des voix hautes, fines, qui sifflaient, tourbillonnaient et perçaient l'air comme un appel à la prière en Arabie : « Je vis de vous, me disais-je. De vous, je tiens mes haines et ma force. Vous êtes ce qui m'enflamme et me nourrit, vous êtes l'unique miroir de mes songes, ne m'abandonnez pas. »

Ainsi je réussissais à garder mes distances. Non sans mal, car enfin ce n'est jamais simple de mener double vie.

Babs s'en doutait bien un peu. Mais elle ne s'en formalisait plus. Elle disait : « Tu ne seras jamais des nôtres. » Qu'y pouvait-elle ? Nous avions désormais en commun en plus d'un logement, d'un métier, d'un lieu de travail, des souvenirs vieux d'un an et cette longue enquête qui nous avait poussées d'un bord de la ville à l'autre, ces mois fureteurs, cette succession d'entrées fracassantes dans les hauts lieux de la gastronomie étrangère, traînant après nous tout le clinquant des grands magazines féminins. Babs s'en tirait à merveille.

Un jour, n'en pouvant plus de cette esbroufe, du gérant se précipitant à notre table, de l'orchestre — hongrois, viennois, mexicain ou juif peu importe — se mettant en marche à notre première bouchée, des maîtres d'hôtel surveillant nos moindres gestes, interloquée par la mise en scène que suscitait notre présence, je me souviens d'avoir dit :

— Babs, tu es plus redoutée qu'une divinité païenne. Pour un peu, ces gens nous couronneraient de fleurs; ils nous offriraient des bijoux et qui sait ? Peut-être des voitures et des stylos ? Essayons, veux-tu ? Laissons entendre que, pour figurer dans les bonnes adresses de *Fair*, il faut que le glaçon de notre *long drink* soit un diamant rose. Un vrai. Un gros diamant taillé à facettes... Essayons...

Et je me souviens de Babs joignant les mains, souriante, toute pétillante de joie. J'admettais enfin son importance. Rien ne pouvait la toucher davantage. Si je lui avais livré le fond de ma pensée, si je lui avais dit : « Ces gens-là se conduisent comme la putain du village. Le leur demanderait-on, qu'ils se déshabilleraient », elle aurait pris feu et flamme. Ainsi, des petites lâchetés m'aidaient à assumer avec compétence mon rôle de rédactrice à *Fair*. Et je n'avais même plus à redouter de brusques bouffées de sincérité : la dissimulation me venait à l'esprit en premier.

Mais revenons-en à notre tour du monde, à cette suite de soirées folles dont Babs était le maître absolu. Nous soupions tantôt au Mexique, tantôt en Turquie ; nous changions chaque soir d'hémisphère, de capitale. La ville, ses rues sans fin et les reflets multicolores du néon sur l'asphalte de la chaussée nous tenaient lieu de raison. Car il nous fallait, au sortir de ce que Babs appelait notre *international-eating tour*, la fantasmagorie new-yorkaise étendue à nos pieds comme un tapis multicolore pour nous convaincre de l'inexistence de nos voyages. Parfois la tête me tournait. Je criais grâce. Mais il y avait toujours dans quelque rue éloignée — Babs était la conscience même — une spécialité suédoise ou hindoue préparée à notre intention et il fallait nous y rendre. Nous vivions une drôle d'aventure. Babs semblait la trouver toute naturelle. Elle allait d'un pays à l'autre, son carnet de notes à la main, sereine et inconsciente, comme ces héros de ballets à grand spectacle auxquels un entrechat suffit pour glisser avec élégance des neiges de Koubane aux sables d'Orient.

Que dire encore de Babs et de ce que je réussis à deviner d'elle pendant ce curieux voyage ? Elle était à jamais confondue avec *Fair*, ses lectrices, sa puissance. Le magazine lui collait au corps comme une deuxième peau. Par moments cela devenait effrayant. Elle avait une manière d'exprimer ses certitudes qui était sans recours. Extraordinaire sa façon de demander : « Etes-vous un restaurant français authentique ou bien êtes-vous seulement *in the french manner ?* » Pour la convaincre de l'authenticité française, il fallait que le maître d'hôtel parlât l'anglais avec l'accent de Charles Boyer et que le menu offrît en plat du jour des escargots et des grenouilles, faute de quoi elle se levait et s'en allait.

Certains soirs, j'avais essayé de lui faire admettre que ses secrétaires manifestaient trop de zèle. D'invisibles trompettes annonçaient notre venue partout où nous allions. « Cela ôte tout intérêt à notre enquête, dis-je, et nous esquivons le sujet... » Elle m'écouta de son air poli, puis répondit : « J'ai horreur de l'anonymat... »

Quand elle s'aventurait dans un lieu dont elle ignorait les spécialités, elle se bornait à dire d'un air entendu : « Servez-moi quelque chose de typique... », puis elle attendait, stoïque. Ainsi l'ai-je vue avaler sans sourciller des aubergines à la confiture dans un restaurant israélien et de terrifiantes brochettes aux boyaux d'agneau dans un rez-de-chaussée de la 51ᵉ Rue, où le cuisinier se disait grec.

Il nous arrivait de récapituler nos expériences. C'était indispensable. Nos articles dépendaient de la confrontation de nos points de vue. Mais je laissais toujours Babs commencer. Son travail était plus délicat que le mien. Je n'avais qu'à juger du décor, de l'éclairage et de l'orchestre. Tandis que Babs avait à parler cuisine, service. Toutes les responsabilités lui incombaient.

Je l'observais par en dessous lorsque, penchée sur son cahier de notes, elle récitait ses litanies de goulasch, de gelées de pieds de veau, ses cochons de lait au four, ses potées galiciennes, ses *wiener schnitzel,* ses *chich kebab* avec, entre chaque plat, un bref commentaire diététique tel que « détestable pour la ligne » ou bien « intoxiquant au possible », locution qui revenait souvent.

Au bout de quelques semaines, l'opinion de Babs était faite. Il n'y avait que deux façons de se nourrir. L'une rationnelle, distinguée, internationale. Steak. Poulet rôti. Salade. Café au lait. L'autre, beaucoup plus aventureuse, consistait à adopter par curiosité les goûts culinaires de populations originales et souvent retardées. « Parfaitement... Retardées. La cuisine typique est presque toujours une cuisine de pauvres. Ces gens-là vantent les mérites de la soupe aux pois chiches parce que les petits pois sont au-dessus de leurs moyens. Et s'ils mettent de la sauce partout, c'est faute de pouvoir faire autrement. Tu ne vas pas me dire le contraire. Le truc consiste à tout inonder de piment, pour faire oublier que la viande n'est pas de premier choix et jouer du violon à toute barde pour encourager les clients à avaler. Et c'est ainsi que ce qui s'appelle *chile* au Mexique se nomme *paprika* en Hongrie. C'est le fond de l'histoire... »

Parfois l'envie me prenait de m'opposer à ces dogmes. Comment faire ? Mettre en évidence quelque chose d'énorme, d'irréfutable comme cette manie qu'elle avait de tout hiérarchiser, de doter d'une valeur particulière ce qui n'en avait pas. Tant qu'il ne s'agissait que du restaurant liechtensteinois jugé du premier coup d'œil « follement intéressant » (l'émission du mot *intéressant* était accompagnée d'un sourire comme une révérence en l'honneur de la petite principauté et de ses souverains), cela pouvait encore passer. J'acceptais aussi qu'un bistrot ayant pour nom « *Jacqueline's le petit veau* » ou « *Joseph's pomme soufflée* » soient définis par elle comme « plus français qu'un camembert » ou « terriblement parisien ». Mais je commençais à en avoir ma claque de ce rôti de cerf désossé qu'elle avait mangé « Au Habsbourg » et dont elle ne cessait de parler. Certains mots agissaient sur elle avec une force incroyable et le simple fait de les prononcer — comme si ce n'était pas seulement des sons, mais quelque chose ayant un goût — équivalait de sa part au jugement le plus favorable.

Ainsi, dans l'affaire du rôti désossé, ce n'était pas le cerf qui prenait dans sa bouche un son comestible, mais le mot Habsbourg. Pourquoi ? A l'entendre, on aurait pu croire qu'elle avait mangé Charles Quint. Cela m'agaçait. Mais ces choses sont de celles que l'on ne dit à personne. Et puis la contradiction lui mettait les larmes aux yeux. Alors, je me taisais.

L'Italie était le tournant où je l'attendais...

*
* *

Quand je le vis sur le pas d'une porte, j'eus du mal à le reconnaître. Carmine, à califourchon sur une chaise, son chapeau rejeté en arrière, obstruait le trottoir. Il fumait. Vraiment, on ne s'attendait pas à le rencontrer là. J'allais m'en étonner, mais lui, sans me laisser le temps de parler, me demanda :

— Que faites-vous ici ? Il y a longtemps qu'on ne s'est vus.

Je me mis à lui expliquer. Je lui racontai notre enquête et pourquoi je me trouvais à Mulberry Street.

— Et votre amie ? me demanda-t-il.

— Elle me rejoindra ce soir. J'avais envie d'être seule. Enfin, de passer une journée ici.

Quant à lui, il me dit que c'était par hasard qu'il était assis là, dans un costume noir.

— Ça ne m'est jamais arrivé. Jamais...

Il me parla d'un vieux monsieur que l'on venait d'enterrer. Il avait fallu faire les choses le mieux que l'on pouvait, « à l'ancienne... », d'où le costume noir.

— Ce n'est pas l'habitude ici. Mais pour lui c'était autre chose. Vous arrivez un jour noir.

— Un parent à vous ?

— Non.

La conversation changea et il me demanda comment j'avais l'intention d'occuper ma journée.

— Des notes à prendre, dis-je. J'en profiterai pour aller jusqu'au quartier chinois.

Et de lui préciser que j'avais à décrire les restaurants et aussi les quartiers où nous nous rendions avec Babs, l'atmosphère, quoi... la « note exotique », comme disait Fleur Lee.

— Avec une femme comme elle, ce ne doit pas être tous les jours drôles, dit Carmine d'une voix paisible.

Il me parlait, accoudé au dossier de sa chaise comme à une balustrade.

— C'est que le jour où vous l'avez vue, elle était dans un sale état, dis-je, mais c'était accidentel. Au travail, je peux vous affirmer qu'elle est plutôt astucieuse. Dieu sait combien de gens voudraient avoir ses capacités.

— C'est possible, dit Carmine, mais qu'est-ce que cela change ? On commence comme ça et puis on finit dans le ruisseau. Une femme qui boit est une femme qui boit. Aussitôt que j'en vois une, je deviens fou. C'est une chose à laquelle on ne se résigne pas...

Je lui dis que j'étais au courant. Il parut étonné, haussa les sourcils et me regarda à travers ses lunettes noires comme s'il me voyait pour la première fois.

— La vie..., dit-il tristement.

J'aurais voulu lui avouer que j'en savais long sur lui, sur ses débuts, sur sa carrière et peut-être lui poser des questions, mais il n'y avait pas à y songer. Carmine avait déjà allumé une autre cigarette et souriait comme quelqu'un qui pense à autre chose.

— Etiez-vous déjà venue ici ?

— Non, jamais. Fleur Lee ne me laisse guère de loisirs, vous savez.

— Vous seriez aussi bien assise.

Je fis oui de la tête et il cria :

— Cesarino ! *Bring a chair.*

Quelqu'un apparut. Un vieux serviteur en veste blanche, chaussé de pantoufles. Il demanda à Carmine s'il fallait lui préparer à déjeuner. C'était le patron qui voulait savoir. Alors Carmine m'expliqua que le patron, c'était son père et que le restaurant devant lequel nous étions assis s'appelait « Chez Alfio ». Puis il répéta :

— Alfio, c'est le nom de mon père.

Encore une fois, j'aurais voulu lui dire : « Cela aussi je le sais ! » mais avec lui on avait toujours peur de manquer de tact.

Maintenant que nous étions assis côte à côte, je risquai une question. Ce que je réussis à lui demander, c'était à propos de sa présence sur le trottoir. A New York, on ne voyait jamais personne assis sur le pas d'une porte. Cela lui arrivait-il souvent de prendre le frais comme aujourd'hui ?

— Jamais, me dit-il. Mais aujourd'hui n'est pas un jour comme les autres. C'est bizarre, mais c'est comme ça.

Changeant alors de sujet, il demanda :

— Vous êtes en Amérique depuis longtemps ?

— Parfois j'ai l'impression qu'il y a un siècle. Parfois aussi qu'il n'y a que quelques jours et que Fleur Lee, Babs et le journal ne sont que rêveries. Si j'avais des raisons de retourner à Palerme, je m'en irais. Seulement, je n'en ai plus.

— Comment cela ?

Je dus alors lui expliquer. Mais je ne prononçai pas le nom d'Antonio. Je lui racontai seulement notre maison qui donnait sur la mer, la maison rose aujourd'hui écroulée et mon père qui était mort en Libye, interné.

— Il était parti comme médecin auxiliaire. Pendant ce temps-là, nous vivions sous les bombes, mes frères et moi. Sans eau, sans gaz, sans bois. Ma grand-mère, elle, a disparu pendant un bombardement. Elle était allée au ravitaillement. On transportait les morts et les blessés dans de vieilles guimbardes qui tombaient en panne à tous les coins de rues. A l'hôpital, une infirmière m'a interdit l'accès de la morgue. J'étais trop jeune. Et puis elle m'a dit qu'il était impossible de reconnaître qui que ce soit, là-dedans. Une de ces confusions... Alors, vous comprenez, il y a des jours où je me demande ce que je fais sur terre...

Il répondit qu'il comprenait, puis il ajouta :

— Moi, je suis né ici. Je suis américain, vous savez. Mais la guerre, j'ai toujours trouvé cela barbare. Et les gens qui se sentent la conscience en paix, tout en sachant que des filles de votre âge ont assisté à des dégueulasseries pareilles, sont des salauds ou des imbéciles. Ce qu'il y a de grave, c'est qu'il y en a plein le monde...

Carmine posa brusquement sa main sur la mienne et me demanda si je n'en avais pas assez d'être assise là. Il cria dans la direction du restaurant « on s'en va ». Et me dit : « Allons faire ce tour. Je vous tiendrai compagnie un moment. »

Ce qu'il y avait de bien dans Mulberry Street, c'était l'odeur. Peut-être venait-elle des étalages de fruits et de légumes et aussi des fritures qui étaient en train de se préparer un peu partout, derrière les vasistas. « C'est beau, par ici, dis-je à Carmine, on ne dirait plus du tout New York. » Mais il marmonna que non, que c'était abominable, une honte, et qu'il souhaitait vivre assez vieux pour voir ces vieilles baraques démolies et remplacées par des immeubles aussi beaux que ceux de Fifth Avenue.

— C'est en hiver que vous devriez voir ce quartier, et non par une belle journée comme aujourd'hui, dit Carmine. Vous parlez en touriste... Avec la boue et la neige, c'est un peu moins joli par ici, croyez-moi, et un peu moins gai...

Le tout débité sur un ton sans réplique. N'y aurait-il eu le costume et le chapeau noir, on se serait vraiment cru en présence d'un Américain.

— Si je parle en touriste, vous parlez en homme si convaincu de son bon droit qu'il ne se pose plus la moindre question. Que deux vérités contradictoires puissent exister simultanément et se superposer au point de se confondre ne vous vient même pas à l'esprit. Ainsi, ces gens dont vous voulez démolir les maisons, êtes-vous bien sûr de leur bonheur une fois que vous les aurez logés dans une de vos prisons de verre ? Moi, voyez-vous, je crois qu'ils y seront à la fois plus heureux et beaucoup plus malheureux. Mais, pour vous, tout cela n'a aucun sens. Il faut que les choses soient une fois pour toutes comme vous les avez décidées. Un point c'est tout. Moi, cela me fait crever de rire. Je n'y puis rien.

— Alors, je vous fais rire ?

— Oui. Lorsque vous prenez une voix d'évêque, vous me faites rire.

— C'est que vous ne pouvez pas comprendre.

— Comprendre quoi ?

— Que pour être différent, il faudrait avoir eu un autre père que le mien, et une autre mère...

— Qu'est-ce que votre famille vient faire là-dedans ?

— C'est que pour pouvoir se payer le luxe de douter, il faudrait commencer par ne pas être le fils d'un émigrant et d'une soûlarde. Vous comprenez ou vous ne comprenez pas ? Ne vous êtes-vous jamais aperçue que les gens, ici, sont prêts à se marcher dessus ? Vous n'allez pas me dire que ça vous a échappé. Alors, il n'y a qu'un moyen de survivre : toujours avoir l'air d'en savoir plus long que son voisin. Ne jamais avouer la moindre hésitation. S'affirmer, toujours s'affirmer. Montrer de l'assurance jusque dans la manière d'enfoncer son chapeau. Sans quoi on est mort, dévoré.

Il se tut, puis il ajouta :

— Vous appelez ça une civilisation ?

Nous avancions avec toute une piétaille de mioches accrochés à nos basques. Carmine s'arrêtait tous les trois pas. Il lui fallait répondre aux uns et aux autres. Il trouvait toujours à dire quelque chose de gentil : « Alors grand-père ? plus costaud que jamais... » au vieux tordu en deux qui tenait la pâtisserie « A la belle Ferraraise », et des phrases aimables et des taquineries aux jeunes filles qui faisaient queue au comptoir d'un snack-bar pour déjeuner d'un *Italian Hero,* sandwich géant dont plusieurs exemplaires étaient alignés en vitrine afin d'attirer les passants.

On a fini par trouver un bar où Carmine m'a proposé de prendre un verre. Nous sommes entrés. Trois hommes se sont levés avec lesquels il fallut échanger des bonjours, puis le patron l'a accompagné jusqu'à une table où nous nous sommes assis. « On n'est pas en froid ? », m'a-t-il demandé, la voix inquiète, comme si notre discussion avait risqué de nous fâcher. Puis il posa encore une fois sa main sur la mienne en disant : « Tenez, je vais vous dire une bonne chose, nous vivons dans un pays sans candeur. »

— Que voulez-vous dire ?

— Que chacun se croit maître de son sort, ici, mais que ce n'est qu'une apparence. Nous sommes prisonniers d'une quantité de clôtures invisibles et sans cesse guettés, gardés à vue si vous préférez... Si nous respectons les règles, tout va bien... Au premier signe de caractère ou, pis encore, d'indépendance, nous devenons suspects. Voyez-vous, on dit que les gens d'ici sont chaleureux et accueillants. Ce n'est pas faux. Ils le sont. Mais ils sont aussi très soupçonneux et ils ne nous pardonneront jamais d'être différents. On a beau réussir, être régulier, faire preuve de capacités. Cela ne change rien. On est différents.

J'aurais voulu que Carmine se tût un peu, afin que de son silence naquît quelque chose de plus intime. Mais il était en veine de confidences.

— Tenez, je vais vous raconter une histoire. Elle vous expliquera pourquoi il ne faut pas s'endormir par ici. Et pourtant le pays est grand. Il devrait y avoir de la place pour tout le monde. Mais enfin c'est comme ça... Qui dit « italien », ici, sous-entend « combinard » ou « filou ». Contre cela non plus : rien à faire. C'est un état d'esprit aussi solidement enraciné que les cloisons invisibles dont je vous parlais tout à l'heure. C'était au début de cette année. Je venais de passer de *district leader* à l'état de *boss*, de *manager*, enfin, appelez cela comme vous voulez, le titre n'a aucune importance, j'étais devenu le patron si vous préférez, le patron du parti démocrate pour l'Etat de New York. Un sacré bond en avant... Et rien à redire. Une élection indiscutable. Evidemment cela ne faisait pas l'affaire de tout le monde. Mais vous imaginez bien que pour vivre sans ennemis, il faut choisir un autre métier que le mien. J'avais connaissance des pièges que l'on se tenait prêt à me glisser sous les pieds à la première occasion. L'un d'eux paraissait particulièrement au point. Il s'agissait de me faire passer pour le candidat des gangsters, des *racketeers.* De là à affirmer que j'avais été élu grâce à leur appui et avec leur argent, il n'y avait qu'un pas. Ce qu'on a pu me persécuter avec cette histoire... ! Un jour j'apprends qu'un membre du *Kefauver Crime Committee,* qui enquêtait sur les faits et gestes de Frank Costello — un trafiquant de la pire espèce, le roi de la pègre new-yorkaise — avait profité d'un interrogatoire pour demander au gangster « Connaissez-vous Carmine Bonavia ? » Et l'autre de répondre : « Oui, depuis quatre ou cinq ans environ. » Vous pensez qu'il n'a pas manqué de bonnes âmes pour ébruiter la nouvelle. Je devenais l'ami intime de Costello, son homme de paille. Pendant des mois, vous entendez bien, des mois, j'ai dû faire face à cette réputation. J'avais beau vivre petitement, interdire l'usage des pots-de-vin, lutter contre la corruption sous toutes ses formes et nettoyer Tammany Hall de la cave au grenier. Rien à faire. On continuait à dire que je devais ma carrière aux gangsters de New York. Parfois, lorsque les gens allaient trop loin, il m'est arrivé de perdre patience. Vous avez peut-être entendu raconter que j'ai mis un journaliste au tapis ? Eh bien, c'est vrai. Pendant une interview, il avait eu le front de me dire : « Vous travaillez toujours toutes portes closes. C'est plutôt louche, non, un bureau dont les portes sont fermées ? Et puis ça prouve que vous avez des choses à cacher. Alors, c'est vraiment vrai que vous êtes l'ami de Costello ? » Je me suis levé et je lui ai mis mon poing dans la gueule. Une autre fois, c'était quelques mois plus tard, un chauffeur a trouvé un sac en papier, oublié sur la banquette arrière de son taxi. Le sac contenait mille dollars en petites coupures. Il va le déposer au commissariat de police et déclare qu'entre autres passagers transportés ce jour-là, il croit m'avoir reconnu. La presse se jette sur la nouvelle, l'arrange à sa manière et, bien que de ma vie je n'aie vu ce sac ni ce qu'il contenait, je devins *obligatoirement,* l'homme que l'on achète et qui touche mille dollars en petites coupures...

— Pourquoi cette rancœur ? La politique est la même partout, vous savez.

Carmine baissa la tête. Peut-être me donnait-il raison. De tant d'angoisses, de tant de luttes, il n'y avait trace sur son visage qu'un pli profond entre les sourcils, sa voix sombre et ce sourire bizarre, soucieux, à lèvres serrées, comme s'il cherchait à cacher ses dents.

— Excusez-moi, Gianna, dit-il avec gravité. Je ne comprends vraiment pas pourquoi je vous ai parlé aussi longtemps. J'ai dû vous gâcher votre journée.

— Si vous voulez à toute force trouver des raisons de vous excuser, il vaudrait mieux en chercher d'autres, parce que vous n'avez rien gâché du tout.

— Quand même, vous aviez mieux à faire qu'à m'écouter. Il ne manque pas de choses intéressantes à voir dans le voisinage.

— Et qui vous dit que vous n'êtes pas intéressant ?

— Vous parlez sérieusement ? C'est précieux une femme qui aime à vous écouter. Cela m'a toujours manqué. Il y a bien Agata. Mais je ne sais pas pourquoi, lorsque je lui parle, je n'ai jamais tout à fait l'impression d'être écouté par une femme. Il y a en elle quelque chose de si farouche... Elle est comme un animal.

Je dis : « Vous l'aimez bien, n'est-ce pas ? » Il me répondit qu'il n'en savait rien. Puis il ajouta :

— En tout cas, je pense souvent à elle et toujours comme à un paradis inaccessible.

— Il en faut dans la vie. Ce sont les seuls auxquels on pense longtemps.

— Vous croyez ça, vous ? demanda Carmine.

— Si Agata n'était pas cet animal farouche, vous n'y penseriez déjà plus. Elle serait comme toutes les autres.

Il demeura un long moment perplexe, fixant par la fenêtre les gens qui passaient. Autour de nous tout s'était arrêté comme si le présent stagnait. « Quel quartier, Dieu de Dieu ! soupira-t-il. Quel quartier ! »

Puis un serveur approcha qui nous demanda si nous n'allions pas manger quelque chose. Il ajouta :

— Quand on se parle comme vous le faites, sans penser

à rien, c'est signe qu'on a fait l'amour ou bien qu'on va le faire.

— Laisse tomber, grogna Carmine.

Le garçon s'en alla nous chercher une pizza en disant :

— Ne vous fâchez pas, *boss*. Ce n'était qu'une plaisanterie pour vous porter bonheur.

Carmine ne put s'empêcher de sourire. « Gianna, murmura-t-il, je resterais bien toute la journée à vous parler. » Et je gardai longtemps dans l'oreille sa voix, qu'il avait abrupte et un peu vulgaire.

Ce qui suit fut aussi irrémédiable qu'un mot de trop, aussi soudain que la neige cédant sous le pas, aussi vertical qu'une chute. Aujourd'hui encore je ne me l'explique pas. Lorsque Carmine passa son bras autour de mes épaules et qu'il me tint longtemps serrée contre lui, j'eus le sentiment qu'il s'emparait non de mes bras ou de mes épaules, mais de mon passé ou, tout au moins, d'une part de moi qui ne pouvait lui appartenir. Pourquoi ? Je n'en savais rien. Je regardais sa main. Qu'y avait-il de commun entre cette main et moi ? Je me le demandai avec étonnement. Il fallait faire vite, trouver quelque chose à dire. Alors, je lui parlai d'Antonio. Voilà. Ce nom suffisait. Ce nom qui fut un mur sur lequel Carmine alla buter tête baissée. Il s'arrêta court. Et la lucidité lui revint si vite que ce fut comme si tout ce qui nous avait attirés l'un vers l'autre était oublié et déjà incroyable. Il restait là, les sourcils froncés, sans desserrer les lèvres. Alors, par défi, je lui demandai si c'était l'idée que j'étais allée à Sólanto et que je connaissais le village où son père avait vécu tant d'années, si c'était cela qui le rendait muet. Il hocha la tête.

— Ne plaisantez pas, Gianna. Vous savez bien que non. Sólanto, Antonio, la Sicile, le Baron de D., son fils, votre existence avant d'arriver ici, pour moi tout cela ce sont des mots, rien que des mots. Que voulez-vous que ça me fasse ? Je suis né ici, moi. Mais c'est vous qui y pensez encore. Allons... Ne dites pas le contraire. Vous y penserez jusqu'à la fin de vos jours. Où que vous alliez, quoi que vous fassiez, votre enfance vous rattrapera toujours par la manche. Vous êtes comme Agata... C'est le destin. Moi, voyez-vous, j'ai eu une enfance tout juste bonne à être oubliée.

Il n'y avait rien à répondre à cela. Carmine comprenait

les choses aussi bien que moi et même mieux, peut-être. Je n'avais qu'à me répéter : « Vous êtes comme Agata... Vous êtes une autre Agata », et il devenait clair que nous ne connaîtrions plus jamais une journée comme celle-ci.

Carmine avait retrouvé son expression distraite. Cela devait provenir de ses verres fumés ou bien de ses yeux — très clairs avec beaucoup de blanc autour de la prunelle — toujours est-il que l'on ne savait jamais vers quoi se dirigeait son regard.

— A propos, demanda-t-il, saviez-vous où est allé le Baron après avoir quitté Sólanto ?

Je lui fis signe que non : « C'était le secret de Don Fofó, lui dis-je. Et puis, à vrai dire, personne ne s'en souciait. On n'avait pas le temps de faire les curieux. Après trois années de guerre, ce qui nous préoccupait, c'était de survivre... » Mais pendant que je parlais je voyais bien que Carmine ne me croyait pas. Alors je répétais : « Je vous promets... Je vous promets que c'est la vérité. Personne, absolument personne, ne savait ce qu'était devenu le Baron de D. », et il parut convaincu.

Quand il baissa la voix pour dire : « Nous l'avons enterré ce matin. C'est ici qu'il vivait », je balbutiai : « Pas possible, Carmine... » et laissai voir mon chagrin.

— Il y a des morts auxquels on ne se résigne pas, dit-il.

Lui aussi paraissait triste. J'aurais voulu qu'il me parlât encore mais, déjà, il regardait ailleurs. Puis il appela le serveur qui arriva en criant : « Alors, les amoureux ? On s'en va ? » Il refusait de nous laisser partir « comme ça ». Il y avait un consommateur qui voulait parler à Carmine et lui, le garçon, lui aussi voulait nous offrir un dessert, un café, enfin quelque chose. On but un verre. On bavarda. « Il finira par me dire ce qui s'est passé », pensai-je en les écoutant parler.

Un peu plus tard, pendant le trajet de retour, alors que nous passions par les petites rues en nous tenant par le bras comme de bons camarades, Carmine me raconta les dernières années du Baron de D. Il se laissait aller, parlait avec ses mains et s'arrêtait entre chaque phrase.

— Jamais il n'a manqué de rien ! dit-il. Le quartier était à sa dévotion. Mon père disait que c'était comme à Sólanto : il nous dominait tous. Sa plus grande fierté était de se débrouiller seul et de n'être à la charge de personne. Il donnait des leçons d'italien. La plupart de ses élèves étaient chanteurs. Il taquinait toujours mon père. Il lui disait : « Moi aussi je suis un émigrant qui a réussi. Tu vois, nous sommes quittes. » Et ils riaient.

Chaque soir il venait dîner chez nous. Le vieux Cesarino avait imaginé de le servir en gants blancs. Une de ses idées... Mais quand un client l'appelait, il les ôtait. Les gants blancs, le Baron seul y avait droit...

Parfois ses élèves procuraient au Baron un billet pour l'opéra. Il en revenait toujours dans un grand état d'exaltation. La musique était vraiment sa passion. Lorsque l'Italie a demandé la paix, il nous a annoncé qu'il ne voulait pas rentrer. « Ce n'est plus la peine, m'a-t-il dit. J'éclaterais de rage. Il faudra des années pour que le pays s'en remette, s'il s'en remet jamais. Un peuple qui en a tant vu est forcément avili. » J'étais le seul avec lequel il parlait sérieusement.

Le matin de sa chute, quand le médecin est venu nous avertir qu'il avait tant saigné qu'on ne voyait pas comment il pouvait s'en tirer, je suis allé chez lui. Le Baron était couché, le front bandé. Il paraissait très faible. Je lui ai suggéré de prévenir son fils. Il a encore trouvé la force de se fâcher : « Ni fils ni prêtre. J'ai assez de mal comme ça... » Puis il s'est radouci : « Mais envoie-moi Agata. Rends-moi ce service, veux-tu ? Ça suffira bien... D'ailleurs, je n'ai rien à me reprocher... »

Lorsque je suis revenu, c'était le soir et le Baron était mort. Agata pleurait. Dans ses derniers moments, il lui avait demandé de le tenir dans ses bras. Elle l'avait soulevé comme on prend un gosse et il était resté comme ça avec toute sa conscience, la tête appuyée à sa poitrine, le front contre sa joue jusqu'à la fin. Il avait d'abord cherché à plaisanter. « Ne pleurniche donc pas, Agata. Nous ne sommes que deux ici... Alors, je n'entends que toi... Mon père, le malheureux, avait dix-neuf personnes autour de son lit... Sa chambre était comme une place publique... » Mais il ne cessait de s'affaiblir. Agata était si bouleversée qu'elle lui prit la main pour la baiser. Il la remerciait. Il lui disait qu'elle sentait la Sicile. « Là ! Tu vois... En respirant, je te prends à Sólanto. Que ce soit entre nous comme un sacrement. » Puis elle n'a plus senti son souffle...

Tout en écoutant Carmine je retrouvais le souvenir des étés

d'Antonio, lorsque la guerre n'était qu'un nuage lointain et qu'Antonio disparu, Antonio pour toujours absent n'était pas imaginable. Du plus lointain bonheur des phrases surgissaient, lambeaux des jours bleus, des phrases d'entre deux brasses, de celles que la mer emporte « Gianna, le temps n'existe plus. » Et d'autres, d'autres phrases encore... Les phrases d'après, leur fracas, leur goût de larmes : « Va-t'en, soldat, va-t'en », la plainte de Zaira comme échappée de son ventre et les cris des femmes montant de la cuisine.

Les fourberies de la mémoire... Comment s'empêcher ? Je n'en pouvais plus. Alors je réalisai que Carmine ne m'était rien, puisque penser, pour moi, c'était toujours sombrer.

Chez Alfio, Babs m'attendait.

*
* *

J'avais beau essayer de me représenter comment les choses s'étaient passées, impossible. Il y a des sentiments qui ne s'expliquent pas. « Encore un de vos micmacs ! » m'avait crié Tante Rosie avant de me claquer la porte au nez. Elle était hors d'elle. Je l'entendais dans sa chambre, qui vociférait, me rendant responsable de tout. C'était ma faute, j'avais entraîné Babs. Elle disait : « Sans vous, l'idée ne lui serait jamais venue... » Alors, sachant que Tante Rosie, par esprit de domination plus que par amitié, vivait dans la terreur de me perdre, je la menaçai de la quitter et d'aller à l'hôtel. Après cela, elle réapparut, prit un air piqué, fit la victime, répéta que personne ne l'aimait, qu'elle avait droit à des égards et je restai.

On ne pouvait pas lui en vouloir. Comment Tante Rosie pouvait-elle se faire à cette idée ?

De la part de Carmine cela s'expliquait encore. Il se conformait à un certain idéal d'importance. Epouser Babs, c'était accroître sa respectabilité et ses chances de réussir. N'étaient-ce pas là les éléments d'une union heureuse ? Mais Babs ? L'aimait-elle ? Elle en était convaincue et l'affirmait en toute occasion. Le fait est qu'elle attendait depuis des années que quelque chose arrivât qui la fît remarquer. Ce quelque chose était là. Carmine : un homme en vue. Tante Rosie disait que ce n'était qu'une question de cheveux. « En blond, elle ne l'aurait même pas regardé... » Il lui arrivait aussi d'invoquer la photogénie de Carmine, son teint sombre, sa large carrure. « Elle imagine déjà l'effet qu'ils feront, côte à côte, posant pour les magazines... Croyez-moi, Gianna, elle l'épouse par déformation professionnelle. Si Tante Rosie avait eu une voix moins exaspérante, on l'aurait écoutée volontiers.

A cette époque, Babs et moi déjeunions chaque jour ensemble. Je recevais ses confidences. Tout se mélangeait en elle, l'impudeur et la réserve. Moi qui, jusque-là, avais considéré Babs comme une sorte d'étudiante attardée, aux opinions envahissantes, une blonde aux yeux vides nourrie de principes et de lait de beauté, si inéluctablement vouée à son travail qu'on ne pouvait l'imaginer cédant à un homme et moins encore à l'amour, je n'aimais pas constater que je m'étais trompée.

Babs commença par me dire qu'elle n'avait pas de secrets pour moi et qu'il fallait qu'entre nous tout reste clair : elle épousait Carmine par moralité et pour fonder une famille. Je l'en félicitai. Encouragée par mon attention, elle m'avoua ensuite qu'en amour Carmine ne prenait aucune précaution et elle se hâta d'ajouter, comme si cette précision avait plus d'importance que tout le reste : « Ce n'est pas par paresse. » Arrivée là, elle s'arrêta. Je répondis :

— Puisque tu en prends, toi. Alors, on s'en fiche, non ?

— C'est un homme plein de santé, dit-elle d'une voix sentencieuse.

Une autre fois, quand elle se sentit tout à fait en confiance, Babs me dit : « Jusqu'ici je n'avais connu que des hommes pétris de peur comme des collégiens, ou pleins de honte et vaguement pédérastes. Ou bien des indifférents, des hommes ennuyés qui n'étaient en quête que de compagnie. » Je m'impatientai : « Voyons, Babs, tu ne vas pas me faire croire que tu n'as eu dans ta vie que des enfants gâtés à peine sortis des jupes de leur mère, des photographes de mode ou des oisifs mélancoliques. Tu as dû quand même rencontrer autre chose... »

— Un homme d'affaires, dit-elle, la voix renfrognée.

— Et alors ?

— Il avait été le mari d'une camarade de collège, une juive terriblement riche. Lui aussi était juif. Elle l'avait quitté...

Babs fronça le sourcil.

— Je n'ai connu personne ayant des pieds plus grands ni plus plats, dit-elle. Quand je les apercevais sous la table posés à côté des miens, cela me fichait la frousse.

Ensuite, elle se mit à m'expliquer qu'il n'était ni *comme il faut* ni *comme tout le monde* et que du reste il parlait toujours en se regardant les genoux.

— Tu veux dire qu'il était anormal ? lui demandai-je.

Et Babs, de sa voix précise, efficace — ce que j'appelais sa voix de téléphone — me raconta les fleurs qu'il lui adressait, des fleurs superbes, hors de prix, de quoi remplir son studio. Tante Rosie était aux anges ! Mais une carte les accompagnait où était tracée de la main de l'envoyeur la somme qu'elles lui avaient coûté. « Un malade, dit Babs en hochant la tête. Il prétendait que pour aimer il lui fallait sans cesse établir un rapport entre la femme et ce qu'il dépensait pour elle. » Elle me raconta aussi ce dîner dont il parlait sans cesse, et de la table retenue à l'avance dans un des meilleurs restaurants de la ville et du menu longtemps discuté. Rien de ce que souhaitait Babs n'était assez bon ni assez rare. A la date prévue, il vint la chercher dans une vieille Bentley de location. Mais il changea d'idée en cours de route et l'emmena dîner chez lui d'une biscotte et d'un jus d'orange. « Il comptait sur moi pour le guérir. Il s'est servi de moi, dit Babs avec dégoût. Au lit, il lui fallait une petite radio japonaise ouverte en permanence dans la poche de son pyjama. Ce qu'il appelait *une troisième voix*. Pour finir, il a fait une dépression nerveuse et tout s'est terminé dans une banqueroute. »

Je lui dis que son amie de collège aurait tout de même pu l'informer. Babs répondit en riant que le cas de son amie était différent : il ne l'avait jamais touchée. Du reste cette fille était idiote et Babs ne se serait jamais fiée à ses avertissements.

Là-dessus, elle me regarda et dit :

— Carmine, lui, est naturel...

Puis elle ajouta des considérations sur sa carrière, sur ce que serait son avenir avec Babs à ses côtés, élargissant le cercle de ses relations — pour un peu elle m'en aurait fait la liste — enfin tout un programme, exposé d'une voix hâtive comme si elle craignait ma contradiction.

Il y eut un silence pendant lequel Babs fit quelques exercices de cheville, prit une ou deux inspirations profondes et se repoudra. Je la sentais inquiète. Elle ouvrait la bouche comme si elle allait commencer une phrase, battait des cils, agitait ses bracelets puis se taisait. Enfin, elle me parla de la vie qu'avait menée Carmine avant de la connaître, et comme c'était triste cet homme qui, faute de relations, passait ses vacances dans des hôtels : — « Tu imagines... Dans des hôtels... Moi j'ai horreur de ça... » — au lieu d'aller chez des amis bien riches, bien mondains, ayant de grandes maisons ou même des yachts, comme Babs en connaissait. Elle attendait ma réponse et je ne disais rien.

— Eh bien, me demanda-t-elle, n'ai-je pas raison ? Et Carmine ne mérite-t-il pas une vie... Enfin... une vie plus brillante ? Parce qu'une vie, c'est tout de même les amis que l'on se fait, les gens que l'on voit...

— Puisque tu le dis...

On ne pouvait s'y tromper : ma voix était sans chaleur. Babs parlait, s'expliquait, se répétait et je ne mettais à l'écouter aucun enthousiasme. Je ne *participais* pas. Brusquement, elle se prit le visage dans les mains : « Gianna, cria-t-elle, Gianna, je t'en prie, ne rends pas les choses plus difficiles. Ce qui m'arrive est si imprévu... »

Babs !

Elle portait jusque dans l'inquiétude la plus vraie les stigmates de son métier. Et à la voir ainsi, au bord des larmes, on pouvait encore se tromper, la croyant prête à pleurer pour quelque photographe invisible. Lui ai-je parlé ? Non. La confiance de Babs ne m'était pas acquise. Je le savais. Mais peut-être aurais-je dû la mettre en garde contre des surprises qu'il m'était facile de prévoir. « Lui ouvrir les yeux... », disait Tante Rosie. Je n'en ai rien fait. Cela suffisait comme ça. Et puis me demandait-on quelque chose ? Si j'avais dit « Babs, cet homme que tu trouves naturel est ton contraire », m'aurait-elle crue ? Si je lui avais crié : « Il est aussi loin de toi qu'un désert... » Si je l'avais secouée jusqu'à ce qu'elle m'entende et qu'elle en convienne. Mais à quoi bon ? Elle m'aurait sans doute répondu qu'elle n'avait pas de leçons à recevoir d'une étrangère. Voilà. J'étais une étrangère pour elle. Rien de plus. C'est qu'elle savait être impitoyable lorsqu'elle le voulait... Carmine était bien trop simple, bien trop naturel pour moi et du reste je ne comprenais rien à l'Amérique. Elle n'aurait certainement pas manqué cette occasion de me le dire et ses phrases auraient toutes commencé par *nous*. *Nous*, cela voulait dire tantôt « Carmine et moi », tantôt « nous les Américains ».

Alors nous en serions restées là. Tout se serait terminé ainsi que de coutume en poses abandonnées, regards vides, cigarettes que l'on allume, haussements d'épaules et fumée. Et j'aurais laissé le silence nous reprendre. Je n'avais aucune raison d'agir autrement.

*
* *

Etranges noces. Babs n'y tenait qu'un rôle décoratif. L'aventure était ailleurs. Elle était dans les yeux froids de Carmine, dans la pâleur de son regard, dans ses silences qui le revêtaient d'un prestige inquiétant. C'était lui qui recevait. Il y mettait une gentillesse agressive, comme s'il tenait vraiment à ce que l'on sache qu'il était le maître absolu de cette cérémonie.

Tout se passa comme il fallait le souhaiter. La veille, chez Mrs. Mac Mannox, une réception en l'honneur des mariés avait réuni la grande famille de *Fair* dans sa totalité. Ça n'avait été que rires, piaillements, petits cris étouffés et éclats de *flash*. Les *cover-girls* les plus en vue, des photographes beaux comme des danseurs, quelques peintres réputés... Carmine n'avait pas desserré les dents tandis que Babs ne cessait de sourire à la ronde. Fleur Lee était arrivée lorsqu'on ne l'attendait plus. Elle avait réussi une entrée fracassante, la bouche en avant, les pieds chaussés de cothurnes. Une mode qu'elle lançait. Elle était vêtue ce soir-là d'un fourreau violet autour duquel s'enroulaient des écharpes multicolores qu'elle semait partout. Avec ses joues plates, son grand nez, sa coiffure de geisha, elle ressemblait à une extra-lucide sur le point de livrer ses secrets.

— Oublions, oublions...

Ce fut en prononçant ces mots qu'elle se jeta dans les bras de Carmine. Il lui rendit ses baisers.

Le mariage religieux eut lieu le lendemain dans l'intimité et selon le rite catholique, car tel avait été le désir de Carmine. Ni Babs ni Tante Rosie n'élevèrent la moindre objection. C'était faire preuve de sagesse. Toute autre solution aurait causé à Carmine un tort considérable. Lui aurait-on pardonné un mariage ailleurs qu'en l'église de la Transfiguration ? Bien sûr que non. Alors un dominicain avait expédié l'éducation religieuse de Babs en moins d'un mois. Quant au père de Babs, on le laissa à ses missions. Personne n'avait songé à le consulter ni même à l'avertir. « Conversion politique, ma chère », disait Tante Rosie qui trouvait là l'occasion de phrases théâtrales. Elle parlait aussi de « raison d'Etat, ma chère », la voix pleine de trémolos, comme si Carmine avait déjà atteint les plus hauts sommets de l'importance. Elle commençait à louer son sérieux, son air réfléchi. Quand elle le regardait, ses yeux s'adoucissaient. « Il est brun, disait-elle, mais grâce à Dieu il n'a que cela de latin... » Bref, son hostilité cédait.

A l'église, Monsieur le Curé avait officié avec la solennité calculée des grandes circonstances, comme au séminaire de Noto on lui avait appris à le faire. Il montait le ciboire aussi haut que ses mains pouvaient aller avec une courte hésitation avant d'atteindre le point culminant, comme font les porteurs d'haltères ; il se courbait sur l'autel plus que de coutume, forçant les enfants de chœur à rester de longues et angoissantes minutes le bras tendu lui soulevant sa chasuble ; et à chaque génuflexion il allait jusqu'au sol, frappant résolument du genou la marche creuse sans se soucier de sa sourde résonance, de son « Bang... Bang... » de grosse caisse... « Mais ce sont des athlètes », avait murmuré Mrs. Mac Mannox que ce cérémonial impressionnait.

Agata s'était chargée des embellissements de l'église, tâche dont elle s'était acquittée d'une main joyeuse, comme pour narguer la banalité d'alentour. Elle débordait d'imagination. Chacune de ses trouvailles était servie par l'inconsciente mémoire du temps où la messe et les processions étaient ses seules fêtes. Babs, au moment où elle entrait dans l'église, en avait eu le souffle coupé. Cela ressemblait aux enseignes d'une ville en fête, à une forêt un jour de givre, au palais de la Belle au Bois dormant le soir de son éveil.

Une profusion d'ampoules d'un bleu vif mettaient un halo autour des statues qui, toutes, étaient couronnées de fleurs. A les voir ainsi, ruisselantes de lumière, à peine concevait-on qu'elles pouvaient être laides. Et Dieu sait qu'elles l'étaient ! Mais on reconnaissait à peine santa Lucia que l'on aurait crue plongée dans un bain d'azur et d'or. Quant au triste chien de saint Roch, il était devenu beau comme une licorne.

Tout avait été fait et bien fait. Deux colliers avaient été ajoutés au cou de la Vierge de Shun Ying. Agata croyait à cette Madone-là de toute sa foi. Elle n'était rebutée ni par ses yeux bridés, ni par son enfant jaune. Bien au contraire. Elle l'appelait « la Déesse » et parlait de lui offrir aussi une robe. Ce jour-là, la Vierge de Shun Ying avait droit, en plus de ses colliers, à une pluie d'étoiles écarlates.

Semblables à des amarres ou à des agrès, des guirlandes en papier pendaient des voûtes, si bien qu'une fois assis Carmine et Babs — elle portait une courte robe blanche qu'Agata du premier coup d'œil avait jugée trop simple (elle aurait souhaité mille plis, du drapé, quelque chose d'intense) — s'étaient sentis comme dans un navire à l'ancre.

Enfin — et ce n'était pas son moindre succès — Agata avait réussi à ôter les veilleuses dont la présence dans les églises de New York ne s'explique que par la panique du feu. « Videz-moi ces bouteilles de lait », avait-elle ordonné au bedeau. Et il y avait eu entre eux une longue discussion sur le pourquoi de cette appellation que le bedeau jugeait injurieuse. Mais Agata soutenait que la cire vue en transparence, cela ressemblait vraiment à du lait. C'était affreux. Et elle avait répété « ôtez-moi ça », d'un ton sec. Puis elle avait crié : « De vrais cierges, ce n'est quand même pas la mer à boire », prête à l'accabler d'invectives s'il refusait.

De vrais cierges, donc, brillaient dans l'église, ce qui parut à certains aussi inhabituel qu'un tapis d'hermine.

Vint l'heure du *lunch* que Fleur Lee jugea d'une élégance gothique, en traînant si longtemps sur « gothique » qu'elle en fit un son en forme de nouille, un bruit qui se prolongeait indéfiniment et lui tenait les lèvres resserrées comme si elle sifflait. Pourquoi ce mot ? Allez savoir... Peut-être jugeait-elle gothique le cadre de ce repas — une pièce blanche et nue : la Salle des Banquets « chez Alfio » — ou faisait-elle allusion à son caractère familial ? Calogero était assis à côté de sa femme et lui tenait la main sous la table, tandis que Theodore, avec le sérieux de ses dix-sept ans, son regard fixe et profond, son visage d'archange, jouait comme à l'habitude son rôle d'écuyer auprès de l'oncle Carmine, qu'il ne quittait pas d'une semelle. Il lui versait à boire, allumait son cigare, n'ayant, semblait-il, d'yeux et d'oreilles que pour lui. Ou bien était-ce Agata qui inspirait à Fleur Lee ce jugement ? Elle était vêtue de noir. Ce qui, à New York, ne se faisait pas. « La raideur gothique... », murmura Fleur Lee en la regardant. Enfin, pour ces raisons ou pour d'autres, tel était le mot que la rédactrice en chef de *Fair,* en pleine extase, ne cessa de répéter. Et qui aurait osé contredire ce juge en toutes choses, cet arbitre incontesté ? Chacun fit en sorte de convenir avec elle qu'il n'y avait rien de plus strictement médiéval qu'un huilier posé sur une table ou qu'une serviette pliée en bonnet d'évêque, « que la nappe avait la candeur et la délicatesse du Moyen Age » et que le pain, c'était évident, cela sautait aux yeux, le pain dans sa corbeille était « d'une vitalité incomparable, d'une unité extraordinaire... ». Fleur Lee, transportée, évoquait Carpaccio, donnait l'adresse du meilleur boulanger de Bavière, citait le nom d'un collectionneur de ses amis qui possédait un grain de blé pharaonique... Que ne connaissait-elle, ce jour-là ? L'abondance des vins n'y était pas pour rien...

Tante Rosie avait commencé par se sentir mal à l'aise. Elle portrait sa robe rose bébé et un chapeau tout en fleurs. « Suis-je dans la note ? », se demandait-elle, et elle se mit à regretter que Mister Mac ne fût plus là pour la guider. Mais Alfio, qui était assis auprès d'elle, avait eu la galanterie de comparer sa coiffure à un nid de rêves et tout s'était arrangé. Un nid de rêves... Quel homme charmant. Mrs. Mac Mannox et Alfio Bonavia s'arrachaient la parole au-dessus de leurs assiettes. Sans doute la conversation était-elle un peu confuse, mais tant pis ! Sur la table un Broglio, mis en bouteille au château d'un quelconque Duc dont les armoiries figuraient sur l'étiquette, séduisait l'imaginaiton. Charmant homme, ce Bonavia... Et les deux bronzes placés en surtout... L'un représentait la Fortune, l'autre Guillaume Tell tenant son fils dans ses bras. Quel goût ! Ils échangèrent des anecdotes puis il promit d'aller en personne, chez elle, lui apprendre à exécuter cette timbale de macaroni aux aubergines dont elle avait repris deux fois. Mais oui, il viendrait lui-même pour la clarté de la chose. C'était promis.

— Vous permettez que je vous appelle Alfio ?

Mrs. Mac Mannox ressentait souvent le besoin pressant de se faire des amis. Ce jour-là, elle réussissait à merveille. Monsieur Bonavia était un homme qu'elle aurait grand plaisir à recevoir chez elle. Et puis, il pensait bien : l'Amérique était son paradis. Cette petite Babs n'avait pas si mal choisi que ça, après tout... La famille était parfaite. Au dessert, Tante Rosie tenait des propos de plus en plus décousus.

Alfio vivait son heure de gloire. Le choix de Carmine lui convenait au-delà de toute espérance. Une jeune fille moderne, cette Babs, efficace, qui se faisait un pont d'or dans le magazine où elle travaillait. Que c'était beau et comme elle allait rendre Carmine heureux... Sans cesse Alfio se tournait vers elle pour recevoir en plein visage l'éclat de son apaisante blondeur. Il craignait presque de l'imaginer *après*. Penser à Babs dans les bras, dans le lit, dans la vie de son fils ? Non. Cela risquait de l'effacer, de la faire brusquement disparaître. C'est qu'Alfio était superstitieux. Et pas seulement ça : il imaginait toujours le pire. Il connaissait cette tendance héréditaire au pessimisme et il en avait honte comme d'une maladie. Les idées noires, on sait où cela commence, mais jamais où cela finit... Soudain, il eut comme la tête qui tournait. Qu'est-ce que cela signifiait ? Tout se brouillait. A ce moment, ni la blondeur de Babs ni la voix convaincante de Fleur Lee n'empêchèrent une image de revenir le hanter. Il se sentait accablé, envahi comme par une fantasmagorie. Le visage de Mariannina... C'était elle le jour de leur mariage. Elle, dans sa blouse bleue. C'était leur logement... Comment s'appelait l'horrible impasse ? La lessive séchait dans leur chambre nuptiale et ils avaient faim à n'en pas dormir. Comme il l'aimait ! Elle riait de tout : d'Alfio, de la faim et de la lessive mal essorée qui faisait « Toc, Toc... Toc » sur le plancher avec la régularité d'une horloge. Comme elle était belle ! Pendant des années, il n'avait eu désir que d'elle, là, sur le matelas posé au sol, désir de ses cheveux qui l'attiraient comme un torrent noir, désir de ses seins qu'elle avait si drôlement écartés, pointant vers l'extérieur comme s'ils ne se connaissaient point l'un l'autre, désir du creux de ses reins, du tracé divin de ce creux... ô Mariannina ! Et Alfio se surprit une prière aux lèvres : « Dieu tout-puissant, veillez sur elle... Ce n'est qu'une petite fille... Faites-la rire comme elle riait alors, dans la nuit... » Une douleur aiguë. Comme un déchirement de l'âme.

Lorsque le vieux Cesarino traversa la salle avec un nouveau chargement de bouteilles, il posa sur Alfio un regard étonné. Cela faisait plus de quarante ans qu'ils se connaissaient, depuis les débuts des Bonavia dans le quartier, depuis l'époque de la table d'hôtes. Rien de ce qui concernait Alfio ne pouvait lui échapper. Il alla vers lui, traînant les pieds dans ses souliers neufs comme il les traînait en pantoufles. Et un dialogue à voix basse s'engagea entre eux :

— Quelle mouche te pique ? demanda Cesarino sur un ton réprobateur.

— Des histoires de l'autre monde.

Cesarino haussa les épaules.

— Tu choisis bien ton moment...

— On ne fait pas ce qu'on veut, répondit Alfio d'une voix lasse.

— Eh bien bois, nom de nom...

Il alla chercher une bouteille.

Alfio se fit remplir un verre à ras bord. A la troisième rasade, sa réussite lui parut à nouveau indéniable, et Babs une bru en tous points conforme à ses goûts. Oui, Carmine allait être un homme heureux...

Calogero ne disait rien. Parler lui coûtait trop de mal. Une fatalité qu'il ne s'expliquait pas. Pourquoi lui ? Il était le seul de sa famille à parler l'anglais avec cet horrible accent. Et cela l'humiliait. On avait tout essayé et jusqu'à des leçons. Mais rien à faire. C'était crucifiant. Dans sa bouche, les « u » devenaient des « ou » mouillés, larmoyants, traînants, qui rendaient la conversation impossible. On ne le comprenait pas. Pire que d'être juif, un accent pareil... Alors il se taisait. Mais, à chaque instant, Calogero pressait la main d'Agata sous la nappe pour se réconforter. Et il lui murmurait des douceurs en dialecte. C'était là tout son jeu : parler avec Agata à l'insu de tous, dans une langue qui n'était pas cette calamité d'anglais, ce calice d'amertume qu'il lui fallait boire chaque jour jusqu'à la lie.

— J'espère que j'avais l'air plus amoureux que lui, dit-il en désignant Carmine du regard.

— Est-ce que je sais, moi...

Agata hocha la tête en fermant les yeux : un geste à elle. Puis elle répéta : « Est-ce que je sais » et haussa les épaules. Absolument comme si elle ne savait pas.

Tous deux avaient la même aversion pour les propos définitifs, les « oui » tranchants, les « non » sans recours, toute cette mortelle absence de mystère dont les propos autour d'eux regorgeaient. Il leur fallait ce flou, ce vague, ces fausses vérités qui ne dupent personne et donnent aux conversations le caractère imprévisible des songes. Et Calogero feignait de la croire.

— Alors, tu ne sais pas ? Tu ne sais vraiment pas ?

— Je sais que tu m'avais choisie avec ton cœur. Carmine, lui, a fait agir sa tête.

— Mon Agata, tu sais tout... Tu es un vrai génie, une devineresse, et je t'aime.

Calogero souriait et disait que la nappe sur leurs mains réunies lui faisait l'effet d'un drap.

Agata lui sauta au cou.

Babs ne s'occupait guère de Carmine et celui-ci agissait comme s'il n'avait pas une minute à lui consacrer. Pas l'ombre d'affectation en tout cela. L'un et l'autre agissaient naturellement. Carmine, en homme que la difficulté attire, faisait la conquête de Fleur Lee. Babs semblait convaincue que leur vie à tous deux allait dépendre de l'efficacité de ses sourires. Leur entente mutuelle ne faisait aucun doute, mais elle avait quelque chose d'effrayant. On aurait dit deux trains entrant en gare sur leur lancée, deux trains que le hasard faisait arriver en même temps sur des voies mitoyennes.

Et pourtant toute la noce pensa que Babs et Carmine formaient un couple bien assorti. Une certitude que chacun exprimait à sa manière. « Pour s'embrasser, ils ont la vie devant eux », remarquait Alfio. « Elle en fera ce qu'elle voudra... », répondait Fleur Lee qui n'envisageait la vie conjugale que sous cet aspect-là. « Il va l'aimer, mais il m'aimera presque autant », disait Tante Rosie qui ajoutait aussi : « Nous allons être amis lui et moi, tellement amis... » Elle ramenait tout à elle. L'idée d'une erreur ou d'un échec ne pouvait pas effleurer l'esprit de

Theodore. « Tout ce que fait mon oncle Carmine est bien fait, pensait-il, et, le moment venu, j'espère avoir la main aussi heureuse que lui. » Pour Agata, « parler de ces choses » (elle ne prononçait jamais le mot couple) était à la fois choquant et inutile. Le seul fait d'y faire allusion constituait une atteinte à la vie privée de Babs et de Carmine. « Ils se sont choisis », disait-elle, et ses commentaires s'arrêtaient là. Quant à envisager l'indifférence ou un « manque d'amour », c'était vouloir attirer le malheur, elle n'y songeait pas. Et puis ces notions lui étaient étrangères.

Cesarino était bien le seul à formuler quelques réserves. De retour à la cuisine, lorsque le chef demanda : « Alors ? comment ça se passe là-haut ? » Cesarino répondit :

— Ils ne sont pas du même bois.

Mais ce n'était peut-être qu'une idée.

*
* *

Alfio était indigné. « Tu veux rire », lui dit-il. Mais Carmine ne plaisantait pas. Ses places étaient prises.

— L'as-tu consultée au moins ?

— Pour quoi faire, répondit Carmine.

Alors Alfio piqua une vraie colère, une colère comme seuls en ont les Italiens d'Italie, une colère d'homme du peuple, avec des gestes, des menaces et des cris. Il s'en prit à Carmine comme à un gamin qui ne savait pas ce qu'il faisait.

— Sais-tu ce que tu vas trouver là-bas ? Un pays de morts-la-faim. Carmine, tu me fais honte, honte, honte... Comme si la Sicile pouvait intéresser qui que ce soit ! Pourquoi ne pas aller en Arabie Séoudite pendant que tu y es. Il y a à peu près autant de cailloux qu'en Sicile, aussi peu d'eau et, pour la crasse, c'est du pareil au même. Une île de fin du monde. C'est là que tu vas aller te fourrer... Tu ne verras que des miséreux, des incapables, des estropiés de la pensée. Et elle ? Que va-t-elle penser de toi, de nous... Et voilà ! On se démène, on trime toute une vie pour essayer de prendre racine quelque part et de se construire une dignité, et qu'est-ce que fait votre fils ? Il choisit d'aller en voyage de noces chez tous les pouilleux dont on n'a plus voulu pour parents...

Carmine était exaspéré. Il n'avait jamais vu son père dans un état pareil. « Seigneur ! pensa-t-il, ce que nous étions tranquilles avant... » Mais il se reprit, songea qu'il fallait être patient et qu'Alfio vieillissait. Pour la troisième fois, son père lui criait : « Après tout, fais comme bon te semble », d'une voix furieuse.

« Qu'est-ce que ça peut bien lui faire, pensa Carmine. Et, au fait, pourquoi vais-je là-bas ? » Il n'en savait rien. Les raisons de ce choix lui paraissaient plus confuses les unes que les autres. Une bouillie dans la tête. La fatigue peut-être, les préparatifs du départ. Et ce voyage lui paraissait de plus en plus inutile. Il lui tardait presque d'être de retour. Soudain, Carmine réalisa que l'avenir n'allait plus être seulement son avenir, mais aussi celui de Babs. Tant qu'il avait vécu entre Alfio, Calogero et Agata avec, par-ci, par-là, une liaison discrètement menée, il lui avait été facile de conduire sa vie. Et c'était cela justement qui avait été leur bonheur aux Bonavia, cette liberté. « L'amour, se dit Carmine, ce doit être ce que j'ai connu ici. Le sentiment que les choses sont ce qu'elles sont parce que le ciel le veut. » Mais maintenant ? L'harmonie, la bienheureuse harmonie serait-elle la même ?

Cette discussion avec son père fit à Carmine l'effet d'une douche froide. Il en sortit transi, empli de noirs pressentiments et comme étranger à lui-même.

Sur la porte il trouva Agata qui le guettait. Elle s'approcha de lui, le prit tout étonné par les épaules et se mit à l'étouffer de baisers. Il lui en tombait sur les cils, sur le front, sur la bouche, sur le menton ; elle le secouait, le caressait, l'embrassait comme si Carmine était redevenu un enfant. Il riait : « Cesse Agata... Je n'ai plus douze ans, tu sais. Et c'est plutôt moi qui devrais t'embrasser comme cela. » Elle lui parlait à l'oreille d'une voix qui tremblait un peu : « Je sais où tu vas. J'ai vu tes billets. Tu fais bien... Que ne donnerais-je pas pour partir avec toi... »

Lorsqu'il posa sa main sur la joue d'Agata, Carmine s'aperçut qu'elle pleurait.

— Agata ! Calme-toi, je t'en prie. Sans quoi je vais pleurer moi aussi...

Agata luttait, faisait de son mieux, mais les larmes s'échappaient d'elles-mêmes, coulaient sur ses joues, sur sa robe. Carmine la serra contre lui tout en se répétant qu'il ne rêvait pas. C'était bien Agata, sa fierté, sa farouche petite Agata, c'était bien elle qu'il tenait dans ses bras. Pendant un instant, il n'eut plus connaissance de rien.

Carmine partait le lendemain.

CHAPITRE III

> Des crimes innocents ? Qui n'en a pas commis ?
>
> PIRANDELLO.

Une fête superbe mais Palerme manquait d'eau et l'on déplorait que tant de palais, tant d'églises fussent encore en ruine... Une fête superbe, tout le monde en convenait. Les rues avaient été illuminées sur plusieurs kilomètres, mais cette année encore les pétards étaient dangereux : ils éclataient trop fort et comme toujours faisaient des victimes... Un charcutier avait vengé son honneur en massacrant cinq hommes d'une même famille. Son couteau mesurait quarante centimètres de long mais l'enquête prouvait que les soupçons du meurtrier étaient injustifiés : sa femme ne le trompait pas... Et puis un carabinier avait été assommé pendant que passait la procession. Il laissait sept orphelins... La police ne parvenait pas à mettre la main sur le coupable... Quelques incidents en somme. C'est ainsi que s'exprimait la presse locale : quelques incidents. Mais le peuple était satisfait : la Municipalité avait dépensé sans compter. Non de ces dépenses habituelles qui laissent le public mécontent et déçu. Des dépenses exceptionnelles. De celles qui déchaînent l'allégresse générale... Telles étaient les nouvelles, le soir où Carmine et Babs arrivèrent à Palerme. C'était un 14 juillet et l'on fêtait sainte Rosalie.

Un visiteur illustre avait honoré de son séjour l'hôtel où ils logeaient : Wagner. Une plaque de marbre blanc précisait qu'il y avait écrit *Parsifal* et l'inscription laissait entendre que, née ailleurs, l'œuvre eût été moins belle. La décoration gothico-mauresque du hall, les palmes en caisse au coin de l'escalier, un mélange de luxe et de mauvais goût, trop de colonnes, trop de statues, tout cela s'ajoutant au souvenir de Wagner, touriste de génie, ayant laissé à Palerme un peu de son « âme », plut infiniment à Babs. D'ailleurs elle ne faisait point de différence entre *Parsifal* et ces groupes imposants, ces Psyché, ces Cupidon dansant. Le sérieux pour elle devait forcément être gros et imposant.

Le vent, cette nuit-là, venait d'Afrique. Il tordait les rideaux, faisait claquer les portes et charriait une chaleur d'incendie. C'était tout récent, affirmait le portier. Vers midi, on l'avait vu se lever, déversant sur la ville une poussière épaisse comme une ondée de farine, au point qu'on ne pouvait respirer. Le portier s'en excusait d'une voix pleine d'indulgence, comme une mère aurait excusé les caprices de son enfant. « Il faut toujours que la nature mette son grain de sel... Regrettable... Infiniment regrettable », répétait-il en s'épongeant le front. Non, l'air conditionné ne fonctionnait pas. Le moteur était en panne. Légère avarie... Une pièce de rechange était partie de Rome depuis plus d'une semaine, mais elle n'était toujours pas arrivée. C'était du moins ce que prétendait le chef de gare. Bien que le portier parût convaincu du contraire. La pièce était bel et bien là mais certaines personnes devaient trouver avantage à ce que les paquets demeurent en consigne le plus longtemps possible... « Vous voyez ce que je veux dire ? » Et il faisait le geste de palper de la monnaie.

Une loquacité extrême était son trait distinctif. Un long échange d'idées avec des étrangers à peine débarqués lui paraissait la meilleure façon de les accueillir. « Drôle d'homme, pensait Carmine, et comme il est obligeant. » Tout en parlant, le portier faisait manœuvrer une armée d'adolescents en veste blanche, les cheveux raides de gomina, qui devaient s'emparer à la fois des bagages, des clefs, des journaux du soir, de quelques fruits et d'une bouteille d'eau fraîche à déposer dans l'appartement des voyageurs, et quand tout cela ne donnait encore pas la mesure de son hospitalité, le portier en revenait à cette maudite installation qui, par une chaleur pareille, ne réussissait plus à souffler de l'air frais. Il parcourait du regard les fresques du plafond : « L'homme ne domine plus ses inventions », soupirait-il comme si cette conclusion lui était dictée par les dieux et déesses qui folâtraient là-haut entre des nuages roses. Puis, à nouveau, il parlait de ce qu'il avait fallu entreprendre pour venir à bout de ce malencontreux incident et du spécialiste qu'il avait fallu consulter — « Un jeune Palermitain », précisait le portier avec une moue désabusée. Désastreuse initiative... Désastreuse en vérité. Le spécialiste avait tout embrouillé : les fils de l'électricité, ceux du téléphone, ceux de l'air conditionné, tant et si bien qu'à la cuisine on entendait des bruits sourds à l'intérieur du réfrigérateur chaque fois que l'ascenseur se mettait en marche. Un pauvre garçon, ce spécialiste, et qui n'avait pas dormi de trois nuits. Sans doute trop porté sur les femmes. Enfin... Une chose ou l'autre, il fallait comprendre et l'excuser. La Sainte-Rosalie ne se fêtait qu'une fois l'an, et puis le vent était abrutissant.

Babs fit remarquer qu'à sa connaissance, seul le Carnaval de Rio causait de semblables bouleversements. Mais cette remarque ne fut pas du goût de son interlocuteur qui lui lança un regard réprobateur :

— Le Carnaval de Rio, je connais ça, dit-il. J'ai habité là-bas dix ans. C'est une fête de village comparé à la Sainte-Rosalie, une fête de pauvres. Songez, Madame, qu'il s'agit ici d'un véritable triomphe. Les illuminations s'étendent sur plus de neuf kilomètres... Quant aux feux d'artifice, un Rothschild renoncerait à se les payer. Ils durent plus d'une heure. Oui, Madame. Plus d'une heure d'explosions à vous arracher du sol, d'éclairs, de tonnerre, d'éclatements volcaniques, au point que la poudre forme de gros nuages qui restent en suspens dans le ciel, jusqu'au lendemain.

Tout en accompagnant Babs et Carmine vers leur chambre, le portier eut encore le temps de citer d'autres clients presque aussi célèbres que Wagner. L'hôtel avait eu l'honneur d'accueillir le Kaiser qui ne savait pas mettre ses chaussures tout seul, plusieurs grands-ducs, une comtesse allemande dont, à son grand regret, le portier devait taire le nom, bien qu'elle ait laissé en ville un souvenir ineffaçable et, enfin, Anatole France. Avec son magnifique port de tête, son front olympien et sa jaquette grise qui lui donnait une allure quelque peu militaire, le portier s'entendait si bien à faire revivre les fastes du passé qu'à chaque nom prononcé, on s'attendait à ce que ses héros apparussent en chair et en os.

Arrivé dans la chambre, il toisa les meubles et les murs d'un regard inquisiteur, souhaita au couple une bonne nuit puis, passant devant le lit, s'arrêta : « Matrimonial, dit-il en se tournant vers Babs. Un lit matrimonial. » Et lorsqu'il enfonça son pouce dans le matelas comme pour en vérifier la souplesse, répétant son geste par trois fois, Babs se sentit rougir jusqu'à la racine des cheveux.

Cet homme jouissait à Palerme d'une grande réputation.

*
* *

Carmine alla à la découverte de la ville, la nuit tombée. Il s'attendait à une silencieuse errance, à une longue marche nocturne. Mais rien de semblable. Palerme ruisselait de lumières. Des ampoules par milliers déchiraient le décor fragile de la nuit. Elles illuminaient les frontons, dessinaient d'un seul trait de feu les statues, les églises, les niches, les fontaines, ou bien, suspendues à des fils, formaient au-dessus des rues d'étincelantes tonnelles. La ville ressemblait à une salle de bal immense où aurait eu accès un peuple exténué et ébloui. Pas de musique et moins encore de danseurs. D'envahissantes familles descendues du même fiacre, de la même voiture, se déversaient sur les places, se répandaient, coulaient lentement à travers les rues. Jamais moins de quatre personnes accrochées à la même moto. Toujours trois générations entassées dans les charrettes où le manque de place, la chaleur et l'inconfort donnaient au sommeil des enfants un aspect tragique. Couchés sur les genoux de parents impassibles, secoués par le trot du cheval, projetés en avant, rattrapés, manipulés, ils dormaient, pâles, mous, bouche ouverte et tête à la renverse, comme d'innocentes victimes vouées à quelque horrible sacrifice.

La beauté de la fête venait de sa gratuité. L'absolu de cette gratuité. Car enfin quel sens trouver à une pérégrination sans fin ? Comment la justifier ? Pourquoi cet engloutissement collectif dans des ruelles étouffantes, pourquoi plusieurs milliers de femmes, d'enfants, d'adultes, de vieillards formaient-ils pendant une nuit entière cette masse sombre et gluante ? Etait-ce la seule façon de perpétuer le souvenir d'une vierge dont les ossements, découverts sur le mont Pellegrino, avaient sauvé la ville de la peste ? Comme si de pareils entassements humains devaient permettre de mieux mesurer la solitude, le jeûne et la pénitence auxquels elle s'était soumise, il y avait huit siècles de cela... Et fallait-il transpirer à ce point pour continuer à mériter sa protection ? Ou bien cette fête n'était-elle qu'un prétexte à se montrer, et de par le nombre des enfants assemblés témoigner publiquement de la vaillance sexuelle d'une famille ?

Le bal, oui, par une nuit fraîche. Des orchestres aux coins des rues, des chars fleuris, un carnaval, c'est gai... Mais comment justifier aux yeux d'une étrangère cette absurde déambulation sous des flots de lumière ?

Babs en éprouvait de l'irritation. Ce bourdonnement continu, que c'était donc fatigant ! Et cette agitation de champ de foire, ces cris inutiles, toutes ces figures d'un ballet sans signification : les enfants gavés de sucreries, leurs jeux bruyants, le grincement des petites boîtes qu'ils secouaient en imitant à s'y méprendre le chant du coq, et ces nourritures étranges qu'offraient de gigantesques éventaires ! Les adultes ingurgitaient par cornets entiers des graines plates et sèches qu'ailleurs on aurait cru destinées à nourrir des perroquets.

— Le fait est..., commença Babs d'une voix plaintive. Mais le visage de Carmine l'arrêta. Pouvait-elle se douter qu'il aimait cette nuit, ce bruit, cette foule et qu'il trouvait de la beauté là où elle n'en voyait pas ?

— Des rues étroites, des toits qui se touchent, quelle bénédiction, soupira-t-il. Regarde, Babs, on dirait que les maisons s'appuient, qu'elles se frottent les unes aux autres, on dirait que les maisons s'aiment...

Puis il se mit à contempler les étoiles comme s'il les voyait pour la première fois.

Il portait un veston bleu rayé de blanc, une de ces vestes légères comme on en porte à New York les jours de grande chaleur, un pantalon clair et des chaussures de tennis en toile rouge. Des enfants s'immobilisaient sur son passage, des jeunes gens, des hommes, cent têtes levées vers Carmine et sa joyeuse élégance, cent visages tournés vers la blondeur de Babs.

— *Americani... Americani...*

Un chuchotement persistant attestait l'admiration de ce peuple en noir pour une audace vestimentaire dans quoi il reconnaissait sans doute les signes d'une fantaisie qui ne fut jamais sienne. « *Americani... Americani...* », chuchotaient des voix rauques, des voix tristes partout où ils passaient.

— J'ai soif, supplia Babs dont la bonne humeur était tombée.

— Asseyons-nous, répondit Carmine d'une voix résignée.

Ils hésitèrent longtemps entre la grande salle du Jolly, oasis d'un américanisme apaisant et, juché sur le toit d'un palais, un restaurant qui flamboyait sous une profusion de globes laiteux. Finalement, ils se décidèrent pour la terrasse d'un bar dressé sous les ombrages de la Promenade marine. C'était un camp volant où tout semblait branlant, provisoire. On pouvait louer une seule chaise, ou bien plusieurs chaises à la fois, et une table, sans que le fait de s'asseoir rendît obligatoire la moindre consommation. Certains clients se limitaient au pain qu'ils tiraient de leurs poches. D'autres appelaient un traiteur en veste blanche et lui commandaient des glaces, d'autres enfin payaient leur chaise et restaient là, sans échanger un seul mot.

Aussitôt assis, Carmine se retira dans une contemplation silencieuse. Il n'eut d'yeux que pour les virevoltes du traiteur à la veste tachée, le suicide collectif des moucherons contre la flamme nue d'un bec de gaz et le manège d'une jeune femme, assise non loin de lui, très décolletée, une créature comme il n'en avait jamais vu. Elle s'efforçait, sans se départir d'une impassibilité de statue et rien qu'en y mettant ce qu'il fallait de regards, d'attirer l'attention d'un homme bien vêtu, qui, seul lui aussi, ne paraissait préoccupé que de nourrir le chien qu'il tenait en laisse. Elle lui demandait tantôt de l'eau, tantôt des allumettes qu'il lui tendait d'un geste machinal tout en lançant des amandes à son chien qui jappait et les happait au vol. Puis elle laissa tomber son mouchoir, qu'il ne ramassa point. Curieuse personne en vérité, avec des cheveux d'un noir inhumain, beaucoup de rose aux joues et du rimmel plaqué à longs traits autour des yeux. Son visage était comme redessiné à la gouache. Dans le geste qu'il fit pour prendre le mouchoir au sol et le lui tendre, Carmine lui effleura la main : « Si j'étais seul, se dit-il, j'irais lui parler et peut-être serais-je tenté d'aller avec elle où elle voudrait. Quelle bizarrerie... » La femme posa sur lui un regard charbonneux. Carmine détourna la tête de crainte que le trouble qu'il ressentait ne fût visible. Et il se répéta : « Quelle bizarrerie... » Ce n'était pas tant son trouble qui l'étonnait que l'impossibilité de se l'expliquer.

Soudain, par-delà les tables, on entendit un cri. C'était un gamin qui courait, manches relevées. Un marchand de fleurs. La bouche grande ouverte, il lançait son cri et la voix jaillissait, tantôt stridente, tantôt railleuse comme le cri des mouettes. Il brandissait au-dessus des consommateurs des formes blanches qui ressemblaient à des branches hérissées de neige. Il en jouait comme d'un cerf-volant et Babs se demandait ce que c'était au juste, car il fallait être sicilien pour appeler cela des bouquets, pour appeler bouquets ces corolles dépouillées de leurs tiges, de leurs feuilles, ces corolles nues, empalées sur de fines baguettes, ces fleurs nuptiales qui, une fois assemblées, formaient une torche échevelée. Leur parfum dominait l'odeur de la ville en fête, les relents de café, de fritures, de beignets chauds. Il dominait toutes ces odeurs, bonnes ou mauvaises. C'était un parfum vivant, concret qui bravait aussi l'air chaud de l'été.

« Du jasmin », dit Carmine comme si le jasmin était un vieil ami qui lui apparaissait brusquement au milieu d'une foule d'inconnus. Ses yeux brillaient, il souriait. Du jasmin... Il avait l'air vraiment heureux. Babs remarqua qu'il continuait à remuer les lèvres et à murmurer « jasmin, jasmin » comme s'il s'entretenait avec quelqu'un d'invisible.

— Du jasmin ? demanda-t-elle. Comment le sais-tu ?

— C'est Agata qui me l'a dit et lorsqu'elle nous parlait de ces bouquets on aurait cru, à l'entendre, qu'elle nous parlait de la Chine ou de la Perse. Voilà. Les enfants sortent le jour à peine levé afin de profiter de la rosée. C'est ainsi que les choses se passent... Ils vont vers les jardins qui s'étendent entre la ville et la montagne. Et là ils arrachent des murets les jasmins grimpants... Ce n'est pas interdit, ces jasmins ne sont à personne. Ils les arrachent des arbres, du roc, ils fouillent les trous de terre noire et les rapportent. Leurs mères, leurs sœurs piquent les fleurs une à une sur des ombelles séchées. Puis elles envoient les enfants vendre les bouquets partout où il y a foule : à l'arrêt des autobus, sur les terrasses des cafés, dans les jardins publics, à la porte des mairies, ou bien devant les hôpitaux les jours de visite...

— Elles feraient mieux de les envoyer à l'école, dit Babs d'une voix contrariée.

— Elles n'en ont pas les moyens, répondit Carmine.

— Qu'est-ce que c'est que cette histoire, s'écria Babs.

Puis elle haussa les épaules et dit : « Quel pays... »

— Jasmin... Jasmin, cria de nouveau la voix railleuse, la voix de l'enfant-oiseau.

Il approchait. Il paraissait maintenant s'adresser à Carmine. « Quel âge peut-il avoir ? A quel âge est-on ni homme ni enfant ? A quel âge a-t-on encore confiance dans la vie et déjà peur ? Cette anxiété dans le regard et l'omoplate qui pointe si fort sous la chemise... Quinze ans ? se demandait Carmine. Seize ans peut-être ?... Et une voix d'affamé... »

Ce qui retenait l'attention, c'était cette anxiété évidente mais aussi quelque chose dans les yeux qui contrastait avec la finesse enfantine du visage. « Une ébauche d'homme, pensa Carmine... Et un emploi précis : courir les rues... » Mais il y avait autre chose : ce cri qui irritait jusqu'à la souffrance, ce long cri chargé d'urgence. Ailleurs, pareille façon de faire eût nui à son commerce. On l'aurait jugé fou ce gamin, et on l'aurait fait taire. Mais à Palerme il en allait autrement puisque de table en table on l'appelait :

— Par ici Gigino... Par ici le jasmin...

Et Gigino accourait. Il saisissait un bouquet qu'il tendait avec une assurance hautaine puis d'une paume impatiente réclamait son dû. Cent lires de monnaie étaient ramassées selon un calcul si rapide que l'on avait peine à compter et Gigino repartait, criant et brandissant ses fleurs au-dessus des consommateurs.

Mais il usait aussi d'une méthode plus surprenante dont Babs fut la victime : sans qu'elle en eût exprimé le désir, un bouquet lancé à la volée lui tomba presque dans les mains. Gigino arriva d'un bond.

— Essayez voir, dit-il d'une voix de commandement.

Et il resta planté devant elle. Elle le gratifia d'un sourire qu'elle savait irrésistible, un sourire de mondaine, lèvres humectées, toutes dents dégagées, langue à peine offerte. Peut-être ne voulait-elle que lui exprimer sa reconnaissance. Mais elle le fit avec si peu de naturel que Carmine s'en aperçut et son visage s'assombrit. « Elle manque de dignité », pensa-t-il.

— Allons, laissez-vous tenter, répéta Gigino sans chercher à dissimuler son impatience.

Babs allait prendre les fleurs lorsque Carmine les repoussa d'un geste brusque.

— J'ai oublié mon porte-monnaie, dit-il en fouillant ses poches. J'ai dû le laisser à l'hôtel.

L'incident fut bref. Avec une désinvolture souveraine, Gigino planta son bouquet entre les mains de Babs.

— Je les offre à Madame, dit-il.

Et sa voix trahissait une exubérance juvénile, un besoin de s'enorgueillir.

— Reprends ces fleurs, dit Carmine.

— C'est un cadeau, reprit Gigino avec la même impatience.

— Allons... Laisse-nous tranquilles. On te l'achètera demain, ton bouquet.

Gigino eut un regard méprisant.

— Vous croyez ça, vous ? Et si demain je n'avais pas envie de le vendre ?

Il eut un geste vague qui pouvait désigner à la fois le ciel et un avenir incertain, puis il tourna les talons, rendu à la frénésie de courir et de vociférer au nez des passants.

Le bouquet restait aux mains de Babs.

— Quelle audace, balbutia-t-elle. Je sais que j'ai eu tort de lui sourire ainsi. C'est sans doute ma faute... Et elle se tut brusquement.

Carmine se leva. « Je reviens », dit-il. Il prit le parti d'aller à l'hôtel et en revint, toujours déterminé à payer Gigino. Assis sur une borne, face à la table où Babs attendait seule, le vendeur de jasmin paraissait absorbé dans ses comptes lorsque Carmine l'interpella.

— Tiens, voilà ton argent, lui dit-il.

Mais Gigino ne l'écoutait pas. Il faisait des piles de monnaie dans ses doigts : les lires avec les lires, les centimes avec les centimes.

— Je te dis que voilà ton argent, répéta Carmine.

— Mon argent ? Quel argent ? demanda Gigino sans même regarder son interlocuteur.

Puis s'exprimant avec une grande hâte comme s'il craignait que Carmine ne lui laissât pas tout dire, il ajouta : « Excusez-moi, Monsieur, mais tout n'est pas à acheter ici. Et les cadeaux ne se paient pas. »

— Il ne s'agit pas de cela, reprit Carmine. Tu me parles comme si je cherchais à t'offenser, comme si je me réjouissais de te donner cet argent. Or je n'essaie que de te rendre ce que je te dois. Allons, prends ça...

Et il lui tendit mille lires. Le billet fit une impression profonde sur Gigino qui ne s'attendait pas à recevoir pareille somme. Il se tut et examina le billet avec des yeux épouvantés.

— C'est beaucoup, dit-il.

Et Carmine dit : « Mais non... Mais non », pour le tranquilliser.

Gigino prit le billet et pendant quelques instants parut hésiter puis il se leva. Il était de petite taille et on ne voyait dans son visage que ses yeux épouvantés.

— Je vais vous montrer, dit-il, ce que je sais en faire. Voilà...

Ce dernier mot, il le dit avec rage, avec frénésie, puis il répéta « Voilà », leva les bras et s'approcha de Carmine qui reçut en pleine figure le billet froissé, déchiré.

— Voilà ce que j'en fais de votre argent, hurla Gigino... Je ne vous ai pas demandé l'aumône que je sache ? Alors, laissez-moi tranquille.

Carmine éprouva le désir irrésistible de le rosser, mais Gigino ne lui en laissa pas le temps. Il partit en courant. Carmine le regarda disparaître au tournant d'une rue puis il alla vers la terrasse où Babs l'attendait.

— Allons-nous-en d'ici, lui dit-il. Et vite.

Elle se leva. L'aube commençait à poindre.

— *Americani,* chuchota une voix à la table voisine.

Carmine pressa le pas. Ils passèrent devant une rangée d'hommes assis sur un banc, puis devant d'autres hommes qui fumaient sous un arbre.

— *Americani,* fit une voix sur le banc...
— *Americani,* fit une voix sous l'arbre.

*
* *

S'il avait une chose que Babs détestait, c'était le ton de Carmine, ses yeux hostiles, très clairs (elle pensa « blancs de colère »), son sourire bizarre, les dents serrées et elle se demanda par quelle extravagance elle était là, aux côtés d'un homme que la fureur égarait. « J'ai choisi en aveugle » se dit-elle. Puis elle se ressaisit, se prit à penser que la violence de Carmine était due à la fatigue de cette journée, à la chaleur, à l'incident avec Gigino et elle alla d'un pas tranquille vers la salle de bains.

Carmine l'entendait qui ôtait ses vêtements, puis ses souliers. Il entendit les robinets qu'elle ouvrait et refermait, l'eau qui coulait, les flacons qu'elle débouchait, le crissement de sa brosse à dents puis le silence qu'il attribua à son hésitation entre deux coiffures possibles. Dans quelques instants, elle allait entrer parfaitement belle, si soignée, si blonde et Carmine soupira. « Décidément elle fait magazine, même en peignoir... », et il pensa que seule une femme désordonnée, dépeignée pouvait satisfaire sa sensualité. Il alluma une cigarette pour se donner du courage mais une sorte de panique la lui fit éteindre aussitôt : il n'avait envie de rien. Plusieurs attitudes de Babs lui revinrent à l'esprit, qui toutes lui déplurent. Peut-être allait-elle encore vouloir parler... Peut-être aurait-il à écouter ses questions... Peut-être lui demanderait-elle de faire l'amour avec la voix sérieuse qu'elle prenait en ces occasions.

Un instant après, Babs entra. Lorsqu'elle s'approcha du lit, Carmine lui jeta un regard désespéré, un de ces appels muets au silence, à l'absence. Pour un peu il se serait levé et enfui... Il s'adressa toutes sortes de reproches. « Tu es fou, se disait-il, complètement fou. » Mais il avait envie de la rue, de la foule, de la lumière, du bruit et peut-être même de la femme à la robe multicolore apercue au bar de la Promenade marine. Au fond, il n'avait été heureux qu'en de brèves liaisons. Il pensa qu'il était fait pour les femmes de passage et pour elles seules.

*
* *

Carmine alla le lendemain chez un tailleur de la Via Ruggero Settimo. Il en revint habillé de tussor blanc, avec un veston cintré, une cravate noire et un panama à large bord. Il avait l'air parfaitement à son aise et sûr de lui vêtu de la sorte. Mais la surprise de Babs fut telle que d'instinct elle fit un mouvement pour l'écarter lorsqu'il voulut l'embrasser.

— Qu'est-ce qui ne va pas ? lui demanda-t-il.

— Rien, rien, répondit-elle.

Que pouvait-elle lui dire ? Qu'elle le sentait de plus en plus étranger, lointain, incompréhensible et que cette nouvelle tenue n'arrangeait rien ? Elle était atterrée.

De sa confrontation avec Palerme datait cette singulière transformation. Mais, à bien y penser, Babs se demanda si tout n'avait pas commencé à l'instant où le fils d'Alfio Bonavia s'était écarté des quais de New York. Il avait pris la mer comme un pénitent retrouve le chemin de son église.

Désarmée, inquiète, tâtonnant dans son passé, Babs quêta en vain un signe qui pût lui rendre confiance. Par contre les preuves ne lui manquèrent point de l'acquiescement qu'en tous ses gestes, en ses moindres mots, Carmine donnait à ce qu'elle admettait le moins.

Comme il était vite acquis aux penchants latins, cet Américain respectueux de la valeur du temps, soumis à la puissance du travail, de l'argent et si désireux de bien faire ! Quelques jours lui suffirent pour s'organiser dans une oisiveté orientale.

Des velléités de sieste devinrent très vite des journées entières de torpeur. Insensible à la chaleur, aux moustiques, aux bruits de la rue, Carmine s'accoutumait à un engourdissement que Babs jugeait fatal. A peine éveillé il allumait une cigarette, commandait un *espresso* qu'il buvait en silence, puis se rendormait. Son sommeil était entrecoupé de sursauts, de ruades et même d'un râle furieux lorsqu'un songe lui infligeait une rencontre avec Gigino. Car il continuait à remâcher obstinément le souvenir de l'affront qui lui avait été fait. Alors il s'asseyait le temps d'un marmonnement incompréhensible, et se rendormait avec le visage d'un homme insulté.

Pendant ce temps, Babs, étendue à plat sur des draps moites, étanchait dans un « baedeker » sa soif d'émotions artistiques. Des plans dépliés, des cartes lui indiquaient l'emplacement de ces églises, de ces temples qu'elle ne verrait jamais. La chambre sentait le café et la fumée. Elle se disait que cette manière de vivre n'était ni saine ni normale et qu'elle n'aurait rien à raconter à son retour. Une sorte de désespoir la gagnait. « Je ne veux plus de cet homme, se disait-elle. Il est là, vautré toute la journée... Je n'en veux plus... » Et inévitablement se glissait dans ses pensées l'idée du confort qui n'était pas tout à fait *ça*, de l'eau chaude qui n'était que tiède, du café qui était trop fort. Palerme lui faisait horreur...

Il arrivait que Carmine se levât pendant quelques heures en début de matinée. Alors, presque toujours il allait se poster en pyjama sur le balcon. Là, il scrutait la pénombre des chambres entrouvertes avec la vigilance d'un dénicheur de nids.

Un balcon voilé de toile (selon une habitude locale qui permet de défendre ainsi l'intimité de cet espace aérien, l'hypnotisait. Un vieillard torse nu s'y tenait en permanence. Se levait-il avant Carmine ? Se couchait-il après lui ? A quelque heure que ce fût, jamais Carmine ne vit le balcon vide de cette présence obsédante, de cette carcasse en pantalon fripé. Il essayait de tricher en se glissant sur le balcon à l'aube ou en plein milieu de la nuit, mais le vieillard était toujours là.

— Quelle étrangeté, dit Carmine. Que peut bien faire cet homme toute la journée, toute la nuit.

— Peut-être se pose-t-il la même question à ton sujet, répondit Babs d'une voix agacée.

Un jour le vieillard eut un geste de la main que Carmine prit pour un salut. A tout hasard, il le lui rendit. Ils échangèrent ensuite quelques idées générales sur le temps et des rapports amicaux s'établirent par-dessus les bruits de la rue. Le vieillard, qui se disait prince et qui l'était sans doute, ne manquait jamais de demander des nouvelles de Babs.

— Madame va bien ? demandait-il.

— Vous êtes trop aimable, répondait Carmine.

Babs leur jetait des regards soupçonneux et avec un pincement au cœur pensait qu'elle était de trop. Elle eut l'imprudence de le dire.

— Tu as l'air de mener exactement la vie qui te convient. Moi je me sens de trop.

Carmine pensa qu'elle disait vrai.

*
* *

D'autres abordent la nuit au nom du repos partagé et de son heureux désordre, Babs, elle, suivait un homme auquel la chute du jour n'inspirait qu'un désir : se lever et sortir. Ce qui comptait pour Carmine, c'était de retrouver Gigino. Une obligation sur laquelle il n'était pas question de revenir. Il fallait, selon lui, rechercher le marchand de jasmin et le payer. Ses soirées se passaient à cela. Malgré sa bonne volonté, Babs ne pouvait accepter ce qu'elle ne comprenait pas. Car la disproportion était évidente entre la modestie de ces fleurs déposées par suprrise entre ses mains, et l'acharnement de Carmine à traiter en coupable l'auteur de ce don. Mais comment lui faire entendre raison ? A chaque tentative Carmine s'écriait « Tu ne peux pas comprendre », avec une telle colère, un tel éclat dans la voix que Babs sentait des larmes d'énervement lui couler le long des joues.

A quelle terrasse, sur quelle place Gigino exerçait-il les violences de sa voix ? Ni au Bellini, ni au Dante, ni à l'Olympia, ni à aucun des cafés où Carmine s'asseyait. Mais il arrivait parfois que des parfums d'été, de fleurs, de terrre remuée, ou bien la franche odeur du jasmin venue comme une marée on ne savait d'où, donnent brusquement à penser que Gigino n'était pas loin.

Alors Carmine interrogeait les serveurs.

— Vous n'auriez pas vu Gigino par hasard ?

— Lequel, Monsieur ?

— Le marchand de jasmins.

— Ah ! Le Gigino-aux-jasmins ! C'est lui que vous cherchez ? Il n'est pas loin, allez...

Et un cri furieux parti d'une rue voisine prouvait qu'on disait vrai. C'était sa voix qui tombait tout d'un bloc sur la table où se tenait Carmine, sa voix aussi insaisissable que le vent. Elle vibrait, s'amplifiait de ruelle en ruelle, se perdait puis glissait à nouveau le long des murs, déchirante, aiguë et se perdait à nouveau en un son incompréhensible : « Aiiini... Aiiini... »

— Tenez, Monsieur, vous l'entendez ? Je ne me trompais pas. A cette heure-ci il est toujours dans le quartier. Vous le rencontrerez sûrement...

Mais la terrasse où se tenait Carmine était toujours celle où Gigino ne passait pas. Babs s'impatientait. Ils s'en allaient. Aussitôt un mystérieux instinct avertissait Gigino que le champ était libre. Bras tendu il apparaissait, traçant dans l'air de grands cercles blancs. « Ah ! te voilà, toi ! » C'était ainsi qu'on l'accueillait désormais. « Ah ! te voilà... » Comme si la ville entière était au courant et qu'aux cris des vendeurs de journaux, à l'appel des marchands de glace, aux grincements des freins, aux ronflements des moteurs, à tous ces bruits familiers il fallût ajouter les exclamations qui retentissaient partout où il allait.

Il y a des choses auxquelles on ne s'habitue pas. Le jour où, après son rituel « Ah ! te voilà, toi ! », le serveur d'un café où Gigino avait ses habitudes ajouta « Devine qui était là... il n'y a pas cinq minutes : l'Italien d'Amérique, celui qui demande toujours après toi. Il veut te donner de l'argent. Ma foi, il est parti... Ça t'apprendra... », ce jour-là Gigino avait hurlé à plein gosier « Ça m'apprendra quoi ? » avec tant de violence qu'il en tremblait.

Puis il avait insulté l'homme en veste blanche, lui jetant au visage tout ce que son cœur contenait de mépris pour les sédentaires de son espèce. Vieux corbeau, va... Que pouvait-il lui apprendre ce piéton aux jarrets moulus, condamné à courir autour d'une terrasse comme un écureuil autour de sa cage ? Rien. Et rien non plus l'étranger qui croyait si fort à sa supériorité et s'obstinait à l'offenser. Que lui importait ces gens ? Gigino voulait les mépriser en paix. Il se répétait « Ma parole, qu'est-ce que j'ai à en foutre... » Ils étaient les autres, les privilégiés, et Gigino ne se sentait pas en paix avec ces hommes-là.

Non, pas en paix... La floraison des buissons décidait de son sort. Que vienne un printemps avare en rosée, ou de ces sécheresses qui découragent les éclosions, et le voilà sans espoir, réduit à la misère. Le comprenaient-ils, ces gens-là ? Il s'étonnait, l'Américain, il s'étonnait qu'un vagabond tel que Gigino s'arrogeât le droit de faire des cadeaux. Mais donner n'offense personne. Et puis le droit d'oublier sa propre misère, ou bien le droit de crier, est-ce un droit qui appartient aux uns plus qu'aux autres ?

L'assiette de lait que l'on tend aux chats errants, le « p'tit, p'tit » dont on use pour les retenir les hérissent. Ils se recroquevillent. Les muscles raidis ils se préparent à bondir, puis ils fixent le lait, longuement, les oreilles dressées, le dos courbé avec des frissons de colère sous la peau, prêts à l'attaque. Mais rien n'arrive et ils se sauvent. Gigino était de cette race-là. Un chat errant prisonnier du gouffre noir de la ville.

Il pensa à l'Américain. Il le revit, avec cet air de conviction profonde répandu sur toute sa personne comme une maladie. Un grand rire apparut, un rire qui fendait en deux le visage maigre de Gigino. Il poussa en guise d'adieu son cri strident puis il s'élança en avant et disparut. Mais l'eau dans les verres et les cuillères, et les nappes et les tables et la terrasse tout entière gardèrent longtemps le parfum net et puissant du jasmin.

*
* *

Un bouquet déposé à l'hôtel marqua le début des hostilités.

— Il y a une lettre avec ces fleurs, une carte ? demanda Carmine.

Il n'y avait rien.

— Et personne ne les a déposées, s'écria Carmine. Elles sont venues là toutes seules.

— Je n'ai pas souvenance, Monsieur, répondit avec flegme le portier. Peut-être ont-elles été apportées par un livreur.

— Un livreur ! répondit Carmine. Comme si on envoyait de pareils bouquets par un livreur.

— Tout est possible, répondit le portier de la même voix calme.

Il avait le visage fermé et paraissait absorbé dans le classement de ses fiches.

Babs tenait le bouquet avec autant d'aisance que si elle eût manié une grenade dégoupillée. « Regarde un peu », lui dit Carmine. Elle entrouvrit le papier qu'elle jugea défraîchi, puis le temps d'un regard vit, groupées en ombrelles à la mode de

Gigino, les corolles blanches du jasmin. Une signature certaine. Elle haussa les épaules.

— Ce n'est peut-être pas lui, dit-elle.

— Et qui veux-tu que ce soit ?

— Quelqu'un de ta famille peut-être.

Mensonge qui ne trompait personne.

Lorsque Carmine annonça qu'il avait des cousins du côté de Mondello et qu'il allait leur rendre visite, Babs imagina de joyeux ébats au soleil, le sable, de l'eau claire et une bouée au loin vers laquelle nager. Ce jour-là Babs reprit courage. Elle mit une robe de toile, lâcha ses cheveux et avec sa moue la plus convaincante parla de se baigner. Mais Carmine n'eut pas l'air d'entendre. Babs insista. « Mondello, c'est bien au bord de la mer, non ? » Et Carmine avait ri en disant que d'après ce qu'on lui avait raconté les Siciliens n'allaient à la mer que pour manger.

La famille de Carmine passait ses dimanches dans un cabanon bâti à l'extrémité de la baie de Mondello, au-delà d'un cap massif qui paraissait assoupi dans l'eau. Il fallait pour l'atteindre marcher entre des files de petites bâtisses toutes semblables, avec leur véranda en planches enfouie à l'ombre des tamaris. Le cabanon des Bonavia avait ceci de particulier qu'il était adossé à un bois d'oliviers et que sa terrasse, soutenue par des pilotis, avançait dans la mer. De toute évidence cette terrasse était réservée aux hommes qui, en manches de chemise et casquette, jouaient aux cartes dans le plus grand silence lorsque Carmine et Babs arrivèrent. Le bois d'oliviers appartenait aux femmes. Elles faisaient d'incessants va-et-vient entre une table dressée sous les arbres et une carriole dételée d'où elles allaient extraire des corbeilles de victuailles. Les unes étaient vêtues de noir, c'étaient les plus âgées. Les autres adoptaient bravement la mode du jour, couleurs vives et fesses à l'étroit dans des pantalons trop serrés. Mais tant femmes qu'hommes, tous avaient un ennemi commun : le soleil. Tendues d'un arbre à l'autre des couvertures déployaient leur ombre au-dessus de la table familiale, tandis que pour protéger les joueurs on avait accroché tant bien que mal une vieille bâche au-dessus de la terrasse.

Il y eut bien quelques larmes et quelques cris du côté des femmes lorsqu'elles aperçurent Carmine, et puis des questions à n'en plus finir sur Alfio, sur Calogero, sur Agata, mais un des joueurs se leva, qui les fit taire. C'était un homme de haute taille, qui criait plus fort qu'elles. Il fit les présentations, parla du poisson qu'il avait pêché la veille, de la friture que l'on allait manger. Il venait là chaque dimanche maintenant que tout le monde était établi à Palerme. Il y avait aussi ses fils, ses brus, ses nièces, ses neveux et « aucune raison de pleurer », dit-il. Puis il ajouta : « Je suis votre oncle Anastasio. Et voici Venerina, ma femme. Nous sommes tous nés à Sólanto. » Mais personne ne parla de se baigner.

Les joueurs enrôlèrent Carmine. Les femmes annexèrent Babs. Elles faisaient cercle autour d'un bébé, frais éclos, qui poussait des cris féroces. Une sucette, un grain de raisin glissé dans sa bouche entre deux cris, des mamours, des cajoleries et d'autres caresses encore que Babs jugea répugnantes (les femmes chatouillaient le petit sexe de l'enfant avec des « grrr... grrr... grr... » comme si elles cherchaient à faire chanter un canari), rien n'y faisait. Les sourcils froncés, la mâchoire contractée, portant déjà en lui toute la désespérance de la race, le bébé pleurait. Alors Babs avança en direction de cette bouche largement ouverte sa belle main aux ongles vernis de frais. Brusquement, l'enfant cracha le raisin qui lui gonflait la joue et se mit à sucer avec avidité ce bouquet d'ongles carminés, plus brillants qu'un sucre d'orge. Ses sanglots s'apaisèrent. Il s'endormit. Pour Babs c'était un beau succès. On lui en sut gré. L'enfant lui fut confié. Elle resta, son fardeau entre les bras, écoutant de loin les conversations qui se croisaient, le bruit des couverts et des assiettes, et loin, beaucoup plus loin encore le chant d'un gramaphone qui montait de la plage.

Pénible journée. Le soleil était écrasant. Babs faisait de son mieux pour oublier l'envie qu'elle avait de la mer, de sa fraîcheur et du sable, là où les petites vagues se brisent. Tout vacillait en elle. La détresse lui montait à la gorge comme une nausée. Elevée par Tante Rosie dans le respect d'une hygiène rigoureuse, convaincue que seuls des professionnels masqués et aseptiques étaient en droit d'approcher des nourrissons, Babs considérait avec un étonnement mêlé d'effroi le désordre dans lequel vivait la famille de Carmine et sa désinvolture. Il y avait des nouveau-nés partout : au pied des arbres, à l'ombre des carrioles, entre les colis de victuailles, à deux pas des corps à corps, des luttes furieuses qui mettaient aux prises les plus grands. Effarée, Babs essaya de décourager deux gamines qui se jetaient des poignées de poussière à la figure. Mais en vain. Personne ne semblait se soucier des chiens qui tournaient en rafale autour des berceaux ni des chevaux dételés qui chassaient les mouches à grands coups de queue. Rien, ni cris ni disputes ne semblait troubler le clan des hommes.

Une fois seulement Babs entendit s'élever une voix mâle.

— Alors, ça vient ce déjeuner ?

C'était l'oncle Anastasio qui avait faim. Il avait crié sans quitter des yeux les cartes, sans même se retourner.

Une fois aussi Carmine avait interrompu sa partie juste le temps de souffler à l'oreille de Babs :

— Tu sais le bouquet d'hier...

— Oui... Eh bien ?

— Ce n'était pas eux...

Il lui dit cela méchamment, comme si c'était sa faute. Elle haussa les épaules.

— Je vais me baigner, dit-elle.

Toute cette histoire était stupide.

*
* *

Le lendemain les choses se gâchèrent pour de bon. Pure et d'une blancheur de cire, une gerbe de jasmins trouvée sur la banquette d'un fiacre à l'instant où il y montait eut sur Carmine un effet effrayant. Les lèvres serrées, l'œil fixe, il tendit le bouquet à Babs sans articuler un seul mot. Mais il avait une façon de se taire qui glaçait le sang.

Babs s'épuisa en suppositions vaines.

— Quelqu'un les aura oubliés là..., dit-elle.

Le sommeil dans lequel avait sombré le cocher le protégeait contre tout soupçon. Avait-il vu quelqu'un ? Personne.

— Comment personne ? protesta Babs. Alors on dépose des objets dans votre fiacre à votre insu ?

— Déposer n'est pas voler, répondit le cocher qui, pris d'une gaieté soudaine, brusqua le départ de son cheval d'un violent claquement de fouet.

Il ne restait plus qu'à se promener.

Et la gosse qui courut après Babs en butant à chaque pas, traînant des savates trop grandes, personne ne sut dire qui l'envoyait. Elle lui offrit des jasmins brusquement, comme on se débarrasse d'un paquet compromettant. Petit visage de bois, de pierre, de silence... Elle battit en retraite, toujours butant, toujours traînant ses savates. « Non, personne ne l'a envoyée », assura un gamin auquel Babs s'adressa parce qu'il semblait connaître la petite. « C'est une gentillesse spontanée », ajouta-t-il. L'étrange était que cette scène se déroulait dans une ruelle presque déserte.

Il y eut les jasmins qui, jetés d'une fenêtre, tombèrent aux pieds de Babs. Il y eut ceux qu'elle vit un soir posés sur le rebord de son balcon. Comment étaient-ils venus-là ? D'autres encore trouvés dans un taxi le jour où ils montèrent à Monreale, et le bouquet déposé au fond de la barque qui les conduisait au Capo Gallo. Rares furent les jours sans jasmins, rares aussi ceux où Babs ne surprit pas sur le visage de Carmine, dans ses yeux, une expression butée, indéchiffrable, qu'elle ne lui connaissait pas. Ah ! Elle était loin Tante Rosie, loin New York et *Fair*, loin ses rêves de succès, de bonheur... Le voyage tournait à l'enfer. Tout était contre son goût : dans la rue l'odeur du poisson, à table celle du parmesan. La Sicile lui brouillait le foie et cette cuisine écœurante n'était qu'une trahison de plus... Car elle avait étudié la question de près et elle croyait s'y connaître. Et puis ces mystères... Le soir les brusques sorties de Carmine qui la laissait dans sa chambre solitaire, humiliée, et ne réapparaissait qu'à l'aube avec des yeux battus, son costume tout fripé et les joues noires de barbe. Où traînait-il ? Avec qui ? S'était-il mis à boire lui aussi ? Parce qu'il y avait cette mère, morte dans un bouge comme une clocharde... Babs ne l'ignorait pas. Et elle avait pris feu à cette idée. Elle avait même accueilli Carmine, un matin, avec un torrent de paroles. Elle s'était mise à gémir, à pleurer : « Voilà pourquoi tu traînes toute la nuit... C'est parce que tu bois... » Elle était comme en transe. Mais Carmine était resté impassible. « Tu devrais retourner à New York, dit-il. C'est tout à fait un endroit pour une cinglée de ta sorte. » Et il s'était couché sans dire un mot de plus. C'était à vous serrer le cœur. La lassitude arrivait avec le dégoût. Il faudrait aussi indiquer la peur et l'envie que ce voyage finisse.

Une *trattoria* recevait la visite quasi quotidienne de Carmine. Babs s'y laissait traîner parfois. Ça n'avait pas été une menue surprise le jour où ils avaient découvert cette terrasse taillée au flanc d'une façade baroque et comme suspendue au-dessus d'un marché nocturne : *la Brocceria Grande*. C'était là que Carmine passait ses nuits. Pourquoi ? Babs le lui demanda plusieurs fois. Mais il n'était pas prodigue d'éclaircissements. En vérité, il ne le savait pas lui-même. Et c'était si difficile à expliquer l'ivresse qui le prenait dès qu'il était assis là-haut. Dans ce qui lui paraissait une loge royale, un observatoire, la vie devenait brusquement intéressante. Il s'y installait comme au théâtre.

L'accès en était malaisé. Un escalier aux marches inégales que des initiatives intempestives, rajouts ou amputations, avaient transformé en un dédale plein d'embûches était ce qu'il fallait affronter en premier. Il y faisait frais. Cela tenait de la tombe et de la champignonnière. Des rires étouffés, des chuchotements, des cris, des voix grondeuses ou suppliantes filtraient sous les portes. On sentait que la grande affaire avait été d'envahir ce palais, de le ronger à la façon des termites et de s'y loger le plus nombreux possible. Des gens passaient. Un homme, une vieille capote américaine jetée sur son pyjama, allait vers un cabinet à la turque qui prenait jour sur le palier. Puis une femme en peignoir à fleurs qui, un seau à la main, allait vider ses eaux de toilette. Leurs silhouettes se dressaient brusquement dans la pénombre. Babs sursautait. C'était à peine supportable.

Quelques stucs tenaient encore aux murs de ce qui avait été une galerie voûtée. De là, au prix de trois marches fort raides, on accédait à une pièce sur laquelle une enseigne (ou du moins de ce qu'il en restait : un quart de mot : « Trat... » écrit en majuscules de néon) prodiguait une lumière crue. La pièce était propre. Une famille entière, vieillards aux visages tout en rides, femmes muettes aux vastes hanches, enfants de tous âges s'affairaient autour d'un unique fourneau. Avant d'atteindre la terrasse, il fallait enjamber les provisions éparses, éviter de trébucher sur les poules qui picoraient là en toute liberté, puis revendiquer assez haut une part de table pour se trouver enfin assis en plein air parmi des consommateurs, tous gens de mer, pêcheurs, matelots, poissonniers. Ils échangeaient des propos banals que nul ne songeait à discuter. Leurs vœux allaient au sirocco qui promet des courants favorables et des thons en abondance. La migration des anguilles, elle aussi, les préoccupait beaucoup.

Passive, résignée, Babs regardait, écoutait, se taisait et attendait. Mais le sentiment de son isolement l'écrasait. Les cris aigus des vendeurs de poisson montaient vers elle comme un chant inconnu, barbare. Elle ne comprendrait jamais, elle ne pouvait comprendre ce peuple étrange qui, la nuit venue, perdait ses vertus de silence, habillait sa misère de flots de lumière et se rassemblait là, sous ses yeux, pour célébrer la mer vivante et ses dons à grand renfort de voix... Mystérieuse trêve qui se prolongeait jusqu'à l'aube.

— Frais, frais, frais le loup, le beau loup... Et plus blanc que le lait de ta mère.

Harengères et crieurs faisaient assaut d'éloquence. Merlans arqués de force au moyen d'une ficelle liant la tête à la queue, poulpes et calamars artistiquement troussés, anguilles vernies d'argent, crabes géants, raies impudiques et nacrées, de ce précieux amoncellement encore haletant de vie montait une odeur d'écume et d'algue qui se mêlait aux effluves culinaires.

— C'est du miel, hurlait un enfant en désignant le fond d'un panier où remuait une masse grise et gélatineuse.

Babs eut un haut-le-cœur. En vérité, elle ne savait plus où donner de la tête. Palerme la tuait.

Carmine, lui, était émerveillé. Comprenne qui pourra. La fascination dont il était victime se présentait sous l'aspect le moins explicable. Sept rues débouchaient sur la place, scène centrale où tout se passait, sept rues étroites et grouillantes dans lesquelles il souhaitait s'enfoncer et se perdre... Des stores orange, verts ou bruns se déployaient au-dessus des éventaires et vus d'en haut se présentaient comme de vastes tapis dont il ne parvenait pas à détacher les yeux. Des stores ? la nuit ? Pourquoi ? Enfin... Qu'importe. Ces stores inexplicables, ces motocyclistes qui traversaient la place pour le seul plaisir de surprendre, ces hommes qui marchaient lentement en se tenant par le bras, cette Sœur quêteuse noire comme la nuit, cette calèche venue on ne savait d'où, le marchand de couteaux qui en plus de ses lames effilées à faire peur, affichait deux fois plus de bondieuseries que les boutiques voisines, histoire de prouver ses bons sentiments, c'était le bonheur pour Carmine, c'était la vie telle qu'il l'aimait, une harmonie supérieure. Il buvait des yeux les balcons, les familles suspendues à toutes les hauteurs, sous tous les éclairages, les familles bleues comme le néon, les familles grises comme les murs, les familles blanches comme le linge qui séchait en barrant les rues, liant les maisons les unes aux autres. Le souvenir d'Alfio lui traversa l'esprit, puis une pensée plus précise, celle de son existence à New York, de ses ambitions, de sa carrière. « Assez, pensa-t-il, assez... Que je n'entende plus parler de tout cela. » Et il éprouva soudain une sensation de bien-être comme il n'en avait jamais connu. Il essaya de causer avec son voisin — un petit vieux très respectable — et s'intéressa fort aux jugements qu'il portait sur un marchand d'espadon. Le vieillard exultait. Il y avait longtemps, paraît-il que l'on n'avait vu semblable marchand, aussi doué. Il détaillait le gigantesque animal et à chaque tranche coupée injuriait le poisson comme s'il avait à assouvir une vengeance personnelle. Il s'époumonait et jouait du couteau avec une dextérité inquiétante. On faisait foule autour de lui. L'espadon s'envolait en morceaux...

— Adieu, salaud... Porc... Délinquant...

Des gouttelettes de sang rose coulaient le long des tréteaux.

— Par la peau de saint Bartholomé, s'écria le voisin de Carmine, voilà ce qui s'appelle travailler en artiste. Et il leva les mains, prêt à applaudir.

On le devinait lyrique, et anxieux d'éveiller chez autrui un enthousiasme égal au sien. Mais Carmine ne l'écoutait plus.

Bras levés, la tête haute et droite, la démarche souple, Gigino se glissait entre les éventaires avec la légèreté d'un funambule. Six ou dix pas rapides le portaient en un point où il s'immobilisait, puis son cri, « Jasmin ! jasmin ! » poussé sur le ton de l'insulte, il se remettait en route d'un coup de reins. D'imprévisibles voltes, des temps d'hésitation, des arrêts nets le faisaient apparaître et disparaître dans la foule comme une barque au creux des vagues... Une voix cria :

— Tiens, voilà Gigino...

De quoi personne ne se montra surpris sinon Carmine qui, pendant un instant, demeura indécis. Puis il se leva d'un bond. Etait-il ivre ou fou ? Sa chaise se renversa. Sur la table se trouvait un couteau qu'il saisit. Les regards des consommateurs se fixèrent sur lui. Longtemps après, Babs se souvint de son visage lorsqu'il traversa en courant la cuisine parmi les enfants apeurés et les poules qui voletaient par-dessus les tables. Elle aurait voulu l'appeler, le retenir mais une timidité humiliante la paralysait. Quant à Carmine, si on lui avait demandé pourquoi il avait empoigné ce couteau, il aurait été incapable de répondre. Pourquoi ? Il n'éprouvait aucune haine à l'égard de Gigino, seulement une soif de vengeance, un désir irrésistible. Soulevé par une volonté de meurtre dont il était lui-même surpris, il descendit l'escalier en courant, manqua une marche, eut conscience qu'il se rattrapait au vol, se répéta « je vole... je vole... », passa sous la terrasse et se perdit dans la foule.

Le reste fut d'une grande confusion. Une rage de hurlements mit aux fenêtres toute la population du carrefour. C'était une voix de femme, déchirante, presque aussitôt imitée par d'autres voix. Toits et terrasses se peuplèrent d'hôtes insoupçonnés. Des femmes, sorties de nulle part, apparurent comme une écume noire montant à la surface des maisons, obstruant toutes les issues, faisant de chaque balcon le support d'un gigantesque débordement humain. Puis les cris cessèrent et la foule s'immobilisa.

Soudain, deux hommes que l'on devinait plus qu'on ne les voyait roulèrent à terre. Ils se confondaient dans un corps à corps frénétique, s'arc-boutaient, s'accrochaient l'un à l'autre dans un paroxysme de violence. Les gens regardaient. Il n'y avait plus un cri sur la place, pas le moindre bruit. Les deux hommes continuaient à se battre en silence et personne n'intervenait.

C'était peut-être une histoire de famille.

Sur la terrasse, une voix dit :

— Ils vont se tuer.

Une voix paisible, qui prononça cette phrase très lentement.

Babs regardait. Elle vit briller le couteau. Elle vit Gigino acculé, projeté contre un mur. Elle ne put s'empêcher de le voir cogner avec ses poings, avec ses pieds, se ruer contre Carmine. Elle cria ou du moins elle crut avoir crié « Séparez-les... » Mais autour d'elle personne ne bougeait.

Un « ah » sourd, le soupir de toute une foule marqua la fin du combat et la même voix paisible se fit entendre :

— Ils n'avaient pas d'autre voie, dit-elle avec une nuance de satisfaction.

Lorsque parut la patrouille, il n'y avait autour des tables que des buveurs impassibles et, sur la place, un bouquet de jasmin qui baignait dans une flaque brune.

— C'est du sang, affirma un carabinier.

Et il montra d'autres taches plus petites et régulièrement espacées. Mais la trace se perdait entre les pavés.

— Hâtivement effacée, remarqua le commissaire qui examinait les lieux pour la dixième fois peut-être depuis le matin.

Il haussa les épaules. On le devinait résigné aux mystères des nuits siciliennes. Les agressions sans blessés, les meurtres sans victimes étaient son lot. Son rôle presque chaque jour répété exigeait qu'il interrogeât au nom de la justice des témoins qui au nom de l'honneur se taisaient.

— Qu'avez-vous vu ?

— Rien.

— On s'est battu ?

— Je ne sais pas.

— Alors pourquoi ce sang ?

— Il n'est pas défendu de saigner du nez.

— Qui a saigné du nez ?

— Allez savoir...

— Et ces fleurs ?

— Elles sont tombées.

Simple formalité qui n'entraînait d'irritation de part ni d'autre. Ce jour-là, l'arme du crime manquait et l'on ne savait rien de l'agresseur, ni de sa victime. Une énigme sans solution. Soudain, le commissaire fut tenté d'arrêter le marchand d'espadon. Il avait plein de sang sur ses chaussures.

— Du sang d'espadon, affirma l'homme sur un ton catégorique.

C'était peut-être vrai. Le commissaire prit le parti de clore son enquête mais il laissa sur place des carabiniers en armes.

Pendant plusieurs jours, en plein marché, ils montèrent la garde autour d'une tache de sang et de quelques fleurs aux pétales maculés.

*
* *

Babs attendit. Elle attendit un jour, puis deux, puis trois ; le quatrième, il n'y eut plus rien que cette longue attente, vécue l'oreille tendue. Ce qu'elle voyait existait à peine. Par exemple, le vieillard sur le balcon d'en face, assis, les yeux caves, le torse nu, ou bien la petite bonne qui de sa fenêtre faisait des signes à l'homme qui l'attendait debout au café d'en face, ou les journaux et leur ration de violence quotidienne. Rien ne fixait sa pensée.

Elle ne quittait pas sa chambre. Le garçon d'étage lui montait ses repas avec des gestes majestueux. Il déposait le plateau, se plaignait de la chaleur en termes excessifs (la chaleur était toujours considérée par lui comme intolérable, scandaleuse ou étouffante), gratifiait Babs de quelques encouragements puis, gouttant de sueur, il apportait du café et conseillait une longue sieste. Babs, les yeux fixés sur la fenêtre, attendait. Elle regardait ce qui avait été clair devenir sombre et les lampadaires qui s'allumaient une rangée après l'autre ; elle écoutait la ville s'éveiller à la fraîcheur du soir, elle attendait. Le cinquième jour, n'y tenant plus, elle s'habilla et sortit.

Elle suivit machinalement le mouvement de la foule le long de la via Maqueda et se retrouva, sans le vouloir, dans le tintamarre de la *Bocceria Grande,* parmi les hommes qui se bousculaient, les femmes enceintes traînant des ribambelles de marmots, les mendiants accroupis par terre, les mauvaises odeurs et les jeunes gens qui la suivaient, la frôlaient, se pressaient contre elle chaque fois que la foule et son roulis leur en donnaient l'occasion. L'un d'eux la traita de putain. Il répéta le mot plusieurs fois, le chuchota avec une sorte de rage puis, comme elle pressait le pas, il s'arrêta brusquement avec un soupir épuisé. Où courait-elle ? Elle n'en savait rien. Le jour baissait. « Il faudrait continuer à chercher », pensa-t-elle. Mais elle hésitait. Il lui semblait que la ville, les maisons, les carrefours, les rues, il lui semblait que tout cela formait avec la foule une masse hostile, animée de mouvements incompréhensibles et qu'il suffirait d'un geste maladroit de sa part, d'un faux pas pour disparaître comme avait disparu Carmine, qu'il lui suffirait de se pencher un peu en avant, de buter sur le pavé, de toucher le sol du doigt pour être engloutie à jamais sous un amas d'hommes, de femmes, d'animaux et de détritus.

Devant elle, à quelques mètres, des hommes l'attendaient sans bouger. D'autres la suivaient en voiture, lentement. Ils s'arrêtaient à sa hauteur et lui parlaient par la fenêtre ouverte. Elle sentait leur souffle contre son visage : « Putain. » Ils répétaient le mot inlassablement comme s'ils cherchaient à se délivrer dans cette répétition. « Putain... » Le mot jaillissait des porches, des trottoirs, tombait des camions en stationnement, coulait de toutes choses, formait un murmure ininterrompu, un son grave, puissant, un bruit de fleuve, qui roule... Babs chercha refuge dans le café le plus proche. Mais là, des adolescents, dont l'aîné n'avait pas quatorze ans, firent cercle autour d'elle. L'un d'eux essaya de lui prendre la main, puis de la tirer par sa robe. Elle l'entendit qui plaisantait — « On va l'emmener... Il ferait beau voir qu'elle nous résiste... » Elle vit alors que les garçons avaient les yeux fixés sur elle et qu'ils riaient. Babs lutta contre une envie de frapper ces garçons, de les repousser à coups de pied, de les traiter de chiens.

Quand elle eut compris que tout était inutile, elle rentra précipitamment à l'hôtel, monta dans sa chambre, sursauta au bruit d'une porte qui s'ouvrait, attendit encore puis, excédée, descendit se poster dans le hall d'entrée.

Debout derrière son comptoir, le portier l'observait. Il y avait quelque chose de fantastique à penser qu'elle était arrivée avec cette démarche provocante, son grand rire claironnant, un rire comme pour prendre le monde d'assaut, avec ses attitudes d'une séduction si efficace — jambes croisées haut, genoux au vent — et que rien de tout cela n'avait résisté. Etait-ce la voix qui avait cédé en premier ? Ou bien le regard ? « L'étranger se défait à notre contact... », pensa le portier. Un sujet sur lequel il pouvait en dire long. L'inévitable diarrhée des touristes anglais. Le médecin qu'il fallait appeler en pleine nuit. Les boutons de fièvre des Français, leurs lèvres fendillées. Pas beau à voir. Et ce laisser-aller qui les envahissait au fur et à mesure que leur séjour se prolongeait ! Cette détestable absence de cravate dans la salle à manger, et toujours les manches retroussées. On n'était pas plus vulgaire... Et les insolations des Suédoises. Quelle plaie !... La Sicile les foutait à l'envers, « comme si notre contact les achevait... » L'air peut-être... Au temps du débarquement, les démangeaisons et les embarras gastriques avaient eu raison des vainqueurs en un tournemain. A l'exception des mercenaires musulmans, comme si la misère de l'Islam se reconnaissait dans la misère du Sud. La nuit on les entendait danser et jouer de la flûte pendant que leurs chefs vomissaient dans des chambres réquisitionnées. Une malédiction... Mais à quoi bon revenir sur le passé... Le cas de la touriste américaine était d'un tout autre ordre. Son désarroi était visible et le portier l'observait.

— Palerme affecte les nerfs, dit-il avec la raideur sentencieuse qui convenait à son emploi.

Rien dans le ton ni dans l'expression de cet homme, rien ne dénotait le moindre étonnement quant à l'absence de Carmine, mais Babs dut à un je-ne-sais-quoi le sentiment qu'il en savait long. Elle demanda « mon courrier est-il arrivé ? » d'une voix timide, attendant qu'il lui parlât. Son angoisse sautait aux yeux. Du courrier ? Non, il n'y en avait pas.

— Palerme affecte les nerfs, répéta le portier d'une voix machinale.

Et Babs s'éloigna dans une sorte de stupeur.

Quelle nuit ce fut ! Les yeux fixés sur la place vide, Babs envisagea le pire : Carmine assassiné ou Carmine assassin. Et le sentiment qu'elle éprouvait n'était ni l'inquiétude ni le chagrin, mais une véritable haine. Oui, elle le détestait ce Carmine et ne songeait qu'à se retrouver chez elle parmi des gens dont la compréhension lui était acquise. Des larmes ruisselaient sur son visage. C'était comme un orage qui éclatait, une pluie drue, nourrie de tout ce qu'elle avait enduré depuis son départ de New York, ses désillusions successives, la Sicile d'abord, cette étuve, ce monde perdu dans lequel s'étaient engloutis ses certitudes, ses espoirs, son bonheur — parti tout cela ! perdu à jamais — Palerme, ses ruelles puantes, ses femmes recroquevillées dans leur misère comme dans un linceul, ses ruines, l'horreur qu'elle éprouvait à chaque pas et la découverte de cet autre Carmine, un inconnu pour elle, l'homme qui passait ses nuits dehors et des journées entières assoupi au fond d'un lit à ruminer Dieu sait quel mauvais rêve, leurs discussions, ses jugements blessants et puis ce scandale inouï, ces femmes qui hurlaient, ce déchaînement sur la place publique, les coups échangés, cette fureur, ce couteau... Et maintenant Babs était seule. Cette pensée suffisait à la rendre folle. Elle pensa : « Seule à cause de ce métèque, de cette brute. » Sa dignité frémissait : Carmine et Palerme, Palerme et Carmine confondus devenaient synonymes d'enfer, de cauchemar. Par quelle aberration en était-elle arrivée là ?

Après une semaine vécue dans cette attente et dans ces pensées, Babs perdit patience. Il lui fallait crier son indignation à la face du premier venu. Ce qu'elle fit.

Au mot de police, le garçon d'étage devint blême.

— Ne faites pas ça, s'écria-t-il... Tout s'arrange ici à condition que la police ne s'en mêle pas.

Babs le regarda avec des yeux de folle.

— Vous devriez avoir honte, cria-t-elle... Sortez d'ici.

Ses mains tremblaient. Elle eut toutes les peines du monde à s'empêcher de le pousser dehors.

— Mais, Madame, c'est vous qui me demandez conseil, dit-il avec une note gémissante dans la voix.

Babs fit appeler le portier.

Le calme en personne, il souriait.

— Alors ? demanda-t-elle.

Il parut choqué.

— C'est à vous que je parle, reprit Babs. Répondez-moi...

Elle ajouta :

— Mon mari a disparu. D-i-s-p-a-r-u. Vous comprenez ?

— Pourquoi en parler ? grommela-t-il. Il doit être en sécurité.

— Qu'en savez-vous ? demanda Babs.

Le portier jeta un coup d'œil sur la chambre comme pour s'assurer que personne ne l'écoutait, puis il regarda Babs en disant : « Ici, tout se sait... »

A l'en croire, la *Bocceria Grande* fourmillait d'honnêtes gens toujours prêts à rendre service. Tantôt le portier les qualifiait de « braves gars » tantôt de « personnes dévouées ». Que faisaient-elles ces braves personnes ? Rien. Mais il suffisait de les regarder pour comprendre.

— Comprendre ? demanda Babs. Comprendre quoi ?

Le portier haussa les épaules.

— Comprendre.

Puis il ajouta « Certains sont de mes amis... » Et il eut une mimique compliquée que Babs observa avec étonnement. Cela commençait par un hochement de tête : « De braves gens... » Le front se plissait ensuite : « Sans emploi précis. » Les paupières clignaient : « Certains sont de mes amis. » Pendant quelques fractions de seconde, le visage tout entier rayonnait d'une joie sincère comme si ces « amis » auxquels il faisait allusion étaient son unique raison de vivre. Puis les coins de la bouche tombaient et les lèvres avançaient, formant une moue douloureuse où s'exprimait le regret de ne pouvoir en dire davantage.

Babs constata que le portier ne faisait allusion au marchand de jasmin qu'en termes péjoratifs et d'une voix affligée. Le Gigino ! c'était de la mauvaise herbe, de l'ortie, du chiendent. Ou bien : c'était un *mascalzone,* né pour faire le désespoir d'une mère. Ou bien encore : c'était un délinquant qui méritait tous les coups qu'il avait reçus. Tandis que Carmine était approuvé sans réserve. Et c'était d'une tout autre voix qu'en parlait le portier. « En voilà un, répétait-il, en voilà un que l'Amérique n'a pas gâché. » Et il le répéta une fois, il le répéta une deuxième fois jusqu'à ce que Babs criât « Assez ». L'Amérique ! Que l'Amérique puisse être tenue pour responsable d'un relâchement des mœurs ! Ce n'était pas supportable. Le patriotisme chez Babs était affirmé avec une sorte de fanatisme parce qu'il fallait penser ainsi et que personne n'aurait songé à professer des opinions différentes dans la société qu'elle fréquentait. Mais, sans que l'on pût expliquer pourquoi, Babs dans ce domaine n'était guère convaincante. Ainsi quand, avec un beau *vibrato* dans la voix (et toujours afin de se conformer aux habitudes de son milieu) elle disait *the boys* pour désigner ceux que l'Amérique lançait dans telle ou telle aventure militaire, peu importe ce qu'elle avait à dire sur ces pauvres diables, on n'éprouvait rien de particulier et parfois on éprouvait quelques doutes. Etait-elle sincère ? Et ces *boys,* pensait-elle vraiment à eux ? Ou bien ce beau *vibrato* n'était-il mis en route que pour soutenir les cours de la bourse et les intérêts des amis de Babs que la guerre était en train d'enrichir ? Il est vrai que tout cela était corrigé par un rare talent de dissimulation.

Ainsi, en la circonstance qui nous occupe, après cet « Assez ! » crié d'une voix indignée, Babs n'exprima sa réprobation que par une brève grimace aux coins des lèvres. Rien de plus. Mais ce rien n'échappa pas à son interlocuteur.

— Eh oui, dit le portier en la regardant, Palerme affecte les nerfs. Et rien qu'à voir ce que vous êtes devenue en si peu de temps, on se dit que nous sommes de tristes gens. A croire que nous n'apprendrons jamais à vivre comme tout le monde.

— C'est parce que vous le voulez bien, dit Babs.

Et elle essaya de retrouver son grand rire claironnant.

— Il n'y a pas de quoi rire, Madame, dit le portier, il n'y a vraiment pas de quoi. Si nous ne réussissons pas à vivre comme tout le monde, c'est parce que le sang se mêle à tout ici et que les lois ne nous conviennent pas. La Sicile n'est pas une terre de bonheur.

— Alors ? demanda Babs.

Il leva la main avec un geste d'impuissance.

— Eh bien, il n'y a rien à faire, dit-il, c'est comme ça.

Le lendemain, il remit à Babs une note de « menus services ».

— Croyez-moi, dit-il, j'ai fait des pieds et des mains.

Mais il ne jugea pas nécessaire d'en dire plus et Babs ne fit rien pour le forcer à préciser sa pensée. Ce qu'elle appelait « les bizarreries des autochtones » lui devenait brusquement indifférent.

C'est qu'elle pouvait enfin regarder la Sicile comme on regarde ce que l'on quitte. La raison lui était revenue.

Un paquebot de croisière qui retournait en Amérique *via* Naples et Villefranche touchait à Palerme ce jour-là. Babs hésitait. Mais, prise en main par le portier qui sut insister tant sur le caractère luxueux de ce paquebot que sur l'efficacité d'une compagnie qui mettait bureaux et téléphones à la disposition de ceux de ses passagers « qui ne pourraient se soustraire à leurs obligations professionnelles » (la formule eut sur Babs un effet magique), elle se laissa convaincre. Il lui parla aussi des cours de la bourse, communiqués chaque matin, sachant que c'était un argument témoignant d'un ordre et d'un sérieux auxquels elle ne saurait résister.

Il ne se trompait pas.

Sur le chemin du retour, elle eut vite fait de redevenir elle-même. Ce voyage fut comme une courte convalescence. Le barman du bord avait des compétences : Babs but tout ce qu'il lui recommanda. Et puis il y avait des ventilateurs dans les lavabos, des boiseries en acajou dans la salle à manger et les accents d'un jazz sirupeux poursuivaient les passagers jusque dans leur cabine. Oui, ce paquebot eut sur Babs de merveilleux effets thérapeutiques. C'est qu'elle n'était pas femme à se laisser encombrer par les sentiments. Elle avait voulu Carmine et, l'ayant, avait constaté que son choix risquait de compromettre l'idée que l'on se faisait d'elle (idée essentielle aux yeux de Babs qui, mise en présence d'un inconnu, se demandait avant toute chose : « Que pense-t-il de moi ? »). Alors, avec une parfaite bonne conscience, elle avait décidé d'oublier ce mari dont l'allure, les propos et surtout les violences l'avaient couverte de honte. Ainsi se résumait une aventure — elle n'aurait jamais dit « une épreuve » — qui ne laissait pas plus de traces dans son cœur qu'une pierre n'en laisse à la surface de l'eau. A peine quelques remous. Et puis rien.

Un jour, enfin, New York approcha. Ce qui de loin était apparu comme une colossale futaie de pierre devint le port, les quais, la ville et sa massive splendeur.

Sur le môle d'arrivée, Babs aperçut une silhouette vêtue de rose qui grandissait lentement : Tante Rosie. Tante Rosie sautillant et agitant les bras, Tante Rosie de plus en plus visible, avec des coquelicots qui voltigeaient autour de son chapeau. Babs cria pour se faire reconnaître. Elle sortit son mouchoir et, penchée sur le bastingage, multiplia les gestes joyeux.

Ses premières confidences eurent trait aux cheveux noirs qui, avec la chaleur, ne faisait jamais bien net.

— Qu'est-ce que je t'avais dit ? cria Tante Rosie.

Elle triomphait.

Alors Babs parla de la Sicile et toutes ses phrases contenaient le mot « Ravissant... »

Puis elle débarqua, le cœur libre.

CHAPITRE IV

Et le soir? demanda-t-il. Le soir, tout le monde mange en Amérique ?

Elio VITTORINI.

Il se disait « Je suis perdu » lorsqu'il entendit remuer. Deux pieds passaient à hauteur de sa tête. Alors il se répéta « Je suis perdu », convaincu que l'homme auquel appartenaient ces pieds allait l'achever. Et il referma précipitamment les yeux pour ne pas montrer qu'il vivait encore.

— Tu m'entends ?

La voix paraissait plus confuse que menaçante. Elle répéta : « Tu m'entends ? » et d'étonnement Gigino entrouvrit les paupières. Il glissa un regard rapide autour de lui, vit qu'il était couché à même le sol, se crut mort et sa défaillance le reprit.

Les bruits, les pas, la voix lui arrivaient, comme à travers un brouillard. Il crut aussi sentir une main sur son épaule et s'entendit vaguement gémir.

— Voilà qu'il s'évanouit, grommela la voix.

Et Gigino comprit pourquoi il ne discernait rien.

Le pire était ce liquide qui lui coulait dans le dos. Quelque chose comme de la sueur. Mais la sueur ne poisse pas. C'était donc du sang.

— Il faudrait boucher ça, cré nom de Dieu...

Une compresse vint lutter contre le sang qui coulait, tandis que la voix continuait son monologue.

— Ma parole, on me soigne, se dit Gigino.

Alors il essaya d'arrêter le flottement qu'il avait dans l'esprit, chercha à respirer, s'y efforça et ainsi réussit à reprendre conscience.

Il vit un sous-sol. La lumière entrait faiblement par un soupirail qui laissait aussi filtrer les odeurs du marché, âcre mélange d'eau, de sel aigri et de paniers humides au fond desquels traînent des algues. L'odeur lui était familière. Il tourna la tête, coula un regard prudent vers le plafond et aperçut un homme dont les lunettes noires prenaient dans cette cave un air incongru. Il crut s'être trompé. Mais l'obscurité n'était pas si dense et le doute n'était pas possible : l'Américain qui avait cherché à le tuer était là qui le regardait en souriant.

Ce n'était pas le sourire d'un homme sûr de soi, mais un sourire timide et presque gêné.

— Je regrette, dit Carmine... Je regrette vraiment beaucoup.

— Moins que moi, répondit Gigino d'une voix mauvaise.

Mais il eut vite fait de se reprendre. Ce n'est pas le moment de se fâcher, songea-t-il. Et il ajouta :

« Eh bien, *Ciao*... » Sur un ton plus conciliant. Il le dit doucement, poliment, comme un jeune homme en visite.

— *Ciao,* répondit Carmine.

Ainsi s'établit le contact entre Gigino et celui qui venait de le poignarder. Et c'est au milieu d'une sorte de paix qu'ils commencèrent à parler.

— Qu'est-ce qu'on fait ici ? demanda Gigino.

— Des gens nous ont mis à l'abri.

— La police arrivait ?

— Elle arrivait.

— Ah ! je vois, dit Gigino.

— Tu vois quoi ?

— Je vois que ces gens se protégeaient.

— Ils se protégeaient ?

— Ils se protégeaient.

— De quoi ?

— De tout... Nous avons dû choisir un bien mauvais moment pour venir nous battre devant leur porte.

Gigino prit le temps de réfléchir, puis il ajouta :

— Quoi qu'il en soit, ils ont bien fait. Je risquais gros...

Carmine se rebiffa.

— C'est tout de même moi qui risquais le plus, non ?

De son bras valide, Gigino fit signe qu'il n'en était rien.

— Mais enfin, c'est moi qui tenais le couteau, reprit Carmine.

— Oh ça ! Une rixe, en soi, ce n'est rien. On s'en tire toujours.

Gigino soupira.

— Moi c'est autrement grave ! Je fais le marchand de fleurs, et je n'ai pas de patente. Alors je me fais prendre cinq fois sur dix ! La vie n'est pas facile, ici, allez.

Carmine ne dit plus rien. Ce qui l'envahissait était comme une souffrance continue, progressive qui lui pesait sur le cœur à l'écraser. Il essaya de lutter mais ce sentiment insolite l'emportait. Ce qu'il fallait, c'était regarder sans tendresse l'adolescent, là, devant lui, qui se soulevait sur son coude dans l'attitude d'un gladiateur blessé. Oublier son regard sérieux, sa bouche amère, oublier sa voix arrogante, oublier sa grâce d'enfant perdu. Retrouver la rage qui l'avait habité, c'était cela qu'il aurait fallu. Carmine parvint à dire :

— Tu m'as mis hors de moi, tu sais.

Mais rien n'arriva. Et l'ombre suffocante de la tendresse continua sa lente progression.

*
* *

Les secours venaient du plafond, amarrés au bout d'une corde. Chaque fois que grinçait la trappe pour livrer passage au panier chargé de ravitaillement, des voix chuchotantes prodiguaient des encouragements.

— Ça va là-dedans ?

Ou bien :

— Ça va les hommes ?

Des visages narquois apparaissaient, des yeux brillants et durs qui clignotaient dans l'encadrement de la trappe le temps d'ajouter :

— A la porte, on en a mis quatre. Mais vous verrez qu'*ils* se décourageront. Dès qu'*ils* seront partis, on vous préviendra.
Et la trappe se refermait.

Jugés de la cave, les habitants de cette maison paraissaient ne point avoir d'autre occupation que de tromper la police et déjouer sa surveillance.

La trappe projeta aussi un médecin. Le tombé du ciel laissa entendre qu'étant du quartier il ne pouvait rien ignorer de ce qui s'était passé.

— Et puis, dit-il, je vais ici, je vais là, j'ai l'habitude.

Et en effet. Il montrait une aisance extraordinaire. La clandestinité était son luxe, sa jouissance secrète.

Gigino fut l'objet de soins attentifs.

Le couteau avait glissé sous l'omoplate. La blessure était grave et la plaie profonde.

— Il a énormément saigné, dit le médecin sur un ton découragé. Puis il regarda le bout de ses souliers, fouilla le sol du regard et dit :

— C'est une transfusion qu'il faudrait.

Et il répéta « transfusion, transfusion » les yeux toujours fixés sur le bout de ses souliers comme s'il allait en faire jaillir le sang nécessaire.

Carmine reçut ses instructions avec la soumission d'un bon infirmier. Il fallait vérifier le pansement toutes les heures et veiller à faire boire le blessé. Le médecin recommanda aussi une complète immobilité. Puis il se renseigna sur les désirs de ses protégés. Souhaitaient-ils donner des nouvelles à leur famille ? Le médecin disait que cela lui était facile et qu'il pourrait peut-être dire quelque chose, il ne savait pas exactement quoi, mais enfin, quelque chose.

— Ma femme est au Palerme-Palace..., dit Carmine.

— Je sais, je sais, interrompit le médecin. Le portier est de mes amis. Nous aviserons. Et toi ?

Gigino haussa les épaules.

— Allons vite, insista le médecin. Inutile que ta mère aille te réclamer dans tous les commissariats de la ville. Elle nous mettrait dans l'embarras et ça ne nous avancerait pas.

Gigino eut un ricanement féroce.

— Ni mère ni adresse, dit-il entre les dents.

Alors le médecin fit un geste qui voulait dire : « Bon, bon. Je ne demande plus rien. »

La trappe l'enleva. Il laissait tout un arsenal de désinfectants.

*
* *

Gigino usa de la bonne volonté de son agresseur comme d'un dû. C'était lui qui donnait les ordres et Carmine qui s'exécutait avec la promptitude un peu penaude d'un homme pris en faute.

Lorsqu'il avait mal, Gigino se dressait sur son coude et se fâchait :

— Quand est-ce qu'on va en sortir de cette morgue... ?

Mais même maugréant, il se limitait envers Carmine à un vouvoiement plein de réserve.

— Vous savez que vous y allez un peu fort sur la teinture d'iode...

— Moi ?

— Oui, vous.

Carmine coupait d'eau l'iode cuisante. Il s'accroupissait au pied du petit blessé dont le regard plein d'appréhension lui faisait mal. Il essayait de désinfecter la plaie. Mais l'os apparaissait de dessous la peau. Alors il ramenait le bras douloureux avec infiniment de précautions et souffrait de chaque geste qu'il faisait exécuter à Gigino comme si l'os à vif et le dos saignant avaient été les siens.

Etrange Gigino. Jamais Carmine n'avait approché un être plus hautain dans l'incertitude, plus libre dans le dénuement. Ainsi, du fond de cette cave pouvait-il flairer les sautes du vent et affirmer :

— Qu'est-ce qu'ils vont s'appuyer comme glaces, aujourd'hui, les touristes...

Il s'énervait à cette idée. On le sentait furieux, tendu et les mots passaient à peine entre ses dents serrées.

— Comment le sais-tu ? demandait Carmine.

Et Gigino restait silencieux, toujours immobile, toujours appuyé sur un coude à l'affût de ces signes qu'il était seul à percevoir.

— Comment je le sais ?

Il désignait sur le mur une ombre mouvante, ou le battement lointain d'un volet ou bien il découvrait dans l'air du soir comme une difficulté à fraîchir et il s'écriait : « Vous voyez bien que le vent tourne... » comme s'il y avait là de quoi s'enthousiasmer, comme si cette ombre, ce battement pouvaient faire oublier le sang qui lui coulait dans le dos, comme s'il eût été nécessaire de savoir au fond de cette cave d'où soufflait le vent.

— Le vent, Monsieur, croyez-moi, lorsqu'il ne souffle pas...

Et Carmine le croyait. Gigino lui enseignait sa morale, ses secrets : clôture défaillante, murs éboulés, chemins cachés des jardins où la grenade mûre à point, le cédrat, la grappe oubliée s'offrent à assouvir une faim d'adolescent. Et Gigino en revenait toujours au vent, disant tantôt qu'il était nécessaire tantôt qu'il était la fin de tout, parlant de celui qui donnait la fièvre et de celui qui donnait sommeil et qu'enfin, le vent, c'était comme la misère, qu'il fallait bien s'en arranger, puisqu'on n'y pouvait rien.

Avec Gigino, tout était simple. Il fallait qu'il mange à peine avait-il constaté :

— Voilà que la faim me prend...

De même ses yeux se fermaient au premier bâillement. Il s'assoupissait, puis il glissait de biais et Carmine recevait sur ses genoux sa tête endormie. A voir Gigino ainsi, tout douloureux, tout recroquevillé sur lui-même tel un enfant avant la naissance, Carmine prit enfin conscience de ses origines. Ce fut comme une révélation ou comme une majesté soudaine. Gigino lui enseignait qui il était ; il l'enfonçait dans la connaissance.

— Voilà mon compagnon, mon frère, se disait-il. Comment ne l'avais-je pas deviné plus tôt ?

Et Carmine ménageait un appui à l'épaule blessée. Il s'inquiétait du sang qui perlait, ou du gémissement qui dans le sommeil échappait à la bouche orgueilleuse. Du corps endormi, souple et abandonné comme celui d'un jeune chien, montait un parfum rustique sur lequel Carmine s'interrogea longtemps. Gigino sentait le jardin, le musc ou bien la cannelle. C'était en tout cas une odeur forte et propre. Carmine s'aperçut que Gigino avait des pétales de jasmin plein ses poches et que ses vêtements étaient imprégnés de leur parfum. Son odeur, c'était cela.

Du fond de sa fièvre, Gigino parlait et Carmine ne comprenait pas toujours ce qu'il disait. Il arriva qu'une fois Carmine crut entendre le mot « Faim » puis il vit Gigino qui frappait l'un contre l'autre ses pieds nus et maigres comme s'il cherchait à fuir et cette lutte dans l'obscurité entre Gigino et son cauchemar resta en lui comme un remords. Carmine se sentait responsable. Il se sentait responsable de tout ce qui, jusque-là, lui avait été indifférent, de l'adolescent qui souffrait, la tête posée sur ses genoux, de sa sueur, de son enfance, de sa bouche qui ne savait pas sourire, mais aussi des clartés confuses qui filtraient à travers le soupirail, du grand murmure qui s'élevait au-dessus du marché s'ouvrant à sa vie nocturne avec un bruit de bête qui s'ébroue et de cette cave qui, mieux qu'une patrie, les avait réunis. Soudain tout ce qui s'était amassé de haine et de rancune en lui l'inonda. Il revit New York, les affronts, le mépris. Il s'entendit murmurer : « New York mon exil, ma race reniée... New York, je te hais, je te hais. » Mais il se passait ceci d'étonnant : cette violence éprouvée ne le détournait pas complètement de Gigino, comme si le passé n'était plus en mesure de susciter en lui une résonance prolongée.

Le grincement de la trappe que l'on entrouvrait et les chuchotements rituels des habitants du rez-de-chaussée rendirent Carmine à la conscience de son étrange situation.

— *Ils* ne sont plus que deux.

Carmine sursauta. Ces brusques apparitions lui faisaient battre le cœur.

— Qu'est-ce que c'est ? demanda-t-il.

— C'est nous... C'est nous... A la porte *ils* ne sont plus que deux. Et deux seulement à Sainte-Eulalie-des-Catalans... Il n'y a qu'à attendre. Ceux-là aussi se décourageront... Et puis vous avez une lettre.

Carmine remercia.

Accompagnée d'une gamelle l'enveloppe arriva du plafond, arrimée au bout d'une ficelle. C'était un message rédigé à la troisième personne, annonçant que par mesure de prudence on avait jugé bon « d'encourager Madame à regagner New York ».

Gigino se réveilla.

— Le portier ? dit-il et il montra la lettre.

— Comment le sais-tu ? demanda Carmine.

— Qui voulez-vous que ce soit ?

— Je ne sais pas, moi. Cela pourrait être ma femme.

— Oh ! non, répliqua Gigino. C'est le portier. Les bons hôtels en ont tous un comme lui.

— Il a conseillé à ma femme de partir.

— D'une façon ou d'une autre, elle serait partie.

— Et pourquoi donc ? demanda Carmine.

— Parce que les femmes pardonnent mal.

Carmine pensa que Gigino disait vrai et que les hommes éprouvaient un sentiment de meilleure nature. Plus grand. Plus généreux. Il savait cela. Il le comprenait : « J'ai trahi le jeu social. Jamais Babs ne pardonnera. » Mais au même instant il pensa : « En quoi cela me gêne-t-il, puisque je joue une autre partie... »

Alors Gigino répéta : « Les femmes pardonnent mal » et comme Carmine lui demandait : « Mais où as-tu appris ça ? » croyant qu'il récitait une phrase apprise par cœur, Gigino, sans comprendre le sens qu'il donnait à cette question, répondit :

— Sur les plages, Monsieur, j'ai appris, ça sur les plages où elles se conduisent que c'est un deuil.

Puis il regarda la cave, la gamelle par terre avec la soupe qui refroidissait, il regarda aussi sa chemise tachée de sang et dit :

— On croirait la guerre revenue.

— La guerre ? s'écria Carmine. Mais tu devais être à peine né au temps de la guerre.

Gigino se mit à réfléchir.

— Je devais être né, dit-il, puisque je me souviens. Et puis croyez-vous que ce soit nécessaire d'avoir vu pour savoir ? La guerre ça n'est jamais que du vacarme et des odeurs de pourriture...

— Et les Américains, demanda Carmine, te souviens-tu aussi des Américains, Gigino ?

Soudain, Carmine aurait aimé qu'il se souvînt. C'était un point commun dont la découverte l'exaltait, il ne savait pas au juste pourquoi, un peu comme d'avoir eu le même ami que Gigino ou la même femme.

— Dis, Gigino, dis-moi...

— Figurez-vous, fit Gigino d'un ton pénétré, figurez-vous, que dans mon quartier les Américains étaient tous nègres.

Et comme Carmine riait à se fendre la gorge, Gigino lui dit :

— Regardez un peu comme vous êtes ! Hier vous vouliez me tuer et aujourd'hui je vous fais rire. Allez comprendre...

Puis il ajouta :

— Allez comprendre pourquoi on devient ennemis...

Mais, à ce moment-là, la douleur le prit de plein fouet et Gigino n'eut plus envie de parler de la guerre, ni des femmes, ni du vent, ni de quoi que ce soit d'un peu intéressant.

*
* *

La mort a des ruses étranges. Elle masque sa démarche, et les signes avant-coureurs de sa victoire peuvent souvent être interprétés à faux. Victime d'une confusion de cette sorte, Carmine s'enfonçait dans l'illusion. Il s'acharnait à espérer. Accroupi dans un coin de la cave, il croyait lire sur les traits las de Gigino les manifestations de sa guérison. Le sang aux joues par exemple. Pour Carmine, cela signifiait qu'il reprenait des couleurs. Ou bien les sonorités de sa voix, qui redevenaient rauques comme lorsqu'il vendait ses jasmins. Plus rauques même, encore que Gigino se plaignît à gorge retenue. Mais s'il s'était laissé aller ? S'il avait crié comme avant ? Sa voix aurait vibré aux quatre coins de la ville. Et cette sensation de démangeaison autour de la plaie, n'était-ce pas le signe que la blessure se cicatrisait ?

— Tu ne saignes plus, disait Carmine.

C'était vrai. Les gouttelettes avaient cessé d'envahir les pansements, inexorablement.

— Hein ? demandait Gigino, la voix inquiète. Je ne saigne plus ? C'est pas étonnant! Je me sens comme un sac vide.

Mais il n'y avait pas de danger pour Carmine, pas de menace et la lourde présence de la mort qui marchait droit sur Gigino et déjà l'écrasait ne lui apparaissait pas.

Pour l'occuper, Carmine lui racontait l'Amérique. Il essayait de la décrire avec toute sa charge de puissance, non pour son plaisir ou sa satisfaction — il commençait à éprouver à l'égard de sa prison une sorte d'attachement — mais parce qu'il espérait aussi, par le truchement de cette image, éveiller l'espoir de Gigino et peut-être même hâter sa guérison.

Appuyé sur un coude Gigino l'écoutait attentivement. Carmine lui disait qu'à peine serait-il en état de marcher et de sortir sans attirer l'attention, quelque chose de nouveau se passerait, quelque chose de meilleur.

— Encore un jour ou deux Gigino, et tu verras. Nous partirons. Je t'emmènerai. Tu feras fortune.

— Vous croyez ça, vous ?

Toute l'attitude de Gigino exprimait le doute. Il commençait à avoir des élancements dans les jambes et dans les épaules. Il éprouvait une douleur étrange qui traçait le long de ses membres des sillons contradictoires. Parfois la douleur fusait de l'épaule vers la main, parfois elle remontait de la main à l'épaule, provoquant une crispation intolérable. Mais Gigino répétait :

— Vous croyez ça vous ? Il faut espérer. Parce que tant que je serai dans cet état, vous ne pourrez pas sortir non plus.

— Tu en es sûr ?

— Si je vous le dis... On est comme mariés vous et moi. C'est même pire puisque je ne puis sortir sans vous, ni vous sans moi.

— Pourquoi ?

— On aurait peur que vous donniez l'alarme. Les « donneurs », c'est ce que l'on craint le plus ici. Les maisons de ce quartier ont toutes quelque chose à cacher. Vous comprenez ? Et puis elles communiquent toutes les unes avec les autres par le rez-de-chaussée... Oui, monsieur, on peut faire le tour de la place sans mettre le pied dehors. C'est comme ça. Alors qu'un policier fourre son nez dans une de ces maisons et il devient une menace pour tout le quartier.

— Et si je sortais ? demanda Carmine.

— Vous ne feriez pas vingt mètres.

Une arme imaginaire entre les mains, Gigino, d'un claquement de langue, imita le bruit sec d'un coup de feu.

— Votre heure serait arrivée, dit-il.

Et comme Carmine ne semblait pas le comprendre, il ajouta :

— Il y a des guetteurs derrière les fenêtres, sur les toits, sur les balcons. Il y en a partout. Ils vivent là-haut perchés comme des anges, la mitraillette entre les jambes. Les femmes montent les rejoindre. Je vous dis que vous n'avez pas une chance. Ce sont de bons tireurs.

Aucune animosité dans la voix de Gigino. Il parlait avec un léger regret, comme s'il réalisait l'étrangeté de tout cela et cherchait à s'en excuser : « Ne m'en veuillez pas, semblait-il sous-entendre. Ne m'en veuillez pas si les choses sont ainsi. » Mais il ne le disait pas.

Il y avait toujours les grincements de la trappe s'ouvrant comme un grand œil aveugle, et toujours les voix d'en haut qui chuchotaient les nouvelles, et toujours en elles la présence menaçante des carabiniers qui « ne se dérourageaient pas », personne ne comprenait pourquoi. Et puis le reste du jour il n'y avait qu'un silence démesuré, opaque, un silence effrayant comme si le trou noir où Carmine et Gigino étaient réfugiés avait été creusé à mille lieues sous terre.

Soudain, l'évidence apparut à Carmine. A travers des signes secondaires, elle se fit jour dans sa tête. Il faudrait détailler une à une toutes les pensées, toutes les sensations par lesquelles il eut la révélation de la mort prochaine de Gigino. D'abord l'impossibilité de poser le regard ailleurs que sur ce corps malade et toujours avec un sentiment de terreur ou de désespoir, l'impossibilité aussi d'échapper à l'idée que toute émotion ressentie l'était pour la dernière fois. Ainsi Carmine se surprit à penser que les cheveux de Gigino étaient d'une teinte inhabituelle, sombre et luisants, lisses comme des cheveux d'Hindou. Et aussitôt s'installa presque normalement la pensée que, dans la mort, les cheveux de l'enfant terniraient. A partir de ce moment-là, Carmine vit Gigino tel qu'il était vraiment, affalé, confondu avec le sol, les cheveux collés par la sueur, cherchant son souffle, haletant.

Bientôt la conscience de l'inévitable se répandit hors de la cave, envahit la maison, monta en elle, empruntant pour cela des voies inconnues et tout changea. La trappe livra passage non plus à des nouvelles chuchotées, mais à des femmes de tous âges qui descendirent d'une échelle comme des blattes noires et, à pas précipités, avec des voix et des gestes qui les faisaient ressembler déjà à quelque mystérieuse brigade de pleureuses, montèrent autour de Gigino une garde dont on devinait mal la signification. Le médecin vint enfin. Il constata que la douleur dévorait Gigino, lui faisait perdre conscience. Il vit que l'enfant était secoué de spasmes d'une violence atroce, qu'il ne pouvait plus ni boire ni parler et que ses lèvres étaient frangées d'une bave rosâtre. Il répéta « Trop tard, trop tard. » Et comme Carmine lui hurlait dans l'oreille : « Trop tard quoi ? » le docteur répondit : « Pas le moindre espoir, vous comprenez ? » Il parla d'abord d'une drogue, quelque chose comme un sérum auquel il aurait fallu penser puis, avec une sorte de résignation accablée, il prononça le mot « tétanos » et Carmine s'entendit répéter « tétanos » tandis que le médecin s'en allait et qu'il restait lui, Carmine, immobile au pied de l'échelle, sans défense.

C'est elle, c'est la mort de Gigino qui lui donna la force d'envisager sa propre fin. Ce fut très bref. Un instant de pure liberté qui lui laissait encore le choix d'accepter ou de renoncer. Il s'étonna de la rapidité avec laquelle il alla vers Gigino. Il le regarda roulé en boule sur le sol, agité de tressaillements toujours plus convulsifs, toujours plus violents. Il écarta les femmes. Certaines priaient en multipliant les signes de croix, d'autres parlaient entre elles avec des voix dures qui s'entrechoquaient. Carmine les fit taire brutalement.

— Je vais conduire cet enfant à l'hôpital, hurla-t-il. Pour l'amour du ciel, taisez-vous.

— Pourquoi à l'hôpital ? demanda l'une des femmes. Il va mourir de toute façon.

Carmine se pencha sur Gigino et lui prit le pouls qui battait encore. Il essaya aussi de le redresser, mais il n'y parvint pas. Le corps recroquevillé était raidi sur lui-même et lorsque Carmine le toucha, il eut un sursaut de douleur. Il dit : « Attends-moi ici, petit... » mais dans sa voix il n'y avait que désespoir. Alors il l'appela « Gigino, Gigino », sur le ton dont on parle aux moribonds et il s'entendit avec horreur comme si sa voix, comme si ce ton allaient provoquer la mort de Gigino.

L'enfant ouvrit les yeux. Il essaya de parler, mais ce qui lui monta dans la gorge ne fut qu'un râle et l'écume se reforma aux coins des lèvres. C'est en cet instant que Carmine pensa : « Je vais agir. Je vais agir tout de suite. » Il dit encore :

— Attends-moi ici. Je vais chercher du secours.

Alors Gigino, de sa voix rauque, prononça distinctement le

nom de Carmine, qui se sentit projeté vers l'échelle, lancé en avant comme si la trappe l'aspirait. En lui-même, Carmine se vit faisant les gestes qu'il allait exécuter quelques instants plus tard. Il se vit grimpant, il sentit les barres de l'échelle sous les semelles de ses souliers et ses mains se refermer sur les montants. Il répéta « Attends-moi, mon petit, attends... », et s'approchant de Gigino il épongea soigneusement la sueur qui coulait sur ses joues. Penché sur lui, le cœur plein d'une douleur comme il n'en avait jamais ressenti, il l'embrassa longuement, aspirant l'odeur mystérieuse et tiède qu'il avait mis si longtemps à identifier, ce parfum de jasmin qu'il portait dans ses vêtements et qui masquait encore l'affreuse odeur de la mort. Puis il approcha de l'échelle, se glissa par la trappe, s'étonna de ce que le rez-de-chaussée fût vide et, baissant un peu la tête comme un homme qui va plonger, s'avança sur le seuil.

Au-delà, c'était la place presque vide elle aussi. Il était midi. Il pensa :

— Je voudrais être celui qui réussit.

Sur cette place, à midi, il était seul. Carmine devina très loin, dans un lieu imprécis du ciel, la présence de l'homme qui le guettait et, pendant un instant, il ressentit cette présence comme une compagnie. Il y avait cette place, cet homme et lui. Il tourna la tête, cherchant des yeux la silhouette de celui qui allait l'abattre et cette recherche devint le centre de ses pensées. « Si je sors, pensa-t-il. Si je réussis à atteindre très vite le mur d'en face et de là les ruelles, et puis si je cours... » Il imagina le sifflement de la balle, il imagina aussi la balle lisse et ronde qui, en l'atteignant, allait le libérer.

« Dire que je vais mourir pour ce gosse », pensa-t-il.

« Dire que je vais mourir à Palerme. »

« Dire que je vais mourir ici, à cette heure. »

Appuyé au chambranle de la porte, Carmine regarda la place et la nudité des pavés qui s'étendaient devant lui, ébloui de soleil. Comme une plage de galets. La chaleur pesait de tout son poids sur la ville. Il pensa à un volcan auquel il ne pourrait échapper. Il fallait foncer tête baissée dans ce gouffre. Alors Carmine bondit et fit quelques mètres en courant. Arrivé au milieu de la place, il s'immobilisa. C'est là que la lumière, la chaleur, le bruit devinrent brusquement obscurité, froid et silence, là que Carmine eut le temps de se dire « Je vais y rester... » en éprouvant une joie intense, là qu'il roula sur lui-même et tomba. Etendu, la face contre les pavés, son agonie commença.

Autour de lui, sous le soleil barbare de midi, des hommes faisaient cercle.

Il était mort lorsqu'on l'emporta.

ÉPILOGUE

> Nous étions une terre épargnée lors d'un engloutissement très ancien, une sorte d'Atlantide qui avait conservé une langue enseignée par les dieux eux-mêmes, car j'appellerai dieux ces puissances prestigieuses, informes comme le monde des marins, le monde des prisons, le monde de l'Aventure, par quoi toute notre vie est commandée, d'où notre vie tirait même sa nourriture, sa vie.
>
> Jean GENÊT.

Je ne saurais dire ce que j'éprouvai quand le bruit se répandit à New York que Carmine était mort. Je dis le « bruit » et ce mot est encore trop précis : ce fut à peine une rumeur, vite étouffée. Il était malséant d'en parler. L'exécution sur une place publique d'un homme que nous avions tous connu... Les gens de *Fair* ressentaient cela comme un manquement aux convenances et, dans une certaine mesure, un affront.

« Mon instinct ne m'avait pas trompée », soupirait Tante Rosie lorsqu'elle se trouvait seule avec moi et pouvait se laisser aller aux confidences. Je la vois encore, effrayée, presque paralysée d'horreur. Mais je savais aussi qu'en d'autres circonstances son sens du théâtre reprenait le dessus, et qu'en présence de ses vieux amis du *business* Mrs. Mac Mannox laissait entendre que Carmine avait été victime d'un attentat. A mots couverts. Cette version du drame lui paraissait plus conforme aux intérêts de sa nièce. Si elle avait pu embarquer Carmine sur une frégate, et inventer par là-dessus une histoire de mutinerie à bord, de pirates ou d'abordage, elle l'aurait fait. Je ne lui en voulais pas. Par comparaison avec ce qui était dit ailleurs, l'hypocrisie de Tante Rosie me séduisait. J'entendais une mélodie sous ses mensonges.

Babs, en apprenant la nouvelle, avait été toute secouée de petits frissons et son chagrin s'arrêta là. Il lui fallait, ce jour-là, communiquer à ses lectrices les secrets d'une métamorphose compliquée, qui nécessitait toute son attention. C'était cela l'essentiel, l'urgent. Et, le soir, il y avait une fête à laquelle il lui fallait se rendre, et peut-être même deux. Babs continuait à passer des soirées très compliquées. Forcément, avec toutes ses relations... On l'adorait dans les cercles de la haute finance.

En quittant notre salle de rédaction, elle me tendit le journal et, avec sa moue habituelle, osa me dire : « Tiens, regarde... C'était ton ami, je crois. » Je n'eus pas la force de lui répondre. Les autres continuèrent leur travail sans la regarder.

Aux yeux de Fleur Lee comme de tous ceux qui dirigeaient *Fair,* Babs possédait dorénavant l'avantage d'avoir su quitter Carmine à temps, d'avoir évité de se trouver en situation de vaincue. Mieux : elle gagnait à avoir rompu aussi vite une sorte de prestige, une réputation de femme de tête. Son retour précipité prenait l'aspect d'une mise en accusation avant l'heure et la culpabilité de Carmine n'en devenait que plus évidente. De lui, j'entendis tracer un portrait où se libéraient tous les soupçons. Carmine était enfin identifié : son signalement était celui d'une crapule mêlée à des trafics inavouables. Sa mort ne pouvait être que le fait d'un règlement de comptes ou, à la rigueur, d'un suicide. Ces interprétations m'indignèrent. Mes souvenirs, mon passé me dictaient cette réaction. J'étais au supplice. Ce récit a-t-il su montrer de quelle race étaient les vautours qui m'entouraient ? Carmine qui, pour moi, était un être de chair dont le destin me hantait, n'était pour eux qu'une proie. On s'appliqua à le déchiqueter selon les lois inexorables d'un milieu que je souhaiterais avoir décrit tel qu'il est : médiocre, vain, cruel.

Et je voudrais que soit clairement exprimée la rupture définitive qu'avec ce monde particulier la mort de Carmine m'ordonnait. Mais alors qu'autrefois, au temps de mes débuts et de mon amitié pour Babs, il m'eût été difficile de considérer mon travail comme un deuxième exil, j'y trouvais à présent une sorte de jouissance. Le mépris que je portais au cœur avait de quoi m'occuper longtemps. Et puis je savais maintenant ce que Carmine avait représenté pour moi : la Sicile retrouvée, et plus secrète qu'il ne m'était possible de la concevoir, puisqu'en lui elle vivait masquée. Je savais aussi que si je m'étais sentie à ce point jetée à sa rencontre, c'était pour recréer à travers lui ce que j'avais en moi de plus menacé, c'est pour cela que je l'aimais, pour cela et pour les rêves qu'il était seul à m'offrir.

Ainsi la lumière de Carmine s'était éteinte sur Mulberry Street, comme la lumière du Baron de D. sur le village de Sólanto. Carmine, mort. Le Baron de D. aussi. Ils s'étaient expatriés pour que s'accomplît l'ironie d'un destin qui exigeait que chacun mourût là où l'autre avait vécu.

D'Antonio, il ne me restait que le récit de son dernier combat tel qu'il était paru dans un quotidien sicilien, une coupure de journal qui ne me quittait jamais. La chronique était rédigée dans le style à la fois grandiloquent et familier des inscriptions relatant un événement mémorable — hauts faits d'un chevalier ou visite royale — comme on en voit aux façades de nos églises. Afin que le lecteur mesure ce qu'Antonio emportait avec lui dans la mort et ce que cette mort effaçait de façon irrémédiable, la chronique égrenait le long chapelet d'une généalogie fastueuse où figuraient plusieurs héros de l'Antiquité et quelques saints. Et afin que nul ne pût lire ce récit sans être ému, on exaltait aussi le souvenir des enfants des rues et des jeunes paysans morts avec lui, cette troupe d'adolescents auxquels l'absurdité de leur sort avait, à leur dernière heure, inspiré une série de jurons abominables, de blasphèmes féroces fidèlement rapportés par le chroniqueur comme les dernières paroles d'un mourant. Tout dans ce récit me paraissait placé sous le signe de la poésie, imprégné d'un lyrisme qui me satisfaisait. Que l'on pût dire adieu à la vie en criant « Mille putes » ou « Sang d'un chien », ou en lançant par-dessus la montagne à l'ennemi invisible cette menace, digne dans sa virulence d'un guerrier de l'Antiquité : « Si je te tenais, je te porterais un coup à te laisser mon couteau dans le derrière... », m'apaisait autant qu'une vengeance. Aussi plus je lisais ce récit plus il me paraissait fabuleux. J'en avais fait ma prière quotidienne. Cela me ramenait au temps des paladins de Sœur Rita, à nos dimanches d'orgeat pâle et de marsala éventé, au jardin flambant de glycines, aux noms couronnés du mur de notre couvent, à l'allégresse de nos litanies et aussi aux longs sommeils ensoleillés d'Antonio, puisqu'il ne me restait de lui que ce papier chiffonné, modeste tombeau.

Et maintenant Agata, la petite Agata dans sa robe noire. Nous demeurions, elle et moi, les seuls témoins du passé, deux survivantes d'un monde englouti. Elle était la sagesse de la terre et dans sa bouche les mots étaient un peu plus que des mots. Elle comprenait tout plus vite et mieux que quiconque. Elle ne savait rien. Mais elle avait dans le cœur de quoi refaire le monde.

De Carmine elle fit un des héros de cet oratoire que j'ai décrit, où figuraient les protectrices de notre île. Ainsi le chagrin d'Agata prit l'aspect triomphant d'un acte d'amour. Elle ne disait jamais de Carmine qu'il était mort, mais qu'il était « rentré ». Rentré où, Agata ? Pour l'amour du ciel, explique-toi. Rentré au ciel ? au paradis ? Elle ne répondait pas. Carmine était « rentré ». Et comme en parlant d'elle-même elle disait souvent que le moment venu, lorsque Théo serait grand, elle rentrerait aussi, on ne savait jamais si elle faisait allusion à sa mort ou à son retour vers la Sicile.

Ainsi Carmine demeurait-il présent entre nous, comme projeté dans la réalité de nos vies par une opération dont Agata était la magicienne. Il fallait au moins cela pour empêcher Alfio de sombrer, et Agata n'en était pas à un miracle près. Lorsque l'Evangile ne lui suffisait pas, elle faisait appel à la mythologie. Et je sais bien, moi qui la connaissais, que pendant les nuits où le désespoir la visitait et qu'elle se représentait Carmine au centre du cercle sombre de sa dernière garde, il lui arrivait de réveiller Calogero, de le secouer, de lui demander d'une voix angoissée : « Crois-tu qu'un homme puisse être changé en taureau ? » Calogero fouillait sa mémoire et, pour l'apaiser, affirmait qu'il avait vu cette histoire sculptée quelque part dans un mur. Alors Agata se rendormait en imaginant Carmine les pattes écartées, une touffe de poils sur le front, tranquillement occupé à paître dans un pré...

Elle se disait prisonnière volontaire de l'oubli, une méthode dont elle m'enseignait chaque jour les ruses. « Tu devrais bien oublier, toi aussi », me disait-elle. Et elle parlait de notre passé comme d'un poids que nous portions, attaché à nos pieds. Elle disait aussi « Ne fais pas la noyée... », lorsqu'elle ne parvenait pas à me faire partager ses enthousiasmes. Des enthousiasmes de petite fille vivant dans l'émerveillement, enfoncée dans le quotidien, mais qui, en évadée de la misère, tremblait toujours à l'idée que ses motifs d'éblouissement ne fussent que des mirages. Alors je veillais à m'émerveiller aussi. Et je trouvais, moi aussi, que Théo, son Théo, était beau comme un Baptiste, beau comme un gentilhomme ottoman, beau comme une image peinte, comme un roi, comme un saint, que sais-je, et que la cariatide à la porte du cinéma de notre quartier était plus dorée que la Madone de la Petite Chaise, et que l'actrice qui était venue manger une pizza « Chez Alfio », cette star de la dernière élégance, avait un corps à arrêter les horloges, et qu'enfin c'était fou ce que Dieu nous voulait de bien. Mais jamais les lèvres d'Agata ne formaient les sons du mot Palerme. Si par inadvertance l'un de nous, que ce fût Théo, Calogero ou moi, le laissions échapper, Agata portait ses mains aux oreilles et criait : « Taisez-vous !... Vous me mettez en état de mort... » Elle disait aussi : « La mémoire, c'est l'Enfer. »

De nous deux, elle était la plus forte, et je veux que la dernière image de ce récit soit le visage de la petite Agata, devenue mon amie. Agata m'accueillant à la porte de « Chez Alfio », car je courais la rejoindre chaque jour, et si vite qu'il me semblait parfois que je traversais New York les pieds nus. « Asseyez-vous, mes filles... » Ainsi parlait Alfio. « Eh Gianna ! Nous t'attendions. » Ainsi parlait Agata, autour de qui s'établissaient nos singuliers rapports, la petite Agata dans sa robe noire, gardienne de nos pensées, veillant à nous interdire le mot où pouvait sombrer la nuit paisible de nos souvenirs, Agata qui tournait autour de la table, courait à la cuisine, en revenait, allait de l'un à l'autre, son mouchoir toujours noué autour de la tête, nous saoulant de ses trouvailles, s'abandonnant à une joie nécessaire, dansant parfois, afin que jamais ne soit prononcé le mot qui nous dominait tous et couvait en nous comme un éternel incendie...

Où consigner le peu que nous savions de Sólanto ?

Plus de lumières aux fenêtres du château que, fort peu plaisant, la casquette vaste et enfoncée, de son coin d'ombre, toujours le jardinier surveillait. Don Fofó n'y venait que rarement. Il habitait maintenant la maison de la montagne. Une paysanne qui s'employait à le distraire, une jouvencelle — dans le pays on disait une fillette — lui avait donné un fils. Pour que la volonté du Baron de D. s'accomplît. On l'avait appelé Antonio.

Et Zaira élevait l'enfant.

Moulin du Breuil, 1961.
Mondello, 1964-1965.
Morainville, 1966.

Cet ouvrage a été reproduit
par procédé photomécanique
et réalisé sur
Système Cameron
par la SOCIÉTÉ NOUVELLE FIRMIN-DIDOT
Mesnil-sur-l'Estrée
pour le compte des Éditions Grasset
le 5 février 1990

Imprimé en France
Dépôt légal : février 1990
N° d'édition : 8143 – N° d'impression : 13940
ISBN 2-246-43373-8